WONDER WOMAN™

WARBRINGER

LEIGH BARDUGO

WONDER WOMAN
WARBRINGER

— DC ICONS —

montena

Wonder Woman: Warbringer

Título original: *Wonder Woman: Warbringer* / *Leigh Bardugo*

Primera edición en España: noviembre, 2017
Primera edición en México: noviembre, 2017

Wonder Woman es una creación de William Moulton Marston.

Esta es una obra de ficción. Nombres, personajes, lugares e incidentes son producto
de la imaginación del autor o se usan como ficción. Cualquier semejanza con personas,
vivas o muertas, eventos o lugares son mera coincidencia.

Derechos reservados. Publicado en Estados Unidos por Random House Children's Book,
una división de Penguin Random House LLC, Nueva York Random House
y su logo correspondiente son marcas registradas de Penguin Random House LLC
Edición de Penguin Random House Grupo Editorial, S. A. U.
Travessera de Gràcia, 47-49, 08021, Barcelona

Edición de Penguin Random House Grupo Editorial, S. A. de C.V.
Blvd. Miguel de Cervantes Saavedra núm. 301, 1er piso,
colonia Granada, delegación Miguel Hidalgo, C. P. 11520,
Ciudad de México

www.megustaleer.com.mx

D. R. © 2017, Ricard Gil Giner, por la traducción

ISBN: 978-607-31-5969-2

Impreso en México – Printed in Mexico

El papel utilizado para la impresión de este libro ha sido fabricado a partir de madera procedente
de bosques y plantaciones gestionadas con los más altos estándares ambientales, garantizando
una explotación de los recursos sostenible con el medio ambiente y beneficiosa para las personas.

Para Joanna Volpe,
hermana de batallas

Acercaos, venid a enfrentaros a mí, y así descubriréis
lo que mana del pecho de las amazonas.
¡Con mi sangre se mezcla la guerra!

La caída de Troya, Quinto de Esmirna

CAPÍTULO 1

No participas en una carrera para perderla.

En la línea de salida, Diana rebotaba ligeramente sobre los dedos de los pies, tenía las pantorrillas tensas como las cuerdas de un arco y las palabras de su madre resonaban en sus oídos. Una ruidosa multitud se había congregado para presenciar las pruebas de lucha libre y lanzamiento de jabalina que marcaban el inicio de los Juegos Nemesianos, pero el acontecimiento más esperado era la carrera de fondo, y ahora las gradas hervían con la noticia de que la hija de la reina iba a participar en la competencia.

Cuando Hipólita había visto a Diana entre las corredoras agrupadas sobre la arena del recinto, no había dado muestras de sorpresa. Como marcaba la tradición, había descendido desde la plataforma para desear suerte a las atletas en sus esfuerzos, había compartido una broma con unas, había ofrecido una palabra de aliento a las otras. Había saludado a Diana con un gesto breve, sin mostrar favoritismo, pero había aprovechado la ocasión para susurrar en voz muy baja, tan baja que sólo su hija la había oído:

—No participas en una carrera para perderla.

Las amazonas se habían alineado en el pasillo que conducía al estadio, y ya pateaban el suelo con los pies y cantaban a la espera de que empezaran los juegos.

A la derecha de Diana, Rani sonreía radiante.

—Buena suerte.

Siempre tan amable, siempre tan atenta y, por supuesto, siempre tan victoriosa.

A la izquierda de Diana, Thyra resopló y sacudió la cabeza.

—La va a necesitar.

Diana no le hizo caso. Llevaba semanas esperando la carrera, que consistía en una travesía por la isla con el objetivo de retirar una de las banderas rojas que colgaban bajo la gran bóveda de Bana-Mighdall. En una carrera corta no tenía ninguna oportunidad. Todavía no había alcanzado la plenitud de sus poderes de amazona. *Todo llegará, con el tiempo*, le había prometido su madre. Pero su madre prometía muchas cosas.

Pero esta carrera era distinta, requería estrategia, y Diana estaba lista. Había estado entrenando en secreto, corriendo con Maeve, y había trazado una ruta por un terreno más escarpado pero que sin duda era la más directa para llegar a la punta occidental de la isla. Había llegado incluso a... bueno, no se podía considerar exactamente espiar... Había reunido información sobre el resto de las amazonas que participaban en la carrera. Ella seguía siendo la más pequeña, y por supuesto la más joven, pero el año pasado había crecido muchísimo, y ahora era casi tan alta como Thyra.

No necesito suerte, se dijo a sí misma. *Tengo un plan*. Contempló la fila de amazonas reunidas en la línea de salida como tropas preparándose para entrar en combate, y se corrigió, *Pero un poco de suerte tampoco me vendría mal*. Ansiaba la corona de laurel. La prefería a cualquier diadema o tiara real, porque era un honor que no se podía conceder, que había que ganar.

Localizó entre la multitud la cabellera roja y el rostro pecoso de Maeve y sonrió, intentando proyectar confianza. Maeve le devolvió la sonrisa e hizo un gesto con ambas manos, como si intentara detener el aire. "Adelante", articuló.

Diana puso los ojos en blanco, pero asintió e intentó calmar la respiración. Tenía la mala costumbre de salir demasiado deprisa y malgastar las energías demasiado pronto.

Se despojó de cualquier pensamiento y se forzó a concentrarse en la carrera, mientras Tekmesa recorría la línea, supervisando a las corredoras; las joyas centelleaban en la gruesa corona de rizos que llevaba y los brazaletes de plata resplandecían en sus brazos morenos. Ella era la consejera más cercana a Hipólita, ostentaba un rango que sólo la reina superaba y se comportaba como si su atuendo de color añil, ceñido por un cinturón, fuera una armadura para la batalla.

—Tómatelo con calma, Pyxis —murmuró Tek a Diana cuando pasó por delante—. No me gustaría verte desfallecer.

Diana oyó que Thyra resoplaba otra vez, pero no quiso poner mala cara ante la mención de su apodo. *No te reirás tanto cuando me veas victoriosa en el podio,* se prometió a sí misma.

Tek alzó las manos para pedir silencio y se inclinó ante Hipólita, que se encontraba sentada entre dos miembros más del Consejo de amazonas en el palco real, una alta plataforma protegida por una tela de seda teñida de rojo y el azul brillantes, los colores de la reina. Diana sabía que era ahí donde su madre la hubiera querido ver, sentada a su lado, esperando el inicio de los juegos, y no compitiendo en ellos. Pero eso dejaría de tener importancia cuando hubiera vencido.

Hipólita bajó la barbilla apenas unos milímetros, muy elegante con su túnica blanca y sus pantalones de montar, con una diadema sencilla ajustada en la frente. Parecía relajada, muy a sus anchas, como si en cualquier momento fuera a dar un brinco y unirse a la competencia, pero aun así seguía cumpliendo el papel de reina a la perfección.

Tek se dirigió a las atletas reunidas en la arena del estadio.

—¿En honor de quién compiten?

—Por la gloria de las amazonas —respondieron todas al unísono—. Por la gloria de nuestra reina.

Diana notó que el corazón le latía con mayor fuerza. Nunca antes había pronunciado aquellas palabras, por lo menos no como competidora.

—¿A quién rezan cada día? —prosiguió Tek.

—A Hera —respondieron a coro—. A Atenea, Demetria, Hestia, Afrodita, Artemisa.

Estas eran las diosas que había creado Themyseira y habían regalado la isla a Hipólita como lugar donde refugiarse.

Tek hizo una pausa, y Diana oyó que las corredoras susurraban otros nombres: Oya, Durga, Freyja, María, Yael. Nombres que una vez habían pronunciado en el momento de morir, las últimas plegarias de las guerreras al caer en el campo de batalla, las palabras que las habían llevado a la isla y les habían servido para obtener una nueva vida como amazonas. Al lado de Diana, Rani murmuraba los nombres de la cazadora de demonios Matri, de las siete madres, y apretaba contra sus labios el amuleto rectangular que siempre llevaba.

Tek levantó una bandera de color rojo sangre, idéntica a la que esperaba a las corredoras en Bana-Mighdall.

—¡Que la isla las guíe hacia una victoria justa! —gritó.

Dejó caer la seda roja. Se escuchó el clamor de la multitud. Las corredoras se lanzaron hacia el arco oriental. En un abrir y cerrar de ojos, la carrera había comenzado.

Diana y Maeve habían previsto el embudo que se produciría, pero aun así Diana se sintió frustrada cuando las corredoras inundaron el túnel de piedra, en un embrollo de túnicas blancas y miembros musculosos; los pasos resonaron en el suelo de piedra pues todas intentaban salir del estadio a la vez. Por fin salieron a la carretera y se diseminaron por la isla, cada corredora eligió su propia ruta.

No participas en una carrera para perderla.

Diana acompasó el ritmo de la zancada a estas palabras, y empezó a pisar con los pies descalzos la tierra compacta del camino que la conduciría a través del laberinto de los bosques Cibelianos hasta la costa norte de la isla.

Normalmente, una travesía de tantos kilómetros por un bosque tan frondoso como aquel hubiera sido lenta, obstaculizada con árboles caídos y marañas de enredaderas tan gruesas que debían arrancarse con un cuchillo que no te importara que perdiera el filo. Pero Diana había ideado muy bien la ruta. Una hora después de penetrar en el bosque, emergió de la arboleda y salió a la carretera desierta de la costa. El viento le alborotaba el pelo y la sal le rociaba el rostro. Respiró hondo y comprobó la posición del sol. Iba a ganar. No sólo iba a quedar bien clasificada, iba a ganar.

Había cartografiado la carrera durante la semana anterior con Maeve, y habían hecho el recorrido dos veces en secreto, en las horas grisáceas del amanecer, cuando sus hermanas apenas se estaban levantando de la cama, cuando las fogatas de las cocinas todavía se estaban encendiendo, y los únicos ojos curiosos pertenecían a personas que se habían levantado temprano para salir a cazar o para colocar las redes para la pesca del día. Pero las cazadoras se concentraban en los bosques y las praderas de mucho más al sur, y nadie pescaba en aquella parte de la costa; no había ningún sitio adecuado para botar una barca, sólo acantilados escarpados y de color de acero que se desplomaban sobre el mar, y una pequeña y poco acogedora cueva a la cual sólo se podía acceder por un camino tan estrecho que era necesario recorrerlo de lado y arrastrando los pies, con la espalda pegada a la roca.

La costa norte era gris, sombría e inhóspita, y sin embargo Diana conocía cada centímetro de su paisaje secreto, los riscos y las cuevas, los estanques creados por la marea, rebosantes de lapas y de anémonas. Era un buen lugar para estar sola. *La isla quiere complacer*, le había dicho su madre. Por eso había zonas de Themyseira pobladas de secuoyas y otras de árboles de caucho; por eso podías pasar la tarde surcando los campos de hierba cabalgando un poni lanudo y la noche a bordo de un camello, escalando las dunas de arena iluminadas por la luna. Todo formaba parte de la vida que las amazonas habían llevado antes de llegar a la isla, eran pequeños paisajes del corazón de todas ellas.

A veces, Diana se preguntaba si la costa norte de Themyseira no habría sido creada para ella sola, para que pudiera ponerse a prueba escalando los precipicios escarpados, para que tuviera un lugar donde refugiarse cuando el peso de ser hija de Hipólita se hacía casi insoportable.

No participas en una carrera para perderla.

La advertencia de su madre no había sido una generalidad. Para Diana, una derrota significaba algo más, y ambas lo sabían. Y no sólo porque fuera una princesa.

Diana casi podía sentir la mirada intencionada de Tek, el tono burlón de su voz. *Tómatelo con calma, Pyxis.* Era uno de los apodos que Tek le había puesto. Pyxis. Un pequeño recipiente de barro pensado para guardar joyas o tinte de carmín para sonrosar los labios. El nombre era inofensivo, una provocación sutil, y siempre lo pronunciaba con cariño, o por lo menos eso era lo que Tek afirmaba. Pero aun así siempre le dolía: era un recordatorio de que Diana no era como el resto de amazonas y que nunca lo sería. Sus hermanas eran guerreras que habían combatido mil batallas, forjadas con acero a base de sufrimiento y perfeccionadas para alcanzar la grandeza cuando habían pasado de la vida a la inmortalidad. Todas ellas se habían ganado un lugar en Themyseira. Todas menos Diana, nacida de la tierra de la isla y del deseo de Hipólita de tener una hija, creada a partir del barro por las manos de su propia madre, superficial y quebradiza. *Tómatelo con calma, Pyxis. No me gustaría verte desfallecer.*

Diana acompasó la respiración y mantuvo un ritmo regular. *Hoy no, Tek. Hoy, los laureles serán para mí.*

Echó un vistazo al horizonte, y dejó que la brisa marítima le refrescara el sudor de la frente. Entre la neblina, vislumbró la silueta blanca de un barco. Diana se había aproximado tanto a la frontera que podía distinguir las velas. Se trataba de una embarcación pequeña. ¿Tal vez una goleta? Le costaba recordar los detalles de las cuestiones náuticas. El mástil mayor, el palo de mesana, los mil nombres de las velas y los nudos para el cordaje. Una cosa era salir en barco, con Teuta como maestra, quien había navegado con los piratas ilirios, y otra muy diferente estar encerrada en una biblioteca en el Efeseo, mirando con los ojos adormecidos el diagrama de una brigantina o una carabela.

A veces, Diana y Maeve jugaban a intentar otear barcos o aviones, y una vez incluso habían visto la mancha gruesa de un crucero en el horizonte. Pero la mayoría de los mortales sabían que era aconsejable mantenerse alejado de aquel rincón tan particular del mar Egeo, donde las brújulas giraban sin parar y los instrumentos se negaban de pronto a obedecer.

Parecía que estaba tomando forma una tormenta más allá de las neblinas de la frontera, y Diana lamentaba no poder detenerse a contemplarla. Las lluvias que llegaban a Themyseira eran tediosamente suaves y previsibles, y no se parecían en nada al rugido amenazador de un trueno o al escalofrío de un relámpago lejano.

—¿Alguna vez extrañas las tormentas? —había preguntado Diana una tarde mientras Maeve y ella holgazaneaban en la terraza soleada de palacio. A lo lejos se oía el bramido y el estrépito de una tempestad. Maeve había muerto en la emboscada de Crossbarry y lo último que había pronunciado había sido una plegaria a Santa Brígida de Kildare. Para los parámetros de las amazonas, era nueva en la isla, y procedía de Cork, donde las tormentas eran habituales.

—No —dijo Maeve con su voz acompasada—. Extraño una buena taza de té, bailar, a los chicos, pero la lluvia seguro que no.

—Nosotras bailamos —protestó Diana.

Maeve se rio.

—Cuando sabes que no vas a vivir eternamente, bailas diferente —luego había estirado los brazos, moteados de pecas como nubes densas de polen sobre la piel blanca—. Es posible que fuera un gato en una vida anterior, porque lo único que quiero es tumbarme y dormitar bajo el rayo de sol más grande del mundo.

Adelante. Diana se resistió a la urgencia de acelerar el paso. Era difícil recordar que había que reservarse, ahora que el sol de la mañana le bañaba los hombros y el viento soplaba a sus espaldas. Se sentía fuerte. Pero era fácil sentirse fuerte cuando una estaba sola.

Un estruendo retumbó por encima de las olas, un chasquido metálico, como una puerta que se cierra de golpe. Diana titubeó. En el horizonte azul se alzó una columna ondulada de humo, llamas golpeaban la base. La goleta estaba ardiendo, la proa había quedado reducida a astillas al caer uno de los mástiles, y la vela se arrastraba por las barandas de cubierta.

Diana se dio cuenta de que había aminorado el paso, pero se obligó a recuperar el ritmo. No podía hacer nada por la goleta. Algunos aviones se estrellaban. Los barcos se hacían pedazos contra las rocas. El mundo de los mortales era así. Un lugar propenso a los desastres y los accidentes. La vida humana era una marea de desgracias que nunca alcanzaban las orillas de la isla. Diana concentró la mirada en el camino. Muy, muy a lo lejos podía divisar la luz del sol que proyectaba ráfagas de oro sobre la gran cúpula de Bana-Mighdall. Primero retirar la bandera roja, luego recoger la corona de laurel. Ese era el plan.

Desde algún lugar, llevado por el viento, oyó un grito.

Una gaviota, se dijo a sí misma. *Una chica,* insistía otra voz en su interior. Imposible. Un grito humano no podría oírse a tanta distancia. ¿O tal vez sí?

No tenía importancia. Ella no podía hacer nada.

Y aun así, volvió a dirigir la mirada hacia el horizonte. *Sólo quiero verlo un poco mejor,* se dijo. *Tengo tiempo de sobra. Llevo la delantera.*

No había ninguna buena razón para abandonar los surcos del viejo camino de carretas, no tenía lógica desviarse hacia el punto más rocoso, pero igual lo hizo.

Las aguas que lamían la orilla eran tranquilas, claras, de color turquesa. Más allá, el océano era muy diferente: salvaje, de un azul profundo, un mar que casi se había vuelto negro. Tal vez el objetivo de la isla era complacerla a ella y a sus hermanas, pero el mundo más allá de la frontera no se preocupaba tanto por la felicidad o la seguridad de sus habitantes.

Pese a la distancia, podía ver que la goleta se estaba hundiendo. Pero no se veía ningún bote salvavidas, ninguna bengala pidiendo socorro, sólo pedazos del navío destrozado llevados por las olas rizadas. No había nada que hacer. Diana se frotó vigorosamente las manos contra los brazos, para deshacerse de un súbito escalofrío, y empezó a rehacer el camino. La vida humana era así. Maeve y ella habían buceado muchas veces hasta los límites de la frontera, habían nadado junto a restos de aviones y veleros y lujosas lanchas de motor. La sal marina cambiaba la madera, la endurecía para que no se pudriera. No pasaba lo mismo con los mortales. Eran alimento para los peces de alta mar, para los tiburones, y el tiempo los devoraba lenta, irremisiblemente, tanto en el agua como en la tierra.

Diana volvió a comprobar la posición del sol. Podía llegar a Bana-Mighdall en cuarenta minutos, tal vez menos. Ordenó a sus piernas que se movieran. Sólo había perdido unos instantes. Podía recuperar perfectamente el tiempo. Pero en vez de hacerlo, miró atrás, por encima del hombro.

Los libros antiguos estaban llenos de historias sobre mujeres que habían cometido el error de mirar atrás. Huyendo de ciudades en llamas. Saliendo del infierno. Sin embargo, Diana volvió los ojos hacia aquel barco que se hundía entre las grandes olas, inclinándose como el ala rota de un pájaro.

Midió la longitud del precipicio. La base era muy rocosa. Si no saltaba con suficiente impulso, el impacto sería brutal. Aun así, no se mataría con la caída. *Así sucedía con las amazonas de verdad,* pensó. *¿Pero, y tú?* Bueno, en todo caso esperaba no matarse. Claro que si la caída no la mataba, su madre lo haría.

Diana miró una vez más el naufragio y tomó impulso, se echó a correr a toda velocidad, acompasando los brazos, a largas zancadas, adquiriendo velocidad, acortando la distancia que la separaba del borde del precipicio. *Para, para, para,* le reclamaba la mente. *Esto es una locura.* Aunque hubiera supervivientes, no podría ayudarlos. Intentar salvarlos implicaba el riesgo del exilio, y no habría excepciones a la regla, ni siquiera para una princesa. *Para.* No sabía por qué no obedecía su propia orden. Quería creer que no lo hacía por el corazón de heroína que le latía en el pecho y le exigía que respondiera a aquel grito de socorro. Pero cuando por fin se lanzó por el precipicio y se encontró cayendo al vacío, supo que una parte de lo que la arrastraba era la llamada desafiante de aquel mar gris y grandioso al que le tenía sin cuidado si ella lo amaba o no.

Dibujó con el cuerpo un arco suave en el aire, con los brazos apuntando como la aguja de una brújula, marcando el rumbo. Cayó en picada hacia el agua y rompió la superficie con una zambullida limpia, y de pronto los oídos se llenaron de silencio, y los músculos se tensaron anticipando el impacto brutal contra las rocas. No se produjo. Salió disparada hacia la superficie, tomó aliento y empezó a nadar directamente hacia la frontera, cortando el agua templada con los brazos.

Siempre se emocionaba cuando se acercaba a la frontera, cuando la temperatura del agua empezaba a cambiar, cuando el frío le rozaba primero las yemas de los dedos y luego se instalaba en el cuero cabelludo y en los hombros. A Diana y a Maeve les gustaba salir a nadar en las playas del sur, y se provocaban para ver quién llegaba más lejos. Una vez habían vislumbrado un barco que pasaba entre la niebla, los marinos iban plantados sobre la cubierta de popa. Uno de los hombres había levantado el brazo y había apuntado en su dirección. Se habían sumergido rápidamente, gesticulando como locas bajo las olas, riendo tan fuerte que, cuando llegaron a la orilla, ambas estaban casi ahogadas por la sal marina. *Podríamos ser sirenas*, había gritado Maeve al desplomarse sobre la arena caliente, pero el inconveniente era que ninguna de ellas sabía cantar. Habían pasado el resto de la tarde entonando desafinadas canciones irlandesas sobre viejos borrachos y partiéndose de risa, hasta que Tek las había encontrado. Entonces tuvieron que callar de golpe. Cruzar la frontera era una infracción menor. Ser avistadas por mortales en algún lugar cercano a la isla era motivo de serias medidas disciplinarias. Y ahora, ¿qué estaba haciendo Diana?

Para. Pero no podía. No podía parar; todavía resonaba el grito agudo de la chica en sus oídos.

Diana sintió cómo el agua helada de más allá de la frontera la envolvía del todo. Estaba bajo el poder del mar, y no era un mar amigable. La corriente le golpeaba las piernas, la arrastraba hacia abajo, con una fuerza enorme, envolvente, como el abrazo de un dios. *Tienes que resistirte,* comprendió, y ordenó a sus músculos que corrigieran el rumbo. Nunca antes había tenido que enfrentarse al océano.

Osciló por un momento sobre la superficie, intentando tomar fuerzas mientras las olas se elevaban a su alrededor. El agua estaba llena de escombros, pedazos de madera, fibra de vidrio rota, chalecos salvavidas naranjas que la tripulación no debía de haber tenido tiempo para ponerse. Era casi imposible ver nada entre la lluvia que caía y la neblina que cubría la isla.

¿Qué estoy haciendo aquí?, se preguntó. *Los barcos vienen y van. Los seres humanos pierden la vida.* Volvió a sumergirse, buscó entre las aguas grises y turbulentas, pero no vio a nadie.

Diana salió a la superficie. Su propia estupidez le producía un dolor creciente en la panza. Había sacrificado la carrera. Se suponía que aquél era el momento en que sus hermanas se darían cuenta de quién era, la ocasión para que su madre se sintiera orgullosa. Y en vez de eso, había echado por la borda la ventaja que llevaba. ¿Para qué? Allí no había otra cosa que destrucción.

Por el rabillo del ojo, vio un destello blanco, un fragmento grande de lo que podría haber sido el casco del barco. Se alzó sobre una ola, desapareció, volvió a la superficie, y al hacerlo, Diana vislumbró un brazo delgado y moreno que se agarraba a la parte lateral, con los dedos estirados y los nudillos doblados. Luego desapareció otra vez.

Se alzó otra ola, grande y gris como una montaña. Diana se sumergió bajo la misma, agitando con fuerza los pies, y luego emergió y continuó la búsqueda. Había pedazos de madera y fibra de vidrio por todas partes, era imposible discernir entre los restos del naufragio.

Y entonces volvió a aparecer, un brazo, dos brazos, un cuerpo, la cabeza inclinada y los hombros encorvados, la camisa de color limón, una maraña de cabellos oscuros. Era una chica. Levantó la cabeza, tomó aliento, tenía los ojos oscuros enfebrecidos de terror.

Una ola le estalló encima y la roció de agua blanca. El fragmento de casco volvió a la superficie. La chica ya no estaba.

Otra vez a sumergirse. Diana se dirigió al lugar donde había visto hundirse a la chica. Divisó un destello amarillo y se sumergió por él, agarrando la tela y atrayéndola hacia ella. Un rostro fantasmal se cernió sobre ella desde el agua negruzca. Pelo rubio, un semblante azul e inerte. Nunca antes había visto un cadáver tan de cerca. Nunca antes había visto a un chico de tan cerca. Reculó, soltó la camisa, pero incluso mientras lo veía desaparecer, se fijó en las diferencias: mandíbula recta, cejas espesas, igual que en las fotos de los libros.

Diana volvió a la superficie, pero estaba desorientada, las olas, el naufragio, la sombra desnuda de la isla entre la neblina. Si se alejaba mucho más, era posible que no fuera capaz de encontrar el camino de vuelta.

No podía olvidar la imagen del brazo delgado, la ferocidad de aquellos dedos que se aferraban a la vida. *Una vez más,* se dijo a sí misma. Se zambulló, y esta vez el agua helada le caló los huesos con más fuerza, hurgando en lo más hondo.

Por un instante todo fue corrientes grises y aguas turbias, pero al cabo de un segundo tenía a la chica delante, con su camisa de color limón, boca abajo, con los brazos y las piernas muy abiertas como si fuera una estrella. Tenía los ojos cerrados.

Diana la agarró por la cintura y se lanzó hacia la superficie. Durante un momento terrorífico no consiguió discernir la forma de la isla, pero luego las neblinas se abrieron. Nadó hacia adelante, sujetando incómodamente con un brazo a la chica contra su pecho, buscándole el pulso con el otro. Ahí... por debajo de la mandíbula, débil, casi imperceptible, pero ahí estaba. Aunque la chica no respiraba, el corazón le seguía latiendo.

Diana dudó. Podía ver las siluetas de Filos y Ecthros, las rocas que marcaban el principio aproximado de la frontera. Las reglas eran claras. La marea mortal de la vida y la muerte era imparable, y no debía alcanzar nunca la isla. No había excepciones. Estaba prohibido llevar un ser humano a Themyseira, aunque significara salvar una vida. Desobedecer esta regla sólo tenía una consecuencia: el exilio.

Exilio. La palabra era como una losa. Un lastre no deseado, un peso insoportable. Cruzar la frontera era una falta leve, pero lo que estaba a punto de hacer podía separarla para siempre de la isla, de sus hermanas, de su madre. El mundo parecía demasiado grande, y el mar demasiado profundo. *Suéltala.* Era así de sencillo. Si soltaba ahora a la chica, sería como si Diana no hubiera saltado nunca por el acantilado. Volvería a sentirse ligera, liberada de esa carga.

Diana pensó en la mano de la chica, en la fuerza feroz de los nudillos, la determinación acerada de sus ojos antes de que la ola la sumergiera. Notaba el ritmo desigual del pulso de la chica, un tambor lejano, el sonido de un ejército desfilando, un ejército que había combatido con valentía pero al que se le estaban acabado las fuerzas.

Nadó hacia la orilla.

Al pasar por la frontera con la chica arrimada a ella, la neblina se disolvió y la lluvia cesó. Una sensación de calidez le recorrió el cuerpo. Las aguas tranquilas parecían extrañamente inanimadas después de los azotes del mar, pero Diana no se quejaba.

Cuando sus pies tocaron el fondo arenoso, se puso en pie y cambió de mano para sacar a la chica del agua. Era escalofriantemente ligera, casi ingrávida. Era como llevar el cuerpo de un gorrión entre las manos. No era raro que el mar se hubiera cebado tanto en esta criatura y en sus compañeros de viaje: parecía temporal, como el molde de un artista de un cuerpo hecho de yeso.

Diana la depositó suavemente sobre la arena y volvió a comprobarle el pulso. Esta vez no sintió el latido del corazón. Sabía que era necesario reactivar el corazón de la chica, sacarle el agua de los pulmones, pero tenía un recuerdo borroso de cómo se hacía. Diana había estudiado los rudimentos de reanimación de una víctima de ahogamiento, pero nunca había tenido que ponerlos en práctica fuera de la clase. También era posible que aquel día no hubiera prestado demasiada atención. ¿Cuántas posibilidades había de que una amazona se ahogara, especialmente en las aguas calmadas de Themyseira? Y ahora sus distracciones podían costar la vida a aquella chica.

Haz algo, se dijo, intentando pensar más allá del pánico que le invadía. *¿Por qué la sacaste del agua, si te vas a quedar aquí sentada mirándola como un conejo asustado?*

Diana colocó dos dedos sobre el esternón de la chica, y luego fue bajando hasta lo que esperaba que fuera el punto adecuado. Juntó las manos y apretó. Los huesos de la chica se doblaron bajo sus palmas. Enseguida, Diana retiró las manos. ¿De qué estaba hecha aquella niña? ¿De madera de balsa? Parecía menos sólida que los modelos de monumentos del mundo en miniatura que Diana había tenido que construir en clase. Con suavidad, volvió a apretar, una vez y otra. Cerró la nariz de la chica con los dedos, acercó su boca a los labios mortales y fríos, y sopló.

El aire penetró en el pecho de la chica, y Diana vio cómo se hinchaba, pero esta vez la fuerza excesiva parecía ir bien. De pronto, la chica empezó a toser, y el cuerpo se convulsionó mientras escupía agua salada. Diana se sentó sobre las rodillas y soltó una risa breve. Lo había conseguido. La chica estaba viva.

Tomó conciencia de lo que acababa de hacer. Por todos los perros de Hades. *Lo había conseguido. La chica estaba viva.*

E intentaba incorporarse.

—Hey —dijo Diana, pasándole un brazo por la espalda. No podía quedarse allí de rodillas, mirando cómo se retorcía sobre la arena como un pez, y tampoco podía devolverla al mar. ¿O sí? No. Los mortales se ahogaban con demasiada facilidad.

La chica se agarró el pecho y tomó aire con una fuerza espasmódica.

—Los otros —jadeó. Tenía los ojos tan abiertos que Diana podía ver el blanco alrededor del iris. Estaba temblando, pero Diana no sabía si era por el frío o por la conmoción—. Tenemos que ayudarlos...

Diana negó con la cabeza. Si existía algún otro vestigio de vida en el naufragio, ella no lo había visto. Además, el tiempo pasaba más deprisa en el mundo mortal. Aunque volviera a aventurarse a nado, era seguro que la tormenta ya se habría tragado cualquier cuerpo o resto material.

—Ya no están —dijo Diana, y de inmediato deseó haber elegido las palabras con más delicadeza. La chica abrió la boca y luego la cerró. Su cuerpo temblaba tanto que Diana pensó que se iba a romper. Pero eso era imposible, ¿verdad?

Diana registró los acantilados por encima de la playa. Alguien la podía haber visto salir nadando. Estaba segura de que ninguna otra corredora había elegido esta ruta, pero alguien podría haber visto la explosión y haber acudido a investigar.

—Tengo que sacarte de la playa. ¿Puedes caminar? —la chica asintió, pero le rechinaban los dientes, y no hizo ningún ademán de levantarse. Los ojos de Diana volvieron a estudiar el acantilado—. En serio, necesito que te levantes.

—Lo estoy intentando.

No parecía que lo estuviera intentando. Diana buscó entre sus recuerdos todas las cosas que le habían contado sobre los mortales, los aspectos más superficiales: hábitos alimenticios, temperatura del cuerpo, normas culturales. Por desgracia, su madre y sus tutores estaban más interesados en lo que Diana llamaba las Advertencias Funestas: Guerra. Tortura. Genocidio. Contaminación. Faltas gramaticales.

La chica que temblaba delante suyo no parecía susceptible de formar parte de la categoría de Advertencias Funestas. Parecía tener la misma edad aproximada que Diana, tenía la piel oscura, y el pelo era una maraña de trencitas delgadas y largas que habían quedado cubiertas de arena. Estaba demasiado débil para hacer daño a nadie más que a ella misma. Aun así, para Diana podía representar un gran peligro. Peligro de exilio. Peligro de destierro eterno. Mejor no pensar en ello. Mejor pensar en las clases con Teuta. *Traza un plan. Muchas veces las batallas se pierden porque la gente no sabe qué guerra está librando.* Muy bien. La chica no podría caminar una gran distancia en aquel estado. Tal vez eso era una buena noticia, teniendo en cuenta que Diana no tenía adónde llevarla.

Apoyó lo que esperaba que fuera una mano reconfortante sobre el hombro de la chica.

—Escucha, ya sé que estás muy débil, pero tenemos que intentar salir de la playa.

—¿Por qué?

Diana dudó, y enseguida optó por una respuesta técnicamente cierta, si bien no del todo precisa.

—Va a subir la marea.

Al parecer, funcionó, porque la chica asintió. Diana se puso en pie y le tendió la mano.

—Estoy bien —dijo la chica, hincando la rodilla y poniéndose luego de pie.

—Eres terca —dijo Diana, con cierto respeto. La chica había estado a punto de ahogarse, parecía menos sólida que el serrín y estaba hecha polvo, pero no parecía demasiado dispuesta a aceptar ayuda, y sin duda lo que Diana sugeriría a continuación no le iba a gustar:

—Tienes que subirte de caballito.

Apareció una arruga entre las cejas de la chica.

—¿Por qué?

—Porque no creo que puedas subir el acantilado.

—¿Hay un camino?

—No —dijo Diana. Esto era pura mentira. Para no discutir, Diana se puso de espaldas. Al cabo de un instante, notó un par de brazos que le rodeaban el cuello. La chica se subió de un brinco, y Diana le agarró los muslos para colocarla mejor—. Agárrate fuerte.

Los brazos de la chica se cerraron sobre su tráquea.

—¡No tan fuerte! —dijo Diana, ahogándose.

—¡Lo siento!

Aflojó un poco.

Diana salió trotando.

—No corras tanto. Creo que voy a vomitar —gruñó la chica.

—¿Vomitar? —Diana repasó sus conocimientos sobre funciones corporales y de inmediato suavizó la marcha—. No lo hagas.

—No me sueltes.

—No pesas más que un par de botas.

Diana se adentró entre los grandes peñascos que calzaban la base del acantilado.

—Necesito los brazos libres para escalar, así que tendrás que agarrarte también con las piernas.

—¿Escalar?

—El acantilado.

—¿Vas a subirme por la cara del acantilado? ¿Te has vuelto loca?

—Agárrate bien e intenta no estrangularme.

Diana adhirió los dedos a la roca y empezó a distanciarse del suelo antes de que la chica tuviera tiempo de decir nada más.

Avanzaba rápido. Era un territorio conocido. Diana había escalado aquellos riscos en incontables ocasiones desde que había empezado a visitar la costa norte, y cuando tenía doce años había descubierto la cueva a la cual ahora se dirigían. Había otras cuevas, más abajo, pero se llenaban de agua cuando subía la marea. Además, el acceso era demasiado fácil, en caso de que alguien sintiera curiosidad.

La chica volvió a gruñir.

—Ya casi llegamos —dijo Diana, para animarla.

—Tengo los ojos cerrados.

—Seguramente es lo mejor. Intenta no... ya me entiendes.

—¿Vomitarte encima?

—Sí —dijo Diana—. Eso es.

Las amazonas nunca se mareaban, pero el tema de los vómitos salía en bastantes novelas y en una descripción bastante realista de su libro de anatomía. Por suerte, no había ilustraciones.

Por fin, Diana consiguió llegar al saliente de la roca que señalaba la entrada de la cueva. La chica bajó al suelo y respiró hondo. La cueva era alta, estrecha y sorprendentemente profunda, como si alguien hubiera cortado la roca con un cuchillo de carnicero hasta el centro de la montaña. La superficie brillante de las rocas negras que formaban las paredes estaba siempre húmeda de agua de mar. Cuando era más pequeña, a Diana le gustaba imaginar que, si seguía caminando, la cueva atravesaría la montaña y saldría a un mundo totalmente diferente. Pero no era así. Sólo era una cueva, y seguiría siéndolo por mucho que deseara lo contrario.

Diana esperó a que la vista se acostumbrara a la oscuridad, y siguieron adentrándose. La vieja manta de caballo continuaba allí, envuelta en un hule y casi seca, aunque un poco mohosa, y también encontró la caja de latón con provisiones.

Pasó la manta por los hombros de la chica.

—¿No vamos a subir hasta arriba? —preguntó la chica.

—Todavía no —Diana tenía que regresar al estadio. La carrera debía de estar a punto de terminar, y no quería que la gente se preguntara dónde se había metido—. ¿Tienes hambre?

La chica negó con la cabeza.

—Tenemos que llamar a la policía. Búsqueda y rescate.

—Eso es imposible.

—No sé qué pasó —dijo la chica, que volvía a temblar—. Jasmine y Ray estaban discutiendo con el Dr. Ellis, y entonces...

—Hubo una explosión. La vi desde la orilla.

—Fue culpa mía —dijo la chica, y las lágrimas le mojaron las mejillas—. Están muertos, y es culpa mía.

—No digas eso —dijo Diana con amabilidad, en un arrebato de pánico—. Fue la tormenta —colocó la mano sobre el hombro de la chica—. ¿Cómo te llamas?

—Alia —dijo la chica, escondiendo la cabeza entre los brazos.

—Alia, ahora tengo que irme, pero...

—¡No! —dijo Alia bruscamente—. No me dejes aquí.

—Tengo que hacerlo. Necesito... buscar ayuda.

Lo que Diana necesitaba era regresar a Efeseo y pensar en cómo sacar a la chica de la isla antes de que alguien la descubriera.

Alia la agarró por el brazo, y Diana volvió a recordar el modo en que se había aferrado a aquel trozo de casco.

—Por favor —dijo Alia—. Date prisa. Tal vez puedan enviar un helicóptero. Podría haber algún superviviente.

—Volveré en cuanto pueda —prometió Diana. Pasó la caja de latón a la chica—. Aquí hay melocotones secos y frutos secos y un poco de agua fresca. No te la bebas de una sola vez.

Alia parpadeó.

—¿De una sola vez? ¿Cuánto tiempo vas a tardar?

—Tal vez unas horas. Volveré en cuanto pueda. Abrígate bien y descansa —Diana se levantó. Y no salgas de la cueva.

Alia la miró. Tenía los ojos oscuros y enfebrecidos, y una mirada temerosa pero firme a la vez. Por primera vez desde que Diana la había sacado del agua, Alia parecía estar viéndola tal como era.

—¿Dónde estamos? —preguntó—. ¿Qué lugar es este?

Diana no estaba muy segura de cómo responder, y lo único que dijo fue:

—Este es mi hogar.

Volvió a clavar las manos en la roca y salió de la cueva antes de que Alia pudiera preguntar nada más.

CAPÍTULO 2

¿Tendría que haberla atado?, se preguntaba Diana mientras escalaba el acantilado, el sol de mediodía le calentaba los hombros tras el frescor de la cueva. No. No disponía de ninguna cuerda, y atar a una chica que había estado a punto de morir no parecía lo correcto. Pero necesitaba tener listas las respuestas para cuando volviera. El naufragio había conmocionado a Alia, pero estaba volviendo en sí, y estaba claro que no era estúpida. No se contentaría con quedarse en la cueva por mucho tiempo.

Diana alargó la zancada. No tenía sentido ir a Bana-Mighdall para retirar la bandera. Volvería al estadio y se inventaría alguna excusa, pero no podía pensar más allá. Cuanto más se alejaba de los acantilados, más estúpida parecía la decisión que había tomado. Un terror frío y molesto le serpenteaba bajo las costillas. La isla tenía sus propias reglas, sus propias prohibiciones, y cada una tenía un motivo. Nadie podía llevar armas excepto en los entrenamientos y las exhibiciones. Las escasas misiones que se permitían fuera de la isla debían ser sancionadas por el Consejo de amazonas y el Oráculo, y sólo estaban destinadas a preservar el aislamiento de Themyseira.

Tenía que devolver a Alia al mundo de los mortales tan pronto como fuera posible. Para los humanos, los días pasarían mientras Alia esperaba en la cueva. Era posible que enviaran barcos de rescate en busca del barco desaparecido. Si Diana actuaba con suficiente rapidez, tal vez podría transportar a Alia en otra embarcación y hacer que se encontrara con ellos. En el caso de que la chica hablara a las autoridades sobre Themyseira y por casualidad le creyeran, Alia nunca conseguiría encontrar el camino de regreso a la isla.

El rugido grave de un cuerno resonó desde el Efeseo, y Diana se decepcionó. La carrera había terminado. Otra amazona había ganado la corona de laurel que ella había estado tan segura de lucir. *Salvé una vida*, se recordó, pero esto apenas la consoló. Si alguien descubría lo de Alia, Diana sería expulsada para siempre de su hogar. De todas las reglas de la isla, la prohibición contra los forasteros era la más sagrada. Sólo las amazonas que se habían ganado el derecho a vivir en Themyseira pertenecían a aquel lugar. Habían muerto gloriosamente en batalla, demostrando su coraje y su determinación, y si, en el último instante, pedían clemencia a una diosa, cabía la posibilidad de que se les ofreciera una nueva vida, una vida de paz y honor entre hermanas. *Atenea, Chandraghanta, Pele, Banba*. Diosas de todo el mundo, guerreras de todas las naciones. Cada amazona se había ganado su lugar en la isla. Todas menos Diana, claro.

El malestar se intensificó en sus entrañas. Tal vez el rescate de Alia no había sido una equivocación, sino algo que figuraba en el destino de Diana. Si nunca había pertenecido a la isla, tal vez el exilio era inevitable.

Aceleró el paso al divisar las torres del Efeseo, pero los pies le pesaban. ¿Qué le iba a decir a su madre?

Demasiado pronto, la carretera de tierra dejó paso a los gruesos adoquines de piedra de Istria, blancos y gastados bajo sus pies descalzos. Cuando entró en la ciudad, notó el peso de la gente que la observaba desde los balcones y los jardines abiertos, de los ojos curiosos que seguían su trayecto hasta el estadio. Era uno de los edificios más bonitos de la ciudad, como una corona de piedra blanca y brillante apoyada en unos arcos esbeltos, cada uno de ellos engalanado con el nombre de una campeona.

Diana pasó por debajo del arco dedicado a Pentesilea. Oía los vítores y el repicar de los pies, y al emerger al estadio iluminado por el sol, lo que vio era peor de lo que había esperado. No sólo había perdido. Había sido la última en llegar. Los ganadores estaban en el podio, y la entrega de los laureles ya había comenzado. Naturalmente, Rani había quedado en primer lugar. En su vida anterior había sido corredora de fondo, y seguía siéndolo ahora que era una amazona. Además, a Diana le caía muy bien. Era siempre humilde y amable y se había ofrecido incluso a entrenar a Diana. Diana se preguntaba si no sería un poco cansado ser tan espléndida siempre. Tal vez las heroínas eran así.

Mientras se dirigía al estrado, se obligó a sonreír. Aunque el sol la había ayudado a secarse, era perfectamente consciente de que llevaba la túnica hecha un desastre, y el pelo enmarañado por el agua del mar. Tal vez si fingía que la carrera no tenía importancia, no la tendría. Pero apenas había dado un par de pasos cuando Tek salió de la multitud y le pasó un brazo alrededor del cuello.

Diana se puso rígida y luego se odió a sí misma por ello, porque sabía que Tek se daría cuenta.

—Ah, pequeña Pyxis —canturreó Tek—, ¿te quedaste encallada en el barro?

Las mujeres que las rodeaban murmuraron suavemente. Todas habían entendido el insulto. Pequeña Pyxis, hecha de barro.

Diana sonrió.

—¿Me extrañaste, Tek? Tiene que haber alguien más por aquí a quien puedas juzgar.

Del gentío se oyeron algunas risitas. *Sigue caminando,* se dijo Diana. *Mantén la cabeza alta.* El problema era que Tek era una general nata. Percibía las debilidades y sabía dónde encontrar exactamente las grietas. *Tienes que dar lo máximo de ti misma,* le había advertido una vez Maeve, *o Tek no te dejará en paz. Es prudente cuando está con Hipólita, pero algún día serás tú quien ocupe el trono.*

No si Tek se sale con la suya, pensaba Diana.

—No te enfades, Pyxis —dijo Tek—. Siempre hay una próxima vez. Y otra.

Mientras se abría paso entre las espectadoras, Diana oyó a las amigas de Tek, que se unían al coro.

—Tal vez moverán la línea de meta para la próxima carrera —dijo Otrera.

—¿Por qué no? —respondió Thyra—. Las reglas son diferentes cuando perteneces a la realeza.

Era un desaire directo contra su madre, pero Diana sonrió como si nada en el mundo pudiera molestarla.

—Es increíble que haya gente que no se canse nunca de la misma canción, ¿no es cierto? —dijo mientras subía a grandes zancadas los escalones que conducían al palco real—. Si sólo has aprendido un baile, supongo que tienes que seguir bailándolo.

Algunas espectadoras asintieron con aprobación. Querían una princesa que no se inmutara ante los comentarios mordaces, que no se doblegara, que fuera capaz de pelear con las palabras y no con los puños. Al fin y al cabo, ¿qué mal había hecho Tek en realidad? A veces, Diana deseaba que Tek la desafiara directamente. Ella saldría perdiendo, pero prefería recibir una paliza a fingir de manera constante que las provocaciones y las burlas no la afectaban. Era muy cansado saber que, cada vez que fallara en algo, alguien estaría allí para recordárselo.

Pero esto no era lo peor. Por lo menos Tek era honesta con lo que pensaba. Lo más duro era saber que, aunque muchas de las personas que ahora le sonreían y fueran amables con ella, aunque le mostraran su lealtad porque era la hija de su madre y porque amaban a su reina, nunca creerían que Diana era digna de caminar entre ellas, y aún menos de llevar la corona. Y tenían razón. Diana era la única amazona que no había nacido amazona.

Si Tek descubría lo de Alia, si sabía lo que Diana había hecho, tendría todo lo que siempre había deseado: Diana sería expulsada de la isla, la chica de barro se perdería en el Mundo del Hombre, y Tek ya no tendría que desafiar directamente a Hipólita.

Pues no lo va a descubrir, se prometió Diana. *Tiene que haber algún modo de sacar a Alia de la isla.* Diana sólo necesitaba conseguir una embarcación, meter en ella a Alia y encontrar a algún ser humano para entregarla al otro lado de la frontera.

O también podía decir la verdad. Afrontar el ridículo, un juicio en el mejor de los casos, el exilio inmediato en el peor de ellos. Los mandatos de las diosas que habían creado Themyseira no debían tomarse a la ligera, y ninguna ofrenda a Hera ni ninguna oración a Atenea cambiarían lo que ya había hecho. ¿Declararía la madre de Diana en su favor? ¿Ofrecería excusas por el comportamiento de su hija? ¿O se limitaría a seguir el castigo que exigía la ley? Diana no sabía cuál de las dos cosas era peor.

Ni hablar. Conseguiría un barco.

Subió la escalinata hasta el palco de la reina, perfectamente consciente de que toda la atención había pasado del podio de las vencedoras a ella. La luz se filtraba por el toldo de seda, y proyectaba una luz roja y azul sobre la plataforma sombreada. El jazmín caía por las barandas en nubes de aroma dulzón. En Themyseira no había estaciones, pero Hipólita hacía cambiar los viñedos y las plantas con cada equinoccio y solsticio. *Debemos marcar el tiempo*, había dicho a Diana. *Debemos trabajar para mantener nuestra conexión con el mundo mortal. No somos diosas. Debemos recordar siempre que nacimos mortales.*

No todas, había pensado Diana, pero entonces no lo había dicho. A veces parecía que Hipólita se olvidara del origen de Diana. O tal vez lo hacía a propósito. *Las reglas son diferentes cuando perteneces a la realeza.*

Diana estaba segura de que su madre la había visto en cuanto había entrado en el estadio, pero ahora Hipólita volteó como si la viera por primera vez, y le dio la bienvenida con una sonrisa.

Abrió los brazos y abrazó brevemente a su hija. Era lo correcto. Diana había perdido. Si su madre mostraba demasiado cariño, se percibiría como un acto estúpido o inapropiado. Si trataba a Diana con demasiada frialdad, podía ser visto como un rechazo y tener

34

repercusiones a largo plazo. El abrazo fue el que tenía que ser, y nada más, un malabarismo en el filo de la espada de la política. Entonces, ¿por qué, igualmente, le escoció en el corazón?

Diana sabía cuál era su papel. Permaneció junto a su madre mientras colocaban las coronas de laurel sobre las cabezas de las vencedoras, sonrió y felicitó a las participantes en la carrera. Pero aquella sensación de frío en la panza parecía haber alargado sus tentáculos, y a cada minuto que pasaba estrujaba con más fuerza. Se forzó a no actuar con nerviosismo, y dejó de comprobar a cada minuto la posición del sol en el cielo. Sabía que su madre notaría que le pasaba algo. La esperanza de Diana era que Hipólita justificara su comportamiento por la vergüenza de haber perdido la carrera.

Los juegos iban a continuar a lo largo de toda la tarde, seguidos por una obra de nueva creación en el anfiteatro por la noche. Diana esperaba poder volver antes a la cueva, pero no podía escapar del primer festín. Se habían instalado unas mesas largas en los jardines junto al estadio, cargadas de pan caliente, montañas de sepia cocida, carne de venado a tiras, jarras de vino y leche de yegua.

Diana se obligó a comer un poco de arroz con pescado, y movió en círculos por el plato un azucarillo fresco. Era lo que más le gustaba, pero tenía el estómago demasiado lleno para preocuparse. Notó la mirada interrogativa de Maeve desde la otra punta de la mesa, pero tenía que permanecer junto a su madre. Además, ¿qué iba a decirle exactamente a Maeve? *Habría ganado seguro pero estaba demasiado ocupada incumpliendo la ley divina.*

—En Ponto hubiéramos comido cordero asado en asador —dijo Tek, empujando el venado que tenía en el plato—. Carne de verdad, no esta cosa que sabe tan fuerte.

En la isla no se criaban animales para la matanza. Si alguien quería carne, había que cazarla. No era una regla creada por las diosas ni una condición que exigía la isla, sino una ley de Hipólita. Valoraba a todos los seres vivos. Tek valoraba su estómago.

Hipólita se echó a reír.

—Si no te gusta la carne, bebe más vino.

Tek alzó la copa y brindaron, y luego juntaron las cabezas, riendo como colegialas. Diana nunca había visto a nadie que hiciera reír a Hipólita como lo hacía Tek. Habían luchado codo con codo en el mundo de los mortales, habían gobernado juntas, habían discutido juntas, y juntas habían decidido alejarse del Mundo del Hombre. Eran *prota adelfis*, las primeras amazonas de Themyscira, hermanas en todo menos en la sangre. Tek no odiaba a Hipólita (Diana estaba bastante segura de que no podía odiarla), sólo odiaba el hecho de que hubiera creado a Diana. Hipólita había fabricado una vida de la nada. Había dado vida a una niña en Themyscira. Había hecho una amazona, y sólo las diosas podían hacer algo semejante.

Una vez, cuando era apenas una niña, se había despertado en la habitación de palacio y las había oído discutir. Había bajado de la cama, sintiendo el frío del mármol bajo sus pies, y había caminado sin hacer ruido hasta el jardín de Yolanda.

Era el corazón de la casa, una amplia terraza con gráciles columnas que daba a los jardines de más abajo y a la ciudad. El palacio estaba lleno de objetos que daban pistas sobre el mundo que su madre había conocido antes de la isla (una copa de oro, un cáliz negro pintado con mujeres bailando, una silla hecha de fieltro peludo), piezas de un rompecabezas que Diana nunca había sido capaz de completar. Pero el jardín de Yolanda no tenía misterios. Recorría todo el lateral occidental del palacio, estaba abierto por tres de los lados para que siempre lo inundara la luz del sol y el sonido de las fuentes que borboteaban en los jardines inferiores. Las enredaderas se entrelazaban alrededor de las columnas, y la balaustrada estaba acotada por naranjos en macetas que atraían el rumor de abejas y ruiseñores.

Diana y su madre comían casi siempre allí, en una mesa larga que siempre estaba atestada de libros escolares de Diana, vasos de vino medio llenos, platos de higos o ramos de flores recién cortadas. Era ahí donde Hipólita daba la bienvenida a Themyscira a las nuevas amazonas, después de que hubieran sido purificadas, y les explicaba con voz grave y elegante las reglas de la isla.

Pero cuando estaba con Tek, Hipólita dejaba de ser la reina digna y benevolente. Tampoco era la madre que Diana conocía, era otra persona, algo salvaje y descuidada, una persona que se encorvaba en la silla y hacía ruidos al reír.

Aquella noche, Hipólita no reía. Recorría la terraza a grandes pasos, las sedas de su túnica de color azafrán se inflaban tras ella como un estandarte de guerra.

—Es una niña, Tek. No puede ser peligrosa.

—Es un peligro para nuestro modo de vida —dijo Tek. Estaba sentada en un banco ante la mesa larga, vestida con su ropa de montar, tenía los codos hincados en la mesa y las piernas estiradas—. Ya conoces la ley. Nada de forasteras.

—No es una forastera. Es una niña pequeña. Fue creada con la tierra de esta misma isla, moldeada con mis propias manos. Ni siquiera ha salido de aquí.

—Hay reglas, Hipólita. Somos inmortales. No estamos destinadas a concebir, y la isla es para las que hemos conocido los peligros del Mundo del Hombre, las que hemos luchado contra la marea incesante de violencia mortal, las que elegimos dar la espalda a todo aquello. Tú no tenías derecho a tomar esa decisión por Diana.

—Crecerá en un mundo sin conflictos. Caminará sobre una tierra donde nunca se ha derramado sangre.

—Entonces, ¿cómo aprenderá a valorarlo? Las diosas no quisieron esto. Fijaron sus leyes por una razón, y tú las has subvertido.

—¡Las diosas la bendijeron! La dotaron de aliento vital, hicieron que mi sangre fluyera por sus venas, le concedieron los dones que posee —se sentó al lado de Tek—. Sé razonable. ¿Crees que yo tengo el poder de darle la vida? Sabes que ninguna de nosotras posee ese tipo de magia.

Tek tomó las manos de Hipólita. Sentadas de aquel modo, de las manos, parecía que estuvieran haciendo un pacto, urdiendo un plan maravilloso.

—Hipólita —dijo Tek, con suavidad—. ¿Cuándo conceden las diosas un don como este sin reclamar un precio? Siempre hay un peligro, siempre hay un precio, aunque todavía no lo hayamos visto.

—¿Y qué quieres que haga?

—No lo sé —Tek se levantó y posó las manos sobre la balaustrada, contemplando la extensión oscura de ciudad y mar. A Diana le sorprendió ver la cantidad de faroles que todavía estaban encendidos en las casas de abajo, como si fuera la hora indicada para que las adultas discutieran—. Tú nos has puesto en una posición imposible. Esto va a tener un precio, y lo has hecho sólo para poder tener algo que pudieras considerar propio.

—Nos pertenece a nosotras, Tek. A todas nosotras.

Hipólita posó la mano sobre el brazo de Tek, y por un instante, Diana pensó que iban a hacer las paces, pero de pronto Tek se la quitó de encima.

—Tú tomaste la decisión. Justifícalo como quieras, Alteza, pero todas pagaremos el precio.

Ahora Diana observaba cómo Tek y su madre hablaban como si aquella discusión y todas las que siguieron no tuvieran importancia, como si la tortura habitual a la que Tek sometía a Diana fuera un juego divertidísimo. Hipólita nunca había dado importancia al comportamiento de Tek, a su frialdad, y afirmaba que se iría difuminando al ver que los años pasaban sin que ningún desastre se cerniera sobre Themyscira. Pero en realidad las cosas habían empeorado. Diana tenía casi diecisiete años, y el único cambio era que ahora representaba un blanco todavía más fácil.

Diana parpadeó para mirar el reloj de sol colocado en el centro del terreno donde se celebraba el banquete. Alia llevaba ya casi tres horas sola en la cueva. Diana no tenía tiempo para preocuparse por Tek. Necesitaba encontrar el modo de conseguir un barco.

Como si le pudiera leer el pensamiento, Tek comentó:

—¿Acaso tienes que estar en algún otro lugar, princesa?

Con los ojos ligeramente cerrados, le lanzaba una mirada especulativa. Tek veía demasiadas cosas. Tal vez por eso era una líder tan extraordinaria.

—No se me ocurre ninguno —dijo Diana, con suavidad—. Pero si no te conociera, pensaría que tienes ganas de que me vaya.

—Por favor, ¿cómo puedes pensar algo así?

—Ya basta —dijo Hipólita con un gesto, como si fuera capaz de borrar las discusiones. Y, en efecto, los músicos se pusieron a tocar y la mesa del banquete se llenó de canciones y carcajadas.

Diana siguió removiendo la comida dentro del plato y se esforzó en parecer alegre mientras el sol trazaba un arco hacia el oeste. No podía ser la primera en marcharse y arriesgarse a parecer enfadada por haber perdido. Por fin, Rani se levantó de la mesa y estiró los brazos y las piernas.

—¿Quién hace una carrera hasta la playa? —preguntó—. ¡A ver si me alcanzan!

Muchas amazonas se levantaron de las sillas, gritando y vitoreando, y siguieron a Rani hasta la orilla, a la espera de que empezara la siguiente ronda de competencias. Diana aprovechó la ocasión para escabullirse hasta la alcoba donde la esperaba Maeve. Llevaba una túnica ajustada de terciopelo que no podía llamarse vestido y que había combinado con unas sandalias y una diadema de cuentas verdes claras trenzada al pelo rojizo.

—Creo que se te olvidaron los pantalones —dijo Diana cuando Maeve le pasó el brazo por la espalda y se dirigieron al palacio.

—Hay dos cosas que me encantan de este lugar, la falta de lluvia y la inexistencia de propiedades. Dulce Madre de Todas las Cosas Buenas, pensaba que el banquete no se iba a acabar nunca.

—Ya lo sé. Me tocó enfrente de Tek.

—¿Fue horrible?

—No más de lo habitual. Creo que se comportó porque estaba con mi madre y con Rani.

—Es difícil ser mezquina cuando estás con Rani. Con ella siempre tienes la sensación de que deberías dedicar tu tiempo a mejorar como persona.

—O a grabar su perfil en una moneda —pasaron por debajo de una columnata que daba a los viñedos retorcidos—. Maeve —dijo Diana fingiendo la máxima despreocupación—. ¿Sabes si el Consejo ha mencionado si tiene prevista alguna misión en el horizonte?

—No vuelvas a empezar.

—Sólo era una pregunta.

—Aunque si por casualidad así fuera, tu madre nunca te dejaría ir.

—No puede tenerme aquí encerrada eternamente.

—Pues sí puede. Es la reina, ¿recuerdas? —Diana hizo una mueca, pero Maeve continuó—. Va a utilizar cualquier excusa para que no vayas a ninguna parte, y hoy le diste una muy buena. ¿Qué pasó? ¿Qué salió mal?

Diana dudó. No quería mentirle a Maeve. No quería mentirle a nadie. Aun así, si compartía el secreto, Maeve se vería obligada a revelar el delito de Diana o bien a guardar secreto y arriesgarse ella misma al exilio.

—Había unas rocas que bloqueaban la ruta del norte —dijo Diana—. Algún tipo de derrumbe.

Maeve frunció el ceño.

—¿Un derrumbe? ¿Crees que te siguió alguien? ¿Que alguien conocía tu ruta?

—No estarás sugiriendo un sabotaje. Tek no sería capaz de...

—¿Segura que no?

No, pensó Diana, pero no lo dijo. *Tek no cree que tenga que sabotearme. Cree que fracasaré yo sola.* Y Diana le había dado la razón.

—Escucha —dijo Maeve, sujetando los hombros de Diana—. Habrá otras carreras, y...

De pronto, Maeve dio un tirón al brazo de Diana. Puso los ojos en blanco y empezó a tambalearse.

—¡Maeve! —exclamó Diana. Maeve cayó de rodillas. Diana le pasó un brazo por la cintura, para sostenerla. La piel de su amiga tenía un tacto extraño. Estaba demasiado caliente.

—¿Qué te pasa? ¿Qué tienes?

—No lo sé —jadeó Maeve, y luego dobló el cuerpo y gritó de dolor. Un segundo después, Diana sintió el eco de la angustia de Maeve. Todas las amazonas estaban conectadas por la sangre, incluso Diana a través de su madre. Cuando una de ellas sentía dolor, todas lo compartían.

Algunas mujeres ya llegaban corriendo, comandadas por Tek.

—¿Qué pasó? —preguntó Tek, ayudando a Meve a ponerse de pie.

—Nada —dijo Diana, temerosa—. Estábamos hablando y...

—Por los perros del infierno —profirió Tek—. Está ardiendo de fiebre.

—¿Una infección? —preguntó Thyra.

Diana negó con la cabeza.

—No tiene heridas.

—¿Podría ser algo que haya comido? —propuso Otrera.

Tek se echó a reír.

—¿En el banquete? No seas absurda. Maeve, ¿saliste al bosque, hoy? ¿Comiste algo? ¿Setas? ¿Bayas?

Maeve negó con la cabeza. Su cuerpo se convulsionó y sollozó débilmente.

—Metámosla en la cama e intentemos bajarle la temperatura del cuerpo —dijo Tek—. Traigan agua, hielo de las cocinas. Thyra, ve a buscar a Yijun. Tiene experiencia como médico de campo. Llevaremos a Maeve al dormitorio de palacio.

—Ahora Maeve vive en el Caminus —dijo Diana. Las nuevas amazonas pasaban los primeros años en el dormitorio adyacente al palacio, hasta que elegían en qué parte de la ciudad querían vivir. Diana había visitado el nuevo alojamiento de Maeve apenas hacía unos días.

—Si es contagioso, tendremos que aislarla. El dormitorio está vacío, y será fácil ponerlo en cuarentena.

—¿Contagioso? —dijo Otrera, horrorizada.

—Ve —ordenó Tek.

Thyra corrió a buscar al médico, y Diana voló a las cocinas de palacio por una jarra de hielo. Cuando regresó al dormitorio, Maeve estaba acurrucada bajo una sábana delgada, temblando. Diana colocó la jarra junto a la cama y contempló impotente a su amiga.

—¿Qué le pasa?

—Tiene fiebre —dijo Tek, con voz sombría—. Está enferma.

No podía ser cierto. No era posible.

—Las amazonas no se enferman.

—Pues lo está —le soltó Tek.

Thyra entró a toda prisa en la habitación, con el pelo dorado revoloteando.

—El médico está en camino, pero se declararon otras dos alarmas en la ciudad.

—¿De fiebre? ¿Participaron en el banquete?

—No lo sé, pero...

De pronto, pareció que la habitación entera se movía. Las paredes temblaron, y el suelo se alzó como una bestia que se despierta de un sueño profundo. La jarra de agua se inclinó y cayó sobre las baldosas. Thyra se estampó contra la pared, y Diana tuvo que agarrarse al quicio de la puerta para no caer.

El temblor cesó tan rápido como había comenzado. Las únicas señales de lo que había pasado eran la jarra rota y las lámparas que seguían balanceándose en los ganchos.

—¡Por las trenzas de Freyja! —dijo Thyra—. ¿Qué fue eso?

La expresión de Tek era sombría.

—Un temblor.

—¿Aquí? —dijo Thyra, incrédula.

—Tengo que hablar con la reina —dijo Tek—. Esperen al médico.

Salió a grandes zancadas de la habitación, aplastando con las botas los pedazos de cristal y hielo.

Diana desplegó una manta y cubrió a Maeve. Retiró el pelo rojo de la cara de su amiga. Bajo las pecas, la piel de Maeve estaba demasiado blanca, y los ojos se movían inquietos tras los párpados pálidos. Contagio. Cuarentena. Temblor. Aquellas palabras no encajaban con Themyscira. ¿Y si las había traído Alia? ¿Y si Diana había llevado a su gente este lenguaje de aflicción?

Ningún mortal debía poner el pie en Themyscira. La ley era clara. En toda la historia de las amazonas, sólo dos mujeres se habían atrevido a violarla. Kahina había traído a una niña mortal de una misión, desesperada por salvarla de la muerte en el campo de batalla. Había suplicado que le permitieran criar a la niña en la isla, pero al final ambas habían sido exiliadas al Mundo del Hombre. La segunda era Nessa, que había tratado de introducir en secreto a su amante mortal a bordo de un barco, cuando regresaba a Themyscira.

De niña, Diana solía pedir que le contaran la historia de Nessa una y otra vez, y siempre se revolvía en la cama, esperando con ansiedad oír el horrible final, la imagen de Nessa plantada en la orilla, despojada de su armadura, mientras la tierra temblaba y los vientos aullaban, de tan enfadada que estaba la isla, de tan airadas que estaban las diosas. Diana recordaba a la perfección el último fragmento de la historia, tal como la relataba la poetisa Evandre:

Una por una, sus hermanas le dieron la espalda como debían, y aunque lloraron, las lágrimas saladas no hicieron mella en el mar. Así, Nessa pasó de la compasión a las neblinas, y de ahí a las tierras lejanas, donde los hombres respiran la guerra como si fuera aire, y la vida es como el aleteo de una polilla, apenas visible, apenas comprendida antes de desvanecerse. ¿Qué podemos decir de su sufrimiento, excepto que fue breve?

Diana sentía un escalofrío cada vez que escuchaba estas palabras. Había observado las polillas que se concentraban alrededor de las lámparas de la terraza de su madre y había intentado fijar la mirada en el borrón de sus alas. Expulsada. Así de rápido. Pero ahora eran otras las palabras de Evandre que recordaba con la sensación terrible de que las comprendía por fin: *La tierra temblaba y los vientos aullaban, de tan enfadada que estaba la isla, de tan airadas que estaban las diosas.* Al rescatar a Alia, Diana había creído que el riesgo que tomaba le concernía sólo a ella, no a sus hermanas, no a Maeve.

Diana apretó la mano de su amiga.

—Volveré —le susurró.

Salió a toda prisa por la puerta y corrió por la zona de columnas que conectaba el dormitorio con el palacio.

—¡Tek! —llamó, corriendo para alcanzarla.

Cuando Tek volteó, se produjo otro temblor. Diana se estrelló en una columna, y se dio un golpe en el hombro contra la piedra. Tek apenas aminoró el paso.

—Vuelve con tu amiga —le dijo, mientras Diana la seguía escaleras arriba hasta llegar a los aposentos de la reina.

—Tek, ¿qué está provocando todo esto?

—No lo sé. Hay algún desequilibrio.

Tek irrumpió en las habitaciones superiores de los aposentos reales sin vacilar. Hipólita estaba sentada ante la mesa larga, hablando con una de sus corredoras, una chica de pies ligeros llamada Saaba.

Hipólita alzó la vista cuando entraron.

—Ya lo sé, Tek —dijo—. Hice venir a una corredora en cuanto se produjo el primer terremoto —dobló el mensaje que había escrito, lo selló con cera roja y lo marcó con su anillo—. Corre a Bana-Mighdall tan rápido como puedas, pero ten cuidado. Algo extraño sucede en la isla.

La corredora desapareció por las escaleras.

—Ha habido por lo menos tres incidentes de enfermedad —dijo.

—¿Estás segura de que se trata de eso? —preguntó Hipólita.

—Yo misma he visto a una de las víctimas.

—Maeve —añadió Diana.

—Tal vez esté afectando primero a las amazonas más jóvenes —dijo Hipólita.

—No a todas —murmuró Tek, mirando de soslayo a Diana.

Pero Hipólita estaba concentrada mirando al mar occidental. Suspiró y dijo:

—Tendremos que consultar al Oráculo.

Diana notó un pinchazo en el estómago. El Oráculo. Entonces no habría escapatoria.

Tek asintió, con una expresión de resignación en el rostro. Consultar al Oráculo no era una decisión nimia. Exigía un sacrificio, y si el Oráculo creía insuficiente el tributo de las amazonas, era capaz de infringir toda clase de castigos.

—Encenderé las hogueras de alarma para reunir al Consejo —dijo Tek, y salió sin decir nada más.

Todo estaba sucediendo demasiado rápido. Diana siguió a Hipólita a sus aposentos.

—Madre...

—Si cabalgan deprisa, las integrantes del Consejo pueden llegar en menos de una hora —dijo Hipólita. Algunas de ellas vivían en el Efeseo o en Bana-Mighdall, pero otras preferían las partes más aisladas de la isla y se enterarían por las hogueras.

Hipólita se despojó de la ropa cómoda de montar y de la diadema de plata que había lucido en el estadio, y al cabo de un instante salió del vestidor ataviada con unas sedas del color púrpura intenso de las ciruelas maduras, el hombro derecho cubierto por una hombrera de metal dorado y escalas de malla brillante. La armadura era puramente ornamental, el tipo de atuendo que sólo utilizaba para los asuntos de Estado. O para las reuniones de emergencia del Consejo.

—¿Me ayudas a amarrarme el pelo? —dijo Hipólita. Se sentó delante del gran espejo y eligió una diadema de oro tachonada con pesados pedazos de amatista en bruto de una caja con el interior revestido de terciopelo.

A Diana le parecía raro encontrarse allí trenzando los cabellos azabache de su madre mientras el mundo que las rodeaba podía estar desmoronándose, pero una reina tenía que parecer una reina ante su pueblo.

Diana se armó de valor. Tenía que hablar a su madre de Alia. No podía permitir que se presentara a la reunión del Consejo sin saberlo. Tal vez no se trate de Alia. Podría ser alguna perturbación en el Mundo del Hombre. Algo. Cualquier cosa. Pero Diana no lo creía. Cuando el Consejo consultara al Oráculo, descubrirían a Alia y Diana iría directa al exilio. Su madre quedaría en una posición de debilidad, por ser demasiado indulgente. No todo el mundo amaba a Hipólita como lo hacía Tek, y no todo el mundo creía que las amazonas debían ser gobernadas por una reina.

—Madre, hoy, durante la carrera...

Los ojos de Hipólita se encontraron con los de Diana en el espejo, y la reina le apretó la mano con suavidad.

—Hablaremos de eso más tarde. Pero no debes avergonzarte por haber perdido.

Aquello no era para nada cierto, pero Diana dijo:

—No se trata de eso.

Hipólita se colocó dos amatistas más en los lóbulos de las orejas.

—Diana, no te puedes permitir más derrotas como esta. Yo ya pensaba que no ganarías...

—¿En serio?

Diana no podía soportar el dolor que se esparcía por todo su cuerpo, el tono de sorpresa que oía en su propia voz.

—Claro que no. Todavía eres joven. No eres tan fuerte ni tan experimentada como las otras. Esperaba que quedaras bien clasificada, o que por lo menos...

—¿Que por lo menos no te humillara?

Hipólita alzó una ceja.

—Es preciso algo más que una derrota en una carrera para dejar en evidencia a una reina, Diana. Pero no estabas preparada, y eso significa que tendrás que trabajar todavía más duro para ponerte a prueba en el futuro.

El modo en que su madre evaluaba sus posibilidades era igual que el abrazo mesurado que le había dado en la plataforma, igual de práctico, igual de doloroso.

—Sí estaba preparada —dijo Diana, con terquedad.

Hipólita le dirigió una mirada tan amable, cariñosa y llena de compasión, que a Diana le dieron ganas de gritar.

—El resultado habla por sí mismo. Ya llegará tu momento.

Pero no llegaría. No, si nunca le daban una oportunidad. No, si ni siquiera su madre la creía capaz de ganar una estúpida carrera. Y luego estaba Alia. *Alia*.

—Madre —volvió a intentarlo Diana.

Pero Hipólita ya estaba saliendo a toda velocidad de sus aposentos. La luz de las lámparas iluminaba el oro de su armadura. La tierra tembló, pero sus pasos apenas se alteraron, como si hasta su zancada proclamara: "Soy reina y amazona; tierra, haces bien en temblar".

Diana se vio reflejada en el espejo: una chica con el pelo oscuro y la ropa andrajosa, los ojos azules llenos de preocupación, los dientes mordiendo el labio inferior como un actor que se retuerce las manos en la escena culminante de una tragedia. Cuadró los hombros y alzó la barbilla. Tal vez Diana no era una reina, pero las integrantes del Consejo no eran las únicas que podían hacer una petición al Oráculo. *Soy la princesa de Themyscira*, dijo a la chiquilla niña del espejo. *Hallaré mis propias respuestas*.

CAPÍTULO 3

Diana corrió a su habitación para cambiarse de ropa y llenar una mochila de viaje con una manta, cuerda, linterna y un pedernal, y los vendajes enrollados que usaba para las manos cuando boxeaba. Funcionarían bien como vendas si no había más remedio. Habían pasado cuatro horas desde que Diana había dejado a Alia en la cueva. La chica debía de estar aterrorizada. *Por la corona de Hera, ¿y si intenta bajar el precipicio?* Diana hizo una mueca al pensarlo. Alia tenía menos sustancia que una bolsa de leña para prender. Si intentaba salir de la cueva, sólo conseguiría lastimarse. Pero no había tiempo para regresar a los acantilados. Si Diana quería arreglar el entuerto, necesitaba hablar con el Oráculo antes de que lo hiciera el Consejo.

Abrió una caja verde de esmalte que guardaba junto a la cama, y luego dudó. Nunca había ido a ver al Oráculo, pero Diana sabía que era peligroso. Tenía la capacidad de ver lo más profundo del corazón de una amazona y lo que iba a pasar en el futuro. En el humo del fuego ritual, seguía miles de vidas a lo largo de miles de años, observando el modo en que avanzaban las corrientes y lo que se podía hacer para alterar su curso. El acceso a sus predicciones siempre tenía un precio muy alto. Lo importante era acudir con una ofrenda que pudiera complacerla, algo personal, que fuera esencial para la suplicante.

La caja verde de esmalte contenía los objetos más queridos de Diana. Lo metió todo en la mochila y bajó corriendo las escaleras. Durante el banquete había ido guardándose comida en el bolsillo, pero se detuvo en la cocina para tomar una bota llena de vino caliente con especias. Aunque las cocinas solían ser un lugar caótico y ajetreado, hoy el personal trabajaba con una sombría determinación y unos aromas extraños se alzaban en nubes de vapor desde las cacerolas.

—Corteza de sauce —dijo una de las cocineras cuando Diana destapó un recipiente para ver lo que había—. Estamos extrayendo ácido salicílico para bajar las fiebres —le pasó la bota la piel de cabra—. Dile a Maeve que esperamos que se recupere pronto.

—Gracias —se limitó a decir Diana. No quería seguir sumando mentiras a la lista de aquel día.

Las calles de la ciudad estaban llenas de ruido y de bullicio. La gente corría arriba y abajo con alimentos, medicinas y provisiones para reparar los edificios dañados por los temblores. Diana se puso la capucha. Sabía que su lugar estaba en medio de todo aquello, ayudando a las demás, pero si sus sospechas sobre Alia eran correctas, la única solución era sacarla de la isla lo antes posible.

Un vistazo al puerto le bastó para saber que robar una barca iba a ser casi imposible. El viento se había convertido en un auténtico vendaval, y el cielo se había puesto de color pizarra. Los muelles hervían de amazonas que intentaban asegurar la flota antes de que la tormenta descargara con todas sus fuerzas.

Diana salió de la ciudad por la carretera del este, el camino más directo para dirigirse al templo del Oráculo. Estaba flanqueado por bosquecillos de olivos, y cuando se hubo refugiado en ellos, se echó a correr lo más rápido que pudo.

Pronto dejó atrás los olivares, atravesó viñedos y ordenadas hileras de melocotoneros con sus frutos, luego pasó por las colinas bajas que bordeaban el pantano que ocupaba el centro de la isla.

Cuanto más se acercaba Diana al pantano, más intranquila estaba. El pantano descansaba a la sombra del monte Ptolema y era el único lugar de la isla que se encontraba en un estado de sombra casi permanente. Diana nunca se había aventurado en él. Se contaban historias sobre amazonas que habían penetrado en sus profundidades para visitar al Oráculo y habían salido llorando o completamente locas. Cuando Clarisa había pedido audiencia en el templo, había vuelto a la ciudad farfullando y temblando, con los vasos sanguíneos de ambos ojos rotos y las uñas totalmente roídas. Nunca había contado lo que había visto, pero al día de hoy, Clarisa (una soldado curtida que gustaba de entrar en la batalla armada solamente con un hacha y su coraje) todavía seguía durmiendo con una lámpara encendida al lado de la cama.

Diana estaba temblando cuando penetró en las sombras de los árboles del pantano, decorados con velos de musgo como si fueran asistentes a un funeral, las raíces expuestas, enormes y retorcidas proyectaban sombras siniestras sobre las aguas turbias. No se oía el ruido de la tormenta que se acercaba, ni el trino familiar de ningún pájaro, ni siquiera el viento. El pantano tenía su propia música siniestra: el salpicar del agua cuando algún ser con la espalda joroba-da rompía la superficie y se desvanecía con el aleteo de su larga cola, el rumor de los insectos, los susurros que se alzaban y desapa-recían sin razón aparente. Diana escuchó que alguien pronunciaba su nombre, como un aliento helado junto a su oído. Pero cuando volteó, con el corazón retumbando, no había nadie. Vislumbró algo, con piernas largas y peludas que se escabullía hacia una rama cerca-na, y aceleró el paso.

Diana siguió avanzando hacia lo que esperaba que fuera el este, adentrándose en el pantano a medida que la oscuridad iba ganando terreno. Estaba convencida de que alguien la seguía, tal vez diversos seres a la vez. Oía el rumor de unas piernas que crepitaban por encima de su cabeza. A su izquierda, pudo ver el brillo de lo que podían ser unos ojos negros y brillantes entre unas guirnaldas col-gantes de musgo nudoso.

Aquí no hay nada que temer, se dijo, y casi pudo oír la carcajada grave y gorjeante del pantano.

Sintió un escalofrío, pasó entre una cortina de enredaderas ligadas por racimos lechosos de telarañas y se detuvo. Había imaginado que el templo del Oráculo sería como los edificios abovedados que ilustraban sus libros de historia, pero en realidad se enfrentaba a un denso matorral de raíces de árboles, una barricada tejida de ramas que se alzaba alta y ancha como el muro de una fortaleza. Era difícil decir si aquel muro había sido construido o si simplemente había crecido desde el pantano. En el centro había una abertura, una boca abierta de una oscuridad más profunda y negra que cualquier cielo sin estrellas. De ahí emanaba un rumor grave y discordante, el murmullo hambriento de un enjambre, un nido de avispas a punto de reventar.

Diana se armó de valor, se ajustó la mochila y tomó el camino de piedras negras y húmedas que conducía a la entrada, saltando de una a otra por encima de unas aguas del color gris mate, de un espejo emborronado, resbalando con las sandalias sobre la superficie brillante.

Al acercarse a la entrada, el aire era extrañamente espeso. Se adhería con fuerza a su piel, húmedo y desagradablemente caliente, mojado como la lengua colgante de un animal. Encendió la linterna que llevaba colgando de la mochila, tomó aliento y entró.

Al instante, la lámpara se apagó. Diana oyó unos susurros a su espalda y volteó para ver cómo el nudo de raíces se cerraba sobre la boca del túnel. Corrió hacia la entrada, pero era demasiado tarde. Estaba sola en la oscuridad.

El corazón le latía a toda velocidad. Sobre el vibrante murmullo de los insectos, oía las enredaderas y las raíces que se mecían a su alrededor, y de pronto se convenció de que iban a cerrarse, atrapándola para siempre en aquel muro enmarañado.

Se obligó a seguir hacia delante, con las manos extendidas ante sí. Su madre no tendría miedo de unas cuantas ramas. Y Tek, quizá, dirigiría una mirada exterminadora a aquellas raíces y, literalmente, las aniquilaría.

El susurro se volvió más fuerte y más humano, como un suspiro, un sonido agudo que subía y bajaba como el llanto de un niño. *No tengo miedo. Soy una amazona y no tengo nada que temer de esta isla.* Pero aquel lugar parecía más antiguo que la isla. Parecía más antiguo que cualquier otra cosa.

Poco a poco se dio cuenta de que el túnel se elevaba en una ligera cuesta y de que podía ver las sombras borrosas de sus propias manos, la textura tejida de raíces de las paredes. En algún lugar, más adelante, había luz.

El túnel desembocaba en una habitación redonda, con el techo abierto al cielo. Diana había salido a última hora de la tarde, pero el cielo que ahora contemplaba era negro y estaba lleno de estrellas. Le entró el pánico, pensó que tal vez dentro del túnel había perdido la noción del tiempo, pero luego se dio cuenta de que las constelaciones que tenía encima estaban mal colocadas. Fuera cual fuera el cielo que estaba viendo, no era el suyo.

Las paredes espinosas sostenían antorchas encendidas con llamas plateadas que no daban calor, y una fosa de agua clara resonaba por todo el perímetro de la habitación. En el centro, en un círculo de piedra perfectamente plano, una mujer cubierta con un manto estaba sentada junto a un brasero de bronce que colgaba de un trípode colocado junto a una delicada cadena. En el brasero, un fuego de verdad quemaba con un color naranja intenso, y mandaba una columna de humo hacia el cielo estrellado.

La mujer se levantó y la capucha le cayó hacia atrás, dejando al descubierto un pelo cobrizo y una piel pecosa.

—¡Maeve! —gritó Diana.

El rostro del Oráculo cambió. Ahora era una niña de ojos grandes, luego una bruja marchita, luego Hipólita con sus pendientes de amatista. Ahora era un monstruo con colmillos negros y ojos como ópalos, luego una belleza deslumbrante, con la nariz recta y los labios gruesos enmarcados por un yelmo dorado. Dio un paso adelante; las sombras cambiaron de lugar. Ahora era Tek, pero una Tek envejecida. Tenía la piel oscura y arrugada y las sienes grises. Diana hubiera querido correr y correr. Se quedó donde estaba.

—Hija de la Tierra —dijo el Oráculo—. Haz tu ofrenda.

Diana hizo un esfuerzo para no encogerse de dolor. *Hija de la Tierra. Nacida del barro.* ¿Habría dicho el Oráculo estas palabras como un insulto? No tenía importancia. Diana había ido a aquel lugar por un motivo concreto.

Dejó la mochila en el suelo y sacó la caja de esmalte verde. Con la mano, acarició un peine de jade que Maeve le había regalado en su último cumpleaños; un leopardo de cornalina, el pequeño talismán que había llevado durante años en el bolsillo, con la espalda arqueada en el punto que ella frotaba con el pulgar para que le diera suerte; y un tapiz de los planetas tal como habían aparecido en la hora de su nacimiento. Era un trabajo tosco y lleno de errores. Su madre y ella lo habían hecho juntas, y Diana, ansiosa por pasar más tiempo con Hipólita, sacaba todas las noches varias hileras, con la esperanza de que siguieran trabajando eternamente en el proyecto. Tocó el forro de la caja, y los dedos se cerraron alrededor del objeto que buscaba.

Miró a la fosa. No había ningún camino a la vista para cruzarlo, pero Diana no iba a pedir instrucciones. Había oído hablar lo suficiente sobre el Oráculo para saber que si el sacrificio era aceptado, sólo tendría derecho a tres preguntas y ninguna más.

Entró en el agua. Pudo ver su propio pie al cruzarla, su piel más pálida bajo la superficie, pero apenas sintió nada. Tal vez el río era una mera ilusión. Cruzó hasta la isla de piedra. Cuando posó el pie sobre la roca suave, el murmullo de voces se apagó como si hubiera entrado en el ojo de un huracán.

Diana tendió la mano, esperando que se mantuviera firme (no quería temblar ante el Oráculo), y abrió los dedos, descubriendo la punta de flecha de hierro. Era lo bastante grande para cubrir la mayor parte de la palma, y estaba pulida hasta un punto de crueldad, con la punta y las fisuras tintadas de un rojo tan oscuro que a la luz glacial de las antorchas parecía negra.

La carcajada del Oráculo fue tan seca como el crepitar de una hoguera.

—¿Me traes un regalo que desprecias?

Diana se retorció de impresión, cerró la mano para proteger la punta de flecha y se la llevó al corazón.

—No es verdad.

—Yo sólo digo la verdad. Tal vez no estés preparada para oírla —Diana volvió la vista a la mochila, dudando de si debía de intentar otra ofrenda—. No, Hija de la Tierra. No quiero tus joyas ni tus baratijas de niña. Aceptaré la flecha que mató a tu madre. Por mucho que desprecies un objeto, aun así puedes valorarlo, y la sangre de una reina no es un obsequio insignificante.

A regañadientes, Diana se la volvió a ofrecer. El Oráculo le arrebató de la palma de la mano la punta de flecha ensangrentada. Había cambiado de rostro. Volvía a ser Hipólita, pero esta vez no llevaba el cabello negro recogido en trenzas, sino que los rizos le caían sobre los hombros, y llevaba una túnica blanca bordada en oro. Estaba tal como Diana la recordaba el día que Hipólita había encontrado a su hija llorando en los establos después de que Diana oyera por casualidad la conversación de dos amazonas después de montar a caballo. *Dijeron que soy un monstruo*, había contado a su madre. *Dijeron que estoy hecha de barro.* Hipólita le había secado las lágrimas con la manga de la túnica, y aquella noche le había regalado la punta de flecha.

Ahora el Oráculo hablaba con la voz de Hipólita, y las palabras eran las mismas que había pronunciado sentada a la luz de la lámpara, junto a la cama de Diana. *"No hay ninguna alegría en haber nacido mortal. No es necesario que conozcas el dolor de lo que significa ser humana. De entre todas nosotras, sólo tú desconocerás el dolor de la muerte."*

En aquel entonces, estas palabras habían significado muy poco para Diana, pero nunca las había olvidado, y nunca había podido explicarse por qué sentía tanto apego por la punta de flecha. Su madre se la había dado como advertencia, como recordatorio del valor de la vida que se le había otorgado. Pero para Diana había sido el objeto que la conectaba con un mundo desconocido, aunque fuera mediante algo tan horripilante como la sangre de su madre.

El Oráculo volvía a exhibir el rostro de una Tek envejecida. Tiró la punta de lanza al brasero, y una lluvia de chispas de tonalidades anaranjadas salió disparada hacia el cielo.

—Hoy me traes ofrendas de muerte —dijo el Oráculo—. Tal como has traído la muerte a nuestras costas.

Diana alzó rápidamente la cabeza.

—¿Sabes lo de Alia?

—¿Es esa tu primera pregunta?

—¡No! —se apresuró a decir Diana. Tendría que ser más inteligente.

—La tierra tiembla. El tallo que nunca se marchita se está cansando.

—Todo por culpa mía —dijo Diana, desesperada—. Todo por culpa de Alia.

—Y de aquellos que vinieron antes de ella. Formula tus preguntas, Hija de la Tierra.

En su fuero interno, Diana había albergado la esperanza de estar equivocada, de que el rescate de Alia y los desastres que se habían desencadenado en Themyscira fueran una simple coincidencia. Pero ahora ya no podía seguir huyendo de lo que había hecho y de los problemas que había provocado. Si quería arreglar las cosas, tendría que elegir las preguntas con mucho cuidado.

—¿Cómo puedo salvar a Themyscira?

—No hagas nada —el Oráculo agitó la mano y el humo que sobrevolaba el brasero trazó un arco sobre el foso. Al otro lado del arco, Diana vio una figura que le devolvía la mirada desde el agua. Era Alia. Diana se dio cuenta de que estaba viendo el interior de la cueva en la pared del acantilado. Alia estaba acurrucada bajo la manta, temblando, con los ojos cerrados y la frente húmeda de sudor.

—Pero no tiene ninguna herida… —protestó Diana.

—La isla la está envenenando tal como ella está envenenando a la isla. Pero Themyscira es más antigua y más fuerte. La chica morirá, y con ella desaparecerá la contaminación del mundo mortal. La mayoría de tus hermanas sobrevivirá y recuperará la salud. La ciudad se puede reconstruir. La isla puede ser purificada una vez más.

¿La mayoría sobrevivirá? ¿Sobrevivirá Maeve? A Diana le ardían las palabras en la lengua, suplicaban ser pronunciadas.

—No lo entiendo —dijo, intentando no formular ninguna pregunta—. Yo no estoy enferma, y Alia estaba bien cuando la dejé.

—Tú eres de la isla, naciste incorrupta, *athanatos*, inmortal. No enfermarás como tus hermanas, y tu proximidad puede prolongar la vida de la chica, tal vez pueda incluso consolarla, pero no podrá curarla. Ella morirá, y la isla vivirá. Y las cosas serán como deben ser.

—No —dijo Diana, sorprendida ante la ira de su voz—. ¿Cómo puedo salvar la vida de Alia?

Había hecho la segunda pregunta.

—No debes hacerlo.

—Esa no es una respuesta.

—Entonces llámala por el nombre que recibieron sus ancestros, haptandra, la mano de la guerra. Mira el humo y conoce la verdad de quién es ella.

Una vez más, una nube de humo emergió del brasero y se esparció sobre el agua, pero esta vez, cuando Diana la miró, tuvo la sensación de verse envuelta por una llama. Estaba plantada en medio de un campo de batalla, rodeada de soldados caídos, sus cuerpos estaban esparcidos sobre un paisaje en ruinas, los miembros inertes como pequeños troncos sobre la orilla de arena negra. Hizo una mueca al ver que un enorme vehículo acorazado se aproximaba rugiendo, una máquina de guerra como las que había visto en los libros, que aplastaba los cuerpos bajo sus rodaduras. A lo lejos oyó un traqueteo de explosiones que se sucedían.

Cuando los ojos se acostumbraron al horror que la rodeaba, un gemido desesperado salió de sus labios. Allí, apenas a unos metros de distancia, yacía Maeve, con el corazón perforado por una espada, fijada en el suelo como un insecto pálido. Los cadáveres que rodeaban a Diana eran de amazonas. Vio una mata de pelo negro: era su madre, con la armadura de batalla destrozada, y el cadáver abandonado como escombro.

Oyó un grito de guerra y volteó, haciendo ademán de sacar un arma que no tenía. Vio a Tek, el cuerpo cubierto de sudor, los ojos brillantes por la batalla, enfrentándose a una especie de monstruo de los que salían en los cuentos, medio hombre, medio chacal. Las mandíbulas del chacal se cernían sobre la garganta de Tek, la agitaban como una muñeca, la tiraban a un lado. Tek se desplomó, le brotaba sangre de la yugular cortada. Miraba fijamente a Diana, · con ojos acusadores.

—Hija de la Tierra.

Diana jadeó, le costaba respirar. La imagen se aclaró, y vio su propio rostro reflejado en el agua, con las mejillas llenas de lágrimas.

—Me estás llenando de sal el estanque de adivinación —dijo el Oráculo.

Diana se limpió las lágrimas de la cara.

—No puede ser. He visto monstruos. He visto a mis hermanas...

—Alia no es una chica normal. Está contaminada por la muerte.

—Todos los mortales lo están —objetó Diana. ¿Qué tenía Alia de distinto? La isla la había rechazado como hubiera rechazado cualquier presencia humana. Si Diana conseguía alejarla de Themyscira, todo volvería a la normalidad.

—Ella no acarrea su propia muerte, sino la muerte del mundo. ¿Crees que fue la casualidad la que llevó a su barco tan cerca de nuestras costas? Alia es una Warbringer, nacida del mismo linaje que Helena, que a su vez fue engendrada por Némesis.

—¿Helena? No será Helena de...

—Diez años duró la guerra de Troya. No se salvó ningún dios. Ningún héroe. Ninguna amazona. Así será mientras Alia siga viva. Es *haptandra*. Allá donde vaya, habrá conflictos. Con cada aliento, nos acerca más al Armagedón.

—Pero fue la belleza de Helena lo que provocó la guerra.

El Oráculo cortó el aire con la mano de modo despectivo y las antorchas parpadearon.

—¿Quién cuenta esas historias? Esos cuentos sobre diosas vengativas que apuestan con vidas humanas por vanidad. Por supuesto que los hombres creen que el poder de una mujer debe residir en la perfección de sus rasgos, la esbeltez de sus miembros. Pero tú sabes que no es así, Hija de la Tierra. La sangre de Helena conllevaba la guerra, y en su decimoséptimo año, esos poderes alcanzaron su punto álgido. Lo mismo ha sucedido con todas las Warbringer. Y lo mismo sucederá con Alia. Tú lo has visto en las aguas.

—Un linaje de Warbringer.

Diana reflexionó en estas palabras. ¿Cómo era posible? ¿Cómo podía una mortal (por mucho que sus ancestros se remontaran a Némesis, la diosa de la retribución) causar tantas desgracias?

El Oráculo la observaba con atención.

—Hazme caso, Hija de la Tierra. Cuando nace una Warbringer, la destrucción es inevitable. Cada una de ellas ha sido la catalizadora de todos los grandes conflictos del Mundo del Hombre. Con la llegada de la luna nueva, los poderes de Alia llegarán a la cúspide, y estallará la guerra —hizo una pausa—. A no ser que muera antes.

—La explosión no fue un accidente —dijo Diana, que empezaba a comprenderlo—. Alguien quiso matar a Alia.

—Muchos harán todo lo posible para asegurarse de que el mundo no entre en una nueva era de derramamiento de sangre. Pero tú no tienes que hacer nada. Limítate a esperar, y la chica morirá, como estaba destinada a hacerlo en el naufragio. Es lo mejor.

Diana entrecerró los ojos. Había leído las historias. Sabía cómo hablaban los Oráculos.

—Lo mejor —reflexionó. Las comisuras de los labios del Oráculo descendieron como si verdaderamente pudiera leer el pensamiento de Diana. Por primera vez, Diana se preguntó por qué el Oráculo había decidido aparecérsele con el rostro de Tek. ¿Para asustarla? ¿Para intimidarla? —. Lo mejor, pero no lo único.

Los ojos del Oráculo centellearon con un fuego de plata, como si ardieran con la misma luz que las antorchas de la pared.

—Haz la última pregunta y desaparece de aquí —Diana abrió la boca, pero el Oráculo alzó la mano con gentileza—. Piénsalo bien. No siempre soy tan agradecida con los obsequios que recibo. Te preocupas por el destino de una chica, cuando el futuro del mundo está en la balanza. Preocúpate más bien por tu propio futuro. ¿No te gustaría saber si Tekmesa está en lo cierto sobre ti? ¿Si traerás gloria o desesperación a las amazonas? Con el tiempo, tu madre se cansará de gobernar. ¿No te gustaría saber si algún día serás de verdad una reina o si estás condenada a pasar tu vida a la sombra? Yo puedo mostrártelo todo, Hija de la Tierra.

Diana dudó. Pensó en las palabras de Tek, en las negativas de su madre. El Oráculo podía confirmar que ella era una abominación, secretamente denigrada por los dioses, destinada a llevar sólo desgracias a su gente. Sin embargo, ¿y si el Oráculo le decía que disfrutaba de la bendición de los dioses, que podía ser una ayuda para sus hermanas, en vez de una maldición? Eso absolvería a su madre y acabaría con las especulaciones incesantes sobre Diana. Tek nunca podría volver a decir una palabra en su contra.

Pero, de ser así, ¿Diana sería más amazona que antes? *Puedo preguntar cómo obtener la aprobación de todas. Puedo preguntar cómo puedo ganar la gloria en la batalla.* Pensó en la mano de Alia aferrada al casco del barco, al pulso de Alia latiendo bajo los dedos de Diana. Una chica cuya vida había recuperado Diana con su propio aliento.

Salvo a mi pueblo y dejo morir a Alia. Salvo a Alia y provoco la muerte de mis hermanas. Lo cierto es que la pregunta era muy sencilla.

—¿Cómo puedo salvarlas a todas?

La furia inundó los rasgos del Oráculo. Su imagen sufría una mutación constante: una serpiente, Tek, una calavera, un lobo de encías negras. Sus ojos eran como gemas, y las serpientes se le enroscaban en su cabeza y le salían de la boca.

—Eres terca como todas las chicas —gruñó—. Eres temeraria como todas las chicas.

Diana reaccionó antes de poder pensarlo dos veces.

—¿Acaso nunca fuiste una chica terca y temeraria?

Era una pregunta inútil, pero ahora ya no tenía importancia. Diana había formulado antes la pregunta importante, y la ira del Oráculo le hizo pensar que había acertado.

Un atormentado murmullo se elevó a su alrededor. Era un lamento dolorido repleto de un salvaje pesar, y en él Diana oyó ecos de los gemidos de sus hermanas en aquel horrible campo de batalla.

Cuando el Oráculo habló, ya no era Tek, sino un rostro distinto que parecía tallado con la propia luz:

—La Warbringer debe llegar al manantial de Therapne antes de que se ponga el sol en el primer día del hecatombeón. Allí donde Helena descansa, la Warbringer podrá ser purificada, purgada de la contaminación mortífera que ha manchado su linaje desde el principio. Así podrá amordazarse su poder y nunca lo pasará a nadie más.

Therapne. Grecia. Eso implicaría abandonar la isla. Imposible. Y sin embargo...

—¿El linaje de las Warbringer quedaría interrumpido?

El Oráculo no dijo nada, pero tampoco lo negó. Si Alia moría en Themyscira, una nueva Warbringer nacería, quizás al cabo de un mes, quizás al cabo de cien años, pero sucedería. En cambio, si llegaban a tiempo al manantial, si Diana llevaba a Alia hasta allí bajo su protección, todo cambiaría.

—Te veo, Hija de la Tierra. Veo tus sueños de gloria. Pero lo que tú no ves es el peligro. Hay facciones del Mundo del Hombre que van a la caza de la Warbringer. Unos buscan acabar con su vida para asegurar la paz; otros buscan protegerla para que desencadene una era de conflictos. En menos de dos semanas empieza el hecatombeón. No tienes ninguna posibilidad de llegar a tiempo al manantial. Estás sola.

Diana cerró los puños, pensando en la punta de flecha ensangrentada que el Oráculo había aceptado como sacrificio. La sangre de su madre. La misma sangre que fluía por las venas de Diana.

—Soy una amazona.

—¿Lo eres? No eres una heroína. No has probado tu valor en la batalla. Esta misión va mucho más allá de tus capacidades y de tu fuerza. No condenes al mundo en beneficio de tu orgullo.

—Esto no es justo —dijo Diana—. Intento hacer lo correcto.

Incluso mientras pronunciaba estas palabras, Diana supo que no eran enteramente ciertas. Era cierto que ansiaba la gloria. Ansiaba una ocasión para demostrar su valor, no en una carrera o en un combate de lucha libre, sino mediante una expedición digna de una heroína, algo que quedara fuera de toda duda. Hubiera querido discutir con el Oráculo, pero ¿qué sentido tenía debatir con una anciana que todo lo veía?

—Vete a casa —dijo el Oráculo—. Vuelve al Efeseo. Consuela a tu dulce amiga. Dile que su sufrimiento no durará mucho. Cuando venga el Consejo no les diré nada. Nadie tiene que saber lo que has hecho. Tu delito permanecerá en secreto y no debes temer al exilio. La isla volverá a ser como antes, el mundo quedará a salvo y tú podrás vivir en paz con tus hermanas. Pero si te llevas a la chica de la isla...

El murmullo aumentó de volumen hasta convertirse en un aullido, mil aullidos, gritos que emergían de la tierra calcinada, el chasquido de las espadas, las lamentaciones de los que agonizaban, el dolor de sus hermanas mil veces amplificado. El sonido de un futuro que Diana podía evitar si se limitaba a no hacer nada.

—Ve —ordenó el Oráculo.

Diana dio media vuelta y corrió hacia el túnel, adentrándose en la oscuridad, incapaz de escapar de aquel aullido terrible. Corría sin tomar precauciones, y se raspó el hombro con la pared de zarzas, tropezó cuando el túnel empezó a hacer pendiente, cayó de rodillas. Luego volvió a levantarse y a correr, con el horrendo y agónico coro aumentando hasta convertirse en un grito que reverberaba en sus huesos y le martillaba el cráneo.

Las raíces se abrieron ante ella, y por fin salió del templo y fue a parar a las aguas salobres del pantano. Se forzó a incorporarse, prácticamente sin aliento, y se arrastró hacia la orilla. Huyó por entre las sombras del pantano, intentando poner tierra de por medio entre ella misma y el templo.

Sólo después de salir de la oscuridad de los árboles y escalar el primer conjunto de colinas bajas, se permitió el lujo de detenerse. Sintió el aroma dulce y verde de los mirtos, el fresco repiqueteo de la lluvia sobre su piel. Pero ni siquiera aquí se sentía segura.

Soy una amazona.

Entre los susurros de las hojas, oyó las burlas del Oráculo.

¿Lo eres?

No podía arriesgarse. No podía arriesgar las vidas de sus hermanas por el bien de una chica a la que apenas conocía. Había sido una inconsciente al zambullirse aquella mañana en el mar, pero ahora podía tomar la decisión adecuada.

La tierra rugió bajo los pies de Diana. Los relámpagos partieron el cielo. Se ajustó la mochila a la espalda y se encaminó a la cueva. Alia se estaba muriendo. Si Diana no podía salvarla, al menos debía asegurarse de que no muriera sola.

CAPÍTULO 4

La gigante había vuelto. Alia pensó que tal vez, después del naufragio, presa del pánico y la adrenalina, había exagerado los detalles de su rescatadora. Pero no, ahora la chica había vuelto a la cueva, y era tal como Alia la recordaba, una belleza de metro ochenta y cinco, con cuerpo de vendedora de equipo de *fitness* en un infomercial de madrugada. La bestia de los abdominales. La reina de los bíceps.

Tal vez estoy delirando. Sabía que había tenido fiebre y escalofríos, pero no era capaz de evaluar los síntomas. El dolor de cabeza y las náuseas podían deberse a una contusión. Sin duda alguna, se había propinado toda clase de golpes durante el hundimiento del *Thetis*. Pero no quería pensar en aquello; el estruendo de la explosión, los gritos de Ray, el peso grisáceo del agua que la arrastraba. Cada vez que su mente sugería el tema, sus pensamientos se detenían en seco. Era mejor concentrarse en la cueva, en la manta que la tapaba, en el terrible retumbar de su cabeza. Si se trataba sólo de una contusión fuerte, debía mantenerse despierta hasta que vinieran a ayudarla, y eso es lo que había hecho. La ayuda había llegado. En la persona de una chica que parecía una supermodelo disfrazada de domadora de leones. O viceversa. Pero, ¿dónde estaba el equipo de rescate? ¿Y el helicóptero? ¿Y los técnicos de emergencias médicas que le pondrían una linterna en los ojos y le dirían que todo iba a salir bien?

—¿Vienes sola? —carraspeó, desconcertada por lo débil que sonaba su voz.

La chica se sentó a su lado.

—¿Has comido algo?

—No tengo hambre.

—¿Un poco de agua, por lo menos? —Alia no tenía fuerza suficiente. Vagamente, tomó conciencia de que le ponían algo contra los labios—. Bebe —ordenó la chica.

Alia consiguió dar unos sorbos.

—¿Van a venir a ayudarme?

La chica dudó.

—Me temo que no.

Alia abrió mucho los ojos. Hasta ahora había conseguido controlar el pánico, pero notaba que estaba a punto de liberarse.

—¿Es por los temblores?

Al producirse el primer temblor, Alia se había arrastrado hasta la entrada de la cueva, temerosa de que la roca cediera y la aplastara. Pero un único vistazo al desnivel que la separaba del mar la había hecho volver rápidamente. Acurrucada bajo la manta, había intentado combatir el miedo que crecía en su interior. *Cada cosa a su tiempo*, se había dicho. *Estoy en una isla, tal vez haya actividad volcánica. Esperaré a que vengan a ayudarme.* Ella había cumplido su parte. Se había mantenido consciente, había conseguido no malgastar energía llorando o gritando. Entonces, ¿qué pasaba con el equipo de rescate?

La chica alta tenía una expresión atormentada. No desviaba la mirada de las sandalias que calzaban sus pies. Alia se dio cuenta de que se había cambiado de ropa. En la playa llevaba una especie de túnica blanca, pero ahora llevaba pantalones de piel marrones y lo que parecía una mezcla entre una camiseta sin mangas y un sujetador deportivo.

—Esta isla está muy aislada —dijo—. No... No conseguí contactar a nadie.

—Entonces, el resto de la tripulación...

—Lo siento. Ojalá los hubiera podido salvar a todos.

Aquellas palabras no tenían sentido para Alia. Nada lo tenía. Cerró los ojos y el impulso del llanto le invadió la garganta. Su mejor amiga, Nim, solía decir, medio en broma, que Alia estaba maldita porque los problemas la seguían a todas partes. Cuando iban a una fiesta, siempre había peleas. Las parejas empezaban a discutir sin razón aparente. En una ocasión, un concierto gratuito en Central Park había degenerado en unos disturbios. Pero ahora no lo encontraba tan divertido.

Pensar en Nim, en su hogar, en la seguridad de su propia cama, la hizo llorar.

—¿Eran buenos compañeros tuyos? —preguntó la chica, en voz baja.

—Apenas los conocía —reconoció Alia—. Necesito un médico. Me pasa algo raro. Creo que me he di un golpe en la cabeza durante el naufragio. Tal vez haya una hemorragia interna.

Pero mientras decía esto, se dio cuenta de que, desde la aparición de la chica, el dolor de cabeza había disminuido. Tal vez estaba más deshidratada de lo que pensaba.

—Hubo una explosión en la embarcación —dijo la chica—. Antes de que se hundiera.

Alia recostó la cabeza contra la pared de la cueva.

—Ya me acuerdo.

—En la playa dijiste que había sido culpa tuya.

Aquellas palabras le dolieron como un puñetazo en el corazón.

—¿Eso dije? Seguramente no pensaba con claridad.

—¿Crees...? ¿Es posible que fuera intencionado? ¿Algún tipo de bomba?

Alia abrió mucho los ojos.

—¿De qué estás hablando?

—¿Podría haber sido deliberado, el naufragio?

—No, claro que no...

Alia dudó. Recordó todas las advertencias paranoicas de Jason. *Somos blancos, Alia. El dinero que tenemos. La Fundación. Tenemos que ser inteligentes.*

Inteligentes quería decir guardaespaldas a tiempo completo para vigilar el penthouse. Significaba un chofer armado que la llevara a la escuela por las mañanas y la fuera a recoger por las tardes. Significaba no participar en las excursiones escolares, unos horarios que especificaran cada minuto del día para que Jason supiera siempre dónde estaba, pasar los veranos cada año en el mismo lugar, ver a la misma gente, contemplar la misma vista. La vista era buena. Alia sabía que no tenía motivo de queja. *Pero eso no te detuvo, ¿verdad?* Se quejaba a Nim a la menor ocasión. Y no había dudado ante la posibilidad de hacer algo nuevo, de pasar un mes con gente distinta, alejada de las ridículas normas de Jason.

Tal vez no fueran tan ridículas. ¿Era posible que alguien hubiera puesto una bomba en el barco? ¿Era posible que algún miembro de la tripulación hubiera volado el *Thetis* a propósito?

Estos temores debieron de notársele en la cara, porque la chica se echó hacia delante y dijo:

—Habla. ¿Es posible?

Alia se resistía a creerlo. Si alguien había estado dispuesto a volar el barco, a matar a personas inocentes sólo para atacarla a ella y a la Fundación, entonces Jason tenía razón desde el principio y ella era la mayor estúpida de todos los tiempos.

—Es posible —reconoció, a regañadientes—. Soy una Keralis.

—Un nombre griego.

—Mi padre era griego. Mi madre era negra, de Nueva Orleans —la gente siempre quería saber de dónde procedía el color de su piel. Alia alargó el brazo para tomar el agua. Era cierto que se encontraba un poco mejor, aunque la mano le temblaba cuando se acercó la bota a los labios. La chica le sujetó el brazo mientras ella bebía—. Gracias. ¿No has oído hablar nunca de la Fundación Keralis? ¿Los laboratorios Keralis?

—No. ¿Qué tienen que ver con la explosión?

De pronto, Alia se volvió recelosa.

—¿Quién eres?

—Yo... Me llamo Diana.

—¿Diana qué más?

—¿Qué *importancia* tiene mi nombre?

¿Qué importancia? Pues que, por mucho que la chica viviera en una isla remota, todo el mundo conocía a los Keralis. Ese era parte del problema.

¿Cómo había llegado tan deprisa Diana al lugar del naufragio? ¿Y si estaba al corriente de la bomba que iba a explotar en el barco? Alia sacudió ligeramente la cabeza y esto le provocó un mareo que le estrujó el estómago y la dejó jadeando. Presionó la cabeza contra la pared de la cueva y esperó a que le pasara. No estaba pensando con claridad. No tenía sentido que la chica intentara matarla y luego le salvara la vida y la metiera en una cueva.

—La gente odia a mis padres, y ahora me odian a mí.

—Lo entiendo —dijo Diana, comprensiva—. ¿Han matado a mucha gente, tus padres?

—¿Cómo? —Alia la miró de arriba abajo—. Mis padres eran biólogos. Bioingenieros. A algunas personas no les gustaba el trabajo que llevaban a cabo en el campo de la genética, ni la política de la Fundación.

Diana frunció el ceño, como si intentara analizar toda aquella información.

—¿Crees que esa es la razón por la que alguien ha intentado quitarte la vida?

—¿Qué otra cosa podría ser?

La chica no contestó. Alia notó otra oleada de náuseas que le recorría el cuerpo. Le inundó un sudor frío.

—Necesito un médico.

—En la isla no hay nadie que pueda ayudarte.

—Una clínica. Un barco a Estambul o al puerto más cercano.

—Es imposible.

Alia miró fijamente a Diana, sentía que el pánico se desataba en su interior.

—Entonces, ¿qué va a ser de mí?

Diana desvió la mirada.

Alia se llevó las palmas de las manos a los ojos, y se sintió humillada al ver que las lágrimas volvían a amenazar. No entendía lo que estaba pasando, pero nunca se había sentido tan cansada ni tan asustada. Por lo menos desde que era pequeña. ¿Cómo era posible que todo hubiera salido tan mal tan deprisa?

—No debería haberme ido de casa. Jason me dijo que me quedara en Nueva York. Decía que era más seguro. Pero yo deseaba esto con todas mis fuerzas.

Diana sacó otra manta de la mochila y envolvió a Alia con ella. Olía a salvia y lavanda.

—¿Qué deseabas?

—Es una tontería —dijo Alia.

—Por favor. Quiero saberlo.

Alia volvió a cerrar los ojos. Se sentía demasiado débil para hablar, pero el sentimiento de culpa y la vergüenza eran más fuertes que la fatiga.

—Hay un programa de verano en un barco para estudiantes de biología. Te dan créditos para la universidad. Es muy difícil conseguir plazas, pero decidí inscribirme y ver lo que pasaba. Entonces me aceptaron, y me di cuenta...

—Que deseabas ir con todas tus fuerzas.

—Sí —dijo Alia con una tímida sonrisa. Notó que se desvanecía de los labios—. Le mentí a Jason.

—¿Quién es este Jason?

—Mi hermano mayor. Es un buen hermano, el mejor. El problema es que me protege demasiado. Sabía que me prohibiría hacer el viaje, así que le dije que me habían invitado a casa de los papás de Nim en Santorini. No sabes lo que cuesta mantener las cosas en secreto. Tuve que sacar una visa, obtener todo tipo de certificados médicos, pero al fin lo conseguí. Dejé colgados a mis guardaespaldas en el aeropuerto, no llamé a Jason hasta que estuve a bordo del *Thetis* en Estambul —Alia sollozó—. Estaba muy enojado. Te juro que nunca lo había oído alzar la voz, pero esta vez me gritó. Me prohibió que fuera. Me lo prohibió. Y yo le colgué el teléfono.

—¿Te da órdenes con frecuencia? —preguntó Diana—. Muchos hombres disfrutan imponiendo su autoridad sobre las mujeres. O eso me han dicho.

Alia resopló, pero Diana parecía hablar en serio.

—Sí, claro, pero Jason no es así. Sólo se preocupa por mí, quiere mantenerme a salvo. Yo pensaba que si le demostraba que podía arreglármelas sola con lo del viaje, él dejaría de controlarme.

Diana suspiró.

—Lo entiendo. Mi madre tampoco cree que yo pueda arreglármelas sola con nada.

—¿Bromeas? Me salvaste la vida. Me cargaste a tus espaldas hasta una maldita cueva. Pareces bastante capaz.

—En mi familia, entre... mis amigas, yo soy la débil.

—A mí no me pareces nada débil.

Diana la observó fijamente.

—Tú tampoco me pareces débil.

Alia respiró con fuerza.

—Pero Jason tenía razón. Si me hubiera quedado en Nueva York, si lo hubiera escuchado, nadie habría muerto. No debí haber salido de casa.

Diana frunció el ceño.

—Si te hubieras quedado en casa, tal vez otros hubieran resultado perjudicados. Tus amigos o tu familia.

—Tal vez —dijo Alia, pero la idea no la consolaba demasiado.

—Y tenías un sueño —continuó Diana—. Estudiar, obtener tus premios.

—Bueno, por lo menos créditos para la universidad.

—¿Cómo va a ser malo que quisieras demostrar tu valor? —preguntó Diana, con una mirada feroz—. No te equivocaste al atreverte.

—Jason...

—Jason no puede protegerte siempre. No podemos pasarnos la vida escondiéndonos, imaginando lo que podríamos lograr si tuviéramos una oportunidad. Tenemos que crear nosotras mismas esa oportunidad. Fuiste valiente al embarcarte.

—Fui una estúpida. Todo lo que ha pasado demuestra que Jason tenía razón.

—No. Sobreviviste al naufragio. Cuando te arrastraron las olas, aguantaste. Tal vez seas más fuerte de lo que crees, de lo que todo el mundo cree —Diana se puso de pie—. Tal vez yo también lo sea —ofreció la mano a Alia—. Tengo que sacarte de aquí.

—Creía que habías dicho...

—Ya sé lo que dije. ¿Quieres salir de esta isla, o no?

Alia no tenía ni idea de qué había causado este cambio de planes, pero no iba a desaprovecharlo.

—Sí —dijo con ansiedad. Se agarró de la mano de Diana y se levantó despacio, intentando combatir el mareo que la invadía—. ¿Qué vamos a hacer? ¿Tienes un barco o algo?

—No será tan sencillo. Voy a necesitar que confíes en mí. La gente de aquí... Hay unos riesgos terribles, y las cosas que verás... Bueno, si salimos de esta, no podrás volver a hablar nunca de lo que hayas visto.

Alia levantó las cejas. ¿Aquella chica le estaba tomando el pelo o estaba un poco loca?

—Muy bien, de acuerdo.

—Júralo por lo que más quieras.

Tal vez estaba algo más que un poco loca.

—Lo juro por Jason y Nim y por mis posibilidades para entrar en una buena universidad.

Diana ladeó la cabeza.

—Tendrá que ser suficiente —se colocó de espaldas a Alia y dijo—: sube.

Alia se quejó.

—¿En serio tenemos que volver a hacerlo?

No se sentía especialmente en forma, pero había algo humillante en subirse de a caballito como si fuera una niña de cinco años.

Diana encogió los hombros y dijo:

—Míralo tú misma.

Tras aquel primer y espeluznante vistazo al precipicio, Alia había evitado a toda costa la entrada de la cueva, pero ahora se envolvió en las mantas y volvió a mirar por el borde. La caída hasta las rocas de más abajo parecía todavía más vertical que por la mañana.

Sin dejar de sujetarse a la mano de Diana y a la roca rugosa de la boca de la cueva, miró hacia arriba. Por alguna razón, el acantilado que se alzaba hacia el cielo tormentoso parecía el doble de terrorífico que la caída.

—¿Vamos a escalar eso? —preguntó.

—Yo voy a escalar eso.

—¿Conmigo a la espalda?

—Eres muy ligera. Me pregunto si no tienes un déficit de calcio.

—Tengo el calcio perfectamente.

—La masa muscular también es deficiente.

—Prefiero trabajar la mente —dijo Alia, con altivez.

Diana dudaba.

—La mayoría de los filósofos están de acuerdo en que mente y cuerpo deben estar en sintonía.

—Me recuerda a aquello de "cuatro de cada cinco dentistas" —dijo Alia. Además, dudaba de que la mayoría de filósofos hubiera jugado nunca futbol americano en la cancha de la Academia Bennett.

Alia suspiró. Aunque se hubiera encontrado perfecta, la escalada le habría resultado prácticamente imposible, y estaba lejos de encontrarse bien. Miró a Diana con precaución. Alia nunca se había considerado baja, pero al lado de aquella persona, se sentía pequeña como un schnauzer miniatura. No era sólo que la chica fuera alta; era majestuosa. Como un rascacielos. Como el monte Rushmore, pero menos abrupta.

Alia irguió el cuerpo.

—Muy bien, lo haremos a tu manera.

Diana asintió y se dio la vuelta, haciendo un gesto para que Alia se encaramara a su espalda. Alia montó, y la chica ajustó las manos bajo las rodillas de Alia, colocándola como si fuera una mochila demasiado grande. Adiós a la dignidad.

—¡Arre! —dijo Alia con resentimiento.

—¿Perdona?

—¡Adelante, mis huskies!

—No soy tu corcel —dijo Diana, pero siguió trotando (o galopando) hacia la entrada de la cueva. Sin previo aviso, hundió los dedos en la roca y se balanceó hacia fuera. Alia cerró los ojos y se agarró con fuerza, tratando de no pensar en las rocas gigantescas de más abajo.

—Bien —dijo, con la barbilla pegada al hombro de Diana, en un intento por distraerse—. Ahora que estamos colgando juntas de un precipicio... ¿tienes algún pasatiempo?

—Mi madre quiere que aprenda a tocar la lira.

—Una elección interesante. ¿Tienes hermanos?

—No.

—¿Algún apodo?

Alia notó que los músculos de la chica se tensaban.

—No.

Tal vez ya estaba bien de hablar de nimiedades.

El cuerpo de Diana se movía a bandazos, se detenía y arrancaba cuando encontraba un lugar donde agarrarse, y progresaban a buen ritmo por la pared del acantilado. De vez en cuando gruñía o murmuraba ligeramente, pero no jadeaba ni refunfuñaba como Alia habría hecho de encontrarse en su lugar.

Justo cuando Alia se estaba preguntando cuánto ejercicio cardiovascular debía de hacer aquella chica, el acantilado se agitó a causa de un temblor. Diana se resbaló. Cayeron al vacío.

Un grito se escapó de los labios de Alia y el corazón se alojó en su garganta. Se detuvieron de una sacudida, suspendidas en el aire, sujetadas únicamente por la mano derecha de Diana, atascada en la roca. Alia vio que le brotaba la sangre de algún punto entre los dedos.

Le invadió la necesidad de mirar abajo, de ver hasta dónde habían llegado, cuánto faltaba por caer. *No lo hagas*, le ordenaron sus centros de mando. Pero el resto del sistema nervioso se encontraba en modo rebelde. Miró hacia abajo. Notó un fuerte mareo al ver el mar agitado y las rocas negras y descomunales, con las olas espumosas que impactaban a sus espaldas.

Alia miró los dedos ensangrentados de Diana, que lentamente iban deslizándose y despegándose del lugar donde estaban agarrados. Ella también tenía las manos sudadas; le patinaba el cuerpo. Se retorció para no despegarse.

—Quieta —gritó Diana. Alia se detuvo.

Diana soltó una mezcla de rugido y gruñido y lanzó el cuerpo hacia arriba, levantando el brazo izquierdo por encima de su cabeza. Por un instante, Alia pensó que se iban a precipitar. Pero entonces los dedos de Diana encontraron el agarre y quedaron sujetos a la roca otra vez.

Alia notaba la tensión de la espalda de Diana, la contracción de los músculos. Volvían a avanzar, subiendo sin cesar. Alia no quería arriesgarse a volver a mirar hacia abajo. Cerró los ojos y, al cabo de un momento que pareció muy largo, Diana consiguió llegar con su carga a lo alto del acantilado. Alia se deslizó hacia el suelo, y por un instante se quedaron allí tumbadas.

Diana se puso en pie de un brinco y se quitó el polvo de encima. Ofreció una mano a Alia.

—Dame un minuto —dijo Alia, intentando conseguir que el ritmo cardíaco volviera a la normalidad.

—¿Cómo puedes estar tú cansada?

—¡Estuvimos a punto de morir!

Diana ladeó la cabeza.

—¿Tú crees?

—Sí.

¿Qué le pasaba a aquella chica?

Alia aceptó la mano tendida y se quedaron de pie. Las nubes que tenían encima auguraban una tormenta, y el viento les alborotaba el pelo. Se tocó las trencitas pegadas al cuero cabelludo. Estaban incómodamente rígidas por la sal y la arena.

Se acercaba el principio de otra tormenta, o tal vez fuera la misma que había cazado al *Thetis*. Miró a lo largo de la costa pero no vio ningún faro ni ningún puerto, ninguna señal de civilización en absoluto. Aquel lugar estaba realmente aislado.

Alia no se resistía a mirar al mar, pero lo hizo de todos modos, en busca de algún rastro del *Thetis* y su tripulación. Jasmine, Ray, Luke, la doctora Ellis. *Llámenme Kate*, les había dicho, pero de todas formas la habían llamado doctora Ellis. ¿De qué discutían Ray y Jasmine cuando el viento había empezado a soplar? Se habían desviado del rumbo, los instrumentos a bordo daban instrucciones contradictorias, y todo el mundo echaba la culpa a los demás.

Todos los miembros de la tripulación se habían estado peleando desde que habían embarcado. Alia se había mantenido al margen, con una sensación de profunda decepción. Aquel mes a bordo del *Thetis* tenía que servir para demostrar a Jason que era capaz de cuidarse sola, pero también debía ser una ocasión para hacer nuevos amigos fuera de la Academia Bennett, y escapar de la tensión que parecía seguirla a todas partes en los últimos tiempos. En vez de esto, el viaje había sido más de lo mismo. Ray y Luke habían empezado a discutir nada menos que por una lista de reproducción de canciones. Y ahora estaban muertos.

—Tal vez deberíamos quedarnos donde estamos —dijo Alia. Se encontraba fatal antes de que Diana apareciera, pero ahora que habían salido de la cueva tenía los pulmones más limpios y se sentía un poco menos atontada—. Enviarán patrullas de rescate para buscar el barco. Tal vez podamos encontrar el modo de hacer señales desde la orilla.

Diana negó con la cabeza.

—Nadie va a encontrarte aquí. Nunca ha pasado.

Alia arqueó la ceja con escepticismo.

—¿Qué es esto, una mierda tipo el Triángulo de las Bermudas?

—Algo parecido. Esta isla es increíblemente difícil de encontrar. No sale en ningún mapa ni en ninguna carta marítima.

Alia movió los dedos.

—Google lo sabe todo y lo ve todo.

—Google —repitió Diana—. ¿Es uno de sus dioses?

—Un momento —dijo Alia—. Que dedique algo de tiempo a navegar por internet no significa que me hayan lavado totalmente el cerebro.

Diana la miró perpleja, y luego hizo un gesto para que Alia la siguiera.

—Vámonos de aquí. Estamos demasiado expuestas.

—No creo que el bosque sea el mejor lugar donde refugiarse de una tormenta de truenos —dijo Alia. Diana se mordió el labio, como si no lo hubiera tenido en cuenta—. ¿Adivino que aquí no hace mal tiempo?

—Nunca —dijo Diana—. Pero tenemos que ir al bosque. No podemos quedarnos al descubierto.

El escalofrío que recorrió los brazos de Alia no tenía nada que ver con la tormenta ni con la ropa mojada que llevaba.

—¿Qué insinúas?

—La gente que vive en la isla llegó aquí porque no querían que la encontraran.

—¿Como tú?

—Yo... yo no tuve otra elección. Nací aquí. Pero las forasteras no son para nada bienvenidas.

Alia tembló. Genial, y ahora vendría la típica escena del duelo de banjos. ¿Duelo de liras? *Tranquilízate, Alia.*

—No estarán en algún tipo de milicia rara, ¿verdad?

—De hecho, muchas de ellas son... eh... militares.

Cada vez mejor. Seguro eran una pandilla de supervivencialistas paranoicas, con suerte para Alia. Y si no les gustaban los forasteros, seguro que no les iba a gustar una chica mulata de Nueva York.

—¿Y no tienen teléfonos? ¿Ni radios?

—No hay contacto con el mundo exterior.

—¿Y si alguien se enferma o resulta herido?

—Aquí no existe ese problema —dijo Diana, y luego añadió—. Por lo menos antes no existía.

De modo que Alia se las había arreglado para naufragar en la Isla de las Sectas. Perfecto.

—¿No podemos robar un barco o algo parecido? —preguntó.

—Lo he pensado, pero los muelles están llenos de gente. Se darán cuenta de que alguien se está llevando una embarcación, sobre todo durante la tormenta. Y creo que vamos a necesitar algo más que un barco para llegar a Therapne.

—¿A dónde?

—Al sur de Grecia. El golfo de Laconia.

Aquello no tenía ningún sentido, si Alia no recordaba mal las clases de geografía. El *Thetis* había zarpado apenas unos días antes de Estambul. Por mucho que se hubieran desviado del rumbo, no era razonable viajar tan lejos. ¿Por qué no a Salónica o incluso a Atenas?

—Eso está a cientos de kilómetros de aquí. No podemos navegar hasta tan lejos.

—Claro que no.

Alia respiró hondo. Le dolía el pecho, como si le hubieran dado un puñetazo. Tenía los pulmones todavía anegados, y el cuerpo cubierto de hematomas. Además, sentía náuseas y estaba amodorrada. Necesitaba ver a un médico. Necesitaba llegar a una ciudad de verdad.

A no ser que Diana estuviera mintiendo o delirando (y ambas opciones eran perfectamente plausibles), se había quedado colgada en una isla poblada por bichos raros, y por lo tanto tenía que ser inteligente. *Síguele el juego,* se dijo. *¿Esta chica quiere ir al sur de Grecia? Ningún problema.* Alia asentiría y sonreiría hasta que llegaran a algún lugar donde hubiera un teléfono.

Se armó de valor y siguió a Diana hacia la verde quietud del bosque. Era como entrar en otro mundo. Los padres de Alia habían viajado con ella y con Jason a los bosques tropicales de Brasil cuando los dos hermanos eran pequeños, para conocer algunas de las nuevas especies de plantas que se estaban descubriendo allí y las medicinas que podían derivarse de aquellos hallazgos. Era un poco como esto (frondoso, lleno de vida) y sin embargo no se parecía en nada. Aquí los árboles no podían compararse con nada que hubiera visto antes, algunos de ellos tenían una circunferencia tal que el *Thetis* podría haber atracado en sus anillos y aun le hubiera sobrado espacio. Las raíces recorrían el suelo del bosque en gruesas espirales, cubiertas de enredaderas que florecían con unas flores abiertas como trompetas. El aroma que impregnaba el aire era dulzón, casi sedoso al tacto con la piel de Alia, y las gotas de lluvia que caían sobre las superficies hacían que el musgo, las hojas y las ramas relucieran como si tuvieran gemas colgando.

Un lugar ideal para una secta.

Alia sabía que le convenía tener la boca cerrada, pero no pudo resistirse a preguntar:

—¿Por qué tenemos que ir al sur de Grecia?

—No atacaron tu expedición por el trabajo de tus padres. Es una cacería, te están buscando.

—Una cacería —dijo Alia, sin emoción—. ¿Por mi piel sedosa?

—Porque eres *haptandra*.

—¿Lo puedes repetir?

—Una Warbringer.

—No me gustan los videojuegos.

Diana le dirigió una mirada de desconcierto por encima del hombro.

—El Oráculo dijo que debemos llegar a Therapne antes de que el sol se ponga en el primer día del hecatombeón. Allí se encuentra la sepultura de Helena, el lugar donde la enterraron junto a Menelao. Cuando tú y tu linaje hayan sido purificados por el manantial, dejarás de ser una Warbringer. Y ya no deberás temer más por tu vida.

—Por supuesto —dijo Alia—. Está clarísimo.

—Con suerte, tus enemigos creen que has muerto, pero debemos estar preparadas para cualquier contingencia una vez hayamos salido de la isla.

Voy a estar preparada para buscar la primera estación de policía y alejarme de ti, Reina de los Chiflados, pensó Alia. Pero se limitó a decir:

—Entendido.

Diana se detuvo de pronto y se llevó un dedo a los labios. Alia asintió, se escondió detrás de ella y espió por encima de su hombro a través de las hojas.

No estaba segura de lo que había esperado ver. Tal vez un fuerte, una especie de campamento militar o una banda de delincuentes vestidos de camuflaje. En cambio, lo que veían sus ojos era una ancha carretera que conducía a una ciudad construida con una piedra dorada que parecía brillar a la luz del crepúsculo, una ciudad de cuento de hadas llena de arcos y de torres, porches abiertos rebosantes de cascadas de flores, tejados abovedados y tendales de seda sostenidos por elegantes columnas.

Estaba sucediendo algo. Las mujeres se apresuraban por la carretera en ambas direcciones, con una sensación de urgencia en sus movimientos. Algunas llevaban pantalones de piel y camisetas sin mangas como los de Diana, pero otras iban ataviadas con sedas brillantes. No parecían tanto supervivencialistas sino un grupo de actrices preparándose para subir al escenario.

Diana intercambió una mirada con Alia e hizo un gesto.

—¿Son maniobras militares? —susurró Alia.

—No hagas caso —dijo Diana con un suspiro molesto—. Sígueme y no digas nada. Intenta caminar ligero. Para ser tan pequeña, haces mucho ruido.

—No soy tan pequeña —protestó Alia. Y de acuerdo, no era exactamente grácil, pero tampoco había tropezado contra un árbol ni nada parecido.

Siguieron atravesando el bosque, abriéndose paso entre las ramas. Diana caminaba con paso firme y nunca se paraba a descansar, pero Alia se sentía cada vez peor. No tenía ni idea de cuánto llevaban caminando, pero había perdido los tenis en el naufragio, y a pesar del recubrimiento musgoso de la superficie del bosque, sus pies protestaban ante cada raíz, bache y piedrecita.

Por fin, Diana se detuvo. Esta vez se tumbó boca abajo en el suelo y avanzó como una oruga por debajo de un árbol cubierto de hojas verdes y gruesas. Alia se quedó un momento inmóvil.

¿Realmente estaba haciendo esto? Se encogió de hombros, y luego se tumbó sobre el estómago y la siguió. Al salir de la vegetación, vieron a lo lejos una ciudadela de altos muros.

—Los muros se resquebrajaron —dijo Diana, con la voz llena de tristeza y asombro—. Llevaban en pie cerca de tres mil años.

Ahora Alia sabía que la chica estaba loca. Era imposible que aquel edificio existiera desde hacía tanto tiempo. Parecía nuevo, a pesar de la enorme grieta que quebraba uno de sus muros de color arena.

Mientras observaban, Alia vio a dos mujeres con pantalones de piel y camisetas que pasaban corriendo por debajo del arco. Cuando volvieron a salir, había otra mujer a su lado. Tenía un solo brazo e iba tatuada con lo que parecía...

—¿Es una cota de malla?

Diana asintió.

—Everilde se disfrazó de caballero para poder combatir en las cruzadas. El tatuaje le cubre todo el torso.

—Vaya. Es como si nunca saliera del mercado medieval. ¿Qué lleva escrito en el hombro?

Diana parpadeó, con las pestañas de color azabache moteadas de lluvia.

—Paz. En árabe. Se lo hizo cuando Hafsah llegó a la isla. Ambas trabajan en las salas de entrenamiento, pero a causa de la tormenta y los temblores, probablemente necesitan toda la ayuda que puedan conseguir en el Efeseo —gruñó Diana—. Mi madre me va a matar.

—¿Por qué?

—Debería estar allí abajo, ayudando. *Ejerciendo un papel de liderazgo.*

Alia casi se rio. Al parecer, también los hijos de las sectas tenían mamás con expectativas.

—¿Qué es ese lugar?

—La armería.

Parecía demasiado bonito para ser una armería.

Cuando las mujeres se fueron, Diana condujo a Alia hacia el terraplén y por debajo de un arco repleto de flores. Alia alargó el brazo y tocó una rosa de color crema, con los pétalos teñidos de rojo e inundados de lluvia. No había visto nunca una flor tan perfecta, y era casi tan grande como su cabeza.

—Rosas de guante —dijo Diana—. Lilas de Jericó, tacos de la reina. Todas son plantas asociadas con la guerra o la victoria. A mi madre le gustan estos temas.

—No me extraña —murmuró Alia.

Pero cuando entraron en la armería se quedó boquiabierta. La sala era un vasto hexágono coronado por una enorme cúpula. Cada una de las paredes contenía un muestrario de un arma distinta: espadas, hachas, dagas, varas, así como objetos con picos y puntas y pequeñas púas siniestras cuyo nombre Alia desconocía. Las paredes parecían estar ordenadas de modo cronológico, con las armas más antiguas y rústicas arriba, y sus contrapartes elegantes y modernas más cerca del suelo.

—No hay pistolas —comentó.

Diana la miró como si fuera boba.

—La pistola es el arma del cobarde.

—Hmmm —dijo Alia, con diplomacia. La pistola también era el arma más efectiva. Por algo los policías no andaban por ahí con hachas de doble filo. *Una secta supervivencialista, amante de la horticultura y antiarmas de fuego.* ¿Tal vez eran simplemente hippies coleccionistas de armas?

—¿Qué es eso? —preguntó Alia, señalando una vara con una pinza gigante en la punta.

—Una *zhua*. Se utiliza para arrebatar el escudo al contrincante montado a caballo.

—Parece el trapeador más mortífero del mundo.

Diana reflexionó sobre lo que Alia había dicho.

—Tal vez puedes usarlo para asustar al suelo limpio.

Atravesaron la enorme sala, dejando atrás colchonetas y maniquís que probablemente utilizaban como sparrings en los entrenamientos.

—¿Siempre dejan todo esto por aquí? Parece peligroso.

—No está permitido sacar las armas de la armería, a no ser que se hayan autorizado para las exhibiciones.

—Pero, ¿y si alguien roba algo?

—¿Cómo iba a hacerlo? Estos objetos son de todo el mundo.

Mentalmente, Alia añadió *socialistas* a su lista de adjetivos para la secta. A Jason no le iba a gustar. Pero ahora no quería pensar en su hermano ni en lo preocupado que debía de estar. Ni en el hecho de que no fuera a verlo nunca más si no conseguía salir de aquella isla.

Pasaron por otro pasaje abovedado y entraron en una sala más pequeña. Allí la luz era más tenue, filtrada por los paneles azules de la cúpula de vitral que los cubría. La estancia estaba llena de cajas de vidrio con espejos ingeniosos que hacían que el contenido pareciera flotar sobre la luz azulada. Era como estar en el centro de un zafiro.

Las cajas no llevaban etiquetas ni placas, y cada una de ellas contenía un traje distinto en su interior: una coraza de bronce trabajado y un par de sandalias; el atuendo de acero y cuero segmentado de lo que Alia pensó debía de ser una armadura samurái; pesadas pieles y alforjas con cuentas; un overol de piloto que parecía de los años veinte. Alia no sabía mucho de historia de la moda militar, pero Nim lo hubiera sabido. Al mirarla con más atención, Alia vio que la chamarra de piloto estaba llena de agujeros de bala. Observó la pesada armadura cromada que había en la caja de al lado. Tenía un agujero, como si la hubiera perforado una lanza.

Había otra cosa que la inquietaba: la armadura, el corte de los ropajes, las coronas, las pulseras, las botas. De pronto, Alia se quedó helada. Habían visto a veinte o treinta personas en la carretera que conducía a la ciudad, y no había ni un solo hombre.

—Un momento —dijo Alia. Diana estaba plantada ante una caja de vidrio en el centro de la sala, más grande y reluciente que las otras, iluminada por la luz blanca que penetraba por el ojo de buey en lo alto de la cúpula—. ¿Acaso no hay hombres en esta isla?

Diana sacudió la cabeza.

—No.

—¿Ninguno?

—No.

—No inventes, ¿son algún tipo de secta feminista radical?

Diana frunció el ceño.

—No exactamente.

—¿Son todas lesbianas?

—Claro que no.

—A mí no me importaría que lo fueras. Nim es gay. Tal vez bisexual. Todavía lo está intentando descubrir.

—¿Quién es Nim?

—Mi mejor amiga.

Mi única amiga, se le olvidó añadir. Jason no contaba. Y Theo era más bien un "sólo somos amigos", que un amigo de verdad.

—A algunas les gustan los hombres, a algunas las mujeres, a algunas ambos y a algunas no les gustan ninguno de los dos.

—Entonces, ¿por qué no hay hombres?

—Es una historia muy larga.

—¿Y cómo *naciste* tú, si ningún hombre puede entrar?

—Es una historia todavía más larga.

Diana volteó hacia el recipiente y alzó la tapa, pero luego vaciló. Con mucho cuidado, como si temiera que el metal quemara, introdujo la mano en la caja y extrajo una delgada corona de oro, con un enorme rubí cortado en forma de estrella en el centro.

Alia había visto muchas joyas de gran tamaño en los miembros de la alta sociedad de Park Avenue, pero nada que se pareciera a aquello.

—¿De quién es?

—Mía, supongo. Mi madre la mandó hacer cuando nací. Pero no me la he puesto nunca.

—¿Es auténtico, el rubí?

Diana asintió y sonrió ligeramente.

—Rojo como la estrella de Sirio. Me pusieron el nombre por Diana la Cazadora, y nací bajo su constelación favorita, Orión. Es una piedra cortada de la que lleva mi madre en la corona —Diana señaló con un gesto a la ancha tiara que estaba suspendida dentro del recipiente, con un rubí bastante más grande en el centro—. Son piedras del corazón. Actúan como una especie de brújula.

Desencajó el rubí en forma de estrella de su soporte y devolvió la diadema de oro a la base.

—Espero que nadie se dé cuenta.

—¿De la desaparición de un rubí del tamaño de una gran galleta? Seguro que no.

Diana dejó que sus dedos repasaran los otros objetos que había en la caja: un cinturón ancho y dorado con incrustaciones de joyas rojas y pedazos de topacio grandes como los pulgares de Alia; un elegante arco descordado y una aljaba llena de flechas; un conjunto de lo que parecían anchos brazaletes de hierro; y una cuerda larga, retorcida como una serpiente.

—Necesitaremos esto —dijo Diana, sacando el lazo de la caja. Al atárselo a la cintura brilló de un modo asombroso, como si estuviera tejido con un material distinto a la cuerda común y corriente. Diana acarició la parte interior de uno de los brazaletes de hierro—. Mi madre solía traerme aquí cada semana cuando era pequeña. Me contaba la historia de cada una de las cajas, de todas las mujeres que llegaron hasta aquí. Son las reliquias de nuestras grandes heroínas. Fragmentos de las vidas que llevaban antes de llegar a la isla, y de las batallas que luego libraron para preservar la paz. Me contaba esas historias. Todas menos la suya.

Reliquias de familia, pensó Alia.

Entonces, el brazalete que Diana estaba tocando se *movió*.

Alia dio un paso atrás y estuvo a punto de estrellarse contra la caja que tenía detrás.

—¿Qué demonios? —era como si el metal se hubiera fundido. Se deslizó desde la caja y se cerró alrededor de la muñeca de Diana—. ¿Qué demonios? —repitió Alia cuando el segundo brazalete se deslizó hasta encajar en la otra muñeca de Diana.

Diana parecía tan desconcertada como Alia. Extendió las manos como un cirujano a punto de empezar una operación y se quedó mirando los brazaletes, boquiabierta de incredulidad.

Tengo una conmoción cerebral, balbuceó Alia mentalmente. *Seguro que tengo una conmoción cerebral. De hecho, tal vez esté en coma. Me desmayé a causa de la explosión, y ahora estoy en un hospital en Turquía. Tengo que despertarme, porque Nim se va a morir de risa cuando le cuente lo de la isla mágica de las mujeres.*

—Tal vez sea una señal —dijo Diana.

—¿De qué?

—De que mi misión es justa. De que estoy tomando la decisión correcta.

—¿Por ayudarme a salir de la isla? Absolutamente. La más correcta de todas —Alia observó la cuerda y los brazaletes. A pesar de lo que había dicho Diana sobre el hecho de no llevar armas, si todo aquello era real, ahora mismo podía haber un montón de mujeres de la secta correteando por la isla con hachas de batalla y trapeadores mortíferos—. ¿Tal vez podríamos tomar algo más?

—¿Como qué?

—Eres tú quien dice que mis enemigos me persiguen. ¿No necesitamos, por ejemplo, una ballesta o una lanza? Algo puntiagudo, como esa espada.

—¿Otros artefactos? Eso sería robar.

—¿Y los brazaletes?

—Me pertenecen por derecho de nacimiento.

—¿No podemos tomar prestado algo de las salas de entrenamiento, entonces?

—No vamos al manantial a provocar una batalla. Vamos a evitarla.

—Sí, pero ya sabes lo que se suele decir: a veces la mejor defensa es un buen ataque.

Diana arqueó una ceja.

—Y a veces la mejor defensa no es presentarse con una espada gigante.

—Y eso lo dice la chica que mide metro ochenta y es capaz de transportarme como una alforja. Contigo no se meterá nadie.

—Te sorprendería. Yo...

Otro temblor recorrió el piso, haciendo que la sala se inundara de luz azul.

—Deprisa —dijo Diana, tomando a Alia por el brazo y alejándola de la caja, que se volcó hacia un lado y se estrelló contra el suelo de piedra, estallando en mil pedazos de cristal—. Tengo que sacarte de esta isla.

Alia intentó seguir el ritmo de Diana cuando salieron corriendo de la armería. Le retumbaba la cabeza y volvía a tener náuseas, más fuertes que antes. Pedazos de roca se desencajaban de la enorme cúpula, y se estrellaban contra las colchonetas de entrenamiento mientras Diana y Alia avanzaban zigzagueando hacia la entrada.

Diana detuvo a Alia al acercarse al arco, pero el camino debía de ser franco, porque la agarró de la mano y corrieron hacia el bosque. Sólo cuando estuvieron en lo alto del terraplén, escondidas entre los árboles, se detuvieron. Alia tenía la sensación de que el corazón le iba a explotar. Sabía que no estaba en forma. Nim siempre intentaba convencerla de que hiciera yoga, y Jason tenía una relación muy seria con su caminadora, pero esto era muy diferente. La cabeza le daba vueltas y el dolor le presionaba el cráneo con pulsaciones urgentes.

—Tengo que parar —dijo, doblando la espalda. Veía borroso. Notó algo que le hacía cosquillas en los labios, y al tocarse la cara con la mano, esta se llenó de sangre.

—¿Qué me está pasando?

Diana sacó un pañuelo de tela de la mochila, lo humedeció con agua de lluvia de la rama más cercana y lo llevó suavemente a la boca y a la nariz de Alia. Con el tacto, el dolor que sentía disminuyó ligeramente, y la visión se aclaró.

—Ya te dije. Tienes que salir de la isla.

—La isla es una metáfora —murmuró Alia para sí misma—. Cuando salga de la isla, me despertaré.

—No es ninguna metáfora —dijo Diana—. Mi hogar te está matando antes de que puedas destruirlo. Tenemos que seguir adelante. ¿Quieres que te lleve?

—No —dijo Alia, rechazando con un gesto la mano de Diana—. Estoy bien.

Diana negó con la cabeza, pero no discutió. Alia la siguió como pudo, apoyándose en los troncos de los árboles cuando tenía que hacerlo, escuchando el traqueteo de la respiración en los pulmones, escurriéndose por tramos de tierra blanda que la lluvia había convertido en barro. Era consciente de los pájaros que se refugiaban entre las grandes hojas, del crujido que hacían con las alas. Oyó el chillido de los monos, aunque no los vio por ninguna parte. El lugar estaba rebosante de vida, borracho de ella.

¿Qué es real y qué no lo es?, se preguntó Alia. Tal vez la isla era real pero sus percepciones estaban distorsionadas. Tal vez su cerebro había resultado dañado en el naufragio. Sin duda, su cuerpo se había inundado de adrenalina. O tal vez estaba acostada en la camilla de algún hospital, en dirección a una resonancia magnética y todo esto eran alucinaciones. Esta idea le gustaba mucho. Descubrirían cuál era el problema de su mente fallida y lo arreglarían. La ciencia era capaz de solucionarlo todo, si había tiempo y recursos. Era lo que sus padres le habían enseñado a ella y a Jason. El mundo tenía una bella lógica, patrones escondidos que salían al descubierto si aprendías a verlos. ¿Qué pensarían ellos de aquellos árboles gigantes y de las joyas que actuaban como un animal adiestrado? *Dirían que tiene que haber una explicación. Y la encontrarían.*

Alia se tambaleaba detrás de Diana a medida que la superficie del bosque iba descendiendo. Los árboles fueron disminuyendo y gradualmente se convirtieron en un claro. Tenía la extraña sensación de estar pasando de un mundo a otro. Acababan de dejar un bosque denso de vegetación, repleto de flores y pájaros de colores brillantes. Ahora lo que se extendía ante sus ojos sólo podía describirse como una pradera, colinas largas y onduladas de juncos que se mecían suavemente, de un color gris y verde pálido que se entremezclaba con los colores del cielo nublado.

Alia intentó tomar aliento, consciente de que estaba jadeando como un perro cansado, mientras que Diana no parecía nada afectada.

—Esto no tiene sentido. Este tipo de ecología es totalmente inapropiada para este clima.

Diana se limitó a sonreír.

—La isla es así. Reparte regalos —Alia intentó no poner los ojos en blanco—. Mi madre nunca habla de la vida antes de la isla —continuó Diana—. Pero le encanta este lugar. Creo que le recuerda a la estepa.

Diana permaneció largo rato contemplando la extensión de hierba. Alia no tenía ganas de reemprender la marcha, pero también tenía la impresión clara de que tenían prisa.

—Entonces... —empezó a decir Alia. Diana sacudió la cabeza y se puso un dedo ante los labios—. Si me vas a hacer callar...

—Escucha.

—Sólo oigo el viento.

—Aquí —dijo Diana, tomando la mano de Alia. Se agacharon, y Diana le colocó la palma de la mano sobre la tierra mojada—. ¿Lo notas?

Alia frunció el ceño, pero entonces notó un temblor, distinto de los terremotos. Era más bien como el tamborileo de la lluvia, pero tampoco era exactamente eso.

—Cierra los ojos —murmuró Diana.

Alia la miró con recelo, luego cerró los ojos. El mundo se oscureció. Percibía la tormenta en el aire, la fragancia profunda y musgosa del bosque que habían dejado atrás, y algo más, un aroma más cálido que no podía identificar. Oyó el crujido solitario del viento a través de la hierba, y entonces, tan imperceptible que al principio dudó, oyó un débil relincho. Volvió a aparecer, y los sonidos empezaron a fundirse con el ritmo suave que sentía a través de la tierra: un grupo de cuerpos en movimiento, un jadeo, ruidos de cascos.

Abrió los ojos de par en par. Notó que estaba sonriendo.

—¿Caballos? —Diana sonrió y asintió. Ambas se levantaron—. Pero, ¿dónde están?

—Aquí, en el campo. Es la manada fantasma.

Diana desenganchó la cuerda dorada de su cadera y empezó a avanzar por la hierba alta. Le llegaba hasta los muslos, casi hasta la cintura de Alia, y le hacía cosquillas en las piernas desnudas de un modo que le hizo pensar en telarañas.

—Mi madre y sus hermanas eran grandes jinetes —dijo Diana—. Podían montar cualquier corcel y sacar lo mejor de él, lanzar flechas mientras colgaban de una silla, apuntar boca abajo. Cuando Maeve llegó a la isla... —la voz de Diana se quebró un poco—. La manada fantasma fue un regalo de la diosa Epona. Un agradecimiento a Hera y Atenea por haber concedido la inmortalidad a Maeve.

Diana ordenó con un gesto que se detuvieran, y Alia vio que había formado un lazo con la cuerda. Diana lo balanceó entre las manos, dejando que tomara impulso.

Alia oía el ruido que se acercaba, el fragor de los cascos que recordaba al latido de un corazón, doblándolo, distorsionándolo. La hierba alta se mecía contra el viento como si estuviera dirigida por una fuerza invisible. La mente de Alia se negaba a reconocerlo. *No puede ser.* No puede ser.

Diana tenía los ojos cerrados. Plantada con el rostro inclinado hacia el viento, escuchaba y movía el lazo con un ritmo repetitivo y perezoso. La cuerda brilló entre sus manos cuando la soltó. Dibujó un camino largo y reluciente contra el cielo gris, y fue a caer alrededor del cuello de un enorme caballo blanco que un instante antes no había estado allí. Era como si el lazo hubiera causado la aparición del caballo.

Alia retrocedió un paso, el corazón le latía con fuerza contra su pecho. Diana soltó un poco más el lazo y dio la vuelta mientras el caballo, frustrado, meneaba la crin blanca y brillante y tiraba de la cuerda. Ella tiró con suavidad y el caballo brincó, retrocediendo con los cascos y soltando un relincho agudo y airado.

—Tranquilo, Khione —murmuró ella, con la voz grave y cadenciosa—. Soy yo.

El caballo siguió bailando, meneando la crin, y Diana dio otro tirón suave, tensando los músculos de los brazos bajo la piel bronceada.

Silbó ligeramente y el caballo alzó las orejas. A regañadientes se fue calmando, pateó la hierba con los cascos y dio un resoplido de insatisfacción. Caminó hacia delante a medida que Diana iba recogiendo el lazo. Cuando lo tuvo lo bastante cerca, le pasó un brazo por encima del cuello y le dio unos golpecitos en el flanco mientas él le arrimaba la enorme cabeza.

—Es la yegua favorita de Maeve —dijo Diana, y Alia percibió la tristeza y la preocupación en su voz. Diana indicó a Alia que se acercara, con una sonrisa alentadora—. Vamos.

Alia dudó, pero enseguida alargó el brazo para acariciar el hocico de terciopelo del animal. Muchos chicos de su escuela montaban a caballo, pero nunca había visto un animal como aquel, blanco como el alabastro, labrado en mármol, como si acabara de saltar del pedestal de un monumento en el centro de una gran plaza. Las pestañas eran del mismo color de nieve que la crin, pero no tenía blanco en los ojos. Eran de un color negro purpúreo como un pensamiento.

El caballo (*el caballo invisible*, se corrigió mentalmente Alia, para luego rechazar la idea), agachó la cabeza, y Alia notó de nuevo la pizca de terror que la acompañaba desde que se había salvado del naufragio. Otra vez reprimía las lágrimas que brotaban de sus ojos. Pensó en un vaso lleno hasta el borde, en la tensión de la superficie que evitaba que se derramara. Sentía la calidez del caballo bajo su mano. Veía los rizos largos de sus pestañas. Era tan real como nada lo había sido desde que sintiera el frío de las olas. Si esta criatura era posible, entonces todo podía ser real. Era demasiado.

Alia cerró los ojos y apoyó la frente contra la dura melena de la yegua.

—¿Cómo la llamaste?

—Khione. Significa "nieve".

—¿Y fue un regalo?

—Sí. Cuando una jinete monta a un miembro de la manada fantasma y le agarra la crin, se vuelve tan invisible como el caballo.

—¿Cómo es posible que la veamos, ahora?

—El lazo. Siempre muestra la verdad.

La respiración estremecedora de Alia casi era un sollozo.

—¿Puedes preguntar al lazo si voy a volver a casa?

—No funciona así. Además, Alia, ahora no puedes volver a tu casa. Todavía no. Intentaron matarte.

—Por la Fundación.

—Por lo que eres. Eres un peligro para mucha gente. Tengo que llevarte a Grecia, al manantial de Therapne.

Diana susurró algo al oído del caballo y a continuación arrancó de un tirón varios mechones de la crin de Khione. El animal relinchó en señal de desaprobación pero permaneció en su sitio, pateando el suelo con los cascos enormes.

—¿Qué estás haciendo? —preguntó Alia.

—Los necesitaremos para salir de la isla.

Se produjo otro temblor y el caballo retrocedió, arrebatando el lazo de las manos de Diana. Diana se colocó delante de Alia, con los brazos extendidos y la expresión serena. Khione dio algunos pasos nerviosos, y luego pareció calmarse. Diana esperó unos instantes más antes de recoger la cuerda. Dio unos golpecitos al flanco del caballo.

—Dentro de poco todo se calmará —le dijo, con suavidad—. Te lo prometo.

Diana pasó el lazo alrededor de la cabeza del caballo, y Alia contempló maravillada cómo Khione desaparecía. Magia. Estaba presenciando una magia verdadera. La magia que sale en las películas. Todavía no había varitas ni magos, pero si permanecía tiempo suficiente en la isla, tal vez aparecería un dragón. *Todo parece tan real,* pensó Alia mientras seguía a Diana por la pradera. Pero quizá delirar consistía precisamente en eso.

En cierto momento se dio cuenta de que el terreno le empezaba a resultar familiar. A lo lejos, vio el mar. Habían vuelto a los acantilados.

—No pienso volver a la cueva —dijo, con terquedad.

—A la cueva no —dijo Diana—. A la cala.

Alia se acercó con precaución al borde del precipicio y miró hacia abajo. Había una pequeña playa de arena tallada en la costa, como la parte superior de un signo de interrogación.

—Ok, pero de ningún modo voy a volver a bajar montada en tu espalda.

—Puedo hacer una honda —dijo Diana, sacando un trozo de cuerda ordinaria de la mochila.

—Ni hablar. No voy a bajar el acantilado.

—No dejaré que te hagas daño.

—¿Sabes una cosa, Diana? Nos acabamos de conocer, por eso tal vez no te has dado cuenta, pero yo no estoy hecha como tú. Te agradezco que me hayas salvado la vida...

—Un par de veces.

—De acuerdo, un par de veces, pero este día ha sido excesivo. Yo no hago caminatas de varios kilómetros ni escalo paredes de roca a no ser que lleve puesto un arnés de seguridad, esté en un recinto cubierto y un tipo musculoso me grite cosas como "¡Buen ritmo!" desde el suelo del gimnasio. Me estoy esforzando al máximo, pero estoy a punto de perder la paciencia.

Diana se le quedó mirando durante unos instantes, y Alia pensó que era perfectamente capaz de agarrarla y cargarla sobre sus hombros, si así lo quería. Pero, contra todo pronóstico, asintió e inclinó ligeramente la cabeza.

—Perdóname.

Al parecer, las chicas de la secta también tenían unos modales exquisitos.

—No pasa nada —dijo Alia, avergonzada por su berrinche. Pero por lo menos no tendría que ir de a caballito. Diana la guió a lo largo del acantilado hasta el principio de un camino empinado y estrecho. Alia tragó saliva e hizo lo posible por fingir seguridad.

—Mucho mejor.

—A mi manera iríamos más rápido —se ofreció Diana.

—Los últimos serán los primeros.

—Eso no pasa casi nunca.

—Pregúntaselo a Esopo.

—Esopo no existió. Las historias que se le atribuyen fueron obra de dos mujeres esclavas.

—Típico. Reflexionaré sobre ello mientras vamos bajando.

Alia empezó a bajar por el camino, eligiendo cada paso con sumo cuidado, temerosa de perder el equilibrio y caer por el precipicio.

—Vas a tardar una hora si lo haces así —dijo Diana.

—Llegaré cuando llegue. No soy una cabra.

—Podría haberte confundido con una.

En aquel momento se produjo otro pequeño temblor, y Alia arrimó el cuerpo a la pared del acantilado.

—¿Estás segura de que prefieres bajar por el camino? —dijo Diana.

—Segurísima —dijo Alia.

—Muy bien. Espérame en la arena.

—¿No vienes?

—Lo haré a mi manera.

Diana lanzó la mochila por el borde del precipicio. Entonces, ante la mirada incrédula de Alia, echó a correr hacia el vacío. Alia se tapó la boca con las manos. *No pretenderá…*

Diana saltó, y por un instante su silueta quedó recortada contra el cielo tormentoso, con las puntas de los pies hacia fuera y los brazos extendidos. Parecía que le estuvieran a punto de brotar unas alas y fuera a echarse a volar. *Hoy han pasado cosas aun más raras.* En cambio, su cuerpo trazó un arco descendente y se desvaneció precipicio abajo.

—Se está luciendo —murmuró Alia, y continuó bajando a pie por el camino. A medida que iba bajando, alternaba entre encontrar el siguiente lugar donde colocar el pie y observar el mar para intentar localizar a Diana entre las olas grises y agitadas. El oleaje era fortísimo, y golpeaba la cala con una rabia incesante. ¿Y si Diana había sido arrastrada por las olas? ¿Y si se había abierto su preciosa cabeza contra una roca?

Cuanto más avanzaba, más le dolía la cabeza y más enferma se sentía. Cuando llegó a la base del acantilado, los muslos le temblaban y tenía los nervios destrozados por el terror a la caída. No había rastro de Diana, y Alia se dio cuenta de que no tenía ni idea de lo que iba a hacer si ella no regresaba. ¿Volver a subir? No estaba segura de que le quedaran fuerzas. ¿Esperar a que una de aquellas hippies coleccionista de armas la encontrara y fuera más amistosa de lo que Diana había sugerido? ¿Y lo que había dicho Diana sobre Grecia y los peligros que Alia representaba?

—La chica está confundida —dijo Alia, a nadie en particular—. Es lo que pasa cuando te crías en una secta.

Claro, y tú eres la que está hablando sola en una playa desierta.

Aun así, Alia notó que la preocupación de su pecho disminuyó cuando miró hacia el mar y vio a Diana nadando en el océano, cortaba el agua con los brazos a un ritmo decidido. Había algo detrás de ella, una forma enorme que aparecía y desparecía en los espacios entre las olas.

Cuando Diana alcanzó la orilla, emergió con el pelo oscuro chorreando, unas cuerdas echadas sobre sus hombros, los pies hundiéndose en la arena y cada músculo del cuerpo tensándose a cada paso que daba. Alia tardó bastante en comprender que las cuerdas eran el cordaje de un barco.

Diana había sacado el *Thetis* del fondo del mar.

Un escalofrío recorrió los huesos de Alia. Uno de los mástiles seguía intacto; el otro se había desencajado cerca de la base. La proa había desaparecido totalmente. La explosión apenas había dejado una línea desdibujada de madera y fibra de vidrio en el lugar donde debería haber estado el resto de la embarcación. *Te están buscando... por lo que eres.*

Diana no podía entenderlo. Hacía mucho tiempo que la familia de Alia era un objetivo, primero cuando la gente los acusó de "jugar

93

a ser Dios" con sus investigaciones, luego por las reglas de la Fundación Keralis, relacionadas con la concesión de ayuda. Continuaban las especulaciones sobre si el accidente que había costado la vida a sus padres había sido un asesinato. Una investigación concienzuda había demostrado que aquella noche terrible no había habido nada más que una carretera resbaladiza y unos conductores distraídos. Pero cada pocos años, algún periódico o algún blog publicaba un artículo conspiratorio sobre las muertes de Nik y Lina Keralis, y Alia recibía algún mail de algún reportero curioso, o pasaba por delante de un puesto de periódicos y veía la foto de la boda de sus padres mirándola desde el escaparate, y la herida se volvía a abrir.

Recordaba estar en el asiento trasero con Jason, los faros de la calle le iluminaban el rostro, sus padres iban delante, discutían sobre qué puente debían cruzar para llegar a casa. Este era el último recuerdo que tenía de ellos: su madre daba golpecitos contra el volante, su padre tenía la mirada fija en la pantalla del celular e insistía en que si hubieran tomado el Triborough, a esas horas ya estarían en casa. Luego la extraña sensación de que el coche se movía en la dirección equivocada, el impulso que los hizo atravesar tres carriles de tráfico derrapando. Recordaba el impacto del coche contra la divisoria, el chirrido del metal al romperse, y luego nada más. Tenía doce años. Jason tenía dieciséis. Al despertarse en el hospital, todavía sentía el olor a caucho quemado en la nariz. Tardó días en disiparse y ser sustituido por el hedor empalagoso del desinfectante del hospital. Jason estaba allí cuando ella despertó, tenía una gran herida en la mejilla, cerrada con puntos, y los ojos rojos de tanto llorar. También había venido su padrino, Michael Santos, y su hijo Theo, que rodeaba a Jason con el brazo y sujetaba la mano de Alia.

Contemplar los restos del *Thetis* le producía la misma sensación que despertarse en la cama del hospital, la misma oleada de dolor. *Te están buscando.* ¿Acaso Alia había sido el motivo del naufragio? ¿Jasmine, Ray y los demás habían muerto por su culpa?

Diana había procedido a desenredar los cordajes y estaba rasgando el casco del barco como quien hurga en una langosta durante una cena de lujo.

—¿Qué haces? —preguntó Alia, observándola nerviosa. Tal vez los miembros de la secta mezclaban esteroides con vitaminas masticables.

—Necesitamos una embarcación para pasar la frontera.

—¿Qué frontera?

Diana dudó, y luego dijo:

—Me refiero a salir a mar abierto. El casco ha quedado inservible, pero creo que podemos salvar parte del puente y la vela y usarlas como una balsa.

Alia no quería tocar el barco. No quería tener nada que ver con él.

—¿Una balsa? ¿Con este oleaje? ¿Por qué no esperamos a que pase la tormenta?

—Esta tormenta no va a pasar. Sólo va a empeorar —Diana volvió la vista hacia el agua—. Podríamos intentar ir a nado, pero si nos separáramos...

—De acuerdo —dijo Alia, ayudando a Diana a cargar un trozo del casco sobre el hombro y a desencajarlo.

En aquel momento, Diana dobló el cuerpo de dolor.

—¿Qué te pasa? —preguntó Alia, presa del pánico. Sin darse cuenta, había empezado a pensar que Diana era invulnerable.

—Maeve —dijo ella—. Las demás. Tenemos que darnos prisa. Antes de que sea demasiado tarde.

CAPÍTULO 5

Trabajaron durante una hora aproximadamente. Los temblores eran cada vez más frecuentes, y en ocasiones algunos fragmentos de acantilado se desprendían detrás de las chicas. Alia había intentado ayudar durante un rato, pero al final se había dado por vencida y descansaba apoyada contra la balsa improvisada, con la respiración entrecortada. Diana percibía lo lívida que estaba tras la piel morena.

Tenía mejor aspecto durante la escalada, cuando Diana había estado junto a ella. *Tu proximidad puede prolongar la vida de la chica, tal vez incluso consolarla, pero no podrá curarla. Ella morirá y la isla vivirá.* Alia se estaba muriendo, y aunque Diana todavía se encontraba bien, notaba el dolor y el desconcierto de sus hermanas a través del lazo sanguíneo que conectaba a todas las amazonas. Lo que una de ellas sentía lo sentían todas las demás, y el hecho de combatir, incluso durante los entrenamientos, significaba soportar el dolor de tu oponente, en el mismo instante en que lanzabas el golpe. Y si una de ellas moría… No, Diana no lo permitiría.

—Aguanta, Maeve —susurró.

Ensamblaron la balsa como pudieron, y entonces Diana alzó la vela, introduciendo los mechones de la crin de Khione en los nudos del cordaje. Con cada nudo, otra parte de la balsa se desvanecía.

Así serían invisibles desde las costas de Themyscira y desde la costa del sur de Grecia. Diana esperaba acercar la balsa todo lo posible a Gytheio. Desde allí les esperaría un viaje de dos días a pie hasta Therapne. Dudaba que Alia pudiera ir más deprisa en el estado en el que se encontraba. Tal vez podrían adquirir una de aquellas máquinas que salían en los libros.

—¿Sabes conducir un automóvil? —preguntó Diana mientras aseguraba el timón provisional de la balsa.

—¿Un coche? No. En Nueva York no es necesario aprender.

Diana frunció el ceño.

—Bueno, aunque vayamos a pie, tendremos tiempo de sobra para llegar al manantial antes de que empiece el hecatombeón.

—¿Y qué es el hecatombeón, exactamente?

—El primer mes del calendario griego. Solía marcar el inicio del año.

—Entendido. Hecatombeón. Una fiesta en el manantial. Todos los chicos cool estarán allí.

—¿Quiénes son los chicos cool?

—Uf. De acuerdo, tú y yo estaremos allí.

Diana tenía la sensación de que Alia no tenía intención alguna de ir al manantial, pero esa era una preocupación que podía dejar para más tarde. Trenzó un mechón de la crin de Khione en su propio pelo e hizo lo mismo en el de Alia, y luego la ayudó a embarcar y se inclinó para agarrar los bordes de la balsa.

Diana empujó la balsa hacia el agua. Saltó a bordo y notó el oleaje debajo de sí. Soltó ligeramente la vela y colocó la mano sobre la caña del timón.

Mientras se adentraban mar adentro, Diana volvió la vista hacia la pequeña cala, que a cada segundo que pasaba se hacía más pequeña. *Todavía no es demasiado tarde*, pensó. *Vuelve. Deja que la isla haga su trabajo.* En cambio, ordenó a Alia que aflojara la vela y observó cómo el viento llenaba la tela. La balsa se lanzó hacia delante sobre la cresta de otra ola, y se deslizó por el otro lado en un descenso vertiginoso.

Pasaron las rocas que marcaban la frontera y se adentraron en la neblina. Esta vez no se produjo ningún cambio de temperatura, y Diana no pudo discernir exactamente cuándo habían cruzado. Aquí las olas eran más salvajes, pero era difícil distinguir nada. Entonces Alia ladeó la cabeza hacia el cielo y respiró hondo. Diana vio que estaba recuperando el color de las mejillas. ¿Era posible que los terremotos también hubieran cesado en Themyscira? ¿Habría abierto Maeve los ojos? ¿O se exigiría algún sacrificio para purgar la isla de la influencia de Alia?

Diana miró atrás. Nunca había estado tan lejos, nunca había visto la isla desde tal distancia. La niebla se abrió un instante y consiguió divisar la forma, la curva de la costa, las torres del Efeseo en un extremo y la gran cúpula de Bana-Mighdall en el otro, los picos y los valles de las montañas como una odalisca verde.

La niebla se espesó. Themyscira había desaparecido. Si ahora intentara regresar, ¿la reconocería la isla? ¿Conseguiría encontrarla? ¿Sería bienvenida en su regreso?

¿Regresar a qué?, preguntó una voz sombría en su interior. ¿Y si lo conseguía? ¿Y si el Oráculo no había contado a Hipólita la horrible traición que Diana había cometido contra su gente? Si permanecía en la isla, sólo podía aspirar a ser la hija mimada de Hipólita. Nunca se le permitiría encontrar su propio camino.

Hipólita podía proclamar que Diana era un amazona, pero por encima de todo, Diana era su hija, demasiado valiosa, demasiado frágil para ponerla en riesgo. Y el resto de amazonas siempre la verían así: no como una verdadera hermana, sino como la hija de la reina. Siempre sería una forastera, y aquella era una debilidad que las demás siempre podrían aprovechar.

En cambio, si hacía las cosas bien, si conseguía llevar a Alia al manantial, no sería una simple misión, sino un objetivo, el viaje de una heroína, como los que habían emprendido las campeonas de la antigüedad. El linaje de Warbringer desaparecería. Alia sobreviviría, la guerra se evitaría y Diana habría demostrado su valía. Para entonces, Hipólita y Tek ya conocerían los detalles de la transgresión de Diana. Tendría que enfrentarse a un juicio ante el Consejo de amazonas, pero Diana quería creer que saldría absuelta. ¿Interrumpir el ciclo de Warbringers? ¿Evitar no sólo una guerra, sino incontables guerras futuras? Era una hazaña digna de una amazona. Habría un castigo, peo seguro que no la enviarían al exilio. *Tendrás que mirar a Maeve a los ojos y decirle que fuiste tú la causa de su sufrimiento.* Ese sería el peor castigo, el más duro de soportar, y era indudable que Diana lo merecía.

Quedaba claro que también era posible que fracasara. Tal vez salvaría a la chica pero precipitaría a la tierra a una época de guerras, unas guerras que podían traspasar las fronteras del mundo mortal y llegar a su hogar. Diana recordaba la visión del cuerpo inmóvil y sin vida de su madre en el campo de batalla, la mirada acusadora de los ojos agonizantes de Tek, la tierra convertida en cenizas, el olor a sangre y a carne quemada en el aire, la horrenda criatura con cabeza de chacal. Un error por su parte podía tener costos irreparables.

No. Tenía que haber alguna razón para que hubiera sido ella la que presenció el naufragio del *Thetis*, la que sacó a Alia del mar. Le habían dado una oportunidad para ayudar a lograr la paz en el mundo y terminar con el ciclo bélico que Alia llevaba en la sangre. No fracasaría. Y no permitiría que el miedo se interpusiera en su camino.

La neblina era fría, y el oleaje golpeaba la parte inferior de la balsa como una criatura viva. Diana se llevó la mano al bolsillo y tocó la piedra en forma de estrella. Notó los bordes duros de la pieza contra la palma de su mano.

—Alia —gritó por encima del viento—. Dame la mano.

Alia avanzó a trompicones a lo largo de la balsa, hasta alcanzar la popa. Se agarró a la mano de Diana, mojada por la lluvia y la espuma del mar, y la piedra en forma de estrella quedó entre las dos palmas.

—¿Preparada? —preguntó Diana, sin soltar el timón con la otra mano.

—Preparada —respondió Alia, asintiendo con fuerza.

Diana notó su propia sonrisa.

—El destino nos espera.

Se concentró en lo que recordaba del mapa de Grecia, el golfo de Laconia, la horquilla de la costa sur. *Guíanos*, deseó.

No sucedió nada.

Por un momento, Diana pensó mortificada que tal vez había malinterpretado el funcionamiento de la piedra. ¿Y si no tenía fuerza de voluntad suficiente para dirigirla? Se perderían en el mar, atrapadas en la balsa, y nunca más volvería a Themyscira.

Entonces la balsa empezó a girar, al principio con lentitud, luego con mayor impulso. Las aguas se alzaron, girando en espiral, y formaron un muro a su alrededor, una columna de aguas grises y remolinos de espuma que se agitaba cada vez más deprisa, cada vez más alta, hasta que el cielo quedó reducido a un agujerito de luz allá en lo alto.

Con un sonoro chasquido, la vela se soltó y desapareció por el canal. La balsa tembló y se partió en dos entre las dos chicas.

—¡No te sueltes! —gritó Diana, sin dejar de agarrar a Alia.

—¿Bromeas? —respondió Alia, gritando también.

Estaban empapadas, encorvadas sobre el timón, de rodillas, con las palmas tan juntas y tan apretadas que Diana sintió que los bordes de la piedra le cortaban la carne.

Tek tenía razón. Las diosas están enojadas. Nunca la habían querido en la isla. Era muy arrogante por su parte pensar que la aparición de Alia era una ocasión que ellas le daban para alcanzar la grandeza. Habían enviado a Alia como un cebo, y ahora ella y la Warbringer morirían juntas, devoradas por las fauces del mar.

El rugido del agua agitada le inundaba los oídos, le sacudía el cráneo, el viento y la sal golpeaban con tal fuerza que no podía mantener los ojos abiertos. Se arrimó a Alia, notó su pulso (¿o era el suyo?) contra la palma de su mano.

De pronto, el mundo quedó en silencio. El rugido no disminuyó, sino que simplemente desapareció. Diana abrió los ojos para ver cómo la columna se desmoronaba en una gran oleada de agua, empapándolas y balanceando la embarcación sobre el chapoteo del mar. La neblina todavía envolvía el tocón roto del mástil cuando la balsa se meció y finalmente se detuvo; la calma de las aguas era siniestra.

Estaban rodeadas de oscuridad. ¿Se había hecho de noche en el mundo mortal? ¿Al utilizar la piedra habían perdido o ganado tiempo?

Seguían avanzando, transportadas por una fuerte marea, pero el oleaje se había calmado de modo drástico.

Diana y Alia se miraron. El pelo de Alia colgaba en una masa mojada de trenzas, y los ojos grandes y redondos parecían monedas acabadas de acuñar. Diana sospechaba que ella no debía de tener mejor aspecto.

—¿Funcionó? —dijo Alia.

Separaron las manos poco a poco. La piedra estaba manchada de sangre, sangre de las dos. Diana la limpió contra sus pantalones mojados y se la metió en el bolsillo.

Miró alrededor. La balsa había quedado reducida aproximadamente a la mitad del tamaño que tenía cuando habían salido de la isla. El mástil estaba destruido, los fragmentos de cuerda y cordaje colgaban sin rigidez del mismo. A través de la neblina, Diana avistó el primer parpadeo de las luces. Eran más brillantes que las lámparas de Themyscira, más firmes que la luz de las antorchas, parecían alfileres que relucían como estrellas capturadas, con una mezcla de colores, blanco, azul pálido, dorado, verde plateado.

—Funcionó —dijo Diana, incrédula todavía—. Sí funcionó.

Lo había conseguido. Había salido de Themyscira. Había cruzado hasta el Mundo del Hombre.

A ambos lados, las luces se multiplicaban, más numerosas de lo que nunca hubiera podido imaginar. Diana oía el agua que impactaba contra los laterales de la balsa, y algo más, un sonido profundo y resonante, las sirenas de los barcos, un sonido que sólo había oído a gran distancia desde la isla.

Pero las luces estaban demasiado cerca, eran demasiado brillantes, demasiado abundantes. ¿Habían llegado a una ciudad? ¿Y cómo era posible que el mar Jónico pareciera plano como un estanque de molino?

La neblina se disipó, y Diana vislumbró otra luz que brillaba en lo alto, distinta de las otras, un antorcha amarilla y brillante sostenida por la estatua de una amazona, con la cara severa enmarcada por una corona de rayos de sol, y un vestido que le colgaba en pliegues grises y verdes de cobre gastados por el tiempo. Detrás de la estatua, Diana vio las luces de un enorme puente.

—Pasó algo —dijo Diana, levantándose despacio—. Esto no es Grecia.

Alia echó la cabeza hacia atrás y se empezó a reír, con una carcajada llena de exuberancia, alivio y… orgullo.

—Por supuesto que no —susurró Alia. Extendió bien los brazos, como si quisiera abarcar con ellos la ciudad entera, como si aquellas luces se hubieran encendido sólo para darle la bienvenida—. Bienvenida a la ciudad más fabulosa del mundo, Diana. Esto es Nueva York —gritó de alegría y levantó el rostro hacia el cielo—. ¡Esta es mi casa!

CAPÍTULO 6

¿Qué hice? El aire se adhería a la piel de Diana de un modo extraño, le llenaba los pulmones de una sensación arenosa. Lo notaba en la boca, húmedo y empalagoso en la lengua. Las luces de la costa ya no parecían estrellas, sino más bien el reflejo brillante de los ojos de un depredador, una manada de lobos acechando en la oscuridad.

Volteó a ver a Alia.

—¿Qué hiciste?

Alia levantó las manos.

—Tú eras la que llevaba el timón.

—La piedra llevaba el timón. Yo pensaba en el manantial. Estaba concentrada en la costa de… —se le acabaron las palabras al mirar el rostro aliviado y feliz de Alia. La piedra seguía los deseos de la mujer que la gobernara. Al parecer, la voluntad de Alia había sido más fuerte que la suya—. Estabas pensando en tu casa.

No pudo evitar un tono acusatorio en la voz.

Alia se encogió de hombros.

—¿Perdón?

—No creo que lo digas en serio.

Sonó el aullido de una sirena, esta vez más cerca de ellas, y pasó una barcaza, seguida por una estela que golpeó los restos de la balsa. Se tambalearon, consiguieron enderezarse, pero la balsa se estaba llenando rápidamente de agua. *Piensa*, se regañó Diana. La piedra solo servía para salir de Themyscira o para regresar a ella. Podían regresar a la isla y volverlo a intentar, pero ¿podía arriesgarse Diana a regresar a la Warbringer hasta allí? ¿Sobrevivirían Alia o la isla a una decisión como aquella?

Al este, vio el inicio del amanecer que teñía el cielo de gris. Registró el horizonte. Nueva York. La isla de Manhattan. Diana conocía bien los mapas, los había estudiado, y sabía que se encontraban a miles de kilómetros de Therapne, del manantial y de cualquier esperanza posible.

Gimió de frustración.

—¿Cómo pudo pasar?

—Llevo todo el día diciéndolo —sonrió Alia.

¿Sólo había pasado un día? Aquella misma mañana, la única preocupación de Diana había sido la posibilidad de perder una carrera. Ahora había abandonado el único hogar y la única vida que conocía, y estaba a punto de condenar al mundo a una era sangrienta de guerra y violencia. Al parecer, tenía un don para provocar desastres.

Traza un nuevo plan, se dijo a sí misma. *Los soldados saben adaptarse.*

—Tenemos que alcanzar la orilla —dijo, con decisión. No era gran cosa, pero por ahí podían empezar. Claro que no tenían mástil, ni vela, ni manera de gobernar la embarcación—. Tendremos que nadar.

Alia es estremeció.

—Regla número uno para vivir en Nueva York: no nades en el Hudson. ¿Sabes lo contaminada que está el agua?

Diana observó el río. Tenía un color azul opaco tirando a plomizo. No se parecía en nada a las aguas claras de la isla. Y aun así…

—El agua es agua —dijo, con más confianza de la que sentía. El viento y el mar habían arrancado los mechones de la crin de Khione de las trenzas de Alia, y la trenza de Diana también se había soltado. Se volverían visibles cuando hubieran abandonado la balsa, pero no podían hacer nada al respecto. Rodeó a Alia con el brazo.

—¡Sé nadar! —protestó Alia.

—Afuera está oscuro. No quiero arriesgarme —dijo Diana. Y ahora que habían llegado al mundo mortal, no confiaba en Alia. Era capaz de alejarse por su cuenta.

Con Alia bien agarrada, Diana se zambulló en el río y todo su cuerpo se retorció de repugnancia. Ya esperaba que estuviera frío, pero la sensación que producía el agua era muy rara. Densa y pegajosa, como una mano húmeda que la apretaba con fuerza.

—¡Oye! —se quejó Alia, intentando escabullirse de Diana—. ¡Oye, ve hacia el este, hacia Manhattan! O si no terminaremos en Nueva Jersey.

Diana nadaba con ímpetu, ansiosa por salir de aquella… sopa tan pronto como fuera posible. De repente, Alia se puso rígida.

—¿Qué te pasa? —preguntó Diana—. ¿Te están afectando los venenos del agua?

—Ahora me acuerdo.

—¿De qué te acuerdas?

—De esto. De cuando me salvaste del naufragio.

—No es muy probable. Estabas inconsciente.

Alia estaba de espaldas a ella, pero Diana notó cómo encogía ligeramente los hombros.

—Recuerdo cuando el agua se volvió más caliente —hizo una pausa—. Recuerdo pensar que todo iba a salir bien.

Diana notó el alivio en su voz, la convicción de que las cosas habían salido bien. *Cree que ya está a salvo*, comprendió Diana. *Cree que todo ha terminado.*

—Por ahí —dijo Alia, alargando el cuello—. Todo derecho. Eso es Battery Park.

En la luz grisácea, Diana apenas podía discernir la silueta enorme que se alzaba desde el agua, y al acercarse… Parpadeó.

—¿Son cañones?

—Solían serlo. Hay un memorial de la guerra.

Su madre le había contado que el mundo mortal estaba repleto de memoriales y monumentos a la pérdida. *Construyen con acero y piedra y prometen que recordarán*, le había dicho, *pero nunca lo hacen.*

—Ese es el ferry —dijo Alia mientras atravesaban la estela de un barco que avanzaba despacio—. Si nos ven…

—Toma aire.

—Pero…

Diana no se paró a discutir. Se sumergió a sí misma y a la chica, y siguió avanzando. No estaba segura de cuánto tiempo podía contener el aire una mortal, pero contó hasta veinte segundos.

Cuando emergieron a la superficie, Alia respiró con fuerza y escupió agua del río.

—Dios mío, agua por la nariz —jadeó—. Tienes suerte de que esté tan contenta de estar en casa.

—Me alegro de que estés de buen humor —murmuró Diana.

—Me está aplastando una gigante cascarrabias y seguro acabo tragar desperdicios tóxicos, pero sí, lo estoy.

Diana la fue soltando poco a poco. No era justo castigar a Alia por su desesperación por volver a casa. Pero eso no cambiaba el apuro en el que se encontraban. El hecatombeón daría comienzo cuando se pusiera la luna nueva, y era posible que hubieran perdido más que unas horas en el momento de irrumpir en el mundo mortal.

Diana vio unos barcos anclados cerca del parque, con los puentes y los mástiles todavía iluminados por el brillo de los focos. Sin embargo, dudaba que con un barco pudieran llegar a tiempo a Grecia. Diana pensó en los aviones que Maeve y ella habían visto algunas veces sobrevolando Themyscira. Eso era lo que necesitaban. Pero no tenía ni idea de donde conseguir uno.

Cuando llegaron al muelle, Diana cambió de mano para agarrar a Alia y se aferró a un pilón.

—Agárrate a mi cuello —ordenó. Esperaba que Alia siguiera discutiendo las instrucciones, pero al parecer el buen humor de la chica la había vuelto más obediente. Se aferró a los hombros de Diana sin una sola queja. También notó que tenía más fuerza ahora que ya no estaban en Themyscira. Si se encontraba tan bien lejos de la isla, Diana tenía la esperanza de que la ausencia de Alia tendría un efecto similar sobre Maeve.

Diana escaló el pilón y sacó a Alia del agua, la depositó con un golpe sordo sobre el pavimento del muelle. Alia se tumbó de espaldas y agitó los brazos de un lado para otro.

—¿Qué haces? —dijo Diana.

—Ángeles en la nieve.

—Aquí no hay nieve.

—De acuerdo —reconoció Alia—. Estoy celebrando mi llegada.

Diana dio la espalda a Alia y a la extensión plomiza del río, para dejar claro que aquella debacle no era motivo de celebración alguna, y fue entonces cuando vio realmente la ciudad por primera vez.

Se quedó sin aliento. Había pensado que Efeseo y Bana-Mighdall eran ciudades, pero si este era el caso, tal vez necesitaría otra palabra para describir la mole gigantesca, puntiaguda y mareante que tenía delante. Se alzaba en picos y crestas, como una escarpada cordillera montañosa que debería haber ocupado más de cien kilómetros, pero que en cambio estaba amontonada en un espacio relativamente estrecho, doblada sobre sí misma en ángulos agudos y llanos brillantes y reflectantes como si fuera una enorme formación de mica. Y estaba viva. Incluso a aquella hora adormilada del amanecer, la ciudad se movía. Coches a motor. Luces eléctricas que parpadeaban en distintos colores. Personas a pie con tazas de papel humeantes en las manos y periódicos doblados bajo el brazo.

Era como volver a enfrentarse al Oráculo, el terror de contemplar lo desconocido. La emoción.

—¿Estás bien? —preguntó Alia, que se había levantado y trataba de exprimirse un poco el agua de la blusa amarilla empapada.

—No lo sé —dijo Diana, con sinceridad.

—¿Es cierto que nunca habías salido de la isla?

—Ya sabes lo fácil que es salir de mi hogar.

—Tienes razón.

Un hombre pasó corriendo, secándose el sudor de la frente y cantando a viva voz. Era alto, delgado y *peludo*.

—¡Lleva barba! —dijo Diana, maravillada.

—Sí, está bastante de moda.

Diana ladeó la cabeza mientras el hombre voceaba algo parecido a "junglas de asfalto donde sueñan tomates" y desaparecía más allá del camino.

—¿En general los hombres no tienen oído musical?

—No, pero créeme, no te recomiendo que oigas a Jason cantando en un karaoke.

Diana respiró hondo, intentando aclarar sus pensamientos. No podía permitir que aquel lugar la abrumara ni la distrajera. Tenía una misión que completar.

—¿Dónde podemos conseguir un avión?

Alia la adelantó cojeando por el camino, en dirección al parque.

—No necesitamos ningún avión. Necesitamos un baño, una comida caliente —señaló sus pies descalzos—. Zapatos.

Diana la alcanzó y se puso delante para cerrarle el paso.

—Alia, no puedes ir a tu casa.

—Diana...

—La gente que intentó matarte cree que la Warbringer ha muerto. Tenemos que asegurarnos de que lo sigan creyendo hasta que lleguemos al manantial —Alia abrió la boca para protestar, pero Diana la cortó—. Sé que no me crees, pero tú sabes que la explosión de tu barco no fue un accidente.

Alia hizo una pausa, y luego asintió despacio.

—Ya lo sé.

Diana estaba agradecida. Temía que Alia intentara negar todo lo que había sucedido ahora que se encontraba en terreno familiar.

—Entonces debes saber que es más seguro para todos que tus enemigos piensen que estás muerta.

Alia se frotó el rostro con la mano.

—Quieres decir que si vuelvo a casa pondré en peligro a Jason.

—Sí.

—No puedo dejar que mi hermano piense que estoy muerta. Él también podría ser un objetivo.

—Cuando lleguemos al manantial...

—Deja de hablar del manantial. No tenemos manera de llegar allí. No tenemos dinero, y adivino que tú tampoco debes de tener pasaporte.

—¿Qué es un pasaporte?

—¿Ves? Vamos paso a paso. Primero llamaré a Jason...

Diana sacudió la cabeza.

—Alguien supo dónde encontrarte cuando estabas en el barco. Podrían estar controlando tu ubicación a través de tu hermano.

Diana veía que la incredulidad de Alia batallaba contra su deseo de mantener a salvo a su familia.

—Creo que... —empezó Alia. Una bicicleta pasó rozándolas a toda velocidad, y Diana apartó a la chica de su paso.

—¡Idiota! —gritó Alia.

El ciclista volteó la cabeza y levantó el dedo medio.

—¿Es un enemigo? —preguntó Diana.

—No, es un neoyorquino. Sentémonos. Tengo que pensar.

Encontraron una banca y Diana se obligó a sentarse, a estar quieta. Quería actuar, no pararse a reflexionar, pero necesitaba tener a Alia de su lado mientras hubiera alguna posibilidad de llegar al manantial.

—Está bien —dijo Alia, mordiéndose el labio inferior—. No podemos ir a un banco porque no tenemos identificación. Y tú dices que no puedo ir a mi casa ni a las oficinas de Keralis porque todo el mundo cree que estoy muerta.

—Y queremos que siga siendo así.

—Exacto. O sea que volví a casa, pero si sigo tus reglas, sigo estando completamente perdida.

Diana notaba la frustración y la fatiga en la voz de la chica. Vaciló. Sabía que estaba exigiendo mucho de Alia, pero era necesario hacerlo. Había demasiado en juego como para que alguna de las dos flaqueara.

—Después de todo lo que has visto, después de todo lo que hicimos, ¿puedes al menos confiar en que te voy a proteger?

Alia tocó brevemente con los dedos la pulsera que Diana llevaba en la muñeca izquierda, con una expresión pensativa en el rostro. ¿Estaba recordando lo que había sucedido en la armería?

—Tal vez —dijo Alia, por fin—. Por lo menos ahora Jason va a tener una verdadera razón para ponerse paranoico —levantó la cabeza con brusquedad—. ¡Ya sé!

—¿Qué?

Alia se puso de pie de un salto.

—Ya sé lo que vamos a hacer. Y ahora que también sé que no me voy a morir, tengo un hambre brutal.

—Pero tú misma dijiste que no tenemos dinero. ¿Tienes algo para intercambiar?

—No, pero conozco un banco donde no piden identificación.

—Muy bien —dijo Diana. De momento no tenía otra opción que hacer lo que dijera Alia. Tenía que orientarse, acumular recursos—. Me alegro de que nos vayamos de aquí. El olor en esta parte de la ciudad es intolerable.

Alia se mordió el labio.

—Sí, en esta parte de la ciudad. No puedo creer que acabe de llegar nadando por el Hudson y esté a punto de entrar descalza en el metro. Voy a morir de algo muy desagradable, seguro. Vamos —dijo, tendiendo la mano a Diana—. Ahora eres tú la que está en mi isla. Vamos al metro.

★★★

Diana había leído cosas sobre trenes. Había estudiado los metros subterráneos, los trenes bala y las locomotoras de vapor, todo esto formaba parte de su educación, del intento de su madre de que tuviera una comprensión general del mundo mortal. Pero había una gran diferencia entre las vagas impresiones que dejaban las largas horas de pasar páginas en el Efeseo y la realidad del metro de Nueva York rechinando en la oscuridad.

Desde el parque, Alia había tomado el mando de la expedición. Habían cruzado la calle, pasaron delante de la estatua de bronce de un toro y de dos hombres armados y vestidos con ropa militar que apenas las habían observado un instante desde lo alto de unas largas escalinatas.

—Es raro —había murmurado Alia—. Tal vez haya habido una amenaza de bomba o algo similar.

Habían descendido a las entrañas de la ciudad y habían entrado en un gran pasadizo embaldosado que iba a desembocar a una plataforma para trenes. Entonces habían saltado una barrera y se habían metido entre las puertas mecánicas de un tren, y ahora estaban allí, sentadas en asientos de plástico, bajo unas luces demasiado brillantes, mientras el tren rugía y rechinaba como una especie de demonio.

En cada parada, las puertas metálicas se abrían y dejaban que el aire agradable de la plataforma penetrara en el vagón, y más pasajeros subían a bordo, amontonándose.

—Pasajeros suburbanos —dijo Alia.

La palabra no significaba nada para Diana. Había personas de todos los tamaños, colores y formas, algunas iban vestidas con telas lujosas, otras con prendas mal confeccionadas. Diana se dio cuenta de que Alia había escondido los pies bajo el asiento, seguramente para ocultar que los llevaba descalzos.

Diana y Alia atrajeron algunas miradas, pero la mayoría mantenía los ojos pegados a unas pequeñas cajitas que sostenían en las manos como si fueran talismanes, o miraban a media distancia, con los ojos vacíos, sin vida.

—¿Qué les pasa? —susurró Diana.

—Es la mirada del metro —explicó Alia—. Si la primera regla de Nueva York es no nadar en el Hudson, la segunda es no realizar ningún contacto visual en el metro.

—¿Por qué no?

—Porque alguien podría hablar contigo.

—¿Y eso sería muy malo?

La perspectiva de disponer de tanta gente nueva con quien hablar parecía un lujo inimaginable.

—Tal vez no, pero en Nueva York nunca se sabe. Esa señora, por ejemplo —dijo Alia, inclinando la cabeza muy ligeramente hacia una mujer de mediana edad que llevaba el pelo cuidadosamente peinado y un gran bolso de piel roja sobre el regazo—. Parece bastante agradable, tal vez algo estresada, pero es perfectamente posible que lleve una cabeza humana en ese bolso.

Diana abrió mucho los ojos.

—¿Es algo común?

—Bueno, no es común. Seguro sólo lleva un puñado de pañuelos de papel usados y un montón de fotos de sus nietos que le gustaría enseñarte, pero eso ya sería bastante horrible.

Diana reflexionó.

—En ocasiones, el contacto visual directo se considera un acto de agresión entre los primates.

—Ahí lo tienes.

Diana intentó no mirar directamente a nadie, pero se aprovechó de las miradas vacías y la distracción del resto de los pasajeros para estudiarlos, sobre todo a los hombres. Los había visto en ilustraciones, en fotografías, pero aun así eran más variados de lo que había imaginado: grandes, pequeños, anchos, delgados. Vio barbillas suaves, mandíbulas prominentes, pelos largos y rizados, cabezas afeitadas como melones.

—Eh —dijo un joven delante de ellas, volteando hacia el pasajero barbudo y fornido que tenía detrás— ¿Le importa?

—¿Si me importa qué? —replicó el de la barba, sacando el pecho.

El más pequeño se le acercó.

—Está invadiendo mi espacio. ¿Qué tal si se hace para atrás?

—¿Y qué tal si usted aprende cuál es su lugar?

Hundió un dedo en el pecho del otro hombre.

Alia puso los ojos en blanco.

—Dios mío, cómo detesto el metro.

Agarró a Diana por el codo y la jaló. Luego abrió una puertecita al final del vagón para buscar otros asientos donde sentarse. Diana miró por encima del hombro. Los hombres aún se estaban asesinando con la mirada, y Diana se preguntó si acabarían a golpes.

¿O tal vez se tranquilizarían, se alejarían y se darían cuenta de que no valía la pena empezar el día peleando? ¿Se debía al poder agitador de Alia o se trataba simplemente de Nueva York?

El nuevo vagón en el que entraron estaba un poco más vacío, aunque no había asientos libres. Cerca de una de las puertas, dos chicas con vestidos finos y relucientes dormían apoyadas una contra la otra, tenían brillantina en las mejillas y unas coronas de flores marchitas en el pelo revuelto. Las sandalias que calzaban lucían tacones altos y correas finas de gasa. Se habían pintado las uñas de los pies de color plata.

—¿Adónde crees que van? —preguntó Diana.

—Seguro vuelven de alguna parte —dijo Alia, con algo de tristeza en la voz—. De alguna fiesta. Dudo que se hayan ido a la cama.

Parecían mágicas, como si su sueño estuviera encantado.

Un grupo de hombres jóvenes entró en el vagón, hablando en voz alta, llevaban unos recipientes en las manos con un líquido que olía a café. Llevaban lo que Diana adivinó era una especie de uniforme: trajes oscuros y camisas blancas, rosa pálido y azul cielo. Los hombres reían y se susurraban cosas al oído, echando vistazos a las chicas de la brillantina. *Las están evaluando*, comprendió. Había deseo en aquellas miradas.

Diana pensó en Hades, el señor del mundo subterráneo. Tal vez aquí fuera el dios del metro, que exigía tributos y peajes a todos aquellos que invadían su territorio, y sus acólitos trajeados iban pasando de tren a tren en la oscuridad. ¿Sabrían estar atentas aquellas chicas de las coronas de flores? ¿O tal vez, arrulladas por el sueño y la falta de precaución, se desvanecerían en algún espacio estrecho, profundo y lleno de sombras?

Diana volvió a observar a los hombres jóvenes, y uno de ellos se dio cuenta.

—Oye, nena —dijo, sonriendo hacia sus compañeros—. ¿Te gusta lo que ves?

—Soy una adulta —respondió—. Y todavía no estoy segura.

Alia gruñó, y los compañeros del hombre se carcajearon y lo empujaron.

—Eres dura —dijo, sonriendo todavía, y se acercó un poco más—. Apuesto a que podría convencerte.

—¿Cómo?

—Digamos que no suelo recibir demasiadas quejas.

—¿De tus amantes?

El hombre parpadeó. Tenía el pelo rubio y pecas en la nariz.

—Bueno... sí —volvió a sonreír—. De mis amantes.

—Es posible que repriman sus quejas para no herir tus sentimientos.

—¿Qué?

—Tal vez, si fueras capaz de conservar a una mujer, no tendrías que hacer proposiciones a las que no conoces.

—¡Toma! —dijo uno de sus compañeros, con una carcajada.

—Qué perra —dijo el hombre del pelo rubio. Pasó un dedo por encima de la tira de la camiseta de Diana, y le acarició la piel con los nudillos—. Eso me gusta.

—Oye... —dijo Alia.

Diana agarró el dedo del chico y lo retorció con fuerza. El hombre emitió un gemido agudo.

—No me gusta esa expresión. Ahora entiendo por qué eres tan poco popular con las mujeres.

—Suéltame, pe...

Diana volvió a retorcerle el dedo, y el hombre cayó de rodillas.

—Tal vez necesitarías clases —sugirió. Miró a los otros—. O mejores consejeros. Deberían evitar que su amigo haga el ridículo —soltó al tipo y él aulló, llevándose el dedo al pecho—. Da una imagen negativa de todos ustedes.

—¡Llamen a la policía! —aulló el hombre.

—Vaya —dijo Alia—. Qué casualidad, bajamos aquí.

Jaló a Diana a través de las puertas y salieron a la plataforma. Diana miró atrás. Las chicas de la brillantina la saludaban con la mano.

Alia la arrastró hasta una escalera mecánica movediza y subieron cada vez más alto, más alto, hasta que salieron al calor sofocante del sol. Diana entornó los ojos, ajustándolos al resplandor y al ruido. El ruido extraordinario. La ciudad que había vislumbrado desde el parque murmuraba tenuemente de vida, pero ahora el día estaba en pleno apogeo, y se encontraban en el centro de un enjambre atronador. Parecía que el mismo pavimento que tenían bajo los pies, las paredes que las rodeaban, vibraran con el sonido.

Había gente por todas partes, multitudes, grandes manadas que se arremolinaban en las esquinas y luego se lanzaban hacia delante en rebaños menos numerosos. Todas las superficies estaban cubiertas de imágenes y señales. Eran carteles llenos de órdenes y promesas: *Actúa hoy. Regala diamantes. Titúlate. Precios bajos, bajos. Sedúcelo.* ¿A quién, exactamente? Diana reconocía la mayoría de las palabras, y las cifras que conocía se referían a la moneda. Otros mensajes estaban menos claros. ¿Qué era exactamente una barra hecha de ensalada, y por qué querría alguien pagar la comida por kilo?

Los hombres y mujeres que le devolvían la mirada desde los carteles parecían distintos a los que caminaban por la calle. Tenían el pelo brillante y la piel perfecta, suave e inmaculada. Tal vez fueran iconos religiosos.

A su lado, Alia se quejaba, y Diana se dio cuenta de que la cojera había empeorado.

—¿Quieres descansar? O podría...

—No vas a cargarme de a caballito por las calles de Manhattan.

—Ya estamos llamando la atención —dijo Diana, encogiéndose de hombros—. No creo que empeorara más las cosas.

—Empeoraría mi orgullo.

Un joven en camiseta y short sacudió la cabeza cuando pasaron frente a él.

—Oye, chica, te ves mal.

—¿Alguien pidió tu opinión? —dijo Alia, y el hombre levantó las manos como si quisiera hacer las paces, pero estaba sonriendo.

—¿Es amigo tuyo? —preguntó Diana mientras pasaban por delante del escaparate de una tienda llena de artefactos electrónicos. Sintió la tentación de detenerse y entrar. Los botones y las perillas de los objetos le parecieron fascinantes.

—¿Quién? ¿Ese tipo? No.

—Entonces, ¿por qué supuso que podía hacer un comentario sobre tu aspecto?

Alia se rio.

—Los hombres suponen muchas cosas.

—Es cierto que pareces cansada —comentó Diana.

—A ti tampoco te pedí tu opinión. ¿En serio que no habías visto nunca a un hombre?

—Sólo en los libros y a gran distancia.

—Y bien, ¿qué te parecen?

Diana contempló a un hombre con lentes que pasaba.

—Bueno, son decepcionantes. Por las descripciones de mi madre, creía que serían mucho más corpulentos y agresivos.

—Espera a que vayamos a una fraternidad de universitarios.

—¿Y por qué llevan los ojos tan abiertos y la boca abierta? ¿Es una aflicción de todos los hombres o particular de los hombres de tu ciudad?

Alia se rio carcajadas.

—Es lo que pasa cuando una supermodelo de metro ochenta y cinco camina por la calle tapada con unas tiras de cuero.

—Ah, entonces me están mirando con lujuria. Había oído hablar de ello.

Alia levantó la mano, haciendo un gesto para que se detuvieran.

—Ya llegamos.

Diana miró en el escaparate las hileras de pastelitos glaseados.

—¿Es aquí donde comeremos?

—Ojalá. En cuanto tenga algo de dinero voy a comerme una docena de cupcakes.

—¿Y por qué no comes un solo pastel grande?

—Porque... —Alia dudó—. No estoy segura del todo. Es cuestión de principios.

Miró al otro lado de la calle, pero Diana no estaba segura de qué era lo que le llamaba la atención. Había un cartel grande que decía ENTRADA, anuncios que ofrecían lo que parecía ser el precio por horas para estacionarse, y un estandarte desconcertante que prometía un tratamiento especial para "pájaros madrugadores". Tal vez fueran comerciantes de pollos.

—¿Qué es este lugar? —preguntó Diana.

—Un estacionamiento. Es como un hotel para coches —Alia puso los ojos en blanco—. ¿Preparada?

—¿Para qué?

—Llevas casi dos horas en Nueva York —dijo Alia—. Ya es hora de cometer alguna falta leve.

CAPÍTULO 7

Alia vigilaba la entrada del estacionamiento, disimulando para que no pareciera que observaba con demasiado detalle, y esforzándose por ignorar los gruñidos de su estómago. Hubiera sido capaz de comerse cada producto del escaparate de la pastelería.

—¿Pretendes robar un coche? —balbuceó Diana.

—¿Para qué iba a robarlo si no sé conducir? —dijo Alia, que esperaba sonar más tranquila de lo que estaba. En estos momentos ya sólo seguía adelante por pura inercia. Ya se había puesto nerviosa al tener que saltar los torniquetes del metro (algo que no había hecho nunca sin compañía de Nim para que la provocara) y ahora estaba a punto de cometer un delito. Seguro que Jason no la iba a denunciar, pero no le gustaba la idea de que la pudieran atrapar con las manos en la masa. En su interior, algo gritaba: *Vete a casa. Reinicia.*

Ahora se encontraban en su propio terreno. Debería de haber estado más tranquila, más confiada que en la isla de Diana, pero no se manejaba bien entre multitudes, y Manhattan era básicamente una gran multitud.

Observó cómo uno de los encargados desaparecía por uno de los recovecos del estacionamiento. El otro hablaba por teléfono en el despacho, apenas visible al otro lado del cristal. Era una oportunidad única para entrar.

—Escúchame. Antes me pediste que confiara en ti; ahora yo te pido que confíes en mí.

Diana bajó ligeramente las cejas oscuras y respiró.

—Muy bien.

Un enorme voto de confianza por parte de la delegación isleña de la secta.

—Bien —dijo Alia, que confiaba en sonar segura de sí misma—. Lo primero que tenemos que hacer es pasar delante de esos encargados sin que se den cuenta.

Cruzó la calle a grandes zancadas y luego se agazapó para deslizarse pegada a la pared, aliviada al ver que Diana la había seguido.

—Tengo la sensación de que estamos incumpliendo la ley —susurró Diana mientras subían sigilosamente por la rampa.

—En realidad no estamos incumpliendo ninguna ley. Sólo estamos sorteando algunas trabas burocráticas.

Con Alia llevando la iniciativa, dejaron atrás la cabina y alcanzaron la escalera, con la esperanza de no encontrarse con el otro encargado en el momento de subirla.

Al llegar al tercer piso, Alia empujó una puerta. El lugar estaba en silencio, el aire fresco en la oscuridad. Sólo se oía algún chirrido ocasional de llantas o el retumbar de un motor desde algún lugar del enorme edificio. Contó los espacios. Nunca había estado en aquel estacionamiento concreto, pero sabía el número que tenía que buscar: 321. Veintitrés de marzo, el día del cumpleaños de su madre.

318, 319, 320... ¿Era posible que fuera aquel? Alia se sintió decepcionada. No sabía lo que le esperaba, pero el coche era un vulgar Toyota Camry. También era posible que lo hubiera entendido todo mal. ¿Y si el número del espacio era el del aniversario de sus padres, y no el del cumpleaños de su madre? ¿Y si Jason ya no utilizaba aquel estacionamiento?

Espió por la ventanilla del lado del conductor. El interior estaba inmaculado: portavasos vacíos, un recibo doblado sobre el tablero, y allí, en el espejo retrovisor, un colgante engalanado con la flor de lis, el símbolo de Nueva Orleans, la ciudad natal de Lina Mayeux. La madre de Alia le había confesado una vez que había pensado en tatuarse una flor de lis como recordatorio de su hogar. *¿Qué te hizo cambiar de opinión?*, le había preguntado Alia. Su madre apenas había parpadeado. *¿Quién dice que lo haya hecho?*

Alia contuvo el hormigueo de las lágrimas que se acumulaban en sus ojos.

—Muy bien —dijo—. No te asustes, pero vamos a tener que romper la ventanilla.

—¿Por qué?

—No tenemos llave, y necesito abrir la cajuela.

—¿Pero el coche es tuyo?

—De mi hermano.

—Tal vez yo pueda abrir la cajuela sin la llave.

Diana agarró el saliente de la cajuela justo por encima de la placa y tiró hacia arriba. En vez de ceder, el metal de la cajuela se desprendió hacia arriba, con un chirrido. Diana se mordió el labio y retrocedió. La parte trasera del coche parecía un monedero abierto.

—Lo siento.

Alia esperó oír el sonido de pasos corriendo hacia ellas, pero al parecer los encargados no se habían enterado de que uno de sus coches estaba siendo destrozado, o no le habían dado importancia. Observó la cajuela abierta de par en par, y luego otra vez a Diana.

—Así que eres la débil de la familia, ¿verdad?

Alia y Diana miraron en el interior de la cajuela. Había una linterna industrial, pinzas y una gigantesca bolsa de viaje de tela.

—Bendito seas, Jasón, chiflado paranoico.

—¿Qué es?

—Una bolsa de emergencia —Alia sacó la bolsa de la cajuela, la colocó sobre el suelo y abrió el cierre—. Jason las tiene preparadas por toda la ciudad por si se produce una emergencia. En Brooklyn también —Alia ignoró la mayor parte del equipo: una lona y una casa de campaña, un sistema de purificación de agua, impermeables, cerillos, comida liofilizada. Separó el kit de primeros auxilios.

Más tarde, sus pies lo agradecerían—. Básicamente, es todo lo que necesitarías para sobrevivir a un apocalipsis.

—¿Tan seguro está de que va a llegar? —preguntó Diana.

—No, pero es un obsesionado del control. Jason es el mejor boy scout del mundo. Le gusta estar preparado para cualquier eventualidad.

—Pero eso es imposible.

—Intenta decírselo a él. ¡Ajá! —triunfante, Alia sostuvo en el aire un enorme fajo de billetes—. ¡Somos ricas!

—¿Hay suficiente para comprar un avión?

Por lo menos Diana era coherente.

—Tal vez un avión en miniatura. Son sólo mil dólares, pero es suficiente para conseguir una habitación y algo de comer mientras pensamos lo que vamos a hacer después.

A Alia no le pasó desapercibida la expresión de preocupación que atravesó el rostro de Diana. Sabía que Diana creía firmemente en la historia de la Warbringer, en una era de derramamiento de sangre, en el manantial mágico. En cambio, Alia no sabía qué pensar. No podía negar todas las cosas extrañas que había presenciado en las últimas veinticuatro horas, ni el hecho de que hubieran viajado del mar Egeo al río Hudson en un abrir y cerrar de ojos.

Por una parte, todavía quería creer que todo había sido un sueño particularmente intenso, que se despertaría en su habitación de Central Park West sin haber viajado nunca a Estambul. Pero esa parte se estaba volviendo cada vez menos convincente. El regreso a Manhattan debería de haber convertido la isla de Diana en una fantasía, pero ver a aquella chica tan especial paseándose por un lugar tan ordinario hacía que todo lo que había sucedido pareciera todavía más real. Era como mirar por la ventana de tu habitación y ver una vista totalmente nueva.

Alia sacó una pequeña mochila de nailon rojo de la bolsa más grande. Ya tendría tiempo para calibrar lo que había sucedido en la isla. Ahora mismo estaba demasiado cansada y hambrienta para pensar de manera racional.

—¿Podrías...?

Hizo un gesto hacia la bolsa. Mientras Diana metía la bolsa en la cajuela y volvía a aplastar el metal, Alia abrió la mochila roja y metió en ella todo lo que iban a necesitar. La parte posterior del coche había quedado totalmente abollada, pero al menos nadie que pasara por allí sabría que lo habían forzado.

Bajaron las escaleras hasta la planta principal y pasaron con aire despreocupado delante del encargado de la entrada. El hombre las miró sin prestar demasiada atención. No se estaban llevando ningún coche.

—¿Y ahora? —dijo Diana.

—Primera parada, zapatos —respondió Alia, aunque la idea de entrar en una tienda con los pies mugrientos y descalzos la horrorizaba. Después, lo cierto es que no sabía qué hacer. Había otra cosa que le preocupaba. Habían visto soldados en las esquinas de las calles principales, a la entrada y la salida del metro. Recordaba las imágenes que había visto de Nueva York el 11 de septiembre, cuando la Guardia Nacional se había desplegado en la ciudad. ¿Había habido algún tipo de ataque mientras estuvo fuera? Sus dedos ansiaban teclear el celular. Cuando se hubieran instalado, necesitaba entrar a internet o por lo menos encontrar un periódico.

Había un supermercado de la cadena Duane Reader a la vuelta de la esquina y cuando entraron en la tienda, Diana suspiró aliviada, abrazándose los costados.

—El aire es mucho más frío aquí.

La empleada detrás del mostrador arqueó las cejas.

—Ah, sí, las maravillas de la tecnología. Fantástico —Alia se aclaró la garganta, tomó una canasta y jaló a Diana hacia el pasillo más cercano.

—Mira este lugar —se maravilló Diana—. Las luces, la profusión de plástico. Es todo muy lustroso.

Alia intentó reprimir una sonrisa.

—Deja de acariciar los desodorantes.

—¡Pero parecen joyas!

—Ya te imagino poniéndotelos como aretes. Vamos.

Por el rabillo del ojo, vio que un guardia de seguridad les seguía la pista por toda la tienda.

No le sorprendía en absoluto. Diana tenía pinta de haberse perdido de camino a un club de stripers para bárbaros, y Alia era una chica negra con la ropa sucia y sin zapatos. Eran el imán perfecto para el vigilante de una tienda. Recordaba las palabras de su madre, advirtiendo a ella y a Jason que tuvieran cuidado, que no llamaran la atención. *No se metan en una situación en la que tengan que dar explicaciones.*

Lina, protestaba su padre, *les estás enseñando a imaginar rechazo donde no lo hay. Les estás metiendo el miedo en el cuerpo.* Era lo único en lo que sus padres nunca se habían puesto de acuerdo.

Por lo menos tenían dinero en efectivo. Alia avanzó hacia un cartel que anunciaba DIVERSIÓN PARA EL VERANO y eligió el par de sandalias más cómodas que pudo encontrar en el estante, y luego arrastró a Diana hacia el pasillo de artículos para el cabello.

—¿Cómo puede haberlos de tantas clases? —preguntó Diana, pasando los dedos por los botes de champú.

—¿Qué utilizan para lavarse el pelo, en tu casa?

Diana se encogió de hombros.

—Fabricamos nuestros propios jabones.

—Claro que sí —dijo Alia.

La chica examinó los estantes en busca de un acondicionador fuerte para intentar recomponer sus trenzas y un acondicionador en seco para acompañarlo. De pequeña había insistido en utilizar aceite de fresas todos los días, hasta que su madre se había negado a seguir comprándolo.

—Creía que sólo habíamos entrado por zapatos —dijo Diana cuando Alia metió los frascos en la canasta.

—Y otras necesidades.

—Pero...

—Créeme, esto son necesidades.

Por lo menos, el policía de la tienda mantenía la distancias pero ella lo seguía viendo por el espejo, recorriendo el pasillo vecino arriba y abajo como un tiburón que va cerrando el círculo, a la espera de que las chicas causaran algún problema o llegaran a la caja registradora sin dinero suficiente.

Al acercarse a la salida, Alia llenó la canasta de caramelos, papas y refrescos, para dejar claro que habían venido a gastar.

—¿No quieres nada? —preguntó—. Invito yo.

Los dientes blancos y rectos de Diana mordieron el labio inferior.

—No sabría por dónde empezar.

—Si Jason estuviera aquí, té haría comprar barritas de proteínas y comida para ardillas. ¿Sabes que un Halloween regaló pasas a todos los niños del edificio? Les dijo que eran "caramelos de la naturaleza". Durante meses, los niños del piso de abajo me miraron mal.

—¿Caramelos de la naturaleza? —dijo Diana—. Los dátiles tal vez, pero no las pasas. Tal vez los betabeles. Tienen un alto contenido en azúcar.

—Al año siguiente fue todavía peor. Regaló cepillos de dientes —Alia sacudió la cabeza. A veces parecía increíble que tuvieran los mismos padres—. Por suerte para ti, a mí me encanta la comida chatarra. Sólo comeremos los ositos más refinados y los Doritos más salados. Cuando hayas experimentado el sodio y el jarabe de maíz alto en fructosa que Estados Unidos ofrece, nunca más querrás volver a tu casa —esta vez, Alia no pudo ignorar la expresión preocupada del rostro de Diana—. ¿Qué te pasa?

Diana jugueteaba con una bolsa de pretzels de yogur.

—No sé si podré volver a casa, después de lo que hice.

—Sé que no tienen contacto alguno con el mundo exterior, pero... —Diana la miró con aquellos ojos firmes de color azul oscuro, y las palabras de Alia se difuminaron al caer en la cuenta—. Te refieres al hecho de salvarme. Tal vez no puedas volver porque me salvaste la vida.

Diana desvió la atención a un frasco de almendras.

—Hay mucho en juego. No sólo para mí.

Alia se sintió culpable. Diana le había salvado la vida, no una, sino dos veces. Por mucho que deseara volver a casa y pasar una semana entera durmiendo, viendo la tele y olvidando que había conocido a aquella chica, estaba en deuda con ella. Como no sabía qué decir, lanzó una camiseta a Diana y se dirigió a la caja.

Diana la sostuvo en alto.

—¿Yo corazón NY?

—Yo amo Nueva York.

—Ya me había dado cuenta.

—No, la camiseta es para ti.

—Es una afirmación muy contundente. Es cierto que la ciudad es atractiva, pero...

—Es para que los idiotas dejen de mirarte los senos —dijo Alia en voz alta, al ver que dos chicos que no podían tener más de trece años alargaban el cuello por el pasillo.

—¿Quieres que me cubra?

—No quiero parecer puritana, pero eres tú quien ha dicho que no debíamos llamar la atención. Nadie parece ser capaz de resistir la mágica combinación de escote, cuero, piel bronceada y pelo recién salido de la cama.

—¿Pelo salido de la cama?

—Significa... Bueno, da igual. Digamos que pareces el sueño húmedo de cualquier nerd.

Diana miró a los chicos, que seguían embobados.

—Seguro que habrán visto pechos antes.

—¿De una chica real, en vivo? ¿Quién sabe? Pero parece que la novedad no se acaba nunca.

Alia añadió dos pares de pants y otra camiseta a la canasta. Pensar en llevar pantalones en pleno verano en Nueva York le hizo erizar la piel, pero no tenían demasiadas opciones.

—¿Más ropa?

—Créeme, si quieres que te ayude a llegar a Grecia, voy a necesitar ropa mejor que esta.

—¿Por qué?

—Tú puedes ir por ahí con... —Alia hizo un gesto vago hacia el conjunto que llevaba Diana—. Como quieras llamarlo. Pero yo no puedo pasearme por ahí con aspecto de vagabunda.

125

—¿Por qué?

Alia se enojó.

—Porque la gente ve cosas diferentes cuando me mira.

—¿Porque eres tan baja?

—¡No soy baja! Eres tú, que eres gigante. Y no, más bien porque soy negra.

Intentaba no levantar la voz. No quería hablar de aquellas cosas. Ya era bastante penoso que una de sus profesoras sugiriera crear "un debate sobre la raza", y tener que enfrentarse a un montón de chicos de Bennett debatiendo la discriminación positiva o todavía peor, pidiéndole disculpas después de clase.

Diana frunció el ceño mientras se acercaban a la caja.

—He leído sobre los conflictos raciales en la historia de tu país. Tenía entendido que habían terminado.

Eso era también lo que su padre había querido creer. Pero nunca había tenido que meterse en la piel de su esposa o sus hijos.

—No han terminado. Suceden a diario. Y si no me crees, fíjate en ese guardia de seguridad que nos respira en la nuca. Cuando la gente me mira, no ven a Alia Keralis. Sólo ven a una chica mulata desaliñada con la ropa andrajosa, de modo que salgamos de aquí antes de que se acerque con un "¿Cómo están, señoritas? ¿Les importaría abrir esa bolsa?".

Vaciaron los artículos sobre el mostrador.

—¿Están haciendo *cosplay* o algo parecido? —preguntó, la chica de la caja, haciendo explotar la bomba del chicle—. ¿Eres una princesa guerrera?

Diana hizo una mueca.

—¿Tanto se me nota?

—Te queda bien —dijo la cajera—. Pero a mí no me gusta el rollo fantástico.

—¿Y si no puedes distinguirlo? —murmuró Alia.

—¿Cómo?

—Nada. Ha sido un día muy largo.

Cuando pagaron con algunos de los billetes del fajo gigante de Alia y el guardia de seguridad dejó de espiarlas, Alia se puso las sandalias nuevas, disfrutando del estrépito que causaban sobre el linóleo.

Cargadas de bolsas de plástico, salieron y atravesaron el pequeño parque. Entonces Alia condujo a Diana hacia Alphabet City y el hotel Good Night. Seguro que tenía que haber hostales u hoteles más cerca que aquel, pero no llevaba el teléfono y no quería deambular por las calles preguntando direcciones. La voz interior que la instaba a volver a su casa era cada vez más fuerte.

—¿Te has alojado aquí alguna vez? —preguntó Diana con voz dudosa cuando llegaron a la fachada mugrienta del hotel.

—No —reconoció Alia—. Pero mi madre y yo pasábamos muchas veces frente a este lugar.

Eran algunos de sus mejores recuerdos, sentarse con su madre en la peluquería de Ebele en la avenida C, leyendo o simplemente oyendo hablar a las clientas, viendo durante horas programas sobre investigaciones y crímenes reales. Tras la muerte de sus padres, Alia no podía soportar la idea de regresar sin su madre al pequeño establecimiento, pero al final llevaba el pelo tan desarreglado que no le había quedado otro remedio. Tenía que elegir entre esto o ir a un sitio nuevo, y a Alia no le gustaban demasiado los "sitios nuevos".

No había avisado a Jason. Había preguntado a su chofer, Dez, si sabía dónde tenía que ir, y él la había llevado a la peluquería de Ebele sin decir media palabra. Alia creía estar preparada para atravesar aquella puerta tan familiar, y le había gustado ver el alegre letrero pintado de la puerta, incluso ver a Ebele a través de la ventana. Pero cuando había entrado y la campanilla había sonado, el olor dulzón de los productos químicos la había noqueado. Antes de poder darse cuenta ya estaba llorando, y Ebele y Norah la abrazaban y le pasaban pañuelos de papel.

No se habían entrometido ni habían hecho preguntas que Alia no quisiera contestar. No habían pronunciado tonterías inútiles del tipo "todo sucede por alguna razón". Habían puesto la tele, la habían sentado en una silla y se habían puesto a trabajar como si nada horrible hubiera sucedido, como si la vida de Alia no hubiera quedado partida en dos. Ebele se había convertido en una especie de refugio. De hecho, Alia había estado allí hacía menos de dos semanas, para hacerse las trenzas antes del viaje. Habían visto un millón de episodios de *Justice Served* porque Norah se había aficionado al tema de los asesinos en serie, y para cuando Alia salió de allí, tenía la sensación de que le hubieran engrapado la cabellera al cráneo.

Alia había pasado por debajo del cartel del hotel Good Night con su luna durmiente como siempre solía hacerlo, había pedido un deseo como siempre solía hacerlo, con la mente centrada únicamente en preparar el viaje a bordo del *Thetis* y escapar de Nueva York. Ahora alzó la vista hacia el letrero y le pareció penoso.

—Qué luna tan estúpida.

El hotel era igual de cochambroso en el interior. Las paredes del vestíbulo estaban manchadas de agua, y el linóleo estaba roto en algunos puntos.

El tipo que holgazaneaba tras el mostrador de la recepción no parecía mucho mayor que Alia, y llevaba una de aquellas barbitas de chivo que siempre le daban ganas de ofrecer una servilleta a la persona en cuestión. Esta era la parte que más preocupaba a Alia, pero hizo un esfuerzo por sonar tranquila y atribulada mientras explicaba que les habían robado el equipaje en la terminal de autobuses de Port Authority.

—No lo sé —dijo el chico con un acento muy marcado. Tal vez ruso. Sin duda, del este de Europa—. Pasan muchas cosas malas. Hay que tener cuidado.

—Por favor —dijo Alia, intentando mostrar una pequeña parte del encanto que su padre había poseído con tanta abundancia—. ¿Tenemos aspecto de problemáticas?

El tipo alzó la vista, hasta llegar a Diana.

—*Nie ne sme zaplaha* —dijo ella, con solemnidad.

Alia se la quedó mirando. ¿Diana hablaba ruso?

La expresión impasible del hombre no cambió.

—En efectivo —dijo—. Una semana entera. Por adelantado.

¿Una semana entera? Incluso en un tugurio como el Good Night, aquello era un golpe serio para sus finanzas. *No pasa nada*, se dijo mientras contaba los billetes. *Ya se te ocurrirá alguna manera segura de contactar a Jason, y entonces el dinero ya no será un problema.*

¿Y si no tuvieras el nombre y la fortuna de los Keralis para respaldarte? Reservó esta pregunta para otro día.

—Las habitaciones se limpian cada tarde —dijo el encargado mientras desaparecía el dinero bajo el mostrador—. Prohibido cocinar en las habitaciones. No tocar el termostato —estampó una llave metálica sobre el mostrador. Llevaba una etiqueta de plástico con el número 406 escrito con un rotulador negro—. Si pierden la llave, multa de cien dólares —entrecerró los ojos hacia Diana—. Te vigilo.

—Vaya —dijo Alia mientras se dirigían a las escaleras—. ¿Qué le dijiste?

—Que no éramos ninguna amenaza.

Alia puso los ojos en blanco.

—No somos sospechosas de nada. ¿Cómo aprendiste a hablar ruso?

—Era búlgaro, y... no estoy muy segura.

—¿Qué otros idiomas hablas?

Diana hizo una pausa, como si los estuviera calculando.

—Todos, creo.

Un día antes, Alia hubiera dicho que aquello era imposible, pero ahora no era más que otra cosa rara que añadir a la lista.

—¿Dónde estabas cuando tenía dos horas al día de tareas de francés? —gruñó.

Como era de esperarse, el Good Night no tenía elevador, de modo que tuvieron que subir penosamente a pie los cuatro pisos hasta la planta que les correspondía. Mejor dicho, Alia subió penosamente. Diana correteó por las escaleras como si fuera la cabra más bella del mundo. Siguieron un pasillo largo y húmedo hasta su habitación, pero al principio la cerradura antigua debajo de la perilla no quería colaborar.

Después de varios minutos de maldecir y sacudir las llaves, la puerta se abrió. La habitación apestaba a tabaco prehistórico y la alfombra era de un color que tal vez en sus inicios había sido esmeralda pero que se había descolorido hasta lo que Alia hubiera descrito como "pantano de verano". Un estrecho pasadizo dejaba atrás el pequeño lavabo de azulejos blancos y mugrientos hasta una habitación de techo bajo con dos camas estrechas, con un buró destartalado entre las dos. No había teléfono ni televisión, sólo un radiador contra la pared y un aparato de aire acondicionado en la ventana. Alia dejó las bolsas en el suelo y pulsó uno de los botones. Nada.

—No tocar el termostato, cómo no.

Ya estaba sudando.

Diana estaba plantada en medio de la habitación, con los brazos todavía cargados de bolsas de plástico.

—¿En serio viven en sitios como este? ¿Sin vistas al cielo? ¿Con tan poca luz y color?

—Bueno, sí —dijo Alia, poniéndose a la defensiva, a pesar de que ella misma había estado componiendo una lista de defectos de la habitación—. Algunas personas tienen que hacerlo.

Diana colocó con cuidado las bolsas sobre la cama.

—Por eso todo el mundo parece tan cansado. Viajan en metro bajo tierra, viven hacinados en madrigueras no aptas para los conejos.

—Nos las arreglamos —dijo Alia, sacando de las bolsas la ropa nueva y los artículos de aseo personal que habían comprado.

—No tenía intención de ofenderte —dijo Diana—. En general está ordenado.

—Mhm —dijo Alia, y lo dejó así. Era capaz de pasarse el día entero defendiendo a Nueva York, pero uno de los beneficios no deseados de adorar la biología era saber exactamente lo resistentes que eran los gérmenes y en qué lugares exactos les gustaba esconderse.

Era muy probable que ambas terminaran infestadas de chinches—. Vamos a bañarnos y luego vayamos por algo de comer.

—No creo que sea prudente que vuelvas a salir.

Alia abrió la bolsa de Doritos.

—Ya viste lo poblada que está la ciudad. Todo saldrá bien. Y si alguien está buscando a Alia Keralis, no va a empezar a buscar por aquí.

Se metió un puñado de papas en la boca.

—Creía que íbamos a comer algo de verdad.

—Esto es el aperitivo —dijo Alia con la boca todavía llena. Cuando consiguió tragar, tomó los productos de aseo y la ropa—. Yo me baño primero. Em… no te vayas por ahí.

En el baño, Alia se miró brevemente al espejo mientras se quitaba la ropa. Un vistazo a los moretones fue suficiente. Tiró a la papelera la camisa de navegación. No quería volver a verla nunca más.

Las tuberías chirriaron cuando encendió la regadera, pero la presión del agua no estaba mal. A pesar de lo acalorada y sudada que estaba, Alia puso el agua casi hirviendo y trató de quitarse toda la mugre y la sal del cuerpo. Tenía chichones y moretones por todas partes. Uno de los muslos estaba prácticamente lleno de rasguños y abrasiones, y tenía una de las uñas de los pies partida y casi negra de sangre bajo de ésta. Pero estaba viva. Al fin y al cabo, estaba viva.

El pánico y el dolor volvieron a invadirla, y esta vez no se contuvo. Apoyó la espalda contra la mampara de plástico de la regadera y dejó que los temblores la sacudieran, acompañados de enormes sollozos sin lágrimas. No era el llanto que deseaba. No era el consuelo de estar en su propia cama, con Nim a su lado contándole algún chiste estúpido, con un tarro de helado a mano, pero tendría que conformarse. Cambió a agua fría para refrescar el cuerpo, y cuando salió de la regadera unos minutos más tarde, se secó con una de las toallas blancas y ásperas, y se puso los pants baratos de supermercado, volvía a sentirse casi como un ser humano.

—Te toca —dijo a Diana.

En cuanto Diana desapareció en el baño, Alia se colgó del brazo la mochila roja y se dirigió a la puerta. Sabía que Diana no creía que fuera seguro ponerse en contacto con Jason, pero ella necesitaba ver a su hermano. Si ella era un objetivo, Jason también podía serlo, y si alguien del equipo había filtrado a los enemigos de la Fundación el paradero de Alia, tal vez Jason estaba confiando en las personas equivocadas. Había visto el celular en la bolsa de Jason que había en el coche, y había conseguido deslizarlo en la mochila mientras Diana estaba de espaldas. Ahora saldría, llamaría a Nim y pensarían la manera de que Nim concertara un encuentro con Jason sin desvelar que Alia volvía a estar en la ciudad.

Pero cuando Alia fue a abrir el pomo de la puerta, se detuvo en seco. Había desaparecido. La cerradura seguía intacta, pero alguien había arrancado el pomo por la base. *Diana.* Seguro que lo había hecho mientras Alia estaba en la regadera. Vaya muestra de confianza. Pero, al fin y al cabo, era cierto que la intención de Alia era salir de allí.

—Esto ya es el colmo —murmuró, abriendo con los dedos una bolsa de chucherías—. Cuando esa chica salga de la regadera, vamos a hablar.

—¿De qué quieres hablar? —gritó Diana por encima del agua corriente.

—¿Puedes oírme? —preguntó Alia, con incredulidad. Derrotada, se dejó caer de espaldas sobre la cama—. Olvídalo, es obvio que puedes oírme.

Alia tenía toda la intención de permanecer despierta para explicar a Diana lo que pensaba de la desaparición del pomo de la puerta, pero debió de quedarse dormida, porque no se enteró de nada más hasta que Diana la sacudió para despertarla. Tenía el pelo mojado y se había puesto la camiseta de I LOVE NY y unos pants grises.

—¿Qué…? —intentó decir Alia, pero Diana le tapó la boca y se llevó un dedo a los labios.

—Alguien está intentando entrar en nuestra habitación —murmuró.

Alia notó que el corazón le empezaba a retumbar con fuerza.

—¿La mujer de la limpieza?

—La mujer de la limpieza tendría una llave. Y los pasos son demasiado pesados. Alia —dijo Diana—, nos encontraron.

CAPÍTULO 8

—Quédate aquí —dijo Diana; ahora deseaba no haber sido tan estricta con el tema de las armas en Themyscira.

—Pero, ¿cómo pueden haberme encontrado? —protestó Alia en voz baja.

—No sabemos qué fuerzas están trabajando en tu contra. Guarda silencio y quédate quieta. Y si me sucede algo… —Diana dudó. No sabía cómo terminar aquella frase. Suponía que debía intentar extraer de Alia la promesa de alcanzar el manantial por su cuenta. Pero no había tiempo para juramentos—. Échate a correr.

Alia asintió, con los ojos muy abiertos.

Diana todavía llevaba los pies descalzos de la regadera. Recorrió en silencio el pasillo estrecho, pasó por delante del baño, notando la fibra áspera de la alfombra contra las plantas de los pies. Los últimos centímetros los hizo a rastras, con el corazón atronando en el pecho. Estaba lista para el combate, pero iba a ser un combate de verdad, no un combate de entrenamiento en la armería.

Hizo una pausa, esperó. Silencio. ¿Eran todo imaginaciones suyas? ¿Acaso su mente sobrestimulada había inventado un intruso? Tal vez otro cliente se había confundido de habitación, había probado la llave, y al darse cuenta del error, había buscado la puerta correcta.

La puerta volvió a repiquetear ligeramente. Alguien intentaba forzar la cerradura. Diana oyó un clic cuando el pasador cedió. No había tiempo para pensar.

Dobló las rodillas y lanzó una patada, impactando con fuerza en el centro mismo de la puerta. Esta se desencajó de las bisagras, y Diana oyó un grito de sorpresa cuando la puerta golpeó al intruso y lo estampó contra la pared.

Percibió una forma corpulenta, un hombre joven, de aproximadamente su misma altura, ancho de espaldas. Buenos reflejos. El chico se recuperó rápido, adoptó una posición de combate y quedaron el uno frente al otro bajo la luz tenue del pasillo, moviéndose en círculos.

Él se abalanzó sobre ella. Ella lo agarró por los hombros, lo echó a un lado para tirarlo, ayudándose de su propio impulso, pero él mantuvo la postura (muy buenos reflejos) y recuperó el equilibrio. El chico también era fuerte, sorprendentemente fuerte. A Diana le pareció que había sido como agarrar una jarra y encontrarla llena en vez de vacía. Algo inesperado pero nada grave.

Lo jaló. La tela de la camisa del asaltante se arrugó en sus manos al estamparlo contra la pared. La pintura se agrietó. El hombre gruñó, y ella lo lanzó al suelo, lo inmovilizó boca abajo, le extendió un brazo y los tendones del mismo se doblaron bajo la presión.

—Te lo voy a romper —dijo ella al notar la resistencia—. Quédate quieto.

—¡Diana!

Alia estaba plantada junto a la puerta destrozada, contemplando la escena en estado de shock.

—Te dije que no salieras de la habitación.

—Diana...

—La situación está bajo control. Quien haya contratado a este asesino, envió a un debilucho.

El hombre que tenía debajo gruñó, intentando liberarse.

Ella le retorció el brazo, y el chico dejó de moverse.

—¿Quién te envía? —gruñó ella.

Alia se tapó la boca con las manos. Dobló el cuerpo, le temblaban los hombros, y por un momento Diana pensó que estaba llorando, pero en realidad estaba riendo. ¿Tal vez era víctima de un ataque de histeria?

—Diana —jadeó—, este debilucho es mi hermano.

Diana bajó la vista hacia el hombre al que había inmovilizado. Tenía el rostro pegado a la alfombra verde y sucia del pasillo.

—¿Estás... estás segura?

Alia soltó una carcajada.

—Sí, bastante segura.

Diana soltó un poco al intruso, le dio la vuelta para que quedara atrapado entre sus rodillas, y miró la cara furiosa. Tenía los ojos cegados de ira, y le palpitaba un músculo de la mandíbula. Ahora que lo veía mejor, pensó que no iba vestido como asesino. Llevaba una camisa blanca de algodón de buena calidad desabrochada en el cuello, y las mangas subidas hasta los codos. Llevaba la cabeza rasurada, aunque no muy suave, y tenía los mismos ojos líquidos y la misma piel morena que Alia. De hecho, ahora que lo observaba de cerca, el parecido era sorprendente.

—¿Por qué me atacaste? —preguntó ella.

—Tú me atacaste.

Diana hizo una mueca. Tenía razón.

—De acuerdo, pero ¿por qué intentabas entrar en nuestra habitación?

El hombre se revolvió debajo de ella, y Diana utilizó el peso del cuerpo para devolverlo al suelo. Por muy hermano que fuera, no conocía sus intenciones.

—Estaba buscando a mi hermana —masculló—. ¿Quién diablos eres tú?

Alia se aclaró la garganta.

—Tal vez deberías dejar que se levantara.

—No está en peligro. No le estoy haciendo daño.

—Estoy convencida de que su ego debe de haber quedado dañado para siempre, y no sé qué bichos deben de esconderse en esa alfombra.

—Deberíamos registrarlo por si lleva armas.

—Diana, es mi hermano. Suéltalo.

A regañadientes, Diana se apoyó sobre los talones y se levantó, liberándolo. Le tendió una mano, pero él la ignoró, e hizo el gesto, que a ella le pareció demasiado dramático, de sacudirse el brazo.

El chico se puso de rodillas y, con un único y rápido movimiento, sacó una pistola de una funda que llevaba en el tobillo y se puso de pie.

—Deberías haberme registrado por si llevaba armas.

—¡Jason! —gritó Alia.

—Sólo quiero dejar las cosas claras. Si…

Diana nunca había visto una pistola fuera de las páginas de un libro, pero estaba entrenada para desarmar a un asaltante. Lanzó la mano hacia delante y le golpeó los puntos de presión de la muñeca. El arma cayó al suelo, y al cabo de un instante Diana ya había acorralado a Jason contra la pared, con la mejilla pegada al yeso.

—¡Sólo quería dejar las cosas claras! —dijo Jason—. Te estaba dando la razón… quien quiera que seas. Alia, ¿puedes decirle que me deje en paz?

—No sé si debería. ¿Qué haces con una pistola, Jason?

—¡La llevo por protección!

—No veo que te proteja demasiado.

Diana le propinó un suave empujón.

—No he perdido de vista a Alia ni una sola vez. ¿Cómo nos encontraste?

—La cajuela donde estaba la bolsa de emergencia está equipado con una alarma en caso de robo —dijo él—. La activaron al forzar el coche, aunque no tengo ni idea de lo que hiciste al pobre coche. Pregunté a los encargados si habían visto a alguien entrar o salir con una mochila roja, y se acordaban de ustedes dos.

—Pero, ¿cómo encontraste el hotel?

—Por el celular que hay en la mochila.

—¿Un celular?

—Sí —gruñó él—. Hay un celular en todas las bolsas. Seguí la señal hasta aquí.

—¿Y tú lo sabías? —preguntó Diana, pero la expresión de culpa del rostro de Alia le dijo todo lo que necesitaba saber. Recordó que Alia le había pedido que metiera la bolsa en la cajuela. ¿Lo había hecho a propósito para que Diana se pusiera de espaldas? Le sorprendió ver hasta qué punto le dolía aquella traición.

—Diana, tengo que pedirte que sueltes a mi hermano. Otra vez.

De mala gana, Diana lo soltó, pero esta vez no se olvidó de registrarlo. Decidió no pensar demasiado en el hecho de estar tan cerca de un varón (amigo o enemigo) e ignoró el grito cortante que emitió cuando ella subió la mano por el muslo.

—Nos apuntaste con una pistola —dijo ella—. Eres responsable de tu propia incomodidad.

—Intento enseñar a Alia a ser más precavida —se quejó él.

—Lección aprendida, hermano mayor. ¿Valió la pena?

Diana retrocedió y el hermano de Alia volteó, alisándose el cuello de la camisa.

—¿Estás contenta? —preguntó.

—Tranquila —dijo Diana.

Esperaba otra ronda de recriminaciones, pero Jason volteó hacia Alia. Recorrió la corta distancia que los separaba y se fundieron en un abrazo.

—Creía… Nos enteramos de que se había perdido la comunicación con el *Thetis*. No sabía qué pensar.

—Estoy bien —dijo Alia, pero Diana se dio cuenta de cómo le temblaba la voz.

Avergonzada de sí misma, Diana notó una aguda sensación de envidia. A ella también le hubiera gustado tener a alguien en quien apoyarse, que le dijera que no había cometido un terrible error, que no estaba sola en el mundo.

Pero entonces Jason se separó de Alia y guardó la distancia.

—¿Cómo pudiste ser tan estúpida?

—No soy estúpida —dijo ella, apartando las manos del chico y cruzando los brazos.

—¿Tienes idea de lo preocupado que he estado? El *Thetis* perdió el contacto por radio hace casi una semana.

—¿Una semana? —dijo Alia.

El corazón de Diana dio un brinco. ¿Había pasado ya una semana?

Debían de haber perdido tiempo al salir de la isla. El hecatombeón empezaba con la primera luna nueva visible después del solsticio de verano, la esbelta guadaña de la luna de la cosecha. ¿Cuánto tiempo les quedaba?

—¿Cuándo fue la última luna llena? —dijo Diana.

Jason la miró como si se hubiera vuelto loca.

—¿Qué?

—Necesito un calendario.

El chico frunció el ceño y le pasó un pequeño dispositivo parecido a una caja que ella comprendió que era su teléfono.

Tocó la pantalla con indecisión.

—Yo no...

Él se lo arrebató y lo tocó varias veces antes de sostenerlo en alto. Se encontraban a finales de junio. Según la pantalla, la última luna llena había sido el veinte de junio, y esto significaba que el hecatombeón empezaría el siete de julio. Tenían menos de una semana para llegar al manantial.

Jason volvió a meterse el teléfono en el bolsillo.

—Desapareciste —dijo a Alia—. Mandaron equipos de rescate. Pensaba... —se le rompió la voz—. Por el amor de Dios, Alia, pensaba que habías muerto.

—Pues no es así, Jason. Estoy aquí.

—¿Cómo es posible? Dijeron que habías embarcado en Estambul. ¿Cambiaste de opinión?

—Yo...

—¿Está todo bien, ahí arriba?

El búlgaro de la recepción jadeaba al final del pasillo. Había tardado bastante en subir a investigar.

Los tres se movieron al unísono para tapar la vista de la perta demolida.

—¡Todo perfecto! —dijo Alia.

—Sí —dijo Jason.

—*Vsichko e nared. Molya, varnete se kam zanimaniyata si* —dijo Diana, tan serena como pudo.

El búlgaro respondió con un "ajá" poco convencido y volvió a bajar las escaleras.

—¿Hace falta que te lo pregunte? —dijo Alia.

—Le dije que todo estaba bien y que volviera a ocuparse de sus asuntos.

—Muy poco sospechoso —dijo Jason. Diana vio que Alia se mordía el labio para reprimir una sonrisa.

—Lo que dije fue perfectamente razonable —dijo Diana, furiosa.

—Vayamos dentro, antes de que el tipo cambie de idea y vuelva a echar un vistazo —dijo Jason—. Ayúdenme con la puerta.

—Diana puede… —empezó a decir Alia, pero Diana sacudió frenéticamente la cabeza. Una cosa era que Alia supiera lo fuerte que era, pero cuanto menos supiera Jason de su procedencia o las cosas que era capaz de hacer, mejor.

—¿Qué puede…? —dijo Jason, que ya estaba levantando la puerta por uno de los lados.

—Puede ayudarnos —terminó la frase Alia, en voz baja.

Entraron al pasillo y consiguieron cerrar la puerta. Curiosamente, la habitación parecía más pequeña y miserable ahora que el hermano de Alia se encontraba en ella. Pese a haberse visto envuelto en una pelea, su aspecto era impecable e inmaculado, su camisa blanca estaba impoluta y un pesado reloj brillaba en su muñeca. ¿Podría convencer de su causa a aquel chico? ¿Podría convencer a Alia? Había pensado que tendría tiempo suficiente para plantear el caso y viajar a Grecia. Pero lo cierto era que apenas le quedaban unos días.

Jason trazó un círculo muy lento, observando el mobiliario deprimente de la habitación, las bolsas de comida chatarra.

—Mientras yo hacía gestiones y pedía favores al gobierno turco, ustedes están de pijamada.

—No es lo que parece —objetó Alia.

Jason alzó las manos, exasperado.

—Entonces, ¿qué es? ¿Qué haces en un lugar como este, Alia? ¿Y cómo llegaste hasta aquí?

Diana se sentó en la cama. Alia le había mentido.

—Dijiste que no lo llamarías.

—No lo hice —dijo Alia.

—Pero sabías que te localizaría.

—Pensé que tal vez lo haría.

—¿Qué diferencia hay? —preguntó Jason, irritado. Volteó a ver a Diana y se llevó la mano al hombro como si todavía le doliera—. ¿Quién eres tú? ¿Y qué derecho tienes a prohibir a mi hermana que se ponga en contacto conmigo?

Diana notó la rabia que la invadía.

—Por todos los dioses, lo hice para protegerla —dijo, y se levantó como un rayo de la cama al caer en la cuenta—. Pudieron haberte seguido. Debemos abandonar este sitio de inmediato.

—¿Dioses? —dijo Jason—. ¿En plural?

—Nadie me busca —insistió Alia—. Piensan que estoy muerta.

Jason soltó un gruñido.

—¿Puede alguien decirme qué demonios está pasando?

Alia dio unos saltitos nerviosos sobre los talones.

—¿No podríamos… sentarnos un minuto?

Jason contempló la cama más cercana, y levantó ligeramente el labio. Con un movimiento de desdén, retiró un montón de caramelos y se sentó al borde de la cama. Miró a su alrededor.

—¿Tienen algo para beber?

—¿Un refresco caliente? —dijo Alia, ofreciéndole una botella de Coca-Cola.

—Me refería a algo un poco más fuerte.

Alia arqueó una ceja.

—¿En serio?

—Tengo veintiún años…

—A duras penas.

—Y me acaba de asaltar esta… persona.

—Me llamo Diana.

Jason arrebató el refresco de las manos de Alia.

—¿Diana qué más?

Ella respondió sin pensarlo.

—Diana, princesa de…

—Diana Prince —se apresuró a decir Alia—. Se llama Diana Prince.

—Eso es —dijo Diana, agradecida por el rescate, si bien todavía seguía enojada con Alia—. Diana Prince.

Alia se sentó en la otra cama e hizo un gesto a Diana para que se sentara a su lado. De mala gana, Diana se instaló en la esquina más alejada.

Jason tomó un trago de refresco.

—Empieza a hablar, Alia.

—Hubo un accidente.

Diana miró a Alia a los ojos. No se podían permitir continuar aquella farsa.

—No fue un accidente.

Alia respiró hondo.

—De acuerdo, hubo una explosión a bordo del *Thetis*. Alguien… —la chica vaciló, y Diana cayó en la cuenta de que esta era la primera vez que Alia lo explicaba en voz alta. Había escuchado las teorías de Diana, había estado de acuerdo con ella en la medida de lo posible, pero nunca había reconocido por sí misma lo que había sucedido—. Creo que alguien intentó matarme.

Jason dio un fuerte golpe con la botella.

—Te dije que no fueras. Ya conoces las amenazas que recibe la Fundación. Te dije lo peligroso que era que viajaras sin seguridad.

Alia bajó la mirada.

—No pensé…

—No, no lo pensaste. Podrías haber muerto.

—Hubiera muerto. Pero Diana me salvó.

—¿Cómo?

—Vi la explosión desde la orilla.

—¿Y la trajiste hasta Nueva York?

—Parecía la opción más segura.

Jason tenía una expresión amarga en el rostro.

—Bueno, por lo menos alguien utilizaba la cabeza.

—Esto no es justo —dijo Alia, en voz baja.

—¿Justo? —Jason se inclinó hacia delante—. Estuviste a punto de morir. Casi te pierdo. Después de lo que le pasó a mamá y a papá…

—Yo…

—Si tenías tantas ganas de ir, tendrías que haber hablado conmigo. Podríamos haber organizado una expedición.

Alia se levantó de un brinco.

—No quería una expedición de la Fundación Keralis —dijo, deambulando por la pequeña habitación—. Quería ser una estudiante más. Una chica normal. Como cualquiera.

—Nosotros no somos como cualquiera, Alia. Nuestra familia no se puede permitir ese lujo.

Diana no tenía intención de hablar. No era su batalla. Pero aun así se encontró diciendo:

—Hizo bien en intentarlo.

—¿Perdona? —dijo Jason.

—No es justo pedir a alguien que viva la vida a medias —dijo Diana—. No puedes vivir con miedo. Hay que hacer que las cosas pasen, o las cosas te pasarán a ti.

Jason le dirigió una mirada fría y airada.

—Han muerto personas. Alia podría haber muerto.

—Y si hubiera permanecido en Nueva York, podrían haberla atacado aquí.

Ahora era Jason quien se había puesto de pie.

—No sé quién te crees que eres, pero ya me estoy hartando de que me dé lecciones una adolescente.

Diana se levantó y lo miró a los ojos.

—Podrías ser un hombre de cincuenta años y seguirías estando equivocado.

Jason recogió la mochila roja y se dirigió a la puerta.

—Alia, nos vamos.

Diana le cerró el paso.

—No.

Un músculo se tensó en la mandíbula de Jason.

—Quítate de mi camino.

—Tú mismo has dicho que estaba en peligro. Si hay gente que te vigila…

—Puedo cuidar a mi hermana. Tenemos un extenso equipo de seguridad formado por profesionales entrenados.

—¿Y confías en ellos?

—Más que en una extraña con pants que me estampó contra la pared y habla búlgaro.

—Dime una cosa —continuó Diana—, cuando Alia te llamó desde Estambul, ¿informaste de su ubicación y los detalles de su situación a tu equipo de seguridad?

—Por supuesto. Yo… —Jason se detuvo y el semblante se le ensombreció. Se frotó la boca con una mano, y luego volvió despacio hacia la cama. Se sentó como una losa, con una expresión de desconcierto.

—¿Jason? —dijo Alia.

—Es culpa mía. Debió de ser alguien del personal… Pero no lo entiendo. ¿Por qué fueron por Alia? Yo estoy más conectado con la empresa. ¿Por qué no fueron por mí?

Diana casi sintió lástima por él.

—Estás librando la batalla equivocada —dijo, con amabilidad—. Sé que piensas que se trata de la empresa familiar, pero Alia es el verdadero blanco.

—Diana… —dijo Alia, alarmada.

—¿De qué estás hablando? —dijo Jason.

Alia apretó la muñeca de Diana.

—Déjalo.

—¿Por qué?

—Porque pareces una loca cuando hablas de estas cosas —susurró Alia, furiosa—. Oráculos, Warbringers, manantiales mágicos…

Jason levantó de pronto la cabeza.

—¿Qué dijiste?

—Nada —dijo Alia—. Son unas historias *New Age* muy extravagantes que Diana se sacó... de su extraña familia.

—¿Qué sabes tú de las Warbringers?

Jason se había levantado otra vez, y tenía la cara muy seria.

Alia miró a su hermano perpleja.

—¿Y *tú*, qué sabes de las Warbringers?

—Es... es algo que encontré en los documentos de mamá y papá. Después del accidente.

La información pareció golpear a Alia con una fuerza casi física. Dio un paso atrás.

—¿*Qué?*

—Tuve que repasar todos sus documentos. Había una caja fuerte en el despacho. Puedo enseñártelos.

—¿Por qué no me los enseñaste antes?

—Porque era todo muy raro. Yo no... Tuve que solucionar un montón de cosas cuando murieron. Estuve muy ocupado. Y esto era algo rarísimo, todo este rollo extraño de los antepasados griegos de papá. No quería afligirte con esa carga.

—¿Qué carga? —dijo Alia, levantando la voz, presa del pánico.

—La carga de tu linaje —dijo Diana. Ya no estaba enojada. En todo caso, sentía remordimiento. Recordaba haber visitado el panteón de las guerreras en la armería, caminar de la mano de su madre entre las cajas de vidrio, envueltos en la luz azulada, escuchando las historias de las amazonas, del coraje que habían mostrado en la batalla, de la grandeza de sus hazañas, de sus hogares, sus familias, su gente, sus dioses. *¿Cuál es mi historia?*, había preguntado a su madre. *Todavía no está escrita*, había respondido Hipólita con una sonrisa. Pero a medida que pasaban los años, Diana había empezado a detestar aquel recuerdo, el saber que su historia había sido fallida desde el principio.

—¿Jason? —preguntó Alia, con los puños cerrados.

—Son sólo un montón de leyendas, Alia.

—Cuéntamelo —exigió—. Cuéntamelo todo.

CAPÍTULO 9

Jason miró a Diana con un gesto de impotencia.

—No sé por dónde empezar.

Alia apretó los dientes. No estaba exactamente furiosa (no, no era cierto, sí estaba enojada, muy enojada de que Jason le hubiera escondido todo aquello), pero más que darle un puñetazo, lo que necesitaba era ponerse al día de lo que él sabía.

—Empieza —dijo ella, dando rienda suelta a toda su rabia.

Pero fue Diana quien habló.

—Las Warbringers son descendientes de Helena de Troya.

De entre todas las cosas que Alia había esperado oír, esta no figuraba en ninguna lista.

—Helena —dijo Alaia con escepticismo—. ¿"El rostro que hizo zarpar mil barcos"?

—No tuvo nada que ver con el rostro —dijo Diana—. El poder de Helena no radicaba en su belleza sino en su propia sangre. El nacimiento de una Warbringer señala una era de conflictos. Si la Warbringer muere antes del hecatombeón a los diecisiete años, no habrá ninguna guerra. Pero si se permite que sus poderes lleguen a la madurez...

Alia levantó ambas manos.

—Sé que tú crees en estas cosas, pero Jason...

Pero la expresión de Jason no era nada displicente. No se estaba burlando ni levantando el labio superior de aquella manera despreciativa que provocaba en Alia unas ganas locas de darle una cachetada. Lo que hacía era mirar a Diana con gran suspicacia.

—¿Cómo sabes todas estas cosas?

Diana se removió, incómoda.

—Es una historia... una leyenda de mi pueblo.

—¿Y cuál es tu pueblo?

¿Qué importancia tenía? ¿Por qué hacía esas preguntas?

—Jason, es imposible que tú creas en esto.

—No sé qué creer. Mamá y papá tenían referencias de lo que tu amiga está describiendo, de esas Warbringers. También las llamaban *hap... hap* no sé qué más.

—*Haptandrai* —terminó Diana.

—Eso es. También tienen otros nombres, en casi todos los países.

—Mamá y papá eran científicos —protestó Alia—. Nosotros somos científicos. Esto es... son un montón de supersticiones. Cuentos para ir a dormir.

Diana sacudió la cabeza, pero no parecía frustrada sino más bien triste, casi compasiva.

—Después de todo lo que has visto, ¿cómo puedes seguir diciendo algo semejante?

Los ojos de Alia se posaron sobre los brazaletes metálicos que Diana lucía en las muñecas. Recordaba la sensación del metal bajo las yemas de sus dedos en un momento anterior del día, fina y sólida. Real. Ella había visto cómo se movía aquel mismo metal. Había visto palacios imposibles, caballos fantasmas. Había viajado por el ojo de una tormenta.

—Hay una explicación —dijo Alia—. Siempre hay una explicación. Aunque la ciencia todavía no la haya encontrado.

—Era la ciencia lo que les interesaba —dijo Jason—. Siguieron el linaje de los Keralis hasta la antigua Grecia; también de otras familias y ramas del linaje de Helena, trazando las vidas de las Warbringers, conectándolas con los acontecimientos mundiales.

Alia negó con la cabeza.

—No.

—Pensaban que podrían ayudarte mediante la ciencia.

—¿Y tú crees en todo esto?

Jason levantó las manos.

—Tal vez. No lo sé. ¿Has visto lo que hay afuera, Alia? ¿Has visto las noticias?

Alia se colocó las manos en las caderas.

—Llevamos menos de veinticuatro horas en la ciudad. Huyendo para salvar la vida. No estoy al día de nada.

—Pues algo está pasando, y no es nada bueno. Seguro que vieron a los soldados en las esquinas.

—Pensaba que era por una amenaza de bomba, un ataque terrorista.

—Ataques. En plural. Por todo el mundo.

Sacó el teléfono, dio unos golpecitos a la pantalla y luego se lo pasó.

Ella echó un vistazo a los titulares, uno tras otro, mientras Diana miraba por encima del hombro. *Intento de golpe de Estado. Estalla la guerra civil. Aumentan los bombardeos. Se suspenden las negociaciones. Veinte se dan por muertos. Cientos se dan por muertos. Miles de muertos.*

Había habido una pelea a puñetazo limpio en plena Asamblea General de la ONU. Se habían convocado reuniones de urgencia en el Congreso.

—Está empezando —dijo Diana, mirando a la pantalla con los ojos muy abiertos—. Se pondrá peor. Si no llegamos al manantial antes del hecatombeón, se alcanzará el punto de inflexión. La guerra mundial será inevitable.

Las imágenes iban pasando: bombas que explotaban en ciudades que no conocía, casas reducidas a escombros, cadáveres en camillas, un hombre plantado en medio de un campo con una escopeta alzada sobre la cabeza, arengando a una multitud de miles de personas. Alia dio clic a la imagen siguiente (un video) y oyó a personas que gritaban en una lengua que no comprendió, aullidos. Vio a una multitud saltando una barricada, y a un policía vestido de antidisturbios abriendo fuego.

—Insinúan... —se aclaró la garganta—. Insinúan que esto lo hice yo.

—No lo hiciste tú —dijo Diana.

Alia casi se rio.

—¿Pero es por mí?

Ni Diana ni Jason parecían saber qué responder.

—Hacer la guerra es propio de la raza humana —dijo Diana—. Tú sólo eres...

—En los documentos que dejaron mamá y papá encontré otra palabra —dijo Jason—. *Procatalysia.*

—¿Precatalizadora? —preguntó Alia. Parecía un término científico.

—Se refiere al significado original —dijo Jason—. Del griego. Disolverse. Romperse.

—*Procatalysia* —murmuró Diana—. La que llega antes de que el mundo se disuelva.

Alia apretó los labios. Un sudor frío le cubría la piel, y de pronto la ropa le resultaba demasiado ajustada. Pensó que tal vez tendría que vomitar. Sus ojos registraban los horrores de la pantalla, pero su mente también estaba llena de otras imágenes. Los disturbios de Central Park cuando Nim y ella habían ido a aquel concierto gratuito. La pelea que se había desencadenado en el baile de la escuela. Nim y Theo, que normalmente eran tan alegres y relajados, gritándose en el asiento trasero cuando habían intentado ir juntos en coche hasta Maine. Las discusiones, todas las discusiones y rupturas y acusaciones que parecían surgir de la nada. Las discusiones en clase que se convertían en peleas. Los profesores que de pronto enfurecían. El día en que el profesor Kagikawa había dado una *cachetada* a Kara Munro. Todos se habían quedado conmocionados. Lo habían despedido del trabajo. Pero luego todos lo habían olvidado y habían seguido adelante con sus vidas.

A Alia nunca se le había ocurrido cuestionar todas estas cosas. Su vida era así. Por eso le gustaba quedarse en casa, por eso le gustaban tan poco las multitudes. El mundo era un lugar hostil. Es cierto que lamentaba que Nim y ella no consiguieran conservar a sus amistades, pero esperaba que todo mejorara cuando fueran a la universidad. Pasaría más tiempo a solas y se convenció de que así sería. Pero nunca se había puesto a pensar que dos más dos sumaban cuatro.

Últimamente había notado que la tensión crecía a su alrededor, y tenía la esperanza de que el hecho de cambiar de entorno, de salir de Nueva York, la ayudaría. Pero a bordo del *Thetis* todo había continuado igual. En realidad, ya en el vuelo a Estambul, los pasajeros se habían peleado. Una vez más, la voz interior de Alia le había advertido: *vuelve a casa, pulsa reiniciar*. Las cosas se ponían feas cuando salía al mundo. Pero ¿y si aquel no era el caso? ¿Y si las cosas sólo eran así en su mundo?

En la pantalla del celular, una mujer salía corriendo de un edificio en llamas. Sostenía en los brazos el cuerpo inerte de un niño. Tenía la ropa manchada de sangre y la boca abierta en un aullido silencioso. *Yo hice esto.*

Alia pasó tambaleándose frente a Jason y Diana, huyendo hacia el cuarto de baño. Sus rodillas golpearon dolorosamente el mosaico cuando cayó al suelo y vomitó una mezcla de caramelos y bilis en el excusado.

Warbringer. Procatalysia. Haptandra. Podían llamarlo como quisieran. A ella le sonaba a monstruo. No recordaba gran cosa de la guerra de Troya. Siempre había pensado que se trataba de una leyenda, de poesía antigua. Había creído que Helena era poco más que el personaje de un cuento. Tal vez lo fuera. Y tal vez Alia también era el personaje de un cuento. De aquellos en los que muere gente. El monstruo al que hay que aniquilar.

—¿Al? —preguntó Jason en voz baja desde el umbral de la puerta.

—No me llames así —murmuró contra la taza, jalándole para hacer desaparecer el vómito.

—Alia...

Sin girar la cabeza, la chica preguntó:

—¿Tú crees... crees que es verdad?

Él tardó en responder.

—Creo que podría serlo —dijo por fin—. Sí.

—¿Porque mamá y papá lo creían?

—En parte. Algunas de las cosas en las que estaban trabajando... Tenían un equipo que se dedicaba a estudiar antiguos campos de batalla, que buscaba la sangre de antiguos héroes y reyes, que extraía material biológico. Creían en ello, Alia. Creían que el conocimiento les podía servir. Y querían protegerte. Yo quería protegerte.

—Entonces, todo este tiempo...

—Las amenazas a nuestra familia siempre han sido reales. Pero...

—Pero tú sabías que esta gente me quería a mí, que intentaría matarme antes de que yo pudiera... destruir el mundo.

—Sí.

Alia se llevó las manos a los ojos. Se sentía ridícula, tumbada en el suelo del cuarto de baño, con los codos apoyados en el borde del excusado, pero no conseguía moverse. No dejaba de ver a aquella mujer huyendo de las llamas. Notaba el peso débil del niño que llevaba en brazos.

—Tal vez sería lo mejor.

Oyó unos pasos y después Jason se agachaba a su lado. Le pasó un brazo por el hombro.

—No digas eso. Las guerras siempre han existido, Alia. Incluso en generaciones en que no nace ninguna Warbringer, los seres humanos siguen encontrando razones de sobra para matarse. ¿Y sabes qué? La humanidad ha sobrevivido a todas ellas. Tal vez mamá y papá tenían razón o tal vez se trate sólo de una leyenda, pero de lo que estoy seguro es de que me dijeron que te protegiera, y eso es lo que pienso hacer.

Alia se lo quitó de encima y se obligó a ponerse de pie.

—¿Cómo sabes que podrás hacerlo? —tomó el cepillo de dientes y vertió una cantidad enorme de la pasta de tamaño viaje que habían comprado en el supermercado para quitarse de la boca el sabor agrio—. Alguien hizo volar mi barco. Mataron a gente inocente para llegar hasta mí.

—Nuestra empresa tiene una cabaña en Canadá. Es un lugar aislado, seguro. Iremos allí, intentaremos descifrar lo que está pasando, si hay algún modo de arreglarlo.

—Lo siento —dijo Diana desde el pasillo—. No puedo permitirlo.

Jason volteó hacia ella.

—Si intentas hacerle daño...

—Arriesgué mi vida para salvarla —dijo Diana—. Lo arriesgué todo.

—Entonces debes saber que el lugar más seguro para ella es lejos de todo esto.

—Hay un manantial en Therapne, cerca de los límites de la antigua Esparta. Si Alia se baña en sus aguas antes de que el sol se ponga en el próximo hecatombeón, el mundo no tendrá que sufrir otra era de derramamiento de sangre, y el ciclo de las Warbringer quedará interrumpido.

—¿Therapne? —dijo Jason—. ¿En Grecia? ¿Te has vuelto loca?

—Alia —dijo Diana con suavidad—. Por favor.

Las miradas de Alia y Diana se encontraron en el espejo. Ella la había sacado del mar. Le había devuelto la vida. *Lo arriesgué todo.* ¿Y si Diana tenía razón? ¿Y si existía una manera de detener aquel despropósito? ¿Y si Alia podía arreglarlo, en vez de dejar que el mundo se sumiera en la guerra?

Como si le hubiera leído el pensamiento, Jason dijo:

—No. Rotundamente no. Nunca he oído hablar de ningún manantial. No figuraba en los archivos que dejaron mamá y papá.

—El manantial existe —dijo Diana—. Está cerca del Menelaión, donde Helena fue enterrada.

—No voy a arrastrar a Alia por medio mundo para apostar su vida a un manantial mágico.

Ahora Alia arqueó la ceja.

—¿Crees que soy un apocalipsis adolescente andante, y en cambio no quieres saber nada de un manantial mágico?

152

—El riesgo es demasiado grande.

No le creía a Diana. ¿Por qué iba a hacerlo? Él no había presenciado todo lo que Alia había visto. Alia ya no podía distinguir entre lo real y lo imaginario, entre la ficción y la realidad. Pero no le importaba. Ahora era esta su realidad.

—Es un riesgo —dijo—. Pero un riesgo que debo tomar.

—¿Qué sabemos de esta chica? —dijo Jason, señalando a Diana—. Debemos tener cuidado. La gente...

—No quiere nuestro dinero, Jason. No es una periodista. No es una cazafortunas. Me salvó la vida.

—Eso no quiere decir que tengas que pasearte con ella por el mundo. Te prohíbo...

Alia giró y le clavó un dedo en el pecho.

—Mejor no termines la frase. Jason, eres mi hermano mayor y te quiero mucho, pero esto es cosa mía. Soy yo quien tendrá que vivir con ser la mayor asesina en masa de la historia, si esto se desarrolla tal como dicen. No esperes que corra a esconderme en medio de la nada.

—Alia —dijo él, desesperado—. Esto no es responsabilidad tuya. Vayamos a Canadá. Esperaremos a que pase...

—Corrígeme si me equivoco, Diana, pero sólo tenemos una oportunidad, ¿verdad?

—Sí —dijo Diana—. Debes llegar al manantial antes de que se ponga el sol en el primer día del hecatombeón. Después...

—Después, morirá mucha gente.

—¡Falta menos de una semana! —dijo Jason.

—Tú no viajabas en el barco. Esas personas estarían vivas si yo no hubiera estado allí. Lo llevaré para siempre en mi conciencia. Puedes encerrarme. Puedes intentar detenerme, pero lo haré igualmente.

—No —dijo Jason, cortando el aire con un gesto decidido—. Hice una promesa a mamá y papá. Tú no sabes...

—¿Estás seguro de que podrás detenernos?

—¿Perdona?

Alia estuvo a punto de reír al ver la cara de indignación de su hermano.

—Diana te acaba de dar una paliza —dijo—. Apuesto a que puede volverlo a hacer.

—No puedes tomar una decisión como esta —dijo él—. No puedes irte con alguien a quien apenas conoces. Sólo tienes diecisiete años.

—Y tú eres el que se emborrachó de ponche la última Navidad y bailó "Turn the Beat Around" con la peluca de tía Rachel puesta, de modo que deja de hacerte el importante.

—Quedamos en que no volveríamos a mencionarlo —murmuró Jason, furioso.

—Jason, voy a hacerlo —por primera vez desde que había explotado la bomba del *Thetis*, Alia tenía la sensación de que estaba tomando una decisión, en vez de ir a la deriva entre las olas del mar. Pero lo cierto era que necesitaban la ayuda de Jason si querían llegar a tiempo a Grecia. Le tomó la mano y la apretó con fuerza, intentando hacérselo comprender—. Mamá y papá querrían que lo intentara. Lo sé. Y tú también lo sabes.

Sentía que el dolor que compartían los rodeaba como un escudo no deseado, un muro invisible que los separaba del mundo. A veces parecía imposible de derribar, como si nadie pudiera saber nunca por lo que habían pasado, lo que significaba que tu mundo se parta por la mitad.

Por fin, él le devolvió el apretón.

—De acuerdo.

—¿Cómo? —preguntó sin pensar. Jason nunca cambiaba de opinión. Podría haber dado clases de terquedad a las mulas.

—Tienes razón —dijo, suspirando—. Mamá y papá nunca hubieran renunciado a tomar el camino difícil. Sobre todo si con eso se pueden salvar muchas vidas. Iremos en el avión de la empresa.

—¿Tienen un avión? —dijo Diana.

Alia reprimió una ligera sonrisa.

—Esta chica está deseando subirse a un avión.

—Sí —dijo Jason—. Llevaremos como escolta al equipo de seguridad.

—No sabes quiénes de ellos son dignos de confianza —dijo Diana.

—Podemos confiar en los guardaespaldas del penthouse. Si nos hubieran querido muertos, ya lo estaríamos. Nos han vigilado literalmente mientras dormíamos.

—Yo puedo proteger a Alia —dijo Diana.

—Claro —dijo Jason, frunciendo el ceño—. Una adolescente que protege a otra adolescente. Escucha, agradezco lo que has hecho por mi hermana, pero no dejas de ser una desconocida. Yo me ocuparé de todo a partir de ahora.

—No puedo aceptarlo.

—No te pedí tu opinión. Los miembros de mi equipo son antiguos agentes especiales. Son los mejores en lo suyo, y son innegociables —volteó a ver a Alia—. Si quieres ir al manantial, el equipo de seguridad viajará con nosotros.

—Muy bien —dijo Alia, pensando en las implicaciones de lo que estaban a punto de hacer—. Pero Diana también irá.

Diana parpadeó, y Alia pudo ver la expresión de sorpresa de su rostro. *Mi madre tampoco cree que pueda ocuparme de nada por mí misma.* Tal vez ambas se habían hartado de que las subestimaran.

Jason entrecerró los ojos.

—¿De dónde eres, exactamente, Diana Prince?

—De una isla. En el Egeo. No creo que hayas oído hablar de ella.

—¿Y a ti no te parece sospechoso, todo esto? —dijo Jason a Alia—. Una chica de procedencia dudosa que te salva, que sabe que eres una Warbringer, que conoce un manantial donde curarte de la manera más mística...

—Jason, podría haber dejado que me ahogara. Como tú dijiste, si me hubiera querido muerta, estaría muerta. Y es innegociable.

Jason puso los ojos en blanco.

—De acuerdo. Agarren sus cosas. Tú y tu guardaespaldas vienen al penthouse. Mañana mismo saldremos hacia Grecia.

—Debemos irnos ahora —dijo Diana—. De inmediato.

—¿Tienes un avión?

Diana cruzó los brazos.

—No.

—Entonces no puedes decidir cuándo saldremos.

—Ahora entiendo que Alia se fuera del país para evitarte.

Alia hizo una mueca de dolor.

—No se fue por eso —saltó Jason.

—Ya basta —suplicó Alia.

—Agarren sus cosas —gruñó Jason, y pasó indignado frente a Diana.

—Cuidado con la puerta...

Sonó un estruendo, seguido de una serie de maldiciones.

Ups.

—Es tal como lo habías descrito —dijo Diana—. Dominante, imperioso, acostumbrado a salirse con la suya.

—En realidad no es tan así, cuando lo conoces mejor —Diana la miró dudosa cuando volvieron al dormitorio para recoger sus escasas pertenencias—. De acuerdo, es exactamente así. Pero no siempre.

Diana metió los pantalones de cuero y los rollos de lazo dorado en una de las bolsas de plástico del supermercado.

—Gracias por no decir nada a Jason sobre mi casa. Mi gente...Ya sabes que valoran mucho el aislamiento.

Alia asintió. No comprendía las reglas del mundo de Diana, pero le debía la vida. Ser discreta con los detalles más extravagantes de su lugar de procedencia era lo mínimo que podía hacer.

—Y gracias por insistir en que Jason me dejara acompañarte —continuó Diana—. De todas formas hubiera encontrado la manera de ir, pero significó mucho para mí.

Alia se envolvió el dedo con una trenza.

—Por cierto —respiró con fuerza—. Si no llegamos a tiempo al manantial...

—Lo haremos.

—Pero si no lo hacemos, tendré que pedirte que me mates.

CAPÍTULO 10

Que me mates. Diana intentó sacar esas palabras de la cabeza en cuanto Alia las pronunció. Las había dicho con mucha facilidad. *Demasiada facilidad*, decidió Diana. Alia estaba asustada, conmocionada por todo lo que acababa de descubrir. Nada de eso importaría cuando llegaran al manantial.

Jason hizo una llamada rápida y sacó a las chicas por la puerta trasera del hotel por si alguien estaba vigilando el edificio. Por lo menos Diana agradeció que se hubiera tomado en serio las advertencias.

El callejón trasero del hotel apestaba a algo ácido que la mente de Diana apenas podía identificar. Un hedor a verduras podridas mezcladas con lo que pensó que podían ser orina y heces humanas, todo ello empeorado por el calor del verano.

Pasaron por la parte trasera de un establecimiento dedicado a la limpieza, repleto de hileras en movimiento de ropa empaquetada en plástico, y el vapor dulzón y empalagoso resultaba un alivio después de la peste del callejón. A continuación cruzaron la calle y corrieron por la banqueta hasta otro callejón, donde les esperaba un coche negro y reluciente.

—Hola, Dez —saludó Alia al conductor cuando subieron al vehículo.

—Hola, Al.

Diana se fijó en que Alia no corregía al chofer por haber usado el diminutivo como lo había hecho con su hermano.

Dentro del coche, el aire era fresco, y Diana se permitió un ligero suspiro de satisfacción mientras el sudor se enfriaba sobre su piel. Le sorprendió lo agradable que era el vehículo por dentro, espacioso y oscuro como una cueva, con los asientos negros cosidos con una precisión imposible de conseguir a mano. Jason se sirvió una bebida de un bar encajado entre los paneles del coche, y Diana observó las calles que se sucedían lentamente detrás del cristal polarizado y oscuro como el humo; el sonido exterior amortiguado era un murmullo pesado y reconfortante. Respiró hondo, absorbiendo el aroma del cuero y de algo que no terminaba de identificar.

—¿Qué haces? —dijo Jason con brusquedad. Estaba sentado enfrente de Diana, y la observaba con mucha atención.

—No hice nada.

—Estabas oliendo el coche —volteó a ver a Alia—. Estaba oliendo el coche.

Diana notó que se le subía el color a las mejillas.

—Tiene un aroma agradable.

—Es olor a coche nuevo —dijo Alia, con una sonrisa—. A todo el mundo le gusta. Y Jason se obsesiona tanto con mantener el coche limpio, que Betsy nunca ha perdido ese aroma particular.

—¿Betsy?

Jason puso los ojos en blanco.

—Alia insiste en poner nombre a todos los coches. ¿Cómo es posible que Diana Prince, de origen desconocido, no haya olido nunca un coche nuevo?

—En su país no conducen —dijo Alia, con voz suave—. Son casi amish.

—¿Amish entrenados para el combate?

Diana ignoró la burla.

—¿Por qué no podemos salir de inmediato hacia el manantial? —La reunión anual del Consejo de Laboratorios Keralis se celebra esta noche, seguida de una recepción para los donantes de la Fundación Keralis. Saldremos en cuanto termine.

Diana se inclinó hacia delante, olvidándose por un momento del olor atrayente del coche.

—¿Vamos a quedarnos en Nueva York para ir a una fiesta?

—No es una fiesta, es una recepción. Nuestra familia es el rostro visible de la Fundación. Y si queremos que continúe así, tengo que estar allí. Y Alia también debería asistir.

—¿A un evento público?

Diana notó que su voz subía varios tonos, pero no podía creer lo que el chico estaba diciendo.

—No es público. Es un evento privado en el templo de Dendur.

Diana frunció el ceño.

—Entonces, ¿es una especie de rito sagrado?

Jasón dio un buen trago a la bebida.

—¿Dónde la encontraste? Se trata de una exposición permanente en el Museo de Arte Metropolitano. La gente siempre celebra galas allí.

—Galas —dijo Diana—. Creo que es otra manera de decir "fiestas".

—Un momento —dijo Alia——. ¿Qué quieres decir con eso de "si queremos que continúe así"? ¿Cómo va a haber una Fundación Keralis sin los Keralis?

Jason se reclinó contra el asiento. Diana sabía que era apenas unos años mayor que Alia, pero mostraba un cansancio que lo hacía parecer mucho más viejo.

—Tú no asistes a las reuniones del Consejo, Alia. Tú no lees los informes. Últimamente la Fundación está recibiendo muchas críticas de la prensa. Los beneficios de la empresa han disminuido. El Consejo no nos toma en serio. Si queremos formar parte del legado de nuestros padres, tenemos que estar a su altura.

—¿Insinúas que el Consejo quiere evitar que tomes el mando? —dijo Alia.

—Michael está preocupado —reconoció Jasón, con el semblante afligido—. Una cosa es que yo me involucre en una sociedad benéfica, pero a nadie le hace mucha ilusión que un chico de veintiún años se haga cargo de una corporación multibillonaria.

—¿Quién es Michael? —preguntó Diana.

—Michael Santos —dijo Alia—. Nuestro padrino. Dirige los Laboratorios Keralis desde que nuestros padres... desde el accidente. Pero ahora que Jason llega a la mayoría de edad...

—Quiere que yo tome más responsabilidades.

Alia jugueteó con el borde de su camiseta, y luego dijo:

—¿Por qué no dejas que Michael dirija la empresa un poco más de tiempo? Podrías terminar la carrera, hacer un posgrado...

—No necesito ningún título —dijo Jason, con brusquedad—. Sólo necesito un laboratorio —Diana se preguntó si intentaba convencer a Alia o a sí mismo—. Y no puedo permitirme no asistir a la reunión de esta noche —continuó—. Sería muy importante que presentáramos un frente unido durante la recepción.

—Eso es absurdo —dijo Diana—. Alia no puede asistir.

Ante su propia sorpresa, Alia dijo:

—Estoy de acuerdo. Al ciento por ciento.

Jason apretó los labios.

—Sólo lo dices porque detestas vestirte de manera elegante.

—Creo que las amenazas de muerte son una razón legítima para no ponerme un vestido de noche.

—Nadie sabrá que vas a asistir —dijo Jason—. Yo mismo pensaba que ibas a estar en aquel estúpido viaje....

—No era estúpido —gruñó Alia.

—Por lo tanto, todo el mundo cree que todavía estás en el extranjero. Y los que atacaron el *Thetis* creen que estás en el fondo del mar. No van a esperar que esta noche estés en una fiesta en Nueva York. Nadie lo hará.

—Pero si alguien la viera... —intentó decir Diana.

—Eso jugaría a nuestro favor. Cuando corra la voz de que se le ha visto en Nueva York, nosotros ya estaremos en un avión en dirección a Grecia y ellos perderán el tiempo persiguiendo sombras por Manhattan. La seguridad será máxima —se inclinó hacia delante—. Alia, si no estuviera tan seguro, nunca lo propondría.

—En eso tiene razón —reconoció ella de mala gana—. Es un verdadero obsesionado.

—Precavido —la corrigió Jason.

Diana estudió los hombros encogidos y la mandíbula apretada de Jason.

—Sí que parece bastante tenso.

Él entrecerró los ojos.

—Tal vez sea por las jugadoras de futbol americano que me atacan en las habitaciones de los hoteles.

Diana se encogió de hombros.

—Si intentas irrumpir sin permiso en los aposentos de una mujer, puedes esperar que te den una paliza.

—¿Paliza? —dijo él, indignado—. Me tomaste por sorpresa.

—Te inmovilicé contra el suelo.

—¿Pueden parar? —dijo Alia—. Necesito un minuto para pensar.

Diana cruzó los brazos y miró por la ventana, obligándose a observar lo que la rodeaba, mordiéndose la lengua para reprimir el diluvio de palabras con las que hubiera querido responder. No soportaba la arrogancia de aquel chico, tan seguro de su poder, respaldado por los atributos de su riqueza. Era posible que el poder de Alia estuviera aumentando la molestia que él le provocaba. *O tal vez era simplemente molesto.*

El coche se desvió de la calle y entró por un pasillo oscuro que bajaba a las entrañas de la tierra. Si este era el lugar donde vivían Alia y su hermano, Diana supuso que, gracias a las ventanillas polarizadas del vehículo, alguien que observara de lejos las idas y venidas de Jason no tendría manera de saber que no había vuelto solo al edificio. Pasaron delante de varias hileras de coches mucho más lujosos que los que habían visto en el otro estacionamiento.

—Hogar, dulce hogar —dijo Alia, con un dejo de melancolía.

—Tal vez no te alegres de volver a estar aquí —dijo Jason en voz baja—, pero yo me alegro de que hayas vuelto.

Alia se miró las manos, y Diana creyó comprender el motivo de su tristeza. Alia había buscado aventuras e independencia y sólo había hallado fracasos y sufrimiento. Diana se preguntaba si ella sentiría la misma tristeza cuando regresara a Themyscira. En caso de que pudiera regresar. No quería pensar en esa posibilidad. Había ansiado una oportunidad para realizar una hazaña digna de una heroína, y las heroínas no sentían añoranza. Era mejor centrarse en la tarea que tenía frente a ella: mantener segura a Alia y hacerla llegar al manantial.

El conductor acercó el coche a unas puertas metálicas de aspecto discreto.

—¿Es seguro? —preguntó Diana cuando bajaron del vehículo y Jason pulsó un botón.

—Es un elevador reservado para nuestro penthouse —dijo Jason—. Nadie más tiene acceso a él.

Diana miró cautelosamente a su alrededor cuando las puertas se abrieron y entraron en la pequeña habitación. En Themyscira había elevadores operados por poleas y que se utilizaban para trasladar materiales pesados o difíciles de manejar. Aparte del panel de botones de la parte derecha de la puerta, supuso que este no debía de ser diferente, si bien los acabados eran más lujosos. Tenía el suelo alfombrado y las paredes cubiertas de espejos. Captó su propio reflejo, con el pelo negro todavía húmedo de la regadera, una camiseta arrugada y los ojos azules algo aturdidos. Parecía otra persona. La mirada de Jason coincidió con la de ella en el espejo, y ella se dio cuenta de que una vez más la había estado observando. El chico sacó una llave del bolsillo, la insertó en un orificio junto al panel y pulsó la letra A.

El elevador arrancó a trompicones, y Diana intentó mantener una expresión neutral cuando salieron disparados hacia arriba y el estómago le cayó a los pies. En verdad, no se parecía en nada a los elevadores de Themyscira.

Respiró hondo por la nariz, intentó no pensar en la horrible sensación que notaba en la barriga y se concentró en cambio en lo que había dicho Jason sobre la seguridad del elevador. ¿Qué importancia tenía que el acceso al penthouse estuviera restringido? Seguro que había escaleras en alguna parte. Y si alguien quería, podía derribar el edificio entero con explosivos. ¿Qué eran unas cuantas vidas más, si con ello se podía evitar una guerra?

Al cabo de un instante, el elevador se detuvo de golpe y se abrieron las puertas, que daban a un enorme pasillo de dos pisos de altura. El sol entraba por un tragaluz e iluminaba una escalera de madera pulida que se encaramaba por una pared cubierta por paneles y unos suelos compuestos por un mosaico en espiral de azulejos blancos y negros.

Diana tensó el cuerpo al ver a dos hombres corpulentos con trajes oscuros plantados a cada lado de la puerta, pero ellos se limitaron a saludar con un gesto a Alia y a Jason.

—Este es Meyers y este es Pérez —dijo Jason a Diana cuando pasaron delante de ellos—. Ambos pertenecieron a los SEALS de la Marina y llevan casi diez años con mi familia. O son de fiar o bien son los asesinos más lentos de la historia.

Diana no dijo nada. Si lo que había leído sobre política era correcto, hasta el hombre más leal podía flaquear bajo las circunstancias propicias.

Entraron en un gran comedor y en una sala que daba a una terraza formada por cuadrados de piedra gris separados por arbustos recortados, y más allá, a una franja de cielo azul y abierto que le levantó el ánimo. Había esferas de color de cristal en el techo de la sala, de modo que parecía que un jardín submarino hubiera florecido sobre ellos. Era un alojamiento considerablemente más agradable que el hotel Good Night.

Jason continuó hasta la cocina, dejó las llaves sobre el mostrador y abrió lo que parecía ser un refrigerador.

—¿Jugo? —dijo.

Alia asintió, y Jason colocó tres vasos sobre el mostrador, junto a una jarra de jugo y una de leche. Alia llenó un vaso de jugo de naranja, le añadió un chorrito de leche y empujó la mezcla hacia Diana.

—Pruébalo —dijo—. Es delicioso.

—Es repugnante —dijo Jason, sirviéndose un vaso de jugo de naranja solo.

Diana tuvo la sensación de que lo habían hecho mil veces, como si fuera un ritual de bienvenida. Aceptó el vaso que Alia le ofreció y dio un sorbo. Dulce Demetria, sí que era repugnante. Pero se obligó a sonreír y a beber lo que quedaba para no tener que darle la razón a Jason.

—Refrescante —logró decir.

Jason arqueó una ceja.

—No engañas a nadie —se apoyó en la mesa de la cocina—. Concédeme una hora en la fiesta —dijo a Alia—. Saludaremos a todo el mundo, pondremos buena cara y luego subiremos a un helicóptero directo al aeropuerto y emprenderemos el viaje hacia el manantial.

—¿Cuánto tarda el vuelo a Grecia? —preguntó Diana.

—Unas doce horas, aproximadamente. Mandé un mensaje a nuestro piloto, Ben. Podemos aterrizar en Kalamata. Está a dos horas en coche de Therapne.

Si esos cálculos eran correctos, podían llegar al manantial en menos de veinticuatro horas, con tiempo de sobra antes de la luna nueva.

—Alia, es muy importante —dijo Jason—. Hay gente en el Consejo que tiene sus propias ideas sobre cómo dirigir los Laboratorios Keralis. Si todavía no se han manifestado en mi contra es porque saben la mala imagen que eso proyectaría a la opinión pública. Necesitamos mantenerlo así. Demostrar que seguimos la tradición que mamá y papá comenzaron. Demostrar... que todavía somos una familia.

Alia pasó el vaso de una mano a la otra. Diana veía el efecto que las palabras de Jason causaban en ella. Suponía que podía respetarlo por la seriedad con que se tomaba las responsabilidades. Aunque fuera un idiota dominante.

—¿Qué te parece? —preguntó Alia a Diana.

Diana apretó los labios. Sabía que asistir a la fiesta no era una elección acertada, pero también comprendía que para Alia y Jason había otras cosas en juego. Tenían una vida a la cual deseaban volver cuando el viaje hubiera terminado. Nadie iba a saber que Alia asistiría hasta que la vieran entre los invitados, y si algún espía transmitía la información, ellos abandonarían la fiesta antes de que los enemigos de Alia pudieran actuar.

—Una hora —dijo por fin—. Ni un minuto más.

—Muy bien, de acuerdo —dijo Alia—. Iré.

El rostro de Jason dibujó una amplia sonrisa que marcó un hoyuelo en su mejilla izquierda y transformó totalmente sus rasgos.

—Gracias.

Alia le devolvió la sonrisa.

—¿Lo ves, Jason? Conseguirías más a menudo lo que deseas si presentaras el caso como un ser humano, en vez de recurrir al "obedece o atente a las consecuencias".

Él encogió los hombros, sonriendo todavía.

—"Obedece o atente a las consecuencias" es mucho más eficiente.

—¿Puede venir Nim?

Ahora la sonrisa se había desvanecido.

—Alia...

—O viene Nim o voy en pants.

Jason suspiró profundo.

—De acuerdo.

Alia alzó el puño.

—Celu —Jason le puso el teléfono en la palma de la mano con una expresión de resignación—. Vamos —dijo Alia a Diana, dirigiéndose ya hacia la entrada y sin dejar de mirar el teléfono ni de mover rápidamente los pulgares.

Pero cuando Diana hizo ademán de seguirla, Jason se interpuso en su camino. Toda la calidez que había exhibido un momento antes se había desvanecido.

—¿Quién eres tú, en realidad? —dijo, en voz baja—. Quiero que sepas que voy a hacer que mi gente recabe toda la información posible sobre ti.

—Adelante.

El chico frunció el ceño.

—Si le haces daño a mi hermana…

—Nunca le haría daño a Alia. Arriesgué muchas cosas por traerla hasta aquí.

—No dejas de decirlo. Lo que quiero saber es qué sacas tú de esto.

¿Cómo podía preguntar algo semejante, con todo lo que había en juego?

—Un futuro —dijo, aunque sabía que esa no era toda la verdad. *Te veo, Hija de la Tierra. Veo tus sueños de gloria.*

Jason soltó una carcajada que sonó tan hueca como un tambor.

—No sé si eres una fanática o una artista de la estafa. Y tampoco sé cuál de las dos posibilidades es peor.

—¿Tanto te cuesta de creer que intento hacer lo correcto?

—Sí.

Diana frunció el ceño. ¿Qué clase de vida había llevado aquel chico para volverse tan cínico?

—No quiero nada de ti ni tampoco de Alia, excepto la oportunidad de enderezar este mundo.

—Cuando eres un Keralis, todo el mundo quiere algo de ti. Siempre. Alia es mi única familia. Si…

—Entonces tal vez deberías dejar de intimidarla.

—Yo nunca…

—Desde que te conozco, lo único que has hecho ha sido dictar su comportamiento, llamarla estúpida y burlarte de sus intentos para perseguir sus sueños.

—Voy a dejar que vaya a ese ridículo manantial, ¿o no?

—Dejar que vaya.

Jason hizo un gesto despreciativo con la mano.

—No está preparada para lidiar con el mundo. Alia ha tenido una vida muy protegida.

—¿Y de quién es la culpa? —Diana notó que estaba perdiendo los estribos—. No tienes ni idea de la valentía y la resistencia que ha demostrado.

—¿En todo el tiempo que llevan de conocerse?

—Tal vez si te fijaras más en las cosas, si escucharas con más atención, ella no hubiera sentido la necesidad de mentirte.

La mandíbula de Jason se puso rígida. Dio un paso adelante.

—Tú no sabes nada de mí ni de Alia, de modo que cierra el pico y no te entrometas en mi camino.

—Sin mí, ni siquiera sabrías qué hacer.

—Si haces un solo movimiento que parezca…

Diana se inclinó hacia delante. Estaba harta de las amenazas del chico. Eran aproximadamente de la misma altura, y le aguantó la mirada con facilidad.

—¿Qué harías?

—Acabaría contigo.

Diana no pudo evitarlo. Se rio.

—¿Qué te hace tanta gracia? —gruñó él.

¿Cómo podía explicárselo? Había presenciado la muerte de su madre y sus amigas en la visión del Oráculo. Se había arriesgado al exilio y había estado a punto de ahogarse para llegar hasta aquí. Además, cuando una había aguantado ante la gran Tekmesa, general de las amazonas, y había soportado sus burlas, era difícil temer a un chico mortal, por muy corpulento que fuera.

—No estás nada mal, Jason Keralis. Pero no me intimidas.

Parpadeó.

—¿*Nada mal?*

—¿Se está comportando Jason como un patán? —gritó Alia desde la otra punta del penthouse.

—¡Sí! —respondió Diana sin dejar de mirar a Jason a los ojos—. ¿Me disculpas?

Lo agarró por los hombros, y él gimió cuando ella lo levantó del suelo y lo apartó de su camino.

Diana pasó a su lado, sin molestarse en mirar atrás. Aun tuvo tiempo para oír cómo Jason murmuraba:

—¿*Nada* mal?

CAPÍTULO 11

Desde las escaleras de la entrada, Alia asomó la cabeza para observar a Diana, que se acercaba a paso firme desde la cocina. ¿Cómo conseguía que aquella camiseta tan barata pareciera majestuosa?

—¿Qué dijo Jason? —preguntó—. ¿Fue horrible?

—Sí —dijo Diana, siguiéndola escaleras arriba—. Supongo que sus motivos son buenos, pero sus formas me hacen tener ganas de...

—¿Apuñalarlo con un lápiz?

—No exactamente —dijo Diana—. Pero es muy molesto.

Sonó el teléfono y Alia se puso a brincar de puntitas, feliz de la vida.

—¡Ya viene Nim!

—Sería mejor que nadie la viera entrar en el edificio.

Alia se detuvo, con un pie en el siguiente escalón. Era demasiado fácil evadirse de la realidad de la situación en la que se encontraba. Parecía que su mente no pudiera aceptar lo que estaba sucediendo y se centrara en cambio en las cosas ordinarias.

Envió un mensaje a Nim diciéndole que tomara un coche y utilizara el elevador privado. Podían enviar a Pérez con una llave.

—¿Esta Nim, es de fiar? —preguntó Diana.

—Por supuesto. Pero ahorrémosle el rollo Warbringer, ¿de acuerdo?

Al llegar a lo alto de la escalera, Alia dudó. Se moría de ganas de entrar en su habitación, de vestirse con su ropa, de dormir una larga siesta. Pero en cambio se obligó a girar a la derecha y siguió por el pasillo, el tragaluz proyectaba cuadrados de luz sobre el piso de paneles blancos y negros.

—Aquí el dibujo es distinto —comentó Diana.

—Sí, los mosaicos del vestíbulo hacen un fractal. Esto es una secuencia de ADN —Alia se encogió de hombros—. Es lo que pasa cuando das dinero a los nerds.

Se detuvo ante la puerta doble del despacho de sus padres, descansó las manos sobre los pomos, respiró con fuerza y la abrió.

En otro tiempo, aquella había sido su habitación favorita del departamento. Las paredes estaban cubiertas de estanterías fabricadas con la misma madera cálida que la escalera, y una enorme chimenea ocupaba la mitad de una de ellas. Había una pequeña mesa y dos sillas colocadas frente al hogar apagado, y un libro de bolsillo abierto en uno de los reposabrazos, tal como Lina Keralis lo había dejado. *Muerte en las nubes*, de Agatha Christie.

—A mamá le encantaban las historias de misterio —dijo Alia, acariciando ligeramente el lomo resquebrajado del libro—. Y los *thrillers*. Le gustaban los rompecabezas. Decían que la ayudaban a relajarse.

Diana pasó la mano sobre la repisa de piedra de la chimenea, y la detuvo para tomar una fotografía.

—¿Estos son tus padres?

Alia asintió.

—Y el del medio es Neil deGrasse Tyson.

Diana dejó la foto con delicadeza.

—Esta habitación es muy diferente del resto de su casa.

Era verdad. Sus padres habían querido que el resto del penthouse fuera ligero y espacioso, pero el despacho parecía robado de la biblioteca de una casa señorial inglesa.

—A mis padres les encantaban las cosas del Viejo Continente.

—Bueno, lo de viejo es relativo —murmuró Diana, y Alia se acordó de que los muros de su isla tenían tres mil años.

—Decían que ya se pasaban el día trabajando en un laboratorio blanco y esterilizado; cuando llegaban a casa querían sentir que estaban huyendo de todo aquello.

Una vez más, Alia tocó el lomo del libro que reposaba en la silla de su madre. Un decantador y dos vasos descansaban sobre una mesa baja. Todo parecía tan cotidiano, como si fueran a regresar en cualquier momento. Alia era consciente de que era algo espeluznante y bastante deprimente, pero no se decidía a cerrar aquel libro.

—No puedo creer que mi madre me escondiera un secreto tan grande —dijo.

—Tal vez no quería que te sintieras diferente —dijo Diana—. Tal vez quería que tuvieras ocasión de ser como cualquier otra persona.

Alia resopló.

—No tengo ninguna esperanza para eso.

Caminó hasta el escritorio doble en el cual sus padres trabajaban el uno frente al otro.

—¿Por qué?

Se hundió en la vieja silla de su padre y utilizó el borde de la mesa para darse impulso y girar.

—Bueno, Nim y yo somos las únicas chicas morenas de mi clase, y dos de diez en toda la escuela —cambió de dirección, y volvió a girar—. Soy una nerd total de la ciencia —volvió a girar—. Y estoy más a gusto leyendo un libro que yendo a fiestas. De modo que no tengo demasiadas posibilidades de ser normal. Además, deberías haberme visto con los braquets.

—¿Braquets?

—Para los dientes —Alia le enseñó la dentadura—. Deja que lo adivine, los tuyos son naturales, rectos y blancos como la nieve —dio unos golpecitos sobre la mesa—. Sé que mamá tenía una caja fuerte para las joyas y esas cosas, pero no sé dónde está.

—Hay un panel junto al cuadro de Faith Ringgold —dijo Jason desde el umbral de la puerta.

Pasó detrás del escritorio y abrió un compartimento que había al lado de la colcha enmarcada, y de este modo dejó al descubierto una caja fuerte de aspecto sólido empotrada en la pared. Digitó una larga combinación en el teclado, y a continuación pulsó una pantalla roja con la yema del dedo. Alia oyó un suave zumbido metálico y un clic. Jason abrió la compuerta de la caja.

—Toma —dijo, entregando una memoria a Alia—. La mayoría de los archivos están aquí. También guardaban copias en papel, si las quieres. Y esto.

Sacó una caja delgada de metal de la caja fuerte y la puso sobre la mesa.

Alia miró la caja con recelo.

—¿Qué es?

—Un registro de todas las Warbringers conocidas. No sé de dónde lo sacaron o si fue pasando de una familia a otra.

Alia corrió el pasador y alzó la tapa. En el interior había un rollo, un pergamino amarillento enrollado en una bobina de madera pulimentada. Lo tocó un instante con los dedos, y luego retiró la mano. ¿Cuántas cosas quería saber?

Pero no era así como pensaría un científico. No era así como sus padres la habían enseñado a pensar.

Sacó el pergamino de la caja y empezó a desenrollarlo. Había esperado ver algún tipo de árbol genealógico, pero era más bien una cronología. Las inscripciones estaban escritas en varios idiomas, los nombres y las fechas trazados por manos diferentes, tintas diferentes, una de ellas de un marrón oxidado que podía ser perfectamente sangre.

Las primeras palabras estaban escritas en griego.

—¿Qué significa? —dijo Alia, señalando la entrada con el dedo.

—Helena... —empezaron a decir Diana y Jason al mismo tiempo.

—Hija de Némesis —continuó Diana—. Diosa de la retribución divina, nacida con la guerra en la sangre, primera de las *haptandrai*.

—Espera un momento —protestó Alia—. Creía que Helena era hija de Zeus y Leda. Ya sabes, el cisne...

—Esa es una de las versiones. En otras, Helena y sus hermanos fueron hijos de Zeus y Némesis. Leda fue simplemente su madre adoptiva.

—Retribución divina —dijo Alia—. Qué alegría.

—También se la conocía como Adrasteia.

—La inescapable —dijo Jason.

—Seguro que debió de ser muy divertida —Alia frunció el ceño—. Esa palabra ya la habían dicho antes. *Haptandrai.*

Jason asintió.

—El significado es algo confuso. La raíz puede significar prender o acometer, pero también tocar.

—La mano de la guerra —murmuró Diana.

Alia miró fijamente a Jason.

—¿Estudiaste griego porque papá era griego o para estudiar a las Warbringers?

—Un poco por las dos cosas —reconoció él.

A Alia no le sorprendió. Jason siempre había sentido más interés por el lado Keralis que por el lado Mayeux de la familia.

—Pero tu traducción no es precisa del todo —dijo Diana—. La raíz puede significar otras cosas. Agarrar, pelear, copular.

—¿Copular? —gritó Alia.

—No necesitaba saberlo —dijo Jason.

Diana se encogió de hombros.

—Tiene sentido. Helena era varias cosas a la vez, y puede haber muchas razones para la guerra.

Alia no quería reflexionar demasiado sobre ello. Volvió a centrarse en el pergamino, y lo desenrolló un poco más. Se equivocaba; no parecía tanto una cronología como una mezcla entre un sismógrafo y un electrocardiograma. El nombre de cada chica iba seguido de una serie de picos etiquetados con incidentes de conflictos, cada uno mayor que el anterior, como colinas convirtiéndose en montañas, culminando en una afilada cúspide de violencia que corría como una cordillera escarpada en la parte superior del pergamino, hasta que volvía a descender.

—Eugenia —murmuró Alia, tocando uno de los nombres inscritos en el pergamino—. La guerra del Peloponeso. Parece que duró casi sesenta años.

—Más —dijo Jason—. Fue el principio del fin para la democracia griega.

—Livia Caprenia —dijo ella—. El saqueo de Roma. Angeline de Sonnac, la séptima cruzada —sus dedos saltaban de una época a otra sin ningún orden en concreto, de chica en chica, de tragedia en tragedia—. La guerra de los Cien Años. Las guerras de las Rosas. La guerra de los Treinta Años. ¿Lo sabían, ellas? —la voz de Alia sonaba temblorosa a sus propios oídos—. Helena supo que fue la causa de la guerra de Troya, pero ¿estas chicas lo supieron también? ¿Sabían lo que provocaban por el simple hecho de respirar?

—Tal vez —dijo Jason—. Pero no lo creo. ¿Cómo iban a saberlo?

—Alguien llevaba este registro —dijo Diana.

Alia no podía desviar los ojos del manuscrito.

—Dios mío. La Primera Guerra Mundial. La Segunda Guerra Mundial. ¿Me están diciendo que nosotras fuimos la causa de todo?

—No —dijo Diana. Apoyó la mano en el hombro de Alia—. La Warbringer es una catalizadora. No una causa. No puedes cargar con la culpa de la violencia de los seres humanos.

Alia tomó aliento.

—Miren —dijo, apuntando al año 1945. Junto a la fecha había una anotación: *Irene Martín. N. 1 de diciembre*. Una serie de pequeños picos seguían el mismo patrón que en las otras entradas, al principio moderados, muy espaciados, y luego se levantaban en líneas irregulares, cada una más cerca de la otra. Llegaban a la cúspide en 1962 y luego descendían de manera abrupta. Allí, la inscripción rezaba *Irene Martín, F. 27 de octubre*.

Alia frunció el ceño.

—¿Qué sucedió en 1962? No me acuerdo...

—Yo tampoco me acordaba —dijo Jason—. Tuve que buscarlo. Fue la crisis de los misiles de Cuba. Los soviéticos y los estadounidenses estuvieron a un paso de la guerra nuclear.

—¿Y entonces murió la Warbringer?

Ni Jason ni Diana la miraron a los ojos.

—Bueno —dijo Diana, en voz baja—. No murió. Fue asesinada —Alia volvió a tocar la fecha con los dedos—. No llegó a cumplir los diecisiete. La encontraron y la mataron porque sabían que la situación sólo podía empeorar.

—Alia, ha habido guerras después de la muerte de esa Warbringer —dijo Jason—. Vietnam, Camboya, los Balcanes, incontables guerras en Oriente Medio y en África.

—Pero quién sabe lo que hubiera pasado si Irene Martín hubiera sobrevivido...

De repente, Alia se llevó las manos a las mejillas. ¿Cuándo se había puesto a llorar?

Diana le apretó el hombro.

—Escúchame —dijo—. Llegaremos al manantial. Vamos a cambiarlo todo.

—No puedes saberlo.

—Sí, lo sé. Lo conseguiremos. Detendremos el linaje. Y no habrá ninguna otra Warbringer. Ninguna chica tendrá que cargar otra vez con ese peso. Incluida tú.

—Así es —dijo Jason.

—Pero tú ni siquiera crees que haya un manantial —dijo Alia, sorbiendo con fuerza.

—Creo... Creo que si hubo un comienzo de todo esto, tiene que haber también un final.

Un zumbido rompió el silencio de la habitación. Alia miró el teléfono.

—Ya llegó Nim.

—Ve a lavarte la cara —dijo Jason, quitándole el teléfono de las manos—. Pérez bajará a buscar a Nim. Haré que lleven los archivos al avión, y podremos estudiarlos durante el vuelo. Las dos deberían empacar para el viaje —rodeó a Alia con el brazo—. Alia, vamos a...

Ella se lo quitó de encima y se alejó también de Diana.

—No sigas —dijo, sin hacer caso de la expresión de dolor que enturbió el rostro de Jason cuando ella se dirigió a la puerta. No quería que la consolara. Jason no podía arreglar nada. Lo único que podía cambiar las cosas era el manantial.

Cerró la puerta en las narices de Jason, de los archivos y de las largas sombras que sus padres habían dejado atrás.

CAPÍTULO 12

Diana encontró a Alia tumbada en una cama con dosel y sábanas blancas en una gran habitación al otro extremo del pasillo. En esta habitación, las incrustaciones del suelo dibujaban un enorme rayo de sol, y una de las paredes estaba pintada con un paisaje brumoso de un lago moteado con nenúfares de color rosa pálido.

—Monet —dijo Diana, recordando el nombre de una de sus clases de historia del arte.

—De pequeña me gustaba mucho el cuento "El príncipe rana" —dijo Alia, hablando hacia el techo—. Pero como mi madre no era demasiado fan de las princesas, las dos nos conformamos con un estanque de nenúfares.

Pero las amplias ventanas que daban a una gran franja de parque habían captado la atención de Diana. Desde aquella altura, la ciudad se transformaba. Era como mirar el joyero de su madre, una ciudad de torres plateadas y herrajes misteriosos, ventanas que relucían como gemas a la luz de la tarde. El enorme parque tenía unos límites rígidamente simétricos, con unas líneas duras que demarcaban dónde comenzaba y dónde terminaba la ciudad. Era como si alguien hubiera puesto una puerta a otro mundo en el centro de la ciudad, un lugar frondoso y verde, pero contenido por todas partes por la fuerza de la magia.

La habitación de Alia también parecía estar llena de pequeños toques mágicos. Tenía el escritorio repleto de libros de texto y había un pequeño reloj de arena al lado de la lámpara, pero la arena permanecía en la parte de arriba. Diana lo sacudió, le dio la vuelta y suspiró.

—¿La arena fluye hacia arriba?

Sin apenas energía, Alia volteó la cabeza sobre la almohada.

—Ah. Sí. Es por la densidad del líquido que lleva dentro, en lugar de aire.

Había una fotografía enmarcada en un rincón del escritorio: Alia y Jason de pequeños junto a un pizarrón, Alia tenía el pelo trenzado en filas muy apretadas y lleno de pasadores de plástico. Detrás, de pie, estaba la misma pareja que Diana reconoció de la foto del estudio, un hombre con el rostro marcado y afable, los ojos azules y brillantes, las mejillas enrojecidas por el sol, y una mujer de piel oscura y una suave mata de pelo recogido por una alegre diadema roja. Todos posaban de manera tonta, flexionando los músculos como si fueran cómicos fortachones. La sonrisa de Jason era amplia y abierta, con el hoyuelo profundamente marcado en su mejilla izquierda. Tal vez Alia tenía razón respecto a lo mucho que había cambiado.

—¿Y esto qué es? —preguntó Diana, señalando a una estantería de cajas estampadas y perfectamente alineadas.

Alia gruñó.

—Es muy nerd.

—Dímelo.

—Colecciono cada elemento químico que corresponde con mi edad en el día de mi cumpleaños, como Oliver Sacks. Era un neurocientífico.

—Lo sé. Tenemos sus libros.

Alia levantó la cabeza.

—¿En serio?

—Intentamos estar al día con el mundo exterior.

Alia volvió a sumergirse entre los cojines.

—Sí, bueno, pues espero llegar al argón.

Diana oyó pasos en las escaleras y se puso tensa, preparándose para lo que viniera. Alia había dicho que confiaba en Nim, pero Diana no podía permitírselo.

La puerta del dormitorio se abrió de golpe y una chica entró a toda velocidad, aunque más que una chica era un torbellino humano. Llevaba botas con las puntas abiertas, atadas hasta las rodillas llenas de hoyuelos, y un vestido corto brillante. Llevaba una de las partes laterales del pelo rapada y el resto del cabello le caía hacia delante en un manojo negro y suave que le tapaba un ojo. El otro ojo era negro como el azabache y estaba bordeado de oro, y la oreja visible estaba adornada con aretes de plata, desde el lóbulo hasta la parte superior.

—No puedo creer que hayas durado... ¿Cuánto? ¿Una *semana* en Turquía? Creía que esta iba a ser la gran aventura, Alia. La ocasión para romper las cadenas y... —la voz de la chica se interrumpió cuando vio a Diana de pie junto a la ventana—. Dulce madre de las manzanas.

—¿Perdón?

—Nim... —dijo Alia, con un poco de advertencia en la voz.

La chica dio un paso adelante. Tenía las mejillas redondas, los hombros redondos, todo redondo.

—Poornima Chaudhary —dijo—. Puedes llamarme Nim. O como quieras, de verdad. ¿Dios mío, cuánto mides?

—¡Nim! —gritó Alia.

—Es una pregunta totalmente razonable. Todo en nombre de la investigación. En el mensaje decías que necesitaríamos ropa —Nim se colgó de uno de los postes de la cama y murmuró—: por favor, dime que esta chica no es tan aburrida como la última con la que me obligaste a salir. Sin ánimo de ofender —dijo a Diana—, pero, exceptuándome a mí, Alia tiene un gusto pésimo para la gente —entornó el único ojo visible—. ¿Eso son moretones? ¿Qué diablos pasó en Turquía?

—Nada —dijo Alia, ahuecando las almohadas y hundiéndose en ellas—. Un accidente de barco. Tuvieron que suspender la excursión.

A Diana le sorprendió la facilidad con que Alia mentía. Pero, ¿cuántas lágrimas había escondido ella a Maeve? Algunas penas era mejor sobrellevarlas sola.

Nim cruzó los brazos y los brazaletes tintinearon.

—Parece que lloraste.

—El *jet lag* me tiene harta.

—No has estado fuera el tiempo suficiente para tener *jet lag*.

—Yo...

Nim levantó las manos.

—No me quejo. El verano en este agujero de ciudad es horrible sin ti —Calibró a Diana con la mirada—. Y hay que reconocer que sabes elegir los suvenires.

Alia le lanzó un cojín.

—Nim, deja ya de coquetear. Te pedí que vinieras para que me ayudes en una emergencia de estilismo.

—Tu vida es una perpetua emergencia de estilismo. Tanto dinero y tan poca clase. ¿Verdad que tengo razón? —volteó a ver a Diana—. ¿Quién eres, exactamente?

Diana encajó la mirada inquisitoria y brillante de Nim, que ladeaba la cabeza. Parecía un gorrión vivaracho y de mejillas redondas.

—Diana —dijo ella, y sonrió—. Pero puedes llamarme Diana.

—¿Vas a ayudarnos, o no?

—Claro que sí. Me encanta gastar tu dinero. ¿Pero cómo te convenció Jason para que vayas a una fiesta?

—La bomba de la culpa.

—Típico. Muy bien, mujeres mías —dijo Nim, sacando una cinta de medir y abriendo lo que Diana comprendió era una computadora sobre el escritorio de Alia—. Vámonos de compras.

—No podemos salir —dijo Diana, aunque le molestaba arruinar el entusiasmo de Nim—. Ya estamos tomando demasiados riesgos.

Nim se sacó un par de lentes de plástico verde y se los plantó en la nariz pequeña.

—¿Qué dijiste?

—Jason se volvió a poner estricto con el tema de la seguridad —dijo Alia apresuradamente—. Recibimos algunas amenazas.

—Qué locura, ¿verdad? —dijo Nim a Diana—. ¿Te imaginas vivir encerrada?

—Por favor, Nim. Tampoco es que tenga demasiados sitios a donde ir.

Nim agitó la mano con desdén.

—Algún día, Alia, tendremos un montón de sitios a donde ir y un montón de ropa para ir a esos sitios. Y no te preocupes —dijo a Diana—. Las compras vendrán a nosotras.

Se acomodaron tras la computadora en el escritorio de Alia (Nim al teclado, Alia y Diana muy juntas detrás de ella) y pasaron la hora siguiente en una nube confusa de parloteo e imágenes que pasaban volando por la pequeña pantalla. Nim sabía mucho sobre prendas y diseño, y al parecer había ayudado a Alia a comprar de ese modo en otras ocasiones. Tomó las medidas de Diana mientras ponía al día a Alia de cómo había pasado las últimas dos semanas, el curso que acababa de terminar en un lugar llamado Parsons, y lo desagradable que era el calor en la ciudad.

Diana se limitaba a escuchar y asentir, disfrutando de la plática. Nim se parecía un poco a Maeve, pero su alegría y su descaro eran en cierto modo más vivos. Diana pensó en los estantes brillantes del supermercado, todo de un color eléctrico, incluso los caramelos. *Bailas diferente cuando sabes que no vas a vivir eternamente.* ¿Era esto a lo que se refería Maeve? La alegría de los mortales tenía algo de temerario que le gustaba a Diana. No reprimían nada.

—Eres muy callada —dijo Nim, mirando a Diana con suspicacia. Separó un poco la silla del escritorio—. No estarás enojada por algo que dije, ¿verdad?

Diana se sobresaltó.

—Claro que no. ¿Por qué lo dices?

Nim se encogió de hombros, sacó el celular y envió otro mensaje de texto a alguien que, si Diana había entendido bien, se llamaba Comprador Barney.

—No es nada personal. Es que nunca me llevo bien con las amigas de Alia. La pasamos mejor las dos solas.

—Es verdad —dijo Alia, pensativa, apoyándose contra el estante de los libros.

—¡Y somos encantadoras! —dijo Nim—. A pesar de que Alia trae la mala suerte. Si algo puede salir mal, saldrá mal. Te juro que tiene un imán para las desgracias.

Alia señaló la pantalla con un gesto.

—Concéntrate.

Pero Diana sabía que Alaia estaba considerando todos los momentos tensos, los desacuerdos, las oportunidades de amistad perdidas bajo una luz nueva.

Diana observó a Nim, que tenía la cabeza inclinada hacia un lado mientras se mordía pensativamente el labio inferior y tecleaba la pantalla del teléfono. ¿Sentía Diana hostilidad hacia ella? Creía que no. Había dudado de si su conflicto con Jason había estado influido por los poderes de Alia, pero ahora veía que con Nim se llevaba perfectamente. El Oráculo había dicho que Alia no la haría enfermar; tal vez los poderes de la chica no surtían ningún efecto en Diana.

—Nim, ¿Jason y tú se llevan bien?

—Tan bien como puede llevarse alguien con ese pesado —Nim giró en la silla y se llevó la mano al pecho—. No me digas que te gusta.

Alia se golpeó la cabeza a propósito contra la estantería.

—¿Se pueden callar?

Nim agitó los dedos como si estuviera echando una maldición.

—Las chicas pierden la cabeza frente a Jason Keralis.

—Es el factor multimillonario —dijo Alia.

—No es sólo por el dinero: son los pómulos, la actitud glacial. Yo me enamoré tres veces de tu hermano antes de madurar y de darme cuenta de que es aburridísimo.

—No es ningún secreto, Nim. Le robabas las camisetas.

Nim cruzó los brazos, pero se había sonrojado un poco.

—¿Y?

—Las camisetas sucias.

Diana hizo una mueca, pero Nim no parecía nada afectada.

—Lo único que digo es que la mayoría de chicos que son tan ricos y tan jóvenes suelen ser herederos horrorosos con nombres que acaban en "tercero", o bien repugnantes empresarios de internet. Esa cosa de científico loco que tiene Jason es muy sexy.

—Yo pude haber caído —se burló Alia.

—En las chicas, los parámetros son totalmente distintos. A los chicos les da igual si tienes un cerebro sexy.

Diana puso cara de asco.

—No puedes decirlo en serio.

Alia lanzó un cojín a Nim.

—Claro que no lo dice en serio. Nim, eres lo peor.

—Al contrario, soy lo mejor. Y no tengo la culpa de que vivamos bajo el yugo del patriarcado. ¿Por qué no vas y le gritas a tu hermano por ser un títere que sólo sale con supermodelos y chicas de la alta sociedad?

—¿Qué es una supermodelo? —preguntó Diana.

Nim se le quedó mirando.

—Mm... Diana estudió en su casa —dijo Alia.

—¿Debajo de una roca? —preguntó Nim.

—Sus padres son muy raros. Una especie de hippies. Nada de televisión, sólo radio pública.

Nim tomó la mano de Diana entre las suyas.

—Lo siento muchísimo.

Diana arqueó una ceja.

—Me las arreglo.

—¿En serio? —Nim lo preguntó con una sinceridad tan profunda que Diana no pudo evitar echarse a reír. Nim le tomó la otra mano y sostuvo las muñecas de Diana—. ¡Vaya, qué pulseras tan bonitas! ¿Están soldadas?

—Mm... sí.

—No tienen ni una marca. Es una artesanía magnífica. ¿De qué están hechas? Tiene que ser una aleación, pero...

—Nim hace joyas —explicó Alia.

Nim soltó las manos de Diana.

—No digas que hago joyas. Suena como si vendiera mis cosas en Etsy. Lo que yo hago es *arte*.

Alia puso los ojos en blanco.

—De acuerdo, ¿qué te parece así? Nim es buenísima con la ropa y con cualquier otra cosa que sea visual, y por eso la invité a que viniera a regañarnos.

—Y además soy muy simpática.

—Eso también —sonrió Alia.

—¿Qué hace que esas modelos sean súper? —quiso saber Diana, que no había saciado su curiosidad sobre el tema—. ¿Tienen poderes?

Nim se rio.

—Me encanta esta chica. Sí, las supermodelos tienen el poder de hacerte comprar cosas que no necesitas y sentirte fatal contigo misma.

¿Era posible que fuera cierto?

—Tú usaste esa palabra para describirme —dijo Diana a Alia—. No parece un cumplido.

Alia se tumbó de nuevo sobre la cama.

—Sí es un cumplido. Nim se está haciendo la lista.

—Por cierto —dijo Nim, consultando el teléfono—, Marie ya eligió un montón de ropa para nosotras. Lo entregarán en un par de horas —se subió a la cama y se colocó junto a Alia—. Prepárense para la perfección.

—No necesito estar perfecta —dijo Alia—. Sólo pasable.

Nim levantó el dedo meñique.

—Burbuja, burbuja.

Alia suspiró y enlazó su meñique con el de Nim.

—Que no nos agarre la bruja —miró a Diana—. Debes de pensar que somos tontas, ¿verdad?

Diana no estaba segura de qué clase de ritual acababa de presenciar, y se limitó a responder:

—¿Por los vestidos? El atuendo es importante. Transmite un mensaje a las otras personas.

—¡Sí! —declaró Nim, con los puños alzados en señal de victoria.

—¡Nooo! —gritó Alia, enterrando la cabeza bajo las almohadas—. Ahora son dos.

—Tú misma lo dijiste en el supermercado —señaló Diana, apoyándose contra el escritorio.

—Pero hay una diferencia entre tener buen aspecto y decir, ¡*Mírenme!*

—Piénsalo como si fuera una armadura —propuso Diana—. Cuando una guerrera se prepara para la batalla, no se preocupa solo por los aspectos prácticos.

Alia se puso de costado y se sostuvo la cabeza con una mano.

—Creía que la mayor preocupación sería evitar que te maten.

—Sí, pero el objetivo también es intimidar. El general luce su rango. Pasa lo mismo con las atletas cuando compiten.

—¡Es verdad! —dijo Nim—. Leí que los jugadores de futbol americano juegan con más agresividad cuando van vestidos de negro y rojo.

—A Nim le encantan los datos de cultura general.

—Me encanta la información.

Diana recogió de la mesa la cinta de medir de Nim y se la enredó en el dedo.

—En lugar de donde yo vengo... atraigo mucho la atención a causa de mi madre.

—¿Quién es tu madre? ¿Es famosa?

—Em...

—Sólo a nivel local —intervino Alia.

—En cualquier caso —continuó Diana—, sé que la gente me va a juzgar, por lo tanto tengo que pensar en lo que me pongo. Mi madre también lo hace. Se le da muy bien. Y no es solo para la batalla. A veces, todo parece un combate. Como participar en una cena.

—O caminar por la calle —dijo Nim.

—O conseguir durar una hora en una fiesta —dijo Alia.

Diana sonrió.

—Sólo será una hora. Nos las arreglaremos.

Y cuando esa hora hubiera pasado, partirían al manantial, a intentar cambiar el futuro.

Tocaron a la puerta, y Jason asomó la cabeza.

—Tengo que salir pronto hacia la reunión. Hay demasiado tráfico.

—Dime que no vas a llevar eso en la fiesta —dijo Nim.

Jason se había puesto un traje parecido al que llevaban los hombres de negocios en el tren.

Se acomodó los puños de la camisa, algo cohibido.

—Había pensado en cambiarme y ponerme el esmoquin en la oficina. Y hola, Nim, me alegro mucho de que puedas venir con nosotros a la fiesta.

—No me lo perdería por nada del mundo, Jota Jota.

—Meyers y Pérez las escoltarán hasta allí. Dez conducirá, pero le dije que vaya a recoger un coche nuevo. Si alguien está controlando nuestra flota, no localizarán sus idas y venidas —Jason sacó un trozo de papel que Nim le arrebató de las manos—. Si tienen que llamar por cualquier contingencia, usen este número. Le di un celular encriptado.

—¿Un celular encriptado? —repitió Alia—. ¿Tenías uno por pura casualidad?

—Alia, ¿qué es lo que siempre te estoy diciendo?

—Que sólo ves *realitys* como ejercicio antropológico.

Nim se rio a carcajadas y Jason puso los ojos en blanco.

—No —dijo él—. Disfruta de lo mejor, pero prepárate para lo peor.

—Muy sabio, Jason —dijo Nim—. Muy sabio. ¿No has pensado nunca en lo difícil que es disfrutar de algo cuando te estás preparando para lo peor?

Él la ignoró.

—Theo y yo las esperaremos en la fiesta a las ocho y media. No lleguen tarde.

—Dios mío, ¿Theo también va? —dijo Nim—. Eso sí que es prepararse para lo peor.

—¿Y qué hay de...? —Diana dudó—. ¿Cómo volveremos a casa?

Jason asintió una sola vez, con gesto adusto.

—Estaré listo para salir.

Cerró la puerta.

—¡Gracias por la invitación! —le gritó Nim.

La voz de Jason se infiltró por debajo de la puerta.

—No incendien nada.

Nim hizo una pirueta y una pose.

—Sólo la pista de baile. ¿Quién tiene hambre?

★ ★ ★

Una cena fría las esperaba en la cocina, y Diana comprendió que en la casa había personal de servicio, sirvientes que entraban y salían sin apenas ser vistos. Esperaba que la fe de Jason en la lealtad del personal estuviera justificada, y que tanto Alia como él tuvieran razón al pensar que la fiesta era un riesgo que valía la pena correr. Aun así, se alegraba de no partir de inmediato hacia Grecia. Cuando interrumpieran el linaje de las Warbringers, Diana tendría que volver a la isla y enfrentarse a las consecuencias que la esperaran. Con el avión de Jason a punto para el viaje, por lo menos podría disfrutar de unas horas más para observar el mundo mortal. Había mucho que ver, y para ser honesta consigo misma, debía reconocer que había algo positivo en ser Diana Prince, algo liberador en ser juzgada por tus propias palabras y actos, en vez de por tus orígenes o por las decisiones de tu madre.

Mientras se inclinaban sobre el mostrador de la cocina para llenar los platos de comida, Diana se preguntó si Alia y Jason utilizaban alguna vez el enorme comedor o si celebraban fiestas en la grandiosa terraza. ¿O tal vez estaban siempre solos, con la única compañía de algún amigo de confianza, compartiendo aquel hogar gigantesco con los fantasmas de sus padres y comiendo de pie junto al mostrador mientras contemplaban la vista bellísima?

Diana se había sentido muy sola en Themyscira, pero Alia estaba igual de aislada en aquella ciudad enorme, tal vez incluso más. El palacio del Efeseo era grande, pero había sido diseñado como un espacio comunitario, donde la gente iba y venía para asistir a las audiencias con la reina, donde se impartían clases de todas las materias. Las mujeres que servían a Diana y a su madre eran también sus amigas, las mismas personas con las que comían y se entrenaban. Todo el mundo servía a Themyscira de alguna manera, pero todas eran guerreras, todas eran iguales. Esa era una de las razones que llevaba a algunas a creer que no debería haber una reina, sólo un Consejo electo. Tal vez esta misión liberaría a la vez a Diana y a Alia. Tal vez daría a Diana la ocasión de integrarse por fin con sus hermanas y a Alia la oportunidad de vivir su vida con cierta paz.

—Es curioso que olvidaras mencionar que Theo Santos va a asistir a la fiesta de esta noche —dijo Nim mientras se llenaba la boca de queso.

—No lo sabía —dijo Alia.

—Me lo tendrías que haber dicho para calcular mejor los centímetros de escote que querrías enseñar.

—Me temo que no hay nada que enseñar.

—¿Quién es Theo Santos? —preguntó Diana, seleccionando un racimo de uvas de un cuenco.

—El compinche junior de Jason.

—Es un amigo de la familia —dijo Alia.

—Está guapo, a su manera desgarbada y nada atrayente.

—Es objetivamente atractivo —protestó Alia.

—Es un pobre diablo. Siempre está en esta casa o jugando con la computadora en alguna habitación oscura, evitando el contacto humano real.

Alia lanzó una zanahoria a Nim.

—El contacto humano real está sobrevalorado.

Cuando llegaron los vestidos, Pérez fue a recogerlos acompañado por Nim. Volvieron con dos exhibidores metálicos cargados de grandes bolsas oscuras que colgaban de unos ganchos, y que Meyers ayudó a llevar al piso de arriba. Diana se sintió un poco culpable al ver cómo los dos hombres subían trabajosamente las escaleras, pero pensó que era mejor que los dejara valerse por sí solos.

De nuevo en la habitación de Alia, Nim procedió de inmediato a abrir los cierres de las bolsas y a vaciarlas sobre la cama. Había un montón de telas y ornamentos relucientes, y varias bolsas más pequeñas con cajas de zapatos y pañuelos.

Alia suspiró.

—Vayamos al grano.

Diana le clavó el codo.

—La armadura, ¿te acuerdas?

Alia se puso firme y llevó su pila de vestidos al baño.

—Las que están a punto de morir las saludan.

—No sé por qué me molesto —gruñó Nim cuando se sentaron a esperar en la cama de Alia—. Siempre elige la prenda más aburrida del exhibidor, siempre de un color negro básico. Si tiene forma de saco, todavía mejor.

—Tal vez así se sienta más cómoda, por el hecho de ser invisible en vez de preocuparte siempre por lo que la gente piensa de ti.

Nim habló con una voz sorprendentemente enfática.

—Pero también es una elección, ¿verdad? Porque la gente siempre te va a mirar. Siempre te van a juzgar, de modo que o bien no dices nada o por lo menos respondes.

Diana tuvo la sensación de que Nim no estaba hablando de Alia. La ropa que llevaba la chica diminuta era característica, su manera de hablar era muy firme. Pero era una confianza intensa y puntiaguda, como una flor brillante rodeada de espinas.

—¿Qué crees que ve la gente, cuando te mira?

Nima la miró.

—¿Qué ves tú?

—Una chica atrevida. Talentosa y audaz.

Nim se dejó caer hacia atrás, fingiendo un desvanecimiento exagerado.

—¿Puedes quedarte para siempre?

—¿Qué hicieron Alia y tú? —dijo Diana, intentando recordar—. Burbuja, burbuja... Era de una obra de Shakespeare, ¿verdad?

Nim se apoyó sobre los codos.

—Ya sé que es una bobada.

—¿Qué significa?

Nim bajó de la cama y atravesó la habitación hasta el lugar donde había un collage de fotos de Alia y ella apoyado contra un tocador. Sacó una foto del marco y la sostuvo: tres chicas con túnicas negras hechas trizas y sombreros puntiagudos.

—Cuando Alia y yo íbamos en primero, nos eligieron para hacer de brujas en *Macbeth* con esta chica tailandesa, Preeda. Ya lo ves, de toda la escuela, eligieron como brujas a tres chicas de distintas etnias. La gente nos veía por los pasillos y fingían que gritaban y lloraban. Les parecía muy divertido.

Diana siempre había lamentado no haber crecido con otras niñas, pero aquello parecía una crueldad.

—¿Qué hicieron?

Nim volvió a meter la foto en el collage.

—Les seguimos la corriente. Nos carcajeábamos y nos volvíamos locas cada noche y siempre decíamos mal nuestras frases. Burbuja, burbuja.

Diana sonrió.

—Que no nos agarre la bruja.

—¡Apúrate, Alia! —gritó Nim hacia la puerta cerrada del baño—. Tienes que elegir uno, y todas sabemos que será el vestido negro con mangas largas para que parezcas una institutriz...

La puerta se abrió, y Nim se quedó con la boca abierta.

—No escogió el negro —observó Diana.

—No me digas —murmuró Nim.

Alia llevaba un vestido con incrustaciones doradas y relucientes que se mecían como la luz reflejada sobre el agua. No, más bien como el sol en el casco de una guerrera.

—¿Te diste un golpe en la cabeza, en Turquía? —dijo Nim, con incredulidad.

Alia sonrió a Diana y movió las caderas.

—La armadura.

CAPÍTULO 13

Se les había hecho muy tarde. Con un pasador, Nim sujetó en lo alto la mitad de las trenzas de Alia, formando una corona, y tejió entre ellas una cadena de oro, y luego eligió para ella uno sin tirantes de color granate que acompañó con unos tacones increíbles. Eligió un vestido sin tirantes de color azul para Diana. La tela era de muy buena calidad, pero era algo rígido en la cintura y le sujetaba las caderas con demasiada fuerza, como si hubiera sido fabricado sin pensar demasiado en el confort.

—Te queda bien —dijo Alia—. Elegante.

Diana frunció el ceño.

—Ojalá tuviera otra abertura en el lateral.

—Una es elegante, dos es vulgar —dijo Nim.

—Una no sirve para nada —respondió Diana, preguntándose qué tenía que ver el vulgo—. Con dos sería más fácil correr.

—Estoy segura de que no va a haber ninguna carrera de obstáculos prevista para la alfombra roja —dijo Alia, mientras Nim pasaba a Diana un delgado bolso plateado.

—Voy a necesitar algo más grande.

—¿Por qué? —dijo Nim—. Es un bolso perfecto.

Diana sacó el lazo de la bolsa de plástico.

—Necesito algo donde quepan mis cosas.

Meyers y Pérez iban a trasladar el resto de sus pertenencias, incluyendo los pantalones de cuero, al avión, pero en ningún caso Diana iba a separarse del lazo de su madre o de la piedra con forma de estrella.

—¿Qué es eso? —dijo Nim, acercándose a la cinta dorada—. ¿De qué está hecho?

Diana dudó, pero luego dejó que Nim pasara los dedos sobre las fibras relucientes.

—Es una reliquia de la familia.

—A ver, es precioso, pero no puedes pasearlo como si quisieras estrangular al DJ.

—Sin duda, atraerá la atención —dijo Alia.

—Espera —dijo Nim—. Dámelo.

Diana frunció el ceño, vacilante.

—¿Qué vas a hacer?

—Comérmelo, si te parece —dijo Nim, poniendo los ojos en blanco—. No voy a maltratarlo, confía en mí —extendió la cuerda sobre el escritorio y les dio la espaldas, murmurando mientras trabajaba. Un instante más tarde, se subió a la silla y sostuvo su creación de nudos resplandecientes—. Date la vuelta, árbol magnífico.

Diana dejó que Nim le colocara la obra de ingeniería y se miró al espejo de la puerta interior del armario de Alia. Sentía el tacto frío del lazo contra la piel, el peso ligero sobre sus hombros, pero la fibra brillaba como el oro cuando se movía, como si sus brazos se hubieran enganchado a un campo de estrellas fugaces.

—Perfecto —dijo Nim, suspirando de alegría.

Y lo era. Más atrevido y extravagante que nada que hubiera llevado antes. Era divertido. Diana siempre había dejado que su madre le dictara lo que tenía que ponerse; tomar todas sus decisiones a partir de su deseo de integrarse, de parecer una amazona. Pero aquella noche podía lucir el aspecto que quisiera. Se rio y empezó a dar vueltas en círculo, con los brazos separados, contemplando los destellos del oro por el rabillo del ojo. Se había transformado.

—Nim —dijo Diana, feliz—. Eres un genio.

—Sólo cumplo órdenes. Pero se te alborota el pelo. Este *look* necesita más cuello.

Nim recogió el pelo de Diana en un moño, y en un instante ya bajaban las escaleras corriendo.

Meyers y Pérez las esperaban para escoltarlas, y se sentaron con ellas en el asiento trasero del coche durante el corto trayecto hasta el museo.

—Ahí está —dijo Alia, señalando a través del cristal oscuro.

Diana entrevió el contorno de las ventanas, altas y arqueadas, con las luces que brillaban en el crepúsculo.

Dez continuó conduciendo, y Diana se dio cuenta de que rodeaba el edificio para que pudieran ingresar lejos de la entrada principal. Cuando se detuvieron, Meyers y Pérez hablaron brevemente con la boca pegada a las mangas de la camisa. Diana tardó un segundo en comprender que llevaban dispositivos de comunicación. Salieron ellas primero del coche, y Diana vio más guardias en la puerta, pero de todos modos se mantuvo pegada a Alia. No iba a confiar en aquellos hombres sólo porque Jason sí lo hiciera.

Entraron en un vestíbulo sombrío y de techos altos. A lo lejos, Diana creyó oír voces, música que aumentaba de volumen. Se acordó de cuando era una niña pequeña en el palacio, y se dormía mientras el ruido de las fiestas de las amazonas continuaba en el jardín de abajo. Ahora el museo le provocaba una sensación parecida, como si los adultos estuvieran celebrando una fiesta mientras el resto del edificio se había ido a dormir.

Vio a dos hombres que se acercaban y cambió de postura para poder bloquearles el paso.

—Les dije a las ocho en punto —dijo la voz de Jason antes de que la luz lo iluminara—. Llegan...

Enmudeció de pronto al ver a Diana. Su expresión era la misma que ella había visto por la mañana en los rostros de los hombres: los ojos asombrados y la boca ligeramente abierta.

—¿Qué te dije? —murmuró Nim—. Conozco mi oficio.

Jason se había cambiado de ropa desde que lo habían visto por la tarde. Seguía llevando un traje, pero en esta ocasión era liso y negro, y las solapas parecían casi de metal bruñido. De pronto, recordó lo que estaba diciendo y habló con expresión enfurruñada.

—Llegan tarde.

Nim se encogió de hombros.

—Estar tan guapas requiere su tiempo.

—Por mucho que lo intentes —dijo el compañero de Jason, un chico larguirucho con la piel morena y un pelo que se alzaba en rizos exuberantes desde la coronilla—, nunca estarás tan guapa como yo.

—Vaya sorpresa —dijo Nim—. Theo está con Jason. Parece que no tiene nada mejor que hacer con su tiempo.

—¿Podemos no pelear esta noche? —dijo Alia.

—Exacto, Nim —le riñó Theo—. Demuestra algo de madurez. No quiero que condiciones lo que la chica nueva pueda pensar de mí. Hola, Chica Nueva.

—Theo —le advirtió Jason.

—¡Sólo dije "hola"! Ni siquiera "encantado de conocerte". Fueron dos sílabas inocentes.

Theo Santos eran un poco más bajo que Jason, y mucho más delgado. Llevaba un traje ceñido de una tela verde oscura algo ostentosa, y una expresión abierta que le hacía parecer mucho más joven que su amigo.

—Me corrijo —dijo Theo, metiéndose las manos en los bolsillos de los pantalones y balanceándose sobre los talones de los zapatos puntiagudos—. Están casi tan espléndidas como yo.

—Bastante tibio —dijo Nim—. Necesitaremos cumplidos de mayor calibre.

—En ese caso —dijo Theo, mientras empezaban a caminar hacia el bullicio de la fiesta, flanqueados por Meyers y Pérez—. Nim, pareces un dulce delicioso, un pastelito andante, parlante y probablemente venenoso.

—En ese caso —dijo Nim—, muérdeme.

195

—Y tú —dijo Theo, mirando a Diana—. Pareces una rebanada de paraíso llena de estrellas. ¿Quién eres, por cierto?

—Es una amiga de Alia, o sea que déjala en paz —dijo Jason.

—No le hagas caso —dijo Theo—. Está amargado porque tuvo que traerme a mí de pareja.

—Pensaba que estaría encantado de escoltar al ser más maravilloso de todos nosotros —dijo Diana.

Theo se rio.

—Ah, cómo me gusta.

—¿Y Alia? —dijo Nim.

—Cállate, Nim —dijo Alia, a media voz.

Theo miró por encima del hombro y levantó alegremente el pulgar.

—¡Alia también está muy guapa!

—Vaya, muchas gracias —murmuró Alia.

Entraron en una enorme sala llena de gente y retumbante de ruido. Era un lugar extraordinario. La pared más alejada formaba un ángulo como si fuera el lateral de una pirámide y estaba compuesta enteramente por ventanas que permitían ver la noche que caía sobre el parque. Algunos asistentes a la fiesta estaban sentados al borde de un estanque rectangular e iluminado, bordeado por piedras de pizarra, y otros se arremolinaban alrededor de unas mesas adornadas con orquídeas blancas y candelabros relucientes. Pero el centro neurálgico de la sala era lo que Diana comprendió que eran ruinas: un vasto portal de piedra que, según sospechó Diana, en el pasado debía de haber conducido a un patio y al templo de columnas propiamente dicho. La portalada estaba cubierta de jeroglíficos.

Mi madre tiene más años que estas piedras, pensó mientras se entremezclaban con el resto de invitados. *En el mundo mortal, mi pueblo es material de museos y leyendas. Mitos. Utensilios.* Hipólita y las primeras amazonas se habían desvanecido del mundo mucho antes de que ese templo fuera construido. Diana observó a los asistentes. Bebían, se reían, se llevaban vasos de vino a los labios. *Sus vidas son como el aleteo de una polilla. Hoy están aquí, mañana habrán desaparecido.*

—Esta sala se diseñó para imitar el lugar donde el templo estaba situado originalmente —dijo Nim, con los ojos brillantes, mientras se dirigían a una de las mesas altas. La gente empezaba a girar la cabeza ante la llegada de Jason y Alia, las manos se levantaban para saludarlos, para llamarlos—. El estanque representa el Nilo, y la pared de ventanas recuerda a los acantilados.

—¿Sabes lo que nadie quiere saber? —dijo Theo—. Tus datos de cultura general.

Jason dirigió una mirada agresiva a Theo.

—Ve por champaña.

Theo hizo un saludo.

—Eso significa que me da un ultimátum.

—Piérdete —dijo Nim cuando Theo se alejó—. No sé lo que me pasa con este tipo, pero siempre tengo la tentación de tirarlo por las escaleras.

—Yo sí sé lo que te pasa —murmuró Alia.

—Ni siquiera se ha molestado en dedicarte un buen cumplido —dijo Nim, sin dejar de mirar a Theo, que se abría paso entre la multitud.

—No importa —dijo Alia, pero Diana vio que pensaba justo lo contrario.

—Agradezco que hayan hecho el esfuerzo de asistir —dijo Jason, muy tenso. Su mirada rozó brevemente a Diana—. Están muy guapas. Todas.

—Qué mono —dijo Nim—. Tienes suerte de ser rico, o no ligarías nunca.

Diana esperaba una respuesta aguda por parte de Jason, pero en su lugar reapareció la amplia sonrisa, y el hoyuelo consiguiente.

—Te olvidas de lo atractivo que soy.

Alia puso los ojos en blanco.

—¿Podemos terminar con todo esto, antes de que me vea obligada a buscar una maceta donde vomitar?

Jason se alisó los puños, y la actitud de sobriedad regresó tan rápido como había desaparecido.

197

—Sí. Pero esta es la última vez que pones esa cara en la próxima hora. ¿Trato hecho?

—Espera. Tengo que hacerlo una vez más. No puedes dejarme así —Alia puso los ojos en blanco de manera teatral—. Listo, ya estoy.

Jason levantó una de las comisuras del labio, como si hiciera un esfuerzo para no volver a sonreír.

—Solo te pido que sonrías como si te alegraras de estar aquí.

—Eso no formaba parte del trato.

—Alia...

Alia echó los hombros hacia atrás y sonrió alegre.

—¿Mejor?

—Es algo aterradora, pero sí. Mejor.

—Espera —dijo Nim—. Necesitas polvo.

Mientras Nim retocaba el maquillaje de Alia, Diana aprovechó la oportunidad para murmurar a Jason:

—Vi a guardias armados apostados en las puertas oriental y meridional, así como en la entrada.

—Pero...

—Están espaciados de manera totalmente simétrica, contra la pared.

—No soy idiota —dijo Jason—. Son miembros de nuestro equipo de seguridad, vestidos de asistentes a la fiesta.

—Dos junto al bufet, uno junto a los músicos, y por lo menos tres cerca del perímetro occidental.

La sorpresa de Jason era evidente.

—¿Cómo demonios los localizaste?

Diana frunció el ceño. Era evidente, ¿no?

—Deduzco que llevan armas por el modo en que les cuelga la ropa. Y se comportan de un modo distinto al de los otros invitados —Jason estudió a la multitud, y dudó de que él mismo fuera capaz de distinguir dónde estaba su gente—. Hay que estar alerta —dijo Diana—. Si yo puedo localizarlos, es posible que nuestros enemigos también puedan hacerlo.

Estaba preparada para que Jason protestara, pero se limitó a asentir.

—Ah, y será mejor que no se queden quietos —dijo Diana, mientras un camarero que pasaba chocaba con otro camarero y le hacía tirar la bandeja llena de comida al suelo—. No permanezcan mucho tiempo en un mismo lugar.

Todavía no había llegado a comprender los límites de los poderes de Alia, ni tampoco su funcionamiento. Podía alcanzar otros mundos, pero la proximidad parecía importante.

—Comprendido —dijo Jason.

—¿Vamos allá? —dijo Alia—. Porque estoy pensando ahogarte en el cuenco del ponche y salir corriendo.

Jason asintió y le ofreció el brazo. En voz baja, dijo a Diana:

—No nos pierdas de vista.

—Intentaré no entrometerme —murmuró ella.

El chico se puso rígido y ella vio cómo se le volvía a retorcer la comisura de los labios. Seguía siendo un bravucón arrogante, pero por lo menos era capaz de reírse de sí mismo, y tal vez había empezado a darse cuenta de que Diana era una pieza valiosa. Y ella no quería que cada etapa del viaje hasta llegar al manantial se convirtiera en una discusión.

Diana pasó la media hora siguiente paseando con Nim entre los invitados, sin perder nunca de vista a Alia y a Jason. No era fácil. La sala estaba llena, y las voces resonaban de tal modo contra la piedra que Diana estaba nerviosa. También tenía la sensación de que intentaba interpretar demasiadas señales a la vez. Había descubierto a la mayoría de los hombres del equipo de seguridad de Jason, pero la fiesta en sí misma era incontrolable.

En la superficie, no parecía muy diferente a las celebraciones de Themyscira. Aunque la ropa estuviera cortada de un modo distinto, seguía siendo una colección de personas envueltas en sedas y satén, con vasos en la mano, algunas aburridas, otras anhelantes. Pero lo más raro era el modo en que la gente se separaba y luego se volvía a juntar. Los hombres daban un paso adelante para saludarse mientras sus compañeras se mantenían al margen, y al cabo de un instante las mujeres hablaban entre ellas, se daban la mano, a veces se abrazaban. Las relaciones de poder se movían a su manera en aquel entorno, guiadas por corrientes invisibles, y fluían primordialmente alrededor de los hombres.

Este no es mi sitio. La idea resonaba con fuerza en la mente, pero no estaba segura de si era su voz o la del Oráculo la que hablaba con tal convicción. Descartó la idea. En una hora estarían de camino a Grecia. Al día siguiente, a aquella misma hora, habrían llegado al manantial y la misión estaría a punto de terminar. Y durante los escasos instantes que le quedaban, podía permitirse disfrutar de la novedad de aquel lugar.

Se fijó que Nim iba murmurando nombres en voz baja.

—¿Conoces a todo el mundo aquí?

—No, pero sé cuál es el diseñador de cada vestido.

Dijo una serie de nombres que sonaban italianos.

—¿Más datos de cultura general?

—Información. El diseño se basa en la transmisión de información. Esta sala se construyó para transmitir mensajes que ni siquiera sabes que estás recibiendo. Las líneas de visión, el modo en que las baldosas están colocadas en el suelo.

—Ves el mundo de un modo diferente.

—Ver es fácil. Lo difícil es ser visto. Por eso siempre intento convencer a Alia para que salga más —Nim pescó una brocheta de camarones de un camarero que pasaba con la bandeja—. Cuando empecé a estudiar en Bennett, tenía la sensación de que la gente no me veía. Bueno, claro que me veían. Me veían mucho. Pero no era más que la chica india, baja y gordita que siempre llevaba comida rara a la hora del almuerzo.

—¿Qué cambió las cosas?

—Alia. Ella fue la primera persona que se fijó en mis diseños y me dijo que eran buenos. Incluso llevó a una fiesta uno de los primeros vestidos que hice. Era horrendo —Diana estuvo a punto de soltar una carcajada, pero eso hubiera sido más propio de Alia—. Ella siempre me ha animado —dijo Nim— para seguir diseñando.

—¿Y tu familia?

—Por favor. Ellos tienen la obligación de decirme que soy una buena diseñadora. Es su trabajo.

Diana pensó en su madre cuando le dijo, *no esperaba que ganaras*.

—No necesariamente.

—Vaya, ¿tienes una de esas familias duras de pelar? Eso no lo entiendo.

—¿Por qué no? —preguntó Diana con cautela.

—Porque el mundo entero ya nos dice lo que no podemos hacer, que no somos suficientemente buenos. Los nuestros tienen que estar de nuestra parte. Las personas que nunca aprenden la palabra "imposible" son las que escriben la historia, porque son las que nunca dejan de intentarlo.

Parecía que el aire crujía a su alrededor mientras hablaban. Diana estuvo a punto de decirle a Nim que sería una gran general, pero optó por:

—Alia tiene suerte de tenerte como amiga.

—Sí, bueno, las dos tenemos suerte. No conozco a mucha gente capaz de soportarme.

Alia las vio junto al estanque iluminado y se separó de la pareja con la que Jason y ella estaban hablando, se escabulló hacia ellas como si tuviera miedo de que Jason se la volviera a llevar.

—Por favor, mátenme —se quejó—. Me duelen las mejillas de tanto sonreír, y los dedos de los pies me pulsan dentro de estos zapatos. Les juro que está siendo la hora más larga de mi vida.

—Ay, por favor. Es una gran fiesta donde todo el mundo quiere conocerte —dijo Nim—. Y no te atrevas a hablar mal de estos zapatos. Son la perfección.

—Tu hermano no parece muy contento —dijo Diana, observando a Jason, que escuchaba con atención a alguien y asentía como si estuviera de acuerdo con él. Parecía tranquilo, con una postura relajada, pero Diana podía percibir la tensión que delataban sus hombros. Se comportaba como si estuviera en guardia, sin saber por dónde llegaría el ataque, pero seguro de que llegaría de todos modos—. A él tampoco le gustan las fiestas, ¿verdad?

—¿Te das cuenta? —dijo Alia, observando la multitud—. Detesto a la persona en la que se convierte durante estas cosas. Es como un actor en una obra de teatro. Sonríe y da conversación, pero sé que lo odia con todas sus fuerzas.

—Hablando de odiar con todas tus fuerzas —dijo Nim, con una expresión agria. Theo se acercaba a ellas—. Ahora mismo no tengo estómago para soportarlo. Voy a sacar a bailar a Gemma Rutledge.

—¿Es gay? —preguntó Alia.

—¿A quién le importa? Lleva un vestido de Badgley Mischka. Quiero verlo más de cerca.

—Vaya —dijo Theo, que llevaba en las manos dos copas de champaña—. Ahuyenté a Nim. Qué lástima. Les juro que esa chica está cada vez peor.

Alia apretó los labios.

—Deja en paz a Nim.

—Lo haré. Totalmente en paz.

—¿Y qué haces con esas copas? Ninguno de nosotros tiene edad para beber.

Theo dio un gran sorbo a una de ellas.

—No me digas que tú también me vas a mandar a pasear.

Diana siguió la mirada de Theo y vio que Jason estaba hablando ahora con un grupo de hombres jóvenes, todos ellos con la piel morena de tanto tomar el sol y el pelo artísticamente alborotado. Sus risas estruendosas, el modo en que ocupaban el espacio que los rodeaba, hicieron pensar a Diana en los hombres de negocios del tren. Y había algo en el modo en que inspeccionaban el terreno...

—Miran la sala como si fuera suya.

—No me digas —dijo Theo.

—Algunas de sus familias pertenecen al Consejo —dijo Alia—. Jason sólo está haciendo su trabajo.

—¿Uniéndose a la Hermandad?

—¿Pertenecen a un club? —preguntó Diana.

—Más o menos —dijo Theo—. Y Jason espera que si yo no estoy a su lado se olvidarán de que es negro y le enseñarán el saludo secreto.

Diana se tomó su tiempo para mirar a Jason, recordó lo que Alia había dicho sobre cómo la veía el mundo. Tal vez Jason tenía una buena razón para ser tan precavido.

—Piénsalo —dijo Alia—. Si ahora Jason te llamara, tendrías que dar conversación a esos tipos.

Theo se puso a temblar.

—Probablemente me harían hablar de futbol americano.

—Y de cómo les gustan los Red Hot Chili Peppers.

Theo silbó.

—No sigas.

—Y Dave Matthews —dijo Alia, ominosamente.

Theo se llevó las manos a la cabeza.

—Eres monstruosa.

—¡Y de aquella vez que vieron a Jimmy Buffett en directo en Myrtle Beach!

Theo se dejó caer sobre la mesa como si estuviera gravemente herido.

—Sálvame, Chica Nueva —gritó—. ¡Eres mi única esperanza!

Diana no tenía ni idea de lo que estaban diciendo, ni conocía los nombres de los demonios a los que Alia había invocado, pero retiró una de las velas para evitar que la manga del saco de Theo se incendiara.

—Ahí viene —dijo. Señaló a Jason, que se había separado de sus amigos y se dirigía hacia ellos—. Me temo que se te acaban los minutos de gracia, Alia.

—Deprisa —dijo Alia—, escóndanme bajo el bufet.

—Demasiado tarde —dijo Theo, levantándose y bebiendo otro sorbo de champaña.

—¿Ya vienes a reclamarme? —preguntó Alia a Jason.

—Te comprometiste.

—¡Alia! —bramó una voz estruendosa, y Diana vio que Theo hacía una mueca. Un hombre corpulento y con una barba grisácea se acercó a la mesa, acompañado de otro hombre. Dio un fuerte abrazo a Alia, y luego retrocedió para mirarla.

—Ha pasado demasiado tiempo. Jason me dijo que tenías planes de viaje para el verano.

Alia sonrió.

—No quería perder la oportunidad de saludar a algunos de los donantes de la Fundación.

A Diana le impresionó la facilidad con la que Alia mentía, y al mismo tiempo comprendió lo fácil que debía de haber sido para ella fingir que quería ir al manantial con Diana o meter el celular en la bolsa, sabiendo que su hermano usaría la señal para encontrarlos. Recuérdalo, se dijo a sí misma. *Por muchos vestidos y risas y por muy bien que te la estés pasando, recuerda lo poco que conoces a esta gente, y la facilidad con la que recurren al engaño.*

—Me encanta que estés aquí y que te intereses tanto —dijo el hombre de la barba—. Deberías haber visto antes a tu hermano en la reunión del Consejo. Lo lleva en la sangre.

—Tuve un buen maestro —dijo Jason, que parecía complacido.

—A papá siempre se le ha dado bien decir a la gente lo que tiene que hacer —dijo Theo, tomando otro trago. *Papá*. Entonces el hombre de la barba era Michael Santos, el padre de Theo y padrino de Alia y Jason. A su lado los chicos parecían increíblemente jóvenes.

Michael reía con facilidad, pero esa alegría no alcanzaba a sus ojos de color canela.

—Siempre puedo contar con Theo cuando quiero mantener a raya mi ego —dio la espalda a su hijo—. Alia, Jason, les presento al doctor Milton Han. Está haciendo un trabajo extraordinario en solución ambiental, y creo que podría llevar a los Laboratorios Keralis en direcciones interesantes.

El doctor Han le dio la mano a Jason.

—Coincidí con tu padre en el Instituto de Tecnología de Massachusetts. Era uno de los pensadores más inteligentes y creativos que he conocido.

—Le aseguro que vamos a continuar esa tradición.

—He estado leyendo algunos trabajos muy interesantes sobre biocombustibles —dijo Alia—. ¿Su investigación se centra primordialmente en el uso de bacterias para la desaparición de residuos o más bien su conversión?

El doctor Han pareció sorprenderse, como si estuviera viendo a Alia por primera vez.

—Lo ideal sería la conversión, pero aún nos falta mucho para conseguirlo.

Theo se rio suavemente y dijo en voz baja:

—No pongas a prueba a Alia Keralis, la Chica Genio.

Diana recordó lo que había dicho Nim: *Lo difícil es ser vista*. No estaba segura de lo que veía Theo cuando observaba a Alia, pero sin duda estaba prestando atención.

Mientras Alia y Jason seguían conversando con el doctor Han, Diana oyó que Michael murmuraba a Theo:

—Veo que empiezas fuerte.

Y miró las dos copas que Theo llevaba en las manos.

La sonrisa de Theo se desvaneció, pero acertó a decir:

—¿No eres tú quien siempre dice que me aplique?

—¿Qué haces aquí? Es una noche importante.

Theo vació la copa.

—Jason quería que viniera, y vine. Es increíble, ya lo sé.

—Esta noche no me vas a poner en evidencia —murmuró Michael, furioso—. No cuando hay tanto en juego.

—¿Conoces a Diana? —dijo Theo—. Diana, este es mi padre, Michael Santos. El salvador de Laboratorios Keralis. Es bastante buen estratega, pero no es lo que llamarías un sujeto divertido.

Michael lo ignoró y tendió la mano a Diana.

—Encantado. ¿Eres compañera de Alia en Bennett? Normalmente siempre va con esa chica india pequeña y regordeta.

—No sé a quién se refiere —dijo Diana, haciendo notar su molestia—. Sólo me ha presentado a Nim, la brillante diseñadora.

Theo sonrió y alzó la copa de champaña que le quedaba.

—¿Quieres un sorbo, para enjuagarte el sabor de tu propia metedura de pata?

—No tardes en largarte —murmuró Michael.

—Lo haría —dijo Theo en voz alta, pasando por delante de su padre—. Pero le prometí a Alia que la sacaría a bailar.

Alia lo miró.

—¿En serio?

Theo la tomó de la mano y se inclinó de manera teatral.

—No vas a cambiar de opinión, ¿verdad? —la arrastró hacia la pista de baile—. Mi frágil corazón no podría soportarlo.

Tras dirigir una mirada nerviosa al doctor Han, Michael se rio otra vez.

—Qué chico tan animado. Ojalá se aplicara en el trabajo tal como lo hace Jason.

Pero Diana no los escuchaba; su atención estaba centrada en Alia, que desaparecía entre la gente. Miró a Jason, y este levantó la mano.

—Disculpe, Dr. Han —dijo—. Pero me dieron unas ganas incontrolables de bailar.

Diana levantó las cejas. Tal vez no todos los mortales eran tan buenos en los subterfugios.

Ella tomó la mano de Jason, y se abrieron paso entre los invitados hacia la pista de baile. Diana suspiró de alivio cuando localizó a Alia y a Theo meciéndose bajo la luz reluciente. Alia reía y parecía pasarla bien, pero Diana no quería perderla de vista, por muchos guardias de seguridad que Jason hubiera apostado.

Jason la llevó a la pista de baile, deslizó la mano bajo el lazo dorado en forma de chal, la atrajo hacia sí y rozó con los dedos la piel desnuda de su espalda. Ella se puso rígida, y enseguida se sonrojó al comprobar que él se había dado cuenta.

—Tengo que tocarte, para bailar —dijo él, divertido.

—Ya lo sé —respondió Diana, molesta ante el tono de su voz—. En mi país no bailamos así —Alia volvió a reír, Theo la hizo girar por debajo del brazo y la lanzó en una pirueta—. Y así tampoco, por cierto.

Era reconfortante poder concentrarse en Alia y en Theo y no en la corta distancia que separaba su cuerpo del de Jason. ¿Por qué razón estar tan cerca de alguien le aceleraba el pulso? ¿Era sólo porque se trataba de un hombre? *Es la novedad,* se dijo a sí misma. O tal vez era porque, colocados de este modo, con las manos agarradas y los cuerpos separados por un respiro, la sensación era parecida a la del instante antes de un abrazo. O de un combate. ¿Por qué no podían volver a pelearse? Hubiera sido más fácil. Y ella ganaría.

Jason presionó con firmeza su espalda, y Diana estuvo a punto de perder el equilibrio.

—¿Qué haces? —preguntó, con más irritación en la voz de la que hubiera deseado.

—Intento llevarte.

—¿Por qué?

Ya era suficientemente difícil ejecutar aquellos movimientos extraños con zapatos nuevos y un vestido ajustado como para que encima él no parara de empujarla.

—Porque así es como se hace.

—Esa una respuesta muy vaga.

Él rio en señal de sorpresa.

—Tal vez sí —dijo—. Así es como aprendí a bailar. Supongo que no sé hacerlo de otra manera.

Diana notó que se estaba relajando.

—Me gusta que seas honesto —dijo, dándose cuenta de lo cierto de sus palabras mientras las estaba diciendo.

—¿Cuando expreso mi opinión como un ser humano? —dijo él, risueño.

Diana cedió a la presión de su mano, a la inclinación de su cuerpo, de momento. Bailar era distinto a pelearse, pero aun así tenías que tener cuidado para que no te agarraran con la guardia baja.

—Mejor así —murmuró él—. La próxima vez me puedes llevar tú.

¿Qué próxima vez?, hubiera querido preguntar.

La risa de Alia flotó por encima de la multitud, y Jason hizo girar grácilmente a Diana, metiéndose entre las otras parejas para no perder de vista a Alia y a Theo. Ambos reían, casi sin aliento, con las manos agarradas, trazando círculos mareantes. El estilo de baile de Theo era definitivamente más teatral que el de Jason.

—No oigo reír a Alia muy a menudo —dijo Jason.

—Sospecho que ella diría lo mismo de ti.

Él alzó los hombros ligeramente.

—Tal vez. Necesita conocer a más gente, divertirse más, pero con el peligro…

—Ahora se está divirtiendo.

—Bueno, tampoco quiero que se divierta demasiado. Y menos con Theo.

Teniendo en cuenta la actitud de su padre, Diana tampoco tenía claro que Theo fuera lo mejor para Alia. Pero aun así, era difícil no pensar en lo que antes había dicho Theo sobre que Jason no lo quería a su lado.

—Creía que eran amigos.

—Lo somos. Theo no es exactamente… estable. Se enamora y desenamora como un niño en un tobogán de agua. Cae duro, toca fondo, y quiere volver a echarse.

—Su padre parece estar de acuerdo contigo.

Jason hizo una mueca.

—Ya lo sé. Es demasiado duro con Theo, pero comprendo su frustración. Theo es muy inteligente. Es capaz de escribir en código, hackear cualquier sistema de seguridad. Pero prefiere perder el tiempo jugando videojuegos.

—¿Tan malo es eso?

—Podría ganar mucho dinero, si te refieres a eso.

—No me refiero a eso —dijo Diana, molesta.

—Sólo pienso que podría hacer muchas cosas buenas, si quisiera —Jason levantó el brazo y presionó con la otra mano la espalda de Diana para darle una vuelta, mientras las luces de la sala se giraba sobre ellos—. Pero Theo tampoco me hace caso, como Alia.

—A nadie le gusta que le digan lo que tiene que hacer. Tú elegiste un futuro. Alia merece la misma oportunidad.

—No está preparada. Confia demasiado rápido en la gente. Le pasó contigo, por ejemplo.

Ya volvía a empezar. La cautela de Jason era comprensible, pero la concepción que tenía de su hermana era totalmente errónea. Se separó un poco de él para poder mirarlo.

—Alia no confió en mí porque sea ingenua. Se ha apoyado en mí porque no tenía más remedio.

—Y ahora, de manera muy conveniente, has conseguido el acceso a nuestra casa y a una fiesta a la que asisten las personas más poderosas de Nueva York.

—Todo esto no tiene nada de conveniente para mí.

Jason resopló y Diana se dio cuenta de que le estaba apretando la mano a medida que la rabia crecía en su interior. Él le agarró la cintura con una mano y la atrajo hacía sí, con una mirada feroz.

—¿Qué te trae hasta aquí, Diana Prince? ¿Cómo es posible que luches como lo haces? ¿Cómo pudiste identificar a mi equipo de seguridad?

En parte quería separarse, pero tampoco quería dar su brazo a torcer. Se acercó más al chico, tan cerca que sus labios casi se tocaban. Él tenía los ojos muy abiertos.

—¿De veras crees que encontrarás las respuestas que buscas si me intimidas? —preguntó ella.

Él tragó saliva y pareció que recuperaba la compostura.

—Se me da muy bien conseguir lo que quiero.

Diana levantó la barbilla.

—Creo que estás demasiado acostumbrado a que la gente te diga que sí.

—¿En serio?

—Y no tienes ni idea de cómo me gusta decir que no.

Jason alzó levemente la comisura del labio, el hoyuelo apareció durante un instante, y Diana sintió una inesperada sensación de triunfo.

—Crees que intimido a las personas —dijo él, equilibrando el cuerpo y aprovechando el impulso para guiarla.

—Sí.

—¿Soy un patán?

Dio otro paso firme y suave, y los muslos de los dos se rozaron mientras se deslizaban entre la gente.

—Sí.

—¿Un tirano en ciernes?

Esto parecía un poco exagerado, pero ella asintió igualmente. Jason se rio.

—Tal vez tengas razón —aprovechó la sorpresa de ella para hacerla girar. Las luces de la sala la cegaron por un instante, y sintió que el volumen de la música subía desde el suelo mientras él volvía a atraerla hacia su órbita—. Sé lo que la gente piensa de mí. Sé que no soy tan divertido como Theo ni tan encantador como lo eran mis padres. No tengo esa facilidad. Pero también sé que lucho por las causas correctas.

Diana envidió la seguridad, la convicción de su voz.

—¿Cómo puedes estar tan seguro? —preguntó ella.

—Porque sé lo que significaría perderlas. Alia me aconseja que disfrute de la vida, que deje que Michael se ocupe de las cuestiones del laboratorio. No entiende lo rápido que podríamos quedar apartados de todo lo que crearon nuestros padres, sin posibilidad de volverlo a recuperar.

Diana pensó en su madre, sentada a la mesa de los jardines de Yolanda, hablando con las amazonas, una tras otra, las largas reuniones, debates y cenas, mientras Diana esperaba, siempre esperando para disfrutar de un minuto de su tiempo. *No puedo permitir que vean que abandono mis deberes*, le había dicho. *Para las amazonas, debo ser siempre su reina primero y tu madre después.* Entonces Diana no lo había entendido, no había querido hacerlo. *¿No puede hacerlo Tek?*, había preguntado. Pero Hipólita había negado con la cabeza. *Si Tek hace el trabajo, las amazonas empezaran a verla como una reina, y con toda la razón. Debo hacerlo yo,*

Diana. Y un día, cuando me canse de este trabajo y de esta corona, deberás hacerlo tú.

—¿Qué? —dijo Jason—. Veo que quieres decir algo. Sácalo ya.

Diana lo miró a los ojos.

—Cuando montas, el caballo aprende a reconocer el tacto de las manos que sujetan las riendas; se acostumbra a responder a sus órdenes. Es peligroso dejar que otro tome las riendas en tu lugar durante demasiado tiempo.

La preocupación enturbió el semblante de Jason.

—Es exactamente eso.

Volvió a darle una vuelta, y esta vez, cuando volvió a atraerla hacia sí, ella notó una cierta vacilación que no había notado antes.

—¿Qué pasa? —preguntó, mirando a Alia por encima del hombro de Jason—. ¿Ocurre algo?

—No —dijo Jason—. Todo está bajo control. Pero tú eres la única... —los músculos de los hombros temblaban bajo la mano de ella, y los encogió con irritación—. Todo el mundo me dice que me tengo que relajar.

Tenso. Nervioso. Tanto Alia como Diana habían usado estas palabras para describir a Jason. Pero tal vez si se concentraba tanto era porque no podía permitirse no hacerlo.

—Seguro Michael lo entiende —aventuró.

Pero Jason frunció el ceño.

—Mis padres confiaban implícitamente en Michael. A veces me temo que confiaban demasiado en él —la miró sintiéndose culpable, y ella se dio cuenta de lo peligroso que podía llegar a ser un baile. La música, el brillo de las luces, el medio abrazo. Era demasiado fácil contar secretos, olvidar el mundo que te esperaba más allá de la última nota de la canción—. Esto no es justo. Ha hecho mucho por nuestra familia. Y aun así...

Diana observó cómo Alia y Theo seguían bailando como locos.

—¿Aun así? —le provocó.

—Había muchas personas que podían ganar mucho con la muerte de mis padres. Michael no creyó en las teorías conspiratorias.

Se aseguró de que hubiera una investigación completa, y no se descubrió nada sospechoso. La carretera estaba mojada. Mis padres estaban discutiendo.

—Pero tú crees que hay algo más.

—No lo entiendes —respiró hondo—. Cada vez discutían más.

A pesar del calor de la habitación, un escalofrío recorrió los hombros de Diana.

—¿Crees que Alia fue la razón?

—No lo sé. Si sus poderes...

—Tú pareces inmune a ellos —protestó Diana—. Tu amistad con Theo ha prosperado. Nim y tú pelean pero se tienen un afecto mutuo y genuino.

—Pero, ¿y si nuestra madre y nuestro padre no fueran inmunes? ¿Y si...? ¿Y si no discutían por cuestiones del laboratorio ni porque ya no estuvieran enamorados? Y si... No lo sé.

—Claro que lo sabes —dijo Alia. Había aparecido de pronto, con su vestido de lentejuelas doradas, y acompañada por Theo, que todavía no le había soltado la cintura. Tenía los ojos muy abiertos, alarmados, y había en ellos un dolor palpable.

—Crees que los maté yo.

—No, Alia, no es eso lo que quise decir...

—Entonces, ¿qué quisiste decir, Jason?

Diana se detestó a sí misma por ser tan irreflexiva, por haberse perdido en las preguntas que Jason había formulado.

—Yo... yo sólo... —tartamudeó Jason—. No quería...

—Es lo que pensaba.

Alia dio media vuelta sobre los talones y huyó hacia la multitud.

Theo sacudió la cabeza, mirando a Jason como si no lo conociera.

—¿Cómo pudiste decir una cosa semejante?

—Es complicado —soltó Jason—. No lo entenderías.

Theo hizo una mueca, como si Jason le hubiera dado un puñetazo.

—Probablemente no —dijo, en un intento de mostrar desinterés.

—Tengo que ir a buscarla —dijo Jason—. No está...

—No —dijo Diana—. Iré yo.

—Soy su hermano.

Y yo sé lo que se siente cuando tu único delito es el simple hecho de existir. Diana dio media vuelta y se adentró rápidamente entre la gente, antes de que Jason pudiera terminar la frase.

—¡Alia! —gritó, fundiéndose entre los asistentes.

Alia tropezó pero siguió avanzando. Al llegar a una esquina vacía cerca del final de la sala, se apoyó contra la pared, se quitó los zapatos y los sujetó con una mano. Con la otra se limpió las lágrimas.

Diana pensó en la imagen de Alia saliendo del baño con su malla dorada, los hombros erguidos y la cabeza alta como una reina, y sintió que se había perdido algo muy valioso por el camino.

Se acercó a ella muy despacio, temerosa de que pudiera salir corriendo otra vez. Sin decir nada, se colocó a su lado junto a la pared, y durante un largo rato permanecieron en silencio, mirando a los invitados, escondidas por las sombras intermitentes que proyectaban las luces de colores. Diana dudaba, sin saber por dónde empezar, pero Alia fue la primera en hablar.

—¿Por qué no me enviaron a otro lugar? —dijo, un torrente de lágrimas le recorría las mejillas—. Si mis padres sabían lo que era, ¿por qué no me mandaron a algún sitio donde no pudiera hacer daño a nadie?

Por lo menos, era algo por donde comenzar.

—No sabes si fuiste la causa del accidente.

—Jason cree que sí.

—Jason sólo estaba hablando, tratando de aclarar sus propias ideas. Él no te echa la culpa. Él te quiere.

—¿Cómo puede no culparme? —sollozó—. Yo misma me culpo.

Diana buscaba palabras que pudieran consolarla, y las únicas que encontró fueron las que se había susurrado a sí misma cuando la isla le parecía demasiado pequeña, cuando los comentarios de Tek le resultaban demasiado crueles.

—No podemos cambiar las circunstancias de nuestro nacimiento. No podemos evitar lo que somos, pero podemos elegir el tipo que queremos llevar.

Alia sacudió la cabeza, enojada.

—Dime que una parte de ti no se arrepiente de haberme salvado —dijo—. Las dos sabemos que yo debería haber muerto en aquel naufragio.

¿Acaso el Oráculo no había dicho más o menos lo mismo? Diana había estado a punto de creerle entonces, pero ahora se negaba a hacerlo.

—Si te hubieras ahogado aquel día, si murieras ahora, sólo sería cuestión de tiempo para que naciera otra Warbringer. En cambio, si llegamos al manantial...

—¿Y qué, si llegamos al manantial? —dijo Alia, furiosa, y luego bajó la voz al ver que una mujer con un vestido de tafetán negro la miraba con curiosidad. Dio una patada contra la pared y volteó a ver a Diana, con los ojos oscuros en llamas—. ¿Y qué si el manantial me cura o me purga o lo que sea? Eso no hará volver a la doctora Ellis ni a Jasmine ni a la tripulación del *Thetis*. No hará volver a mi madre y a mi padre.

Diana tomó aliento y posó las manos sobre los hombros de Alia, con un deseo desesperado de hacerla comprender.

—Durante toda mi vida... Durante toda mi vida la gente se ha preguntado si tenía derecho a ser. Tal vez no lo tenga. Tal vez ninguna de las dos debería existir, pero aquí estamos ahora. Tenemos esta oportunidad, y tal vez no sea una coincidencia. Tal vez seamos nosotras las que estamos destinadas a romper el ciclo. Juntas —Alia alzó la cabeza, y Diana tuvo la esperanza de que sus palabras le estuvieran llegando—. Tus padres pensaban que tal vez existía un modo de convertir tu poder, el linaje de las Warbringer, en algo bueno. Yendo al manantial estás cumpliendo esa promesa de una manera distinta.

Alia se llevó las manos a la cara como si intentara contener las lágrimas.

—Diana, júrame que si no lo conseguimos, si algo sucede, terminarás con esto. No quiero ser culpable de que el mundo se vaya al infierno.

Diana bajó las manos. *Tendré que pedirte que me mates.* Tenía la esperanza de que Alia lo hubiera dicho de manera apresurada, de que esas palabras fueran el resultado de la conmoción y que ya las hubiera olvidado.

—No puedo hacerlo... No voy a cometer un asesinato.

—Tú me salvaste del naufragio —dijo Alia resuelta—. Tú me sacaste de la isla. No puedes pedirme que viva con todo lo que eso conlleva.

Una sensación de mareo se instaló en el vientre de Diana. Acceder al juramento significaría dar la espalda a todo lo que le habían enseñado a creer. Que la vida era sagrada. Que cuando parecía que la violencia era la única opción, siempre había otra. Pero Alia necesitaba fuerzas para continuar, y tal vez esa siniestra excusa serviría para animarla.

—Entonces haremos un pacto —dijo Diana, aunque no le gustaba cómo sonaban en su boca estas palabras—. Tú accedes a luchar al máximo para llegar al manantial.

—Muy bien. ¿Y si no es suficiente?

Diana tomó aliento.

—Entonces yo salvaré al mundo y te quitaré la vida. Pero quiero que me des tu palabra.

—Ya la tienes.

—No. No una promesa mortal. Quiero el juramento de una amazona.

Alia abrió mucho los ojos.

—¿El qué?

—Esa es mi gente. Mujeres nacidas de la guerra, destinadas a no ser gobernadas por nadie más que ellas mismas. Haremos este pacto con sus palabras, ¿de acuerdo? —Alia asintió, y Diana se colocó la mano en el corazón—. Hermana en la batalla, soy para ti escudo y espada. Mientras respire, tus enemigos no conocerán ningún santuario. Mientras viva, tu causa es la mía.

Alia se puso su propia mano sobre el corazón y repitió las palabras, y al hacerlo, Diana sintió que el poder del juramento las envolvía y las amarraba. Era un juramento que Diana no había compartido con nadie más, y que podía convertirla en una asesina. Pero no permitió que le flaqueara la mirada.

—Muy bien —dijo Alia, estremeciéndose—. Vamos a buscar a Jason y larguémonos de aquí.

Fue entonces cuando el aire se abrió con un estallido a su alrededor. Un clamor estruendoso, en estacato, llenó los oídos de Diana. Conocía aquel sonido; lo reconoció por la visión que había vislumbrado en las aguas del oráculo. Eran disparos.

CAPÍTULO 14

Diana tapó el cuerpo de Alia con el suyo, y ambas se lanzaron al suelo mientras la desagradable cacofonía de disparos llenaba la galería, inundándole los sentidos. El estruendo era mucho más fuerte que en la visión.

—Alia... —intentó decir, pero sus palabras quedaron ahogadas por una gran explosión.

La enorme pared de ventanas estalló en pedazos, se derrumbó sobre el suelo en una catarata de cristales rotos.

Diana seguía protegiendo a Alia con el cuerpo. Los fragmentos de vidrio le llovían sobre la espalda y los hombros como si fueran picaduras de avispa, mientras la multitud gritaba a su alrededor.

Unos hombres vestidos con armaduras negras penetraron por el enorme agujero donde antes había habido ventanas. Saltaron al suelo junto al estanque iluminado mientras los invitados a la fiesta se diseminaban, gritando y corriendo hacia las puertas, huyendo de los disparos que resonaban por toda la sala.

Diana arrastró a Alia hacia una de las mesas, buscando refugio.

—Tenemos que salir de aquí.

—Los otros... —protestó Alia.

Los hombres avanzaban desde el extremo opuesto de la galería, apartando a los invitados mientras iluminaban con linternas los rostros de los cuerpos caídos, examinando sus rostros.

Era evidente que estaban buscando a alguien, alguien a quien no tenían ninguna intención de atrapar con vida, y Diana supo que Alia y ella no tenían tiempo que perder.

Podía oler el sudor teñido de terror de los asistentes, notaba cómo el corazón le latía aceleradamente en el interior del pecho, como si acabara de despertarse de pronto de un largo sueño. Tiró de los nudos del chal que Nim había fabricado con el lazo. No había tiempo para desanudarlos todos. La única arma que tenía no le servía de nada.

—No podemos quedarnos aquí —dijo Diana, se quitó la cuerda anudada y se la ató a la cintura para que no le restringiera los movimientos—. Tenemos que ir hacia las puertas.

—No veo a los demás —dijo Alia, mirando a su alrededor—. No podemos irnos sin ellos.

Aunque el corazón de Diana latía a mil por hora, tenía la mente suficientemente clara como para adoptar y descartar estrategias, repasar la disposición de la sala y calcular la posición de los atacantes. El resto de invitados intentaba cruzar las dos puertas principales de la sala, se amontonaban y se empujaban, presas del pánico, pero Diana sospechó que los soldados ya habrían puesto barricadas en los pasillos e intentarían sellar las puertas. Cada vez que alguien intentaba escapar por la pared de cristal hecha añicos, una bala lo derribaba. Diana estudió las sombras del amplio balcón que daba al estanque iluminado, donde sabía que debían de acechar los francotiradores.

Una bala impactó contra el suelo de loza al lado de la mesa, y provocó una nubecilla de piedra pulverizada. Diana se preguntaba qué pasaría si un disparo la tocaba, pero no tenía tiempo para pensar en ello. Tenía que llevar a Alia a un lugar seguro.

—¡Diana! —el grito provenía de la otra punta del templo, apenas audible en medio del caos. Jason y Theo estaban agachados bajo otra mesa. Miró a Jason y le señaló la parte posterior del templo.

Era el único punto de la sala que proporcionaba una posición defendible, un lugar donde ponerse a cubierto. Si Diana conseguía llevar a Alia hasta allí, tendría tiempo para localizar a Nim y trazar un plan de huida.

—Voy a buscar a Nim —dijo—. Pero antes tenemos que resguardarnos detrás de aquel templo. No podemos quedarnos aquí sentadas esperando a que nos ataquen por los flancos.

—Okey —dijo Alia—, okey.

Pero Diana no estaba segura de si Alia registraba todo lo que decía. Alia respiraba con dificultad, tenía los ojos muy abiertos y las pupilas dilatadas.

—Cuando cuente hasta tres, quiero que ruedes hacia la derecha y te coloques detrás de la próxima mesa, ¿entendido? Lo haremos así. Cuento hasta tres y tú te mueves, sin vacilar. Tienes que llegar a donde están Jason y Theo.

—Prométeme que encontrarás a Nim.

—Tu causa es la mía —dijo Diana.

Alia parpadeó, como si el terror le hubiera borrado de la mente el significado del juramento.

—De acuerdo —dijo, y apretó con fuerza la muñeca de Diana—. Ve con cuidado.

Diana notó que una sonrisa sombría se le formaba en los labios. Tenía miedo, pero acorazarse contra ese miedo era como una oleada de euforia. La pelea con Jason en el pasillo del hotel había sido un forcejeo. Esto era una batalla. De pronto, ya no tenía ganas de ir con cuidado. ¿Era esto lo que significaba ser una amazona? El filo de una espada se desgastaba si no la usabas durante demasiado tiempo. Estaba lista para afilar la hoja.

—A la de tres —se agachó—. Una —se agarró de las patas de la mesa—. Dos —asintió a Alia—. ¡Tres!

Esperó lo justo para ver que Alia se lanzaba rodando, y entonces volcó la mesa hacia un lado y tiró todos los platos al suelo. Unos disparos impactaron contra la superficie. Arrancó las patas metálicas de la mesa, la tomó por las puntas y la lanzó con todas sus fuerzas.

La mesa salió girando por los aires como un disco gigante y se estrelló contra la falange de soldados, pero ella no se detuvo a contemplar cómo caían. Saltó hacia la mesa siguiente, y se tropezó con Alia mientras huían de una nueva avalancha de disparos.

—¡Otra vez! —gritó.

Alia echó a rodar y Diana lanzó la mesa, tirándose al suelo perseguida por más disparos. Bufó al notar que una bala le tocaba el hombro. Se parecía más a una quemadura que al tajo de una espada.

Diana oyó unas botas que retumbaban contra el suelo.

—Se acercan. ¡No te detengas! —ordenó a Alia.

Pero ya era demasiado tarde. Un soldado llegaba por la izquierda. Vio cómo levantaba el arma y disparaba. Diana se lanzó para cubrir a Alia y notó cómo las balas le alcanzaban el brazo y el costado. Un dolor que no había experimentado nunca le martilleó el cuerpo en bandazos agudos y reverberantes. Cada disparo era como un puño de fuego que le quitaba el aire de los pulmones. Escuchó el impacto agudo de una bala contra el brazalete. Bajó la vista y vio que ni siquiera lo había mellado. Pero el rebote...

—¿Te dieron? —jadeó Alia debajo de ella—. ¿Estás herida?

—Estoy bien —dijo ella. Pero no era cierto del todo. Aunque no sangraba, tenía la piel cubierta de cardenales rojos, y el cuerpo le dolía como si le hubieran dado la peor paliza de su vida. Seguramente, las balas apenas rebotarían contra una amazona en el punto culminante de sus fuerzas. Pero Diana sabía que no quería que la volvieran a tocar.

Con un clic, el soldado de la izquierda se preparó para volver a disparar. Sonó un tiro y una herida negra y circular apareció en el muslo del soldado. Gritó y cayó al suelo, agarrándose la pierna.

Jason asomó la cabeza desde detrás del templo, empuñando la pistola que normalmente guardaba en la cartuchera del tobillo, y le dirigió un gesto brevísimo.

—Alia, tienes que correr hacia el templo. Jason te espera. Yo te cubriré.

—¿Cómo? —gritó Alia—. No tienes ningún arma.

Yo soy el arma, pensó.

—Vamos.

—No voy a dejarte aquí para que te maten.

—¡Alia, ahora mismo!

Alia se echó a correr. Esta vez, cuando Diana lanzó la mesa, defendió el territorio. *Esto es una locura,* decía una voz en su interior, pero para entonces una decena de soldados ya había abierto fuego. No se detuvo a pensar, dejó que su cuerpo reaccionara solo. Parecía que el tiempo transcurriera más lento, y el aire cobró vida con el estruendo de las balas. Esto no era un combate de entrenamiento ni una escaramuza preparada, y parte de ella lo sabía.

Los músculos le respondían con velocidad, sin apenas esfuerzo, y el instinto guiaba sus movimientos. Olvidó el dolor y se lanzó hacia la línea de hombres que la acometían, bloqueando el fuego en su estampida. Las balas eran como franjas plateadas que emitían una música extraña al impactar con un sonido metálico contra sus brazaletes, como el fuerte chasquido de la lluvia sobre un tejado de metal.

Dio una voltereta, se levantó y vislumbró las chispas que saltaron de sus muñecas al recibir otra lluvia de balas. Oía cómo se activaban los gatillos, los casquillos metálicos que caían al suelo, y olía también el aroma acre y caliente de la pólvora.

—¿Qué demonios? —oyó que alguien gritaba cuando impactó contra la hilera de hombres, irrumpiendo en sus filas, estampándolos contra las mesas que quedaban en pie. Notó unas manos que la agarraban. Eran los soldados que no habían sido derribados, que intentaban hacerla caer y retenerla contra el suelo. Para ella eran como astillas de madera, insustanciales. Se los quitó de encima con facilidad, y uno de ellos chocó contra la puerta del templo con tanta fuerza que el pilar de piedra se desplomó.

¿Esto es todo lo que son?, exigía algo en su interior. *¿Cobardes aferrados a sus armas? ¿No me van a desafiar?*

Diana oyó un sonido agudo y chirriante, como el aullido creciente de un cohete de fuegos artificiales. Desde el otro lado del estanque iluminado, otro hombre le apuntaba con algo. Era mucho más grande que las otras armas, y el cañón terminaba en una boca ancha y fea.

—¡Diana, agáchate! —gritó una voz.

Nim. Estaba tendida en el suelo, en el lugar donde se habían agrupado los músicos tras abandonar sus instrumentos. Tenía el rostro manchado de lágrimas, y el grueso lápiz de ojos le teñía las mejillas de negro. Diana vio que había una chica rubia con un vestido muy elaborado que yacía inerte a su lado.

El cuerpo de Diana se llenó de pánico cuando el aullido agudo fue en crescendo. Sus músculos le pedían tirarse al suelo, huir, correr. En vez de hacerlo, escuchó el instinto de lucha que le habían inculcado durante horas incontables en la armería, el mismo que la sangre de su madre y la bendición de las diosas le habían inoculado, la llamada guerrera que le impedía batirse en retirada. Si no tenía escudo, fabricaría uno.

El suelo estaba compuesto por enormes mosaicos de loza. Posó las manos lisas sobre la superficie e introdujo los dedos en el espacio estrecho que había entre dos de ellas, haciendo caso omiso del dolor, y jaló la losa con fuerza.

El hombre del armatoste disparó. Diana vislumbró un destello de luz azul brillante y un muro de presión impactó contra ella, derribándola e impulsándola hacia atrás, convirtiendo en polvo la losa que le había servido de escudo. Diana chocó contra la pared, y tras gruñir, se deslizó hacia el suelo. Pero enseguida volvía a estar de pie, sacudiéndose de encima la fuerza del impacto. ¿Qué había sido aquello?

Diana oyó que el chirrido eléctrico volvía a empezar con la recarga del arma, pero esta vez el soldado apuntaba hacia el templo. Su mente registró a Jason intentando conducir a los invitados a un lugar a cubierto, y sus oídos recogieron el firme mando del chico en medio del caos. No veía a Alia, pero tenía que estar con Theo detrás del templo.

Diana sabía que no alcanzaría a la persona armada a tiempo para impedir que disparara. Bajó la vista hacia los mosaicos encajados en el suelo. Necesitaba refuerzos. Tal vez podrían ser su ejército. Se encarreró, saltó hacia el soldado y descendió con fuerza, de tal manera que los pies y los puños conectaron con el suelo al mismo tiempo. Los mosaicos se alzaron formando una ola, y el hombre armado gritó al notar que el suelo se levantaba bajo sus pies. Cayó al suelo.

Diana se lanzó hacia él, le arrebató el arma de las manos y la partió en dos. El hombre retrocedió, con los ojos muy abiertos y llenos de terror.

Sacó el arma de mano y disparó, pero la mente de Diana había anticipado sus intenciones por el movimiento de sus hombros. Las muñecas ya estaban en movimiento para bloquear las balas, y los brazaletes resonaron como platillos de una danza sangrienta. Una de las balas rebotó contra la muñeca derecha de Diana y fue a alojarse en el muslo del hombre. Gimió. Ella lo agarró por el cuello.

—¿Quién eres? —jadeó él.

Cien respuestas le vinieron a la cabeza, pero optó por la más fácil.

—Una turista.

Y a continuación tiró al hombre al estanque.

Diana arrancó dos mosaicos de loza más del borde del estanque, retrocedió unos pasos, y los lanzó contra los francotiradores del balcón. Con sus hermanas amazonas jugaba a derribar blancos de cerámica. La diferencia era que estos blancos gruñían y gimoteaban en vez de explotar en mil pedazos.

El resto de soldados que la rodeaban se estaban recuperando, se ponían de pie. Diana corrió hacia Nim y la agarró por el brazo.

Nim gritó, pero afortunadamente no se resistió. Diana no estaba segura de lo que podía haber visto, hasta qué punto alguno de ellos había presenciado lo que era capaz de hacer (lo que ella misma no sabía que era capaz de hacer), pero ahora no tenía tiempo para pensar en ello.

De nuevo, oyó las armas que se preparaban. Estaba vez estaba preparada para el tiroteo que se iba a desatar. Se lanzó al suelo, protegiendo el cuerpo de Nim de la caída, y rodó hasta que alcanzaron la parte posterior del templo. Alia agarró a Nim y la abrazó con fuerza, y ambas lloraron juntas mientras otra salva de armas de fuego atravesaba el aire.

—Estás aquí —dijo Jason, agradecido. Esquivó un par de disparos desde detrás del escudo adicional que había fabricado con una pila de mesas, y Diana vio que había conseguido introducir a un número significativo de invitados detrás del templo. Algunos todavía se amontonaban en las salidas de las salas, intentando cruzar las puertas, pero al menos los francotiradores ya no los estaban acribillando.

Diana y los otros estaban agachados y amontonados contra la pared del templo. No tenían mucho tiempo. Veía el terror en el rostro de Alia, Nim y de Theo. Jason tenía los ojos brillantes y la mandíbula firme. Él era el único que parecía listo para la batalla.

—Van a volar el templo —dijo Diana, tan alto como pudo, para hacerse oír por encima de los disparos.

—El helicóptero... —empezó a decir Alia.

Jason negó con la cabeza.

—Estaba en el tejado.

Los hombres habían bajado desde allí. El tejado no era un lugar seguro.

Los disparos se detuvieron.

En el silencio escalofriante, Diana pudo oír los murmullos y gritos de los soldados. Hablaban una lengua distinta a la de Alia y Jason, pero Diana la entendió. *Alemán*, dedujo, y no paraban de repetir la misma palabra: *Entzünderin*. Detonador. Tal vez hablaban de las bombas, pero Diana tuvo la sensación de que se referían a Alia.

—Están colocando explosivos —dijo.

Nim estaba aturdida.

—¿Van a dinamitar el museo?

Theo meneó la cabeza con brusquedad.

—¿Qué está pasando? ¿Qué quieren?

—Se los explicaremos cuando salgamos de aquí —dijo Jason.

—Si salimos de aquí —dijo Alia—. Nos quedamos sin helicóptero...

Jason frunció el ceño.

—¿Y si conseguimos traer el avión hasta aquí?

—¿Dónde aterrizaría? —dijo Theo—. No cabe en el tejado. Necesitamos una pista de aterrizaje.

—En la gran explanada del parque —propuso Nim.

—El parque queda un poco lejos —dijo Alia.

Jason apuntó con la barbilla a las puertas bloqueadas.

—Primero tenemos que salir de esta sala.

—Saldran de aquí —dijo Diana—. Yo me encargo.

Jason se acercó el celular al oído y habló rápido.

Diana desconocía si el aterrizaje era factible, pero sentía la obligación de confiar en que había algún modo de salir del embrollo, no sólo por Alia, sino por toda la gente que se había vestido con sus mejores prendas para salir aquella noche a beber y a bailar. Notaba que las vidas mortales de todos ellos parpadeaban, breves como el brillo de las luciérnagas bajo el cristal.

—Ben viene para acá —dijo Jason—. Tenemos que llegar al parque.

Gracias a todos los dioses. Tenían una posibilidad. Pero la única salida era la pared de ventanas rotas que quedaba a su izquierda, y estaba demasiado expuesta. Diana no podía hacer de escudo para tanta gente, y todo dependía de una sola bala perdida, en el momento adecuado, desde el ángulo adecuado. No podía permitir que sucediera. Necesitaban refugio. Mucho. Tocó una de las piedras del templo y se preguntó si tendría la fuerza suficiente para hacer lo que estaba imaginando.

—Puedo cubrirlos hasta que lleguen a la pared de cristal. Nos encontraremos abajo.

Alia la agarró por el brazo, con los ojos brillantes de miedo.

—¿Tú no vienes?

—Están acorralando al resto de los invitados. No dejaré que muera gente inocente.

—Diana...

—Quédate con Jason; él te protegerá.

—Van demasiado bien armados —dijo Theo—. No lo conseguirás.

—Manténganse pegados al suelo. Cuando dé la señal, corran como un rayo hacia la esquina más alejada de la pared de cristal.

—¿Cómo sabremos...? —dijo Alia.

—Confía en mí, lo sabrás. Este templo se va a venir abajo, y cuando lo haga, tienen que estar del otro lado.

Jason le ofreció el arma.

—Por lo menos llévate esto.

Diana arqueó la ceja. No temía a aquellos hombres, sólo al daño que podían infligir a los demás, y no estaba dispuesta a jugar con sus mismas armas antiestéticas.

—Voy a fingir no haber oído este insulto, Jason Keralis. Y ahora, ¡largo de aquí!

En cuanto empezaron a moverse, Diana encajó el hombro contra la pared del templo. Empujó con todas sus fuerzas las piedras antiguas, tensando sus músculos lastimados, notando el dolor en cada uno de los puntos donde las balas habían impactado. Clavó los pies al suelo de loza, buscando una fuerza que parecía fuera de su alcance. ¿Y si había llegado ya a los límites de su energía, y no podía proteger a nadie más? No. Se negaba a pensar en ello. Tomó aliento y redobló los esfuerzos, gruñendo por la tensión, desgarrándose el vestido.

—No voy a volver a llevar nunca más un vestido sin tirantes —se lamentó.

En el templo, algo se agrietó. Diana susurró una rápida oración a las diosas, suplicando que buscaran de su parte el perdón de Isis, y empujó. Bajo las palmas de sus manos, la piedra tembló.

—¡Ahora! —gritó.

El templo se derrumbó con un rugido estruendoso, y una enorme columna de polvo se elevó hacia el cielo. Estiró las piernas hacia delante, y la gran montaña de piedra gimió al encajar, bloqueando el extremo noroeste de la pared de cristal, una barricada perfecta para mantener a raya a los soldados mientras Alia y los otros escapaban.

Ahora los invitados de la fiesta gritaban y corrían, se amontonaban contra las entradas selladas. Necesitaba un ariete para embestirlas. Localizó con la mirada uno de los pilares caídos del templo. Era enorme y el peso estaba desequilibrado, la piedra era rugosa bajo las palmas de sus manos, pero consiguió agarrar la columna con los dos brazos. No sabía qué habrían erigido los soldados para mantener cerradas las puertas, pero iba a atravesarlas de todos modos.

—¡Apártense o los aplasto! —ordenó al lanzarse hacia la salida, sorprendida por la autoridad que destilaba su propia voz. *Bueno*, pensó, *tantos años escuchando a Tek dar órdenes tienen que servir para algo.*

Al parecer la orden había funcionado, porque la gente se apresuró a abrirle paso.

Con todas sus fuerzas, embistió las puertas con el pilar. Cedieron con un terrible estruendo, derribando el muro de sacos de arena que los hombres habían colocado tras ellas. El impulso de Diana la hizo aterrizar en el vestíbulo, más allá de los hombres acorazados que la miraban asombrados. Soltó el pilar y lo estampó contra la pared.

Los invitados se abalanzaron contra los soldados confundidos mientras Diana intentaba adentrarse entre la multitud para volver a la sala del templo. Uno de los hombres se interpuso en su camino, apuntando el arma.

—¿Para quién combates? —quiso saber. Tenía el pelo tan rubio que parecía blanco, y lo llevaba casi a rape. Ella lo agarró por el cuello y por la muñeca y lo lanzó contra la pared, haciendo que el arma le cayera de las manos.

—Apártate de mi camino.

Pasó de largo a grandes zancadas, pero el hombre la tomó del brazo.

—Nuestra causa es justa —dijo, suplicante—. Detenla. La Warbringer debe morir antes de la luna de la cosecha. No sabes los horrores que se van a desencadenar.

—Sólo es una chica, merece una oportunidad —dijo Diana, y se preguntó si no estaba defendiendo también su propio caso.

—No a este precio.

—¿Quién eres tú para hacer ese análisis?

—¿Y quién eres tú? —dijo el soldado.

Diana observó los ojos azules y decididos. Tenía razón. Estaba jugando con el futuro del mundo. Bajo otras circunstancias, podrían haber sido aliados.

—Sea quien sea tu líder —dijo ella—, dile que hay otra manera. Existe una cura y vamos a encontrarla.

—Te has vuelto loca —dijo él—. Hay que detener a la Warbringer.

Tal vez estaba loca, pero ya había tomado una decisión. Diana empujó al soldado contra la pared.

—Intenta detenernos.

Pasó de prisa frente al soldado, en dirección a la pared de cristal. Todavía lo oyó gritar:

—¡Detónenla! Si no podemos aniquilar a la Warbringer, por lo menos detengamos a su guardaespaldas.

Desde algún lugar, oyó un ligero clic, un botón que se pulsaba, un fusible que prendía. Saltó sobre las ruinas del templo y se lanzó a través de la pared de cristal. Detrás suyo oyó una explosión ensordecedora y notó una ola de calor a sus espaldas. Salió disparada por los aires, hacia delante. Agitó desesperadamente los brazos mientras la bomba la enviaba demasiado lejos, demasiado rápido.

CAPÍTULO 15

A Alia le ardían los pulmones, se tambaleaba por East Drive, esquivando el tráfico del sábado por la noche; absorbía súbitamente el chirrido de los frenos y las bocinas impertinentes de los coches, presa de un pánico que era incapaz de soportar. Era consciente de la mano de Nim agarrada a la suya, del penoso resonar de las suelas contra el pavimento. Entonces llegaron al otro lado de la calle y entraron tambaleándose al parque. Alia tropezó y cayó sobre la hierba verde y mullida.

Una explosión sonó tras ellos, y Alia se dio la vuelta para ver la nube de fuego que se alzaba como una flor airada desde la parte lateral del museo, antes de que los pétalos se plegaran sobre sí mismos y el estallido se apagara.

Diana.

Nim le jalaba el brazo. Jason gritaba. Ella intentaba moverse, pero no podía dejar de contemplar las ruinas humeantes de la sala de donde acababan de huir, todavía iluminadas por los reflectores exteriores del museo, como si nadie se hubiera enterado todavía de lo que estaba sucediendo. Pero ya se oían las sirenas, ya se veía a la gente que se amontonaba en la calle. ¿Dónde estaba Diana? Si había conseguido salir, ya estaría alcanzándolos, ya estaría atravesando la calle ahora mismo. Pero no estaba. Tal vez no lo había conseguido.

Tal vez estaba destrozada bajo las ruinas del templo. Tal vez la habían capturado.

—Alia, tenemos que movernos. Enseguida —Jason la tomó por la muñeca y tiró de ella para que continuara.

Alia miró una vez más por encima del hombro, y luego ya se encontraron corriendo entre los árboles en dirección a los diamantes de los campos de beisbol. Jason gritaba al celular cuando la gran explanada del parque apareció a lo lejos.

Alia oyó un aullido estremecedor y Jason levantó los brazos.

—¡Alto!

—Madre mía —dijo Nim cuando el pequeño avión pasó por encima de sus cabezas, imposiblemente cerca, las ruedas rozaban las copas de los árboles.

Todos alzaron las manos para protegerse del granizo de polvo y piedrecitas que el viento había levantado. El avión tocó tierra sobre la amplia y desierta superficie de la gran explanada y dejó una estela de tierra cuando las ruedas se hincaron en el suelo. El avión se balanceaba de una manera salvaje.

—¿Hay espacio suficiente? —preguntó Theo.

—La gran explanada tiene una superficie de veintidós hectáreas —dijo Nim.

—¿Más datos de cultura general? —gritó él—. Sólo quiero saber si tiene pista suficiente.

—No sé, no es mi especialidad —contraatacó Nim, pero le temblaba la voz.

El pequeño avión fue disminuyendo la velocidad al acercarse a la línea de los árboles.

—No lo conseguirá —dijo Jason.

Alia se tapó la boca con las manos.

Pero el avión se detuvo en seco apenas a unos metros de los árboles.

Theo gritó de alegría al ver que el avión giraba lentamente trazando un círculo cerrado.

—Vamos —dijo Jason.

Mientras corrían por el césped, Alia volvió a mirar atrás, hacia los árboles, pero el parque estaba silencioso y oscuro.

El avión estaba pintado de color azul y dorado, tenía el logotipo de Laboratorios Keralis (una *K* dorada flanqueada por hojas de laurel) estampado en el lateral. Alia había viajado en él algunas veces. Al acercarse, vio los surcos profundos que había dejado sobre la hierba.

La puerta lateral del avión se abrió y bajaron la escalerilla. Un hombre corpulento con el pelo cobrizo asomó la cabeza y alzó una mano para saludarlos.

—¡Creo que las líneas están mejor marcadas aquí que en el aeropuerto JFK! —dijo Ben Barrows. Llevaba mucho tiempo pilotando para la familia. Alia recordaba que era un antiguo militar.

Jason los escoltó hasta las escaleras y luego hasta el interior del avión.

—¿Cómo lo has conseguido, Ben?

—Talento, agallas y una cantidad inenarrable de buena suerte —dijo—. Lo siento, chicos.

—Nos acaban de balacear —dijo Theo, instalándose en una de las bancas en la zona de descanso de la parte frontal del avión—. Creo que nuestros tiernos oídos sobrevivirán a esto.

—Voy a necesitar que se coloquen en los asientos normales y que se abrochen los cinturones para el despegue. Todos.

—¿Podrás despegar? —preguntó Jason.

—Sí, pero volver a aterrizar va a ser más difícil. Padecido algunos daños en el tren de aterrizaje.

—¿Qué tan difícil?

—Me las arreglaré. Pero tenemos que largarnos de aquí antes de que los de Defensa Aeroespacial nos pisen los talones. Avisé a Teterboro que íbamos a hacer un aterrizaje de emergencia, pero no tardarán en darse cuenta de que no he llegado a LaGuardia. Si no estamos pronto en el aire, no podremos alejarnos de la costa.

—Muy bien, abróchense los cinturones —ordenó Jason—. Ben, despega el avión.

Los otros obedecieron, se instalaron en la fila de asientos que quedaba detrás de la zona de descanso.

Ben fue a cerrar la manija de la puerta, pero Alia lo tomó por el brazo.

—No —dijo—. No podemos dejarla aquí, Jason.

Ben dudó, y miró sucesivamente a Alia y a su hermano.

Jason señaló una de las bancas vacías.

—Alia, aplástate ahí. Viste la explosión...

—No vamos a irnos sin ella.

—Ben —dijo Jason—. Adelante.

Alia avanzó para cerrar el paso a Ben, pero Jason la agarró por los hombros, la obligó a alejarse de la puerta y a sentarse. Ben activó la manivela y la puerta empezó a cerrarse.

Jason sujetaba a la chica con una mano de acero.

—Alia —dijo, enojado—. Diana intentaba protegerte. Todos intentamos protegerte. Tenemos que salir ahora mismo de aquí o ninguno de nosotros conseguirá pasar de esta noche.

El avión avanzó ligeramente y Alia comprendió que Ben volvía a estar en la cabina de pilotaje.

Una ráfaga de disparos sonó desde fuera.

—¿Chicos? —dijo Nim.

Alia se abalanzó contra Jason, y como él no cedía, se revolvió y le mordió la mano. Muy fuerte.

Jason gritó y ella se soltó, pasó por delante de Theo y de Nim y miró por la ventanilla. Estuvo a punto de estamparse contra la misma cuando el avión empezó a circular por el terreno desigual, ganando velocidad.

Diana corría por la gran explanada, con el vestido azul hecho trizas y el pelo oscuro al viento. Un grupo de soldados surgieron de los árboles, pisándole los talones.

—¡Jason, viene hacia aquí! —gritó Alia.

Jason intentó agarrarle el brazo, atraerla hacia sí mientras el avión aceleraba y Theo y Nim se preparaban para lo que viniera.

—Esos hombres vienen por ti, Alia. Vienen a matarte.

Tu causa es la mía.

Se escuchó una voz por el radio del avión.

—Learjet N-535T, enviamos vehículos de emergencia al lugar del accidente. Por favor, informe de su estado.

—¡Ben, si despegas, estás despedido! —gritó Alia.

—¡Ella no puede despedirte! —contraatacó Jason.

—Él firma los cheques —gritó Ben por encima del hombro.

—¡Alia, tenemos que irnos! —dijo Jason.

—¡Diana! —gritó Alia en vano, con el rostro pegado a la ventanilla.

Como si la hubiera oído, Diana aceleró la marcha.

—Maldita sea —dijo Theo—. ¡Cómo corre esa chica!

Las zancadas eran tan largas que parecía que volara. Alia vio que el tejido de su vestido estaba chamuscado y tenía moretones en la piel, pero parecía entera e ilesa.

Alia se sujetó contra el lateral del avión y se encaró con Jason.

—Abre la puerta —exigió.

—No podemos parar, Alia. No hay pista suficiente.

El avión seguía rebotando, cada vez más deprisa.

—¡Tenemos que ayudarla a llegar al manantial! —insistió ella.

Y entonces lo vio. La sombra de la duda en la expresión de él. Jason había accedido a ir al manantial porque había querido darle esperanzas, pero nunca había creído en el proyecto.

—Jason, si no abres esa puerta, encontraré el modo de quitarme la vida antes de la luna nueva. Lo juro por las vidas de nuestros padres.

Las palabras lo golpearon como una bofetada. Alia casi se arrepentía de haberlas pronunciado, pero si eso era lo que necesitaba para hacerle caso...

—Maldita sea... —maldijo Jason. Avanzó hacia la puerta y activó la manivela. De inmediato, se disparó una alarma.

La voz de Ben se escuchó por el radio.

—No sé lo que están haciendo ahí atrás, pero habla el capitán y agradecería que se calmaran.

—¡Diana! —volvió a gritar Alia. La puerta se abrió un poco más, desplegándose como una concha, y una ráfaga de aire nocturno penetró en el avión. Alia vio los diamantes de beisbol iluminados y a Diana que se precipitaba como un rayo hacia el avión.

Gritó algo, pero Alia no llegó a captarlo. Movía los brazos frenéticamente.

—Algo va mal —gritó Alia, y enseguida se dio cuenta de que se trataba de un eufemismo ridículo.

—No, idiota —dijo Theo—. Te está diciendo que te quites.

Theo se levantó del asiento y apartó a Alia de la puerta justo en el momento en que Diana daba dos grandes zancadas y saltaba, cruzando el aire como un misil. Se zambulló por la puerta del avión, dio una maroma y se estampó contra la banca. Los disparos rebotaron contra el lateral del avión.

Jason giró la manivela, y la puerta empezó a cerrarse mientras el estómago de Alia sufría un traqueteo y el avión despegaba. Retrocedió tambaleándose hacia Theo y estuvo a punto de caer sobre su regazo.

Jason la lanzó hacia uno de los asientos y se arrojó él mismo a su lado, y enseguida estuvieron en el aire, ganando altura.

Alia oyó un terrible crujido y el avión sufrió una sacudida. *Las ruedas*, pensó. Habían rebanado las copas de los árboles. Se atrevió a mirar por la ventana cuando el avión trazó un arco sobre el parque. Alargando el cuello, sólo pudo distinguir los campos de beisbol y a los hombres plantados sobre la ruina de lo que había sido la gran explanada.

Parpadeó, intentando despejarse. Por un momento había pensado... Pero no era posible. ¿Se había vuelto a dar un golpe en la cabeza? ¿El miedo y la adrenalina le estaban jugando malas pasadas? Pensó que había visto una carroza tirada por cuatro enormes caballos negros que atravesaba el campo en dirección a los soldados, los focos reflectores centelleaban contra el casco empenachado del conductor. Alia se estremeció. Necesitaba un sueño reparador. Necesitaba un mes de sueños reparadores.

—Learjet N-535T, no está listo para el despegue —dijo la voz del radio—. Informe de su estado.

El crepitar de la electricidad estática desapareció cuando Ben apagó el radio.

—Mi estado es probablemente un cambio de profesión —dijo—. ¿Todo el mundo está bien, ahí atrás?

—Dímelo tú, Ben —dijo Jason.

—Vamos a ver qué pasa. Si en Barnes se enteraron del caos que causamos, lo sabremos muy pronto, en cuanto nos derriben con disparos.

Alia tragó saliva. Miró por la ventana y vio las luces de la ciudad que dejaban paso al vasto e interminable negro del Atlántico. ¿Vería la muerte, cuando llegara? Intentó respirar, aminorar el ritmo cardíaco. El silencio envolvía la cabina, sólo se oía el rugido de los motores del avión, a la espera de lo que podía acecharlos en la oscuridad.

A su lado, vio que Jason se había partido el labio durante el forcejeo, y la manga de la chaqueta se le había desprendido casi del todo. Al otro lado del pasillo, Theo mantenía la cabeza inclinada y los ojos cerrados. Alia no sabía si estaba rezando o si realmente se había quedado dormido. Más allá, Alia vio a Nim que miraba fijamente hacia delante. Tenía los ojos manchados de pintura y el vestido manchado de sangre. El pecho le subía y le bajaba con unos movimientos rápidos y aterrorizados. Alia tuvo ganas de pasarle el brazo por encima del hombro, de decirle que todo estaba bien. Tal vez nada volvería a estar bien nunca más.

Diana se había acomodado en el banco de color crema y estaba sentada en una posición rígida, con los dedos clavados en los cojines. Alia comprendió que probablemente nunca había viajado en un avión. Su vestido había quedado reducido a lo que parecía un traje de patinaje hecho harapos. La tela estaba chamuscada por los bordes, a diferencia del lazo que le colgaba de la cintura, que seguía tan impecable como cuando habían salido hacia la fiesta. Tenía la piel rosada en algunos puntos.

Donde le tocaron las balas, dedujo Alia. Las heridas ya se habían curado.

Alia sabía que Diana era una chica fuerte, que en su isla había algún componente mágico, pero esto era distinto. Había lanzado mesas como si fueran *frisbees*. Se había subido a un avión en movimiento. Había sobrevivido a una explosión y a unos cuantos tiroteos y apenas tenía unos cuantos chichones y rasguños.

Theo sacudió la cabeza y se echó a reír, un sonido que sonó extraño en la cabina.

—Maldita sea, Jason. Sí que sabes organizar una buena fiesta.

Nim se puso la cara entre las manos. Jason miraba a Diana.

—¿Qué es? —susurró, tan bajito que sólo Alia pudiera oírlo.

Una amazona. Nacida de la guerra, destinada a ser gobernada por nadie que no fuera ella misma. Pero no era Alia la que iba a desvelar el secreto.

—No lo sé —dijo Alia—. Pero me alegro de que esté de nuestro lado.

CAPÍTULO 16

Permanecieron en silencio hasta que la voz de Ben sonó por el altavoz.

—Ya pueden moverse por la cabina, camaradas malhechores. Estamos fuera de peligro.

Alia suspiró aliviada y Jason le apretó la mano.

Theo se desabrochó el cinturón de seguridad y se tambaleó hacia el bar del avión, que se encontraba junto a la banca. No había turbulencias, pero Alia no podía culparlo por no mantenerse de pie.

—¿Ya vas a empezar a beber? —dijo Nim, con el rostro sombrío y manchado por las lágrimas.

—No —dijo Theo—, voy a *continuar* bebiendo.

—Theo —dijo Jason, en tono de amonestación.

—¿Pueden relajarse todos un poco? —dijo él—. Sólo quiero un poco de ginger-ale. Se me revuelve el estómago cada vez que viajo en avión, y haber estado a punto de morir tampoco ha sido una gran ayuda.

Alia hubiera querido reír, pero temía ponerse a llorar. Ahora que la adrenalina desaparecía de su cuerpo, se sentía conmocionada y exhausta, pero también agradecida. Theo estaba vivo. Nim estaba viva. Una vez más, Alia había esquivado la muerte. Todos habían conseguido huir. Tal vez Diana tenía razón y realmente estaban destinados a llegar al manantial.

Alia sabía que tenían que hablar, pero antes quería tener la oportunidad de reflexionar y aclararse las ideas. El avión estaba equipado con una regadera, de modo que retiró su pequeña maleta de viaje del compartimento donde lo habían dejado junto a la mochila de Diana, en la parte trasera del avión, y se dirigió al baño para limpiarse las lentejuelas doradas.

El agua estaba bastante caliente, pero no se alargó demasiado. Salió de la regadera y se miró en el espejo. Tenía el cuerpo cubierto de nuevos cortes y rasguños, y sabía que le iban a salir más moretones por las numerosas veces en que había caído y chocado durante la pelea. Aquellos zapatos ridículos que Nim le había elegido le habían sacado ampollas en los pies.

Contempló el vestido arrugado y volvió a revivir los acontecimientos de aquella noche y de los últimos días, que amenazaban con abrumarla, pero rehuyó el pánico. En un día más, todo habría terminado.

Alia se puso los jeans que había metido en la maleta y una camiseta raída con una doble hélice que le habían dado en un campamento científico años atrás. Frunció el ceño cuando su reflejo en el espejo la trasladó a un recuerdo: la pelea que se había producido durante el picnic de clausura de aquel año. Ella y los otros chicos la habían encontrado muy divertida. La habían llamado la Gran Batalla de los Nerds. Pero al terminar la disputa, cuando ya había regresado la calma, Alia había oído por casualidad a dos monitores que estaban hablando. Un miembro del personal había estado a punto de estrangular a uno de los chicos, y se había declarado un incendio en el comedor. Habían tenido suerte de que no hubiera prendido. El campamento había cerrado de manera permanente después del incidente.

En aquel momento no había sido más que un episodio sorprendente que había dado que hablar a los participantes, una historia que Alia contó a sus padres y a Jason al llegar a casa. Pero ahora recordaba la expresión de sus padres cuando les había hablado de la pelea, y la mirada que habían intercambiado. A partir de entonces, habían pasado todos los veranos viajando, o bien en una de las casas familiares. Ya no hubo más campamentos.

Alia no sabía qué hacer con los despojos de su precioso vestido, de modo que hizo con ellos una pelota y los metió en el fondo de la bolsa. Seguro que Nim se escandalizaría al saberlo, pero ella no podía soportar volver a verlo. Al pensar en lo feliz y esperanzada que se había sentido al ponerse aquel vestido, en cómo había imaginado a Theo contemplándola así, la vergüenza le puso la piel de gallina. Ahora parecía una tontería, aparte del peligro que había conllevado. Diana tenía razón: los que la perseguían eran implacables. Estaba claro que tenían recursos y estaban dispuestos a utilizarlos, contra personas inocentes en un barco en el Egeo, y ahora a plena vista de algunos de los miembros más acaudalados de la sociedad neoyorquina.

Alia se desató la bonita cadena de oro de las trenzas, se puso los tenis y se miró por última vez en el espejo. Warbringer. ¿El legado de Helena le había llegado a través del linaje de su padre? ¿Por la rama de los Keralis, hasta llegar a Alia? No tenía importancia. También era hija de su madre. Creía haber empleado todo su valor para abandonar Nueva York e inscribirse en el viaje a bordo del *Thetis* sin el permiso de Jason, pero se equivocaba. Eso sólo había sido una pequeña parte de su valor. Desde entonces había pasado por un naufragio, había estado a punto de ahogarse y la habían tiroteado, y todavía seguía en pie, resistiendo. Tenía que asegurarse de que ninguna otra chica tuviera que vivir nunca más con aquella maldición. Y Alia era consciente de que su valentía se debía al modo en que la había criado su madre. Por muy precavida que fuera, su madre nunca había querido que Alia fuera dócil. *Míralos a los ojos*, siempre le había dicho. *Que sepan quién eres*. Cuando alguien le preguntaba de dónde procedía. Cuando algún chico nuevo de Bennett quería saber si estaba allí gracias a una beca de atletismo. *Míralos a los ojos*.

Un nuevo recuerdo asaltó a Alia. Estaba sentada en la oficina del penthouse, con su madre clavándole una aguja en el brazo y llenando una jeringa con su sangre. "Sólo es para unas pruebas", había dicho su madre, y luego le había tapado el piquete con una bola de algodón y un curita, y le había dado un beso en la mejilla. Alia no había vuelto a pensar en el tema.

Sus padres habían pensado que de la herencia de Alia podía salir algo bueno, que el terrible poder que llevaba en su interior podía revertirse a una buena causa. No habían vivido lo suficiente para conseguirlo, pero por lo menos ahora Alia podía asegurarse de que el mundo no pagara las consecuencias de su decisión de mantenerla con vida.

—Soy Alia Mayeux Keralis —dijo, sorprendida por la firmeza de su propia voz—. Y voy a impedir una guerra.

Se hizo un moño con las trenzas por encima de la cabeza y volvió a la parte delantera del avión. Theo estaba tirado en una de las bancas. Nim todavía estaba echada hacia delante con la cabeza entre las manos. Alia se sentó a su lado y chocó suavemente su hombro con el de ella.

—¿Te encuentras bien?

—No —dijo Nim, sin moverse.

—Gemma...

—La vi morir —dijo Nim, que seguía sin mirarla—. No, no fue así. Ocurrió demasiado deprisa para verlo. Estábamos hablando. Yo estaba mirando las mariposas de su vestido. Estaba pensando en el color, en las cuentas. Estaba pensando que Gemma era bonita pero... —Nim se interrumpió por un sollozo— pero un poco aburrida. Y entonces la gente empezó a gritar. Oímos los disparos. Intentamos escondernos. ¿Por qué le dispararon?

—No creo que lo hicieran a propósito —dijo Alia. *No creo que les importara.* Apenas conocía a Gemma Rutledge, pero parecía bastante agradable. De todas las personas a las que le había dado tanta flojera saludar, ella era una de las más simpáticas. ¿Cuántas habían resultado heridas? ¿Cuántas habían muerto? Se aferró a la promesa de Diana de que aquella misión tenía un objetivo, de que todo cobraría sentido si conseguían llegar al manantial.

—Hay una regadera —dijo Alia—. Y algo de ropa de Laboratorios Keralis, por si quieres cambiarte.

Nim se incorporó y se frotó los ojos como una niña que se acabara de despertar de un sueño profundo.

—No quiero cambiarme. Quiero saber lo que está pasando. ¿Qué acaba de pasar? —tenía la voz suplicante—. ¿Por qué va Jason armado? ¿De quién estamos huyendo? —volteó hacia Diana—. ¿Cómo ha sido capaz de hacer esas cosas?

Diana estaba sentada con las piernas cruzadas, desatándose metódicamente los nudos del lazo. No dijo nada, pero desvió la mirada hacia Alia, esperando.

—¿Y bien? —dijo Theo, que se había colocado el vaso de ginger-ale sobre el estómago—. Creo que es justo preguntar qué demonios está pasando. Aunque sea Nim quien lo pregunte.

—Cállate —dijo Nim—. ¿Qué haces tú aquí, por cierto? ¿Y si tu padre no sobrevivió a la fiesta?

—Mi padre no estaba allí.

—¿Cómo? —dijo Jason. El chico había desaparecido en la parte posterior del avión y ahora reaparecía en vaqueros y camiseta. Dejó un montón de ropa sobre uno de los asientos y se puso a rebuscar dentro del botiquín del avión.

—Mi padre se acababa de ir —dijo Theo—. Me dijo que tenía que hacer una llamada a Singapur, o algo parecido. Vaya intuición, ¿no les parece?

—¿Cuándo fue eso?

—No lo sé —dijo Theo—. Quería que me fuera con él. "Te vas a poner en evidencia, Theo, bla, bla, bla, bla". Lo de siempre. Fue poco antes de que Alia saliera corriendo y empezaran a dispararnos.

Alia notó una sensación de frío en el estómago. ¿Podía ser una coincidencia? Intercambió una mirada con Jason y supo que él estaba pensando lo mismo. ¿Era posible que Michael estuviera involucrado? ¿Y si sabía lo que era ella? Había sido como un padre para los dos, pero "como un padre" no era un padre. Tal vez él sí estuviera dispuesto a realizar el sacrificio que los padres de Alia habían evitado a toda costa.

—No se preocupen tanto, chicos —dijo Theo—. Lo llamaré cuando aterricemos.

—¡No! —dijeron al unísono.

Theo arqueó las cejas.

—¿Por qué no?

Jason se pellizcó con los dos índices el puente de la nariz.

—Es muy importante que nadie sepa dónde estamos ni a dónde nos dirigimos.

—Muy bien —dijo Nim—. Perfecto. Y ahora, ¿pueden contarnos el porqué?

Jason y Alia hicieron lo que pudieron. Respondieron a todas las preguntas de Theo y de Nim. Al principio las consultas eran rápidas y ruidosas, se amontonaban las unas sobre las otras. ¿Quién los había atacado? ¿Por qué? ¿Eran terroristas, los hombres armados? ¿Qué querían? ¿Era por la Fundación? Pero cuando Jason les fue explicando con calma que aquellas personas tenían otros planes en mente y que Alia era el centro de todos ellos, Nim y Theo callaron.

Jason dejó a un lado el botiquín y repartió algunos de los archivos que había imprimido, una copia del pergamino, y una laptop con los documentos de la memoria. Largos fragmentos de texto habían sido redactados a partir de algunos de los archivos, y otros parecían estar incompletos, pero eran más que suficientes para dar una explicación.

Alia se sentía como si estuviera desnuda en medio de Times Square. La historia parecía mucho menos disparatada cuando Jason la contaba, en especial con todos los documentos que aportaba para respaldarla. Pero esto sólo empeoraba las cosas. Había llegado a aceptar el hecho de que Theo la viera siempre como una niña molesta, pero ¿y si ahora la miraba y veía un monstruo? Y Nim le había demostrado su amistad bajo cualquier circunstancia, pero "cualquier circunstancia" no incluía provocar el fin del mundo.

Cuando Theo alzó por fin la vista de los archivos de Jason, se dirigió a Diana.

—¿Y tú? ¿Cuál es tu papel? Ahora mismo apostaría a que eres una súper soldado del gobierno.

—¿Una qué del gobierno? —dijo Diana.

—Ya sabes... una máquina asesina alterada genéticamente.

Diana estrujó el bucle de cuerda dorada que tenía sobre el regazo.

—No soy una asesina.

Lo dijo con tal convicción, que inclinó la barbilla en un ángulo casi majestuoso. Pero Alia todavía recordaba las palabras del juramento que habían forjado entre las dos. Diana haría honor a ellas.

—Okey, okey —dijo Theo—. Entonces, eres miembro de una patrulla de combate de ninjas biónicos.

—Tampoco tengo adiestramiento de ninja —Diana miró el lazo y dijo—: en mi tierra, nos entrenamos para la guerra.

—¿Por qué?

—Porque los hombres son incapaces de vivir sin combatir, y sabemos que un día el combate vendrá a nosotras.

—Pero las cosas que hiciste... —dijo Nim.

—Soy más fuerte, más rápida que... bueno, que la gente normal. Todas mis hermanas lo son.

—¿Y las balas te rebotan como si fueran picaduras de mosquito, derribas templos y sobrevives a grandes explosiones? —dijo Nim.

Diana abrió la boca y la volvió a cerrar, como si no estuviera segura de lo que debía decir. En aquel momento ya no parecía tanto la chica valiente y segura de sí misma que destrozaba sin darse cuenta los egos de los usuarios trajeados del metro. Parecía confundida, algo perdida. Como una chica que se hubiera quedado en la fiesta hasta demasiado tarde y hubiera perdido el coche que debía llevarla a casa.

—Honestamente, no estoy del todo segura de lo que soy capaz de hacer —dijo Diana—. Nunca lo había hecho antes.

—Pues eres un caso digno de estudio —gruñó Jason mientras sacaba un rollo de gasa y unas aspirinas del botiquín. Alia tuvo ganas de cruzar el pasillo y de darle un bofetón. Sabía que estaba ansioso por tener respuestas concretas, pero Diana les había salvado la vida. Merecía guardarse todos los secretos que quisiera.

—Digamos que decido creerme todo esto —dijo Nim—. ¿Qué pasará ahora?

—Iremos al manantial.

—En Esparta —dijo Theo—, donde la gente corretea gritando en calzoncillos de cuero.

—No he oído nunca esa historia en particular —dijo Diana—. Pero Esparta es el lugar donde Helena nació y se crió, y donde fue venerada después de su muerte.

Alia no terminaba de entenderlo.

—¿La gente veneraba a Helena? Creía que todo el mundo la odiaba.

—Algunos lo hacían. Pero Helena no sólo fue la causante de la guerra de Troya. Fue madre y esposa, y también había sido una niña. Algunas historias cuentan que participaba en carreras en la orilla del Eurotas —Diana sonrió levemente—. Y las ganaba.

Era raro pensar en Helena antes de que fuera Helena.

—¿Su tumba está en Therapne? —preguntó Alia.

—En efecto —dijo Diana—. Se llama el Menelaión, pero antes se llamó la Tumba de Helena. "Allí donde Helena descansa, la Warbringer podrá ser purificada."

Nim dio unos golpecitos a las rodillas deshilachadas de su vestido.

—Muy bien, entonces sólo tenemos que llegar al manantial antes de que los malos atrapen a Alia.

Alia hubiera querido dar mil gracias al ver que Nim se lo tomaba con filosofía en vez de intentar tirarse del avión. Pero si iban a decir la verdad, era justo que la dijeran en su totalidad.

—En realidad —dijo Alia—, no estoy segura de que ellos sean los malos.

—Volaron el ala Sackler del museo Metropolitano —dijo Nim—. Son monstruosos.

Theo dio un buen trago a su ginger-ale.

—O tal vez simplemente no sean amantes del arte.

—Son personas capaces de cualquier cosa con tal de ver muerta a Alia —dijo Jason, con un tono lúgubre—. Y muchas personas han perdido la vida por esa razón.

—Sí —dijo Theo, en voz baja—. Lo siento.

Jason no se equivocaba, pero Alia también sabía que todos estaban lidiando con el miedo de la mejor manera que sabían.

Hizo un gesto hacia la laptop que estaba apoyada en la banca.

—Por lo que he podido ver, muchas personas se dedican a identificar y erradicar a las Warbringers...

—En otras palabras, a ti —dijo Theo.

—Sí, a mí. Y tienen razones bastante buenas.

Nim se retiró de los ojos el manojo de pelo negro.

—¿Qué buenas razones pueden tener, si intentan matarte?

Alia suspiró.

—Ellos no saben nada del manantial. Sólo intentan evitar una guerra mundial. Por consiguiente, para todo el mundo, menos para los aquí presentes, los buenos son ellos.

—Es perfecto —dijo Theo, incorporándose.

Jason cruzó los brazos.

—¿Qué quieres decir?

—¡Nosotros somos los malos! Ser el malo siempre es mejor. Vistes de negro y te escondes en una guarida. Además, las chicas no pueden resistirse a un chico malo.

—Eres un idiota —dijo Nim.

Theo se llevó la mano a la sien.

—No tengo la culpa de que carezcas de visión.

Nim abrió la boca para responder y Alia la cortó de raíz.

—¡Eh! ¿Se dan cuenta de que se llevan súper bien excepto cuando yo estoy presente?

—Eso no es verdad —dijo Theo—. Nunca nos llevamos bien.

—Piénsalo. ¿Cuando vuelves a tu casa, sigues pensando en cómo odias a Nim?

—Yo...—Theo dudó. Hasta las trencitas parecían estar reflexionando—. Bueno, no. Es sólo cuando...

—Sólo cuando están conmigo. Por eso, la próxima vez que tengan ganas de matarse, tomen aire y retírense a sus rincones. Literalmente, aléjense de mí o de ustedes mismos.

Theo y Nim compartieron una mirada de escepticismo.

—¿Lo ves? —dijo Alia—. Los dos piensan que estoy como una cabra, o sea que ya se pusieron de acuerdo en algo.

—¿Qué va a pensar tu gente de lo del ataque al museo? —preguntó Diana.

—No estoy seguro —dijo Jason, con la voz cansada—. Están pasando un montón de desgracias en el mundo. Seguramente lo achacarán al terrorismo, a un ataque a la Fundación por su política internacional. Hemos recibido amenazas con anterioridad, hemos tenido problemas en algunas de nuestras sedes en el extranjero.

—Pero nada a esta escala —dijo Theo.

—No —dijo Jason—. Nada donde haya habido víctimas.

—¿Y tienes alguna idea de quiénes eran estos tipos buenos en concreto? —preguntó Nim.

—Hablaban alemán —dijo Theo—. *Ich bin ein* vamos a volar el museo.

Jason barajó una pila de archivos.

—Hay varias organizaciones internacionales dedicadas a intentar localizar el linaje de las Warbringer. Antes había más, pero desaparecieron o se fueron diluyendo. Una de ellas es la Orden de San Dumas, y existe una escisión llamada Das Erdbeben que operaba desde Hamburgo, pero es difícil distinguir cuáles son reales y cuáles son ficticias.

—Esas balas parecían terriblemente reales —dijo Nim.

—Pero, ¿por qué ahora? —preguntó Alia—. ¿Por qué esperar a estar tan cerca de la luna nueva para intentar... deshacerse de mí?

Jason se removió nervioso en su asiento y se miró las manos.

—Creo que tal vez haya sido por mi culpa.

—Mientras no sea por mi culpa...—dijo Theo.

Alia esperó, y Jason se pasó el pulgar por encima de los jeans.

—Mis papás no habían digitalizado gran parte de los viejos archivos. Pensé que debía hacer copias de seguridad de todo, llevar un registro. De modo que los escaneé en...

—¿En una computadora de Laboratorios Keralis? —dijo Theo, que parecía realmente horrorizado por primera vez desde que habían empezado a hablar—. ¿Lo hiciste con codificación?

—Sí —dijo Jason—. Y guardamos toda clase de información confidencial en esos servidores. Investigaciones. Datos de los propietarios. En teoría son seguros.

—Pero alguna persona de la empresa podría haber reconocido algo —dijo Diana—. Sólo hubiera necesitado una palabra, una mención.

—Lo siento, Al —dijo Jason. Parecía físicamente enfermo—. Nunca me lo tomé en serio. No tanto como ellos. Debería haber sido más cuidadoso.

Alia suspiró. ¿Cómo podía estar enojada con él por algo que nunca podría haber comprendido?

—No sé si darte una cachetada por ser tan estúpido o hacer un baile de la victoria para celebrar que esta vez fuiste tú quien se equivocó.

—Podrías incorporar la cachetada al baile de la victoria —sugirió Nim.

—Eficiencia —dijo Alia—. Me gusta.

—Eficiencia —repitió Diana, pensativa—. Es posible que estas organizaciones estén intercambiando información ahora mismo. Sería la estrategia a seguir. Por lo que alcanzo a comprender del pergamino, seguir la pista e identificar a las Warbringer no es una tarea sencilla. El primer asesinato de una Warbringer del que se tiene constancia acaeció en el mundo moderno. Eso no puede ser una coincidencia.

—Échale la culpa a internet —dijo Theo.

Alia sostuvo en alto una de las carpetas.

—¿Y el texto tachado? ¿Existen versiones completas de los archivos en algún lugar?

Jason negó con la cabeza.

—Yo no las he encontrado. Imagino que mamá y papá siguieron líneas de investigación separadas a partir de algún punto. Pero no estoy seguro.

Theo volvió a llenar el vaso.

—Entonces, llegamos a Grecia, encontramos el manantial y todo se solucionará.

De modo que no pensaban salir huyendo y gritando. Alia tenía ganas de abrazar a Theo. Pero siempre las tenía.

—Theo, esta lucha no te concierne —dijo Jason—. Y a ti tampoco, Nim. Pediré a Ben que aterrice en una pista abandonada cerca de Araxos, y no en el aeropuerto de Kalamata. Desde allí, les puedo conseguir un vuelo...

—Para —dijo Nim, levantando los brazos—. Si hay personas dispuestas a dinamitar el museo Metropolitano para llegar a ustedes, seguro que saben perfectamente quiénes somos, y en cuanto volvamos a asomar la cabeza irán por nosotros, para intentar descubrir a dónde han ido.

—Tiene razón —dijo Diana—. No podemos permitirnos volver a subestimar a nuestros enemigos.

—De acuerdo —dijo Jason, reflexionando—. Encontraremos un alojamiento seguro. Un lugar seguro...

—¿Vas a escondernos en un olivar perdido? —dijo Theo, indignado.

—Estaba pensando en un hotel —dijo Jason.

—Olvídalo. Si estuvieras en mi lugar, ¿te quedarías sentado sorbiendo ouzo mientras yo estoy en peligro?

—No —reconoció Jason.

—Entonces iré con ustedes.

—Yo también —dijo Nim.

Alia negó con la cabeza.

—No y no. Ya vieron a qué nos enfrentamos. Pueden resultar heridos. Tal vez muertos. No podría soportarlo.

—Lo sé —dijo Nim—. Sería una gran pérdida para ti y para el mundo. Pero eres mi mejor amiga. Y, honestamente, prefiero que me peguen un tiro, a pasar una semana en una habitación de hotel con Theo.

Alia sabía que Nim era un hueso duro de roer. Quería decirles que se escondieran, que hicieran lo que Jason había propuesto, que hicieran un esfuerzo por mantenerse al margen. Pero pese al peligro y a las críticas constantes, también quería tenerlos a su lado. Jason y ella habían perdido muchas cosas, y Theo y Nim ya formaban parte de su familia. Eran personas cariñosas, comprensivas y, en ocasiones, completamente insufribles.

Alia miró a Diana a los ojos.

—¿Estarán seguros con nosotros?

—No lo sé —dijo Diana con sinceridad, y Alia agradeció que dijera la verdad—. Pero tampoco sé si dejarlos en otro lugar sería mucho mejor. Si los encontraran...

Diana no tuvo que terminar la frase. Si alguien conseguía llegar a Theo y a Nim, había dos posibilidades: que fueran los buenos *buenos*, o bien uno de aquellos grupos que no dudarían en torturarlos.

A Alia no le gustaba la idea, pero no tenían elección posible.

—De acuerdo. Pueden venir. Pero intentemos no hacer demasiadas estupideces.

Nim alargó el brazo y dio un fuerte apretón a la mano de Alia.

—No pidas a Theo que haga promesas que no podrá cumplir.

Tal vez la advertencia de Alia había surtido efecto, o tal vez Theo estaba de buen humor, porque se limitó a sonreír y a levantar el vaso de ginger-ale.

—Propongo un brindis —dijo—. Por los malos.

CAPÍTULO 17

Diana estaba ansiosa por limpiarse de la piel los vestigios de la batalla. El olor a humo le impregnaba el pelo y los restos del vestido. Cada vez que respiraba era como volver a rastras al caos del ataque, a la terrorífica visión de los cadáveres tirados en el suelo, a los ecos de un grito de guerra que seguía reverberando en su sangre.

Aunque seguía sin acostumbrarse a la sensación de estar en el aire, se obligó a abandonar la solidez reconfortante de la banca acolchada y se dirigió a las regaderas. Se lavó y se puso la ropa de cuero que había guardado en la mochila y se ató el lazo a la cintura. En Grecia, Diana llamaría la atención, pero viajarían con mucha rapidez, y se sentía más cómoda con su ropa de amazona. Si sufrían otro ataque, quería tener todas las ventajas posibles.

Dedicó un rato a leer los archivos que Jason había traído, de espaldas a la ventanilla del avión. No le gustaba mirar a la oscuridad y ver su propio rostro reflejado en el cristal. No quería ni pensar que estaban atravesando los aires dentro de una máquina que los mortales habían construido con metal, plástico y una dosis injustificada de optimismo acerca de sus propias innovaciones. Si ella hubiera llevado el control del artefacto habría sido distinto, pero no le gustaba estar en manos de otra persona, por muy reconfortante que fuera el comportamiento de Ben y su experiencia militar.

Al cabo de un rato le empezaron a pesar los ojos. Acurrucada en el cómodo asiento, arrullada por el sonido de los motores, consiguió dormirse. Soñó que volvía a estar en el campo de batalla que había visto en las aguas del Oráculo. Escuchó el sonido de lo que ahora sabía que era un arma de fuego, vio las ruinas ennegrecidas de una ciudad desconocida a su alrededor, las montañas de cadáveres. Pero en esta ocasión era Tek quien contemplaba la escena mientras la bestia con cabeza de chacal degollaba a Diana.

Diana se despertó jadeando, con la mano en el cuello, todavía con la sensación de los largos colmillos del monstruo alojados en su carne.

La cabina del avión estaba en silencio. ¿Cuánto tiempo había pasado dormida? La luz brillaba por detrás de las persianas bajadas de las ventanillas, y Diana se dio cuenta de que habían alcanzado al sol.

Alia estaba echa bolita junto a Nim en la banca, Theo iba frente a las dos. Jason se encontraba en la parte posterior del avión. Cuando las chicas se quedaron dormidas, Diana había visto que Theo se servía una bebida que no era ginger-ale. No dijo nada, pero se preguntó si el comportamiento de él se debía a la adicción, a la fatiga o a algo más sombrío. ¿Tal vez sospechaba que su padre estaba involucrado en el ataque? ¿Tal vez él mismo era el responsable? No quería pensar mal de alguien a quien Jason y Alia apreciaban tanto, y la sorpresa y la confusión de Theo al enterarse de la identidad de Alia como Warbringer había parecido auténtica. Pero Diana ya no confiaba en su instinto cuando se trataba de los mortales y sus engaños. En aquel mundo se sentía como si avanzara a tientas en la oscuridad, captando apenas algunos flashes, comprendiendo una cosa y tropezando luego con la siguiente.

Bajo los párpados, Alia movió los ojos y Diana se preguntó si debía despertarla. Parecía estar soñando algo desagradable. Tenía el ceño fruncido y agarraba con la mano una de las carpetas que tenía sobre el regazo.

Proyecto Segundo Nacimiento. Aquel era el nombre que los padres de Alia habían puesto a sus investigaciones sobre el linaje de

Alia. La mayor parte de la información procedía de documentos y utensilios que habían ido pasando a través de generaciones de Keralis, leyendas familiares y el trabajo de los investigadores privados a los que habían contratado para encontrar pistas sobre otros descendientes de Helena. Había fotografías de yacimientos arqueológicos, de excavaciones privadas que habían financiado en el emplazamiento de antiguos campos de batalla, expediciones submarinas que abarcaban desde la costa de Egipto a las profundidades del mar Negro. Habían creado una división aparentemente secreta de Laboratorios Keralis dedicada a la arqueogenética, y aunque habían iniciado las investigaciones buscando una respuesta al problema del linaje de las Warbringers, quedaba claro que también estaban estudiando las posibilidades que se podían deducir no sólo de la biología de Alia, sino del ADN de unos héroes y unos monstruos que para ellos ya eran algo más que leyendas.

Diana había pasado innumerables páginas en la pantalla de la computadora. Había tardado un poco en acostumbrarse, y sus dedos todavía añoraban el tacto del papel, pero su mente estaba ansiosa por aprender toda la información que se desplegaba ante ella. Una tras otra, las imágenes iban pasando, llenas de anotaciones, Aquiles blandiendo su famoso escudo, Héctor regalando su espada a Ayax. Eneas. Ulises. Los hermanos de Helena, los legendarios Dioskouroi. Pero había otras imágenes, ilustraciones y modelos que le provocaban escalofríos: el Minotauro con sus grandes cuernos de buey en el laberinto de Knossos; el monstruo marino Lamia, reina y devoradora de niños; Escila, la de las seis cabezas, con sus triples hileras de dientes de tiburón; los gigantes caníbales de Lamos; la quimera que echaba fuego por la boca. ¿Con qué habían estado jugando los Keralis? Los archivos eran bastante inquietantes, pero los vacíos y las páginas que faltaban también la preocupaban.

Ahora contemplaba en la pantalla una imagen de Echidna, la madre de todos los monstruos, mitad mujer, mitad serpiente. Había unas notas extensas sobre posibles usos de la terapia genética y la extracción de ADN, así como una lista de emplazamientos posibles de la cueva de Echidna, donde se creía que había muerto. Diana se estremeció. *No me extraña que tenga pesadillas.*

Jason regresó de la parte trasera del avión. Tenía el don de parecer tan formal en jeans y camiseta como cuando llevaba el traje puesto. Tomó dos botellas de agua del bar y le ofreció una, y a continuación se sentó frente a ella en la butaca y se inclinó hacia delante, apoyando los codos en las rodillas.

Sin mirarla a los ojos, dijo:

—Te debo una disculpa —puso la botella de agua boca abajo—. Arriesgaste la vida para salvar a Alia. A todos nosotros. Sin ti nunca hubiéramos conseguido salir del museo —hizo una pausa y tomó aliento—. Y supongo que también debería ofrecerte disculpas por exigir que Alia asistiera a la fiesta. Sólo intento protegerla. Intento proteger el nombre de los Keralis. Y no parece que esté haciendo bien ninguna de las dos cosas.

—Lo haces lo mejor que puedes.

Sorprendentemente, una ligera sonrisa asomó en los labios del chico.

—Vaya elogio.

Diana no pudo evitar sonreír también.

—Lo siento. Me olvido de lo consentida que es la gente, en su mundo.

Jason soltó una carcajada, pero calló de inmediato al ver que Alia se removía en el asiento, todavía dormida.

—Yo no lo llamaría consentir.

—Cometiste un error. Lo reconoces. Es digno de respeto. Mitigar las repercusiones de estas elecciones o de sus consecuencias sería una mentira que no haría bien a nadie.

Jason se reclinó en el asiento y le dirigió una mirada de soslayo.

—Tienes razón. No estoy acostumbrado a... que la gente sea tan directa conmigo.

Diana recordó la descripción que Nim había hecho de Jason.

—¿Porque eres rico y guapo?

Ahora él volvió a exhibir aquella sonrisa sorprendente que le dibujaba un hoyuelo.

—Tú lo has dicho —hizo un gesto hacia la laptop abierta en el asiento contiguo—. Mis padres me criaron con todas esas historias. Pensaba que no eran más que eso. Cuentos sobre dioses, monstruos y héroes.

—¿Héroes?

—Teseo...

—Un secuestrador.

—Hércules...

—Un ladrón.

Jason arqueó las cejas.

—Bueno, ya sabes lo que quiero decir. En los libros aparecen como héroes.

—Veo que nos criaron con cuentos distintos.

—Tal vez —dijo él—. Cuando me hice mayor, me olvidé de esas historias, y sólo me interesaban los cómics. Ponerse la capa y rescatar a la chica.

—¿Qué chica?

—La chica. Siempre hay una chica.

Diana resopló.

—Está claro que no nos criaron con los mismos cuentos.

Otra vez la sonrisa.

—¿Cuál era tu favorito? —preguntó él.

—Seguramente la historia de Azimech, la estrella doble.

—No la conozco.

—No es demasiado emocionante —esto no era cierto, pero tampoco tenía ganas de compartirla—. Había otra historia que me gustaba, sobre una isla —dijo con cautela—. Un regalo de los dioses, concedido a unas guerreras privilegiadas, un lugar en el que nunca se derramaría la sangre. Me gustaba esa historia.

—Eso sí que es ficción.

Ya volvía a aparecer aquel tono de superioridad. Le ponía los nervios de punta.

—¿Por qué?

—Porque nadie puede detener totalmente la guerra. Es inevitable.

—Tal vez en tu mundo lo sea.

—En cualquier mundo. El problema no es la guerra; sino lo que la humanidad ha hecho con ella.

Diana cruzó los brazos.

—Supongo que todas las guerras son iguales para los que mueren en ellas.

—Pero ahora es mucho más fácil, ¿verdad? —volvió a señalar la computadora—. En las leyendas antiguas, la guerra consistía en un héroe que entraba en el campo de batalla espada en mano. Había un monstro al que derrotar. ¿Y ahora? Ni siquiera hay un general que dirija los ejércitos. Todo son drones, reservas nucleares, ataques aéreos. Un tipo puede apretar un botón y borrar del mapa un pueblo entero.

Diana conocía aquellas palabras y los horrores que conllevaban. En la escuela le habían enseñado todos los métodos que los mortales habían descubierto para destruirse entre sí.

—Me recuerdas un poco a mi madre —reconoció Diana—. Dice que la gente encuentra maneras para que la vida no tenga ningún valor.

—Ni la muerte.

—¿Tienes miedo a morir? —preguntó Diana, con curiosidad.

—No —dijo Jason—. No si tengo una buena muerte. No si muero por algo en lo que creo. Mis padres... —vaciló—. Los Laboratorios Keralis no son sólo su legado. Mientras sigan adelante, su nombre pervivirá, y ellos también.

Ciertamente, Jason se tomaba muy a pecho las historias y las leyendas antiguas. Así era como los antiguos griegos habían percibido la vida después de la muerte.

—Ser recordado es una manera de ser inmortal.

Jason la miró, sorprendido.

—Exacto —dijo—. Eso es lo que deseo para ellos.

—¿Y tal vez para ti mismo?

—¿Te parece una estupidez? —preguntó. Era la primera vez que ella lo veía algo inseguro de sí mismo—. ¿Buscar alguna clase de grandeza?

A Diana no le parecía ninguna estupidez.

Antes de que pudiera responder, la voz de Ben sonó por el altavoz.

—Hemos entrado en el espacio aéreo de Grecia e iniciamos el descenso. Aterrizaremos en Araxos en aproximadamente veinte minutos. Preveo un aterrizaje movidito, de modo que abróchense los cinturones y tengan a mano los amuletos de la suerte.

El hechizo que se había creado en el cobijo adormecido del avión se había roto.

Jason movió el cuerpo y la expresión del semblante cambió.

—Ya queda poco.

Alia y los demás estiraron los brazos y bostezaron. Nim casi parecía otra persona, con el overol de trabajo de Laboratorios Keralis y la cara desmaquillada. Theo chasqueó la lengua y se pasó la mano por la cresta de pelo oscuro. Seguía llevando los pantalones de traje brillantes, pero había abandonado el saco y la corbata en favor de una camiseta de Keralis.

—¿Ya llegamos? —preguntó Alia, con la voz adormilada.

—Casi —dijo Jason.

—¿Qué pasará cuando aterricemos? —preguntó Theo, levantándose de la banca para acomodarse en un asiento y abrocharse el cinturón de seguridad.

—Ben nos dejará cerca de Araxos. Tendremos que encontrar a alguien que nos lleve en coche hacia el sur, pero desde allí apenas son cuatro horas en coche hasta Therapne. Hubiera sido más rápido aterrizar en Kalamata, pero me preocupaba hacerlo en un aeropuerto tan ajetreado.

—Aun así —dijo Alia—, llegaremos al manantial en cuestión de horas.

Intercambió una mirada con Diana, y esta notó que compartían una chispa de emoción.

Estiró los brazos y movió la mandíbula, intentando aliviar la incómoda presión de los oídos.

—¿Nunca habías viajado en avión? —preguntó Jason.

—No. Yo...

De pronto, una alarma resonó por toda la cabina.

Nim agarró a Alia por el brazo.

—¿Qué es esto?

—Siéntense. Las dos. Ahora mismo —ordenó Jason.

—¿Qué está pasando? —dijo Nim mientras se apresuraban a sentarse en la hilera posterior a la de Theo.

—Tenemos un problema —dijo Ben por el altavoz, con una pizca de alteración en la voz mesurada.

—El avión está equipado con un sistema de pre-alarma —dijo Jason.

—¿Nos están disparando? —dijo Theo, con incredulidad.

—¿Podemos responder al tiroteo? —preguntó Alia.

Jason se agarró al reposabrazos.

—No disponemos de esa actualización en particular.

—Desplegando balizas —dijo Ben.

Diana levantó la cortina. Oyó un ruido sordo, y en el resplandor del cielo vespertino vio dos estallidos brillantes de luz seguidos por rastros de humo blanco. Vislumbró algo que se dirigía a la baliza izquierda y oyó una explosión.

El pequeño avión sufrió una sacudida y se balanceó incontroladamente.

Theo maldijo. Alia gritó. El avión recuperó el equilibrio. La baliza había rechazado el misil, pero la alarma seguía sonando.

Jason se arrancó el cinturón de seguridad y se lanzó a la parte posterior del avión. Reapareció al cabo de unos segundos con lo que Diana comprendió que eran mochilas de paracaídas. Los había visto en los cuerpos de pilotos derribados.

—No hablarás en serio —dijo Alia, con los ojos brillantes de pánico.

—Póntelo —ordenó Jason, lanzándole una mochila—. Ya has saltado de un avión en otra ocasión.

—¡Por tu estúpido decimoctavo cumpleaños! —dijo Alia, pero ya se estaba colocando las correas.

—Escúchenme bien —dijo, al tiempo que repartía los paracaídas a Nim y a Theo, y otro a Diana—. Pónganse los gogles. Estamos a unos tres mil metros. Cuando lleguemos a menos de dos mil, vamos a saltar. Lo haremos con cinco segundos de diferencia. Cuéntenlos para no chocar entre ustedes.

—*Ai meu Deus* —dijo Theo.

—¿Y tú? —dijo Alia.

—Ben tiene un paracaídas en la cabina. Iremos en tándem. En cuanto salten quiero que se pongan boca abajo, y que luego desplieguen el dosel principal. Intenten colocarse contra el viento y estén preparados para agacharse y salir rodando en cuanto pongan el pie en tierra.

—No puedo creer que esté pasando esto —dijo Nim, retorciéndose dentro del arnés.

—Pero así es —dijo Alia, y a Diana le sorprendió la firmeza de su voz—. Todo va a salir bien.

—Mentirosa —se quejó Nim.

—Optimista —la contradijo Alia. Había miedo en sus ojos, pero todavía le quedaban fuerzas para esbozar una sonrisa.

—Quédense donde estén cuando aterricen —dijo Jason—. Las mochilas llevan rastreadores —tocó brevemente el hombro de Diana—. Los encontraré.

Se oyó un sonido metálico, y el avión se estremeció ligeramente.

—¿Qué demonios fue eso? —dijo Theo, metiendo las piernas por las correas del arnés.

Diana alzó la vista hacia el techo.

—Hay algo encima del avión.

Volvieron a oír el repiqueteo metálico.

—¿Son pies...? —dijo Alia, pero sus palabras se desvanecieron al abrirse de pronto la puerta del avión. Un rugido ensordecedor inundó la cabina. Todos estaban amarrados a los asientos. Todos menos Jason.

En un instante, Diana notó que se le escapaba la mochila de las manos. Vio que Jason abría mucho los ojos.

—¡No! —gritó. Intentó agarrarlo, pero ya era demasiado tarde. La fuerza del vacío lo levantó como si fuera un muñeco y lo succionó hacia el cielo que lo esperaba.

Alia gritaba. Theo y Nim gritaban. Diana miró al lugar que había ocupado Jason un instante antes. *Hoy estamos aquí, y mañana habremos desaparecido.*

Dos hombres con armaduras negras irrumpieron por el agujero que habían horadado en el lateral del avión, con unos cables amarrados a la espalda, y avanzaron hacia ellos.

Diana se liberó del cinturón de seguridad y se arrojó hacia los hombres acorazados. Estos dieron un paso atrás, peligrosamente cerca de la puerta abierta. Notó el cañón de una pistola presionada contra su costado y oyó que uno de los soldados descargaba sobre ella.

Gritó al notar que sus órganos se rasgaban, desgarrada por las balas, y por un instante el mundo se volvió de color negro. El soldado que tenía encima presionó el cañón de la pistola contra su cráneo. Diana no estaba segura de hasta qué punto podría sobrevivir, pero tampoco tenía intención de descubrirlo.

Aulló de rabia y se deshizo de él, embistiéndolo con toda sus fuerzas. El hombre salió disparado hacia arriba y chocó contra el techo del avión, antes de caer convertido en un deshecho humano.

Diana se levantó, se llevó la mano al costado y su sangre se convirtió en hielo. El otro soldado había tomado a Alia en sus brazos. Saltó del avión mientras el viento se llevaba el grito de Alia.

—No, no lo harás —rugió Diana.

Tomó el lazo que tenía atado a la cadera, se aferró al lateral metálico de la puerta destrozada y lanzó la cuerda sobre el soldado con toda la fuerza que pudo reunir. La cuerda salió disparada hacia abajo trazando un arco brillante, como un latigazo de fuego dorado contra el cielo azul.

La órbita se cerró sobre Alia y el soldado, los cazó con gran violencia y Diana empezó a tirar de ellos. La cabeza del soldado impactó contra el borde de la puerta en el momento en que volvía a entrar en el avión. Alia y él cayeron en el interior, pero el cuerpo de él estaba inerte. Nim y Theo se abalanzaron sobre ellos y se llevaron a rastras a Alia, mientras Diana clavaba las uñas en el lazo, intentando alejarse del soldado.

Diana sacudió el nudo y este se soltó. Se apoyó contra la pared del avión, jadeando. Sentía que su cuerpo se estaba curando, una sensación fresca y reptante que se propagaba por la carne. La herida del costado se había cerrado, pero todavía estaba impresionada por el dolor, por el tacto de su propia sangre en los dedos. Por lo menos, la entrada de la bala había sido limpia.

En aquel momento, el aullido de la alarma se aceleró todavía más.

—Recibido —comentó la voz sorprendentemente tranquila de Ben por el altavoz. El avión se inclinó pronunciadamente hacia la izquierda. Todos cayeron contra los asientos.

Un sonido parecido a un trueno cortó el aire, y el avión graznó con una explosión de cacofonías. Entonces, un extraño silencio se apoderó del avión. La alarma y los motores habían callado. Por un instante, descendieron en caída libre. Entonces uno de los motores del avión cobró vida, y Ben evitó la zambullida.

—Chicos, es hora de abandonar la aeronave de una manera ordenada —dijo por el radio—. Va a ser imposible aterrizar con este pájaro.

Diana se puso de rodillas, arrastrando con ella a Alia.

—Vamos.

—No tienes paracaídas —empezó a decir Alia.

Ben apareció por el umbral de la cabina de pilotaje, con un paracaídas amarrado a la espalda.

—Podemos ir juntos —dijo Ben—. Yo la agarraré.

Sonó otro ruido metálico por encima de ellos. Pasos que corrían hacia la puerta. ¿Quiénes eran aquellos hombres? ¿Qué estaban haciendo? Lo único que sabía Diana era que estaban decididos a matar a Alia.

—Sólo tenemos una oportunidad —dijo Diana—. Yo los bloquearé mientras ustedes van saliendo. Sin discutir. Ben, ponte detrás mío, con los demás.

Ben sacó una pistola.

—Con el debido respeto, señorita, un exmiembro de los SEALS no se esconde bajo las faldas de una dama.

Una riada de soldados vestidos de negro entró por la puerta.

—¡Ahora! —gritó Diana. Ben y ella corrieron hacia los soldados. Oyó la ráfaga de disparos, sintió la quemazón de una bala que le hería el muslo, y se puso a forcejear con uno de los hombres, y después con dos.

Eran soldados fuertes, mejor equipados y entrenados que los que se habían enfrentado a ella en el museo. Tal vez los enemigos de Alia se habían dado cuenta de con quién se estaban metiendo.

El dolor en el costado dificultaba los movimientos de Diana, pero lo único que importaba era conseguir que Alia y los demás pudieran huir. Echó un vistazo a la puerta y vio que Nim se lanzaba con un grito y desaparecía de la vista. Theo ya debía haber saltado. Alia miró a Diana a los ojos y se tocó el corazón con el puño. Hermana en la batalla. Entonces cerró los ojos y saltó.

Diana gruñó y agarró al hombre por la muñeca, notó huesos que se astillaban, pateó con fuerza. El soldado gritó y se vino abajo, pero ya había otro soldado detrás suyo, agarrándola por los brazos.

Horrorizada, Diana vio a Ben desplomado sobre la banca, con los ojos en blanco y el pecho agujereado. Al parecer, el valor no detenía las balas, ni siquiera el de un ex miembro de los SEALS.

Ahora dos soldados la retenían, tirando de sus muñecas. Uno de ellos propinó un puñetazo a la herida todavía fresca del costado, y Diana gritó al sentir una explosión de dolor que la dejó sin aliento.

—He oído hablar de ti —dijo uno de los soldados detrás del casco de color negro, avanzando hacia ella con un cuchillo lleno de muescas en la mano—. Dicen que eres capaz de sobrevivir a una bala. A ver cómo te las arreglas cuando te arranque el corazón del pecho.

Por el rabillo del ojo, Diana vislumbró un movimiento, pero su mente se negó a creer lo que estaba viendo. Alguien colgaba del ala del avión.

Jason colgaba del ala del avión.

Imposible. Ningún mortal tenía tanta fuerza. Pero entonces vio cómo el chico se encaramaba al lateral y se lanzaba hacia el interior del avión.

Se abalanzó sobre el soldado del casco, le arrancó el cuchillo de las manos y, con un rápido gesto, le partió el cuello.

No puede ser.

Los soldados alcanzaron sus armas y apuntaron a Jason. Diana los embistió y los lanzó contra la pared. Se desplomaron sobre el suelo.

Por un instante, Jason y ella se quedaron mirando, el avión se sacudía y caía en picada hacia la superficie de la tierra.

—¡Me mentiste! —gritó ella por encima del rugido del viento.

Jason se inclinó, arrancó el paracaídas de la espalda de Ben y lo pasó por encima de sus hombros.

—No más de lo que tú me has mentido a mí —le tendió la mano—. ¿Vale la pena morir por eso?

Diana le tomó la mano. Él la atrajo hacia sí.

—Agárrate bien —dijo él, y luego el cielo los abrazó.

CAPÍTULO 18

El terror de la caída invadió a Alia como una ola. El mundo se le venía encima como una avalancha, y su cerebro intentó recordar todo lo que había aprendido sobre paracaidismo en la fiesta de cumpleaños de Jason, pero en su lugar gritó la lista de los huesos del cuerpo humano, de cada hueso que estaba a punto de romperse.

Los detalles de la tierra se volvieron cada vez más claros, en colores verdes, grises y marrones. Cordilleras y sombras, zonas boscosas. Sus dedos buscaron a tientas los pasadores y los trozos de metal que se le aferraban a los hombros.

Sentía el cuerpo pesado, imposiblemente torpe, mientras intentaba mantener la posición que Jason había descrito. Jason. Había visto cómo el viento se lo llevaba, cómo lo arrancaba del avión. Había sucedido todo muy deprisa. Desesperada, se presionó el pecho y una mezcla de miedo, dolor e incredulidad se apoderó de ella.

El viento y el latido de su corazón le inundaban los oídos. Se había hecho la dura con Diana, instándola a matarla por el bien de la paz, y en cambio ahora sólo tenía una idea en la cabeza: *No quiero morir.* Agarró el conmutador de la cadera y lo jaló con fuerza. Un sonido chirriante. Había jalado el cordón equivocado. Por un instante estuvo segura de ello, convencida de que había metido la pata hasta el fondo. Pero entonces, el cuerpo sufrió un tirón hacia arriba con una fuerte sacudida. Un sonido ahogado, una mezcla de sollozo y quejido, salió de sus labios cuando el arnés se le hundió en los muslos y el impulso aminoró. Tuvo la sensación de que había dejado los hombros y la pelvis en algún lugar por encima de ella.

Se obligó a estudiar el terreno. Sabía que necesitaba encontrar algún lugar llano y sin árboles, y dirigir la caída jugando con el viento. Tiró suavemente de las cuerdas, probándolas. Debajo, el mundo parecía ajeno y misterioso. Su mente registró graneros, casas, tierras de cultivo. Necesitaba un campo, algún lugar llano. Tiró con cuidado de las cuerdas, virando hacia la izquierda, luego a la derecha, intentando disminuir la velocidad el descenso.

Ahora planeaba sobre la superficie brillante de un río, y al cabo de un instante la tierra ya estaba demasiado cerca, acelerándose debajo de su cuerpo. Alzó los pies e impactó contra el suelo con un ruido sordo y doloroso, y luego salió disparada hacia delante, incapaz de controlar el impulso. Notó que se le torcía el tobillo, notó que una roca se le clavaba en la espalda y en los costados. Encogió las rodillas y salió rodando. La tela, impulsada por el viento, la arrastró por el suelo, y finalmente se desmoronó. La chica se detuvo en seco.

Alia se quedó tumbada de lado, intentando recuperar el aliento, intentando que su mente racional interiorizara la adrenalina que le recorría el cuerpo. Forcejeó con los pasadores y correas del arnés y consiguió librarse de ellos. Notaba una punzada en el tobillo. Esperaba no habérselo roto. Se obligó a incorporarse, todavía sentada, pero cada parte de su cuerpo era como una gelatina que no había cuajado. Se encontraba en la base de una ladera cubierta por lonas y mallas para evitar la erosión.

Escuchó un zumbido estridente y miró hacia el cielo. Vio un rastro de humo, el avión que caía en picada, en espiral. Desapareció detrás de unas colinas, y Alia oyó una fuerte explosión que sacudió la tierra bajo sus pies. Gritó cuando vio la columna de humo negro que florecía en el horizonte.

Vislumbró una forma que se movía por el cielo, con el cuenco traslúcido de un paracaídas justo detrás. ¿Sería Diana? ¿Ben? ¿Uno de los asaltantes?

Alia se puso de pie con grandes esfuerzos. Jason había dicho que las mochilas llevaban rastreadores. *Jason.*

—¡Alia!

Era la voz de Nim. Alia nunca había oído un sonido más maravilloso. Se dio la vuelta, vio a Nim que se acercaba a trompicones a ella, y se obligó a permanecer de pie. Recorrieron tambaleándose el resto de distancia que las separaba, hasta que Alia abrazó a Nim, deseando poder tenerla cerca y protegerla para siempre.

—¿Viste dónde cayó Theo? —preguntó Alia.

—No —dijo Nim—. Pasó todo muy deprisa.

Alia notó que el pánico casi le impedía respirar.

—Vayamos a lo alto de la colina —dijo—. Tal vez podamos ver algo más.

Alia se apoyó en Nim, y juntas sortearon las lonas y las mallas tan rápido como se lo permitían sus piernas tambaleantes. Al oeste, Alia vio una franja de mar de color zafiro. Al este sólo había tierras de labranza.

—¡Ahí! —dijo, señalando al punto donde un paracaídas navegaba hacia la tierra cerca de lo que parecía ser un campo de grano. Tenían que ser Ben y Diana. Tenían que ser ellos. Bajaron tambaleándose por el otro lado de la colina, Alia iba cojeando ligeramente, intentaba sacudirse el dolor del tobillo mientras Nim se subía las mangas del overol con el logotipo de Keralis por encima de los hombros. Era última hora de la tarde, pero el sol seguía pegando fuerte.

Alia tenía ganas de tumbarse allí mismo, de taparse la cabeza con las manos y ponerse a gritar. No dejaba de ver el rostro de Jason en el momento en que había desaparecido por la puerta del avión. *Sigue adelante*, se dijo a sí misma. *Sigue moviéndote. Si te detienes, tendrás que pensar.*

Rodearon un arbusto descuidado, y creyó oír voces.

Nim levantó la cabeza bruscamente.

—Parece...

—No puede ser —dijo Alia, pero hubiera reconocido la voz de su hermano en cualquier lugar. Sobre todo cuando estaba enojado.

—No te debo ninguna explicación —gritaba Jason, a lo lejos—. Me has estado mintiendo y esquivando mis preguntas desde el momento en que nos conocimos.

—Ningún hombre normal podría hacer lo que acabas de hacer —respondió Diana.

Alia terminó de rodear el arbusto y vio a Diana caminando en círculos en un campo moteado de amapolas, y a Jason tumbado en el suelo, intentando deshacerse del lío de cuerdas del paracaídas. Estaba vivo. Estaba bien. A Alia le daba igual cómo o por qué, la cuestión era que estaba bien.

—Ayúdame a salir de aquí —le dijo a Diana.

—Arréglatelas tú solo —respondió Diana.

Alia intercambió una mirada con Nim.

—¿Interrumpimos? —preguntó.

Jason y Diana giraron y la vieron al mismo tiempo.

—¡Alia! —gritaron.

Diana corrió a grandes zancadas hacia ella y la levantó en brazos, columpiándola como si fuera una niña pequeña.

—¡Lo conseguiste! —pasó un brazo por encima de los hombros de Nim y las abrazó a las dos—. Lo consiguieron.

Jason gruñó de frustración y dijo:

—¿Puede alguien ayudarme a salir de esta cosa para que pueda abrazar a mi hermana de una maldita vez?

Alia se le acercó cojeando, con lágrimas en los ojos, y le dijo:

—Te ayudo yo, gruñón.

Jason la jaló y la abrazó con fuerza.

—Creía que te habíamos perdido.

—Lo mismo digo.

—¿Me estás llenando la camiseta de mocos?

—Probablemente —dijo ella, pero no lo soltó—. ¿Cómo diablos has llegado hasta aquí?

Jason suspiró.

—Es una historia muy larga. Te la contaré, pero ahora tenemos que irnos. Los que nos atacaron deben de tener gente en tierra, buscándonos.

—¿Pudo salir Ben antes de que cayera el avión? —preguntó Nim.

Jason negó con la cabeza.

—No.

—Murió como un valiente —dijo Diana.

—Pero murió de todos modos —respondió Alia. Otra muerte sobre su conciencia, y otra razón más para llegar al manantial.

Después de unos minutos manipulando los hilos, consiguieron liberar a Jason, aunque Diana siguió guardando las distancias, con los brazos cruzados y la mandíbula rígida. Él abrió un parche de velcro de una de las correas de la mochila del paracaídas, y sacó a relucir una especie de pantalla. Movió los dedos por encima de la misma, metió un código y un conjunto de puntos verdes aparecieron al lado de una brújula electrónica.

—Estos somos nosotros —dijo Jason, usando las yemas de los dedos para ampliar la imagen. Otro punto verde apareció al sudeste.

—Y ahí está Theo —dijo Alia.

—O por lo menos su paracaídas.

Alia dio un codazo a Jason en el brazo.

—Ni digas eso.

Siguieron la señal a través del campo de amapolas hasta llegar a un olivar y atravesaron interminables hileras de árboles retorcidos. A la luz de la última hora de la tarde, las hojas de color gris verdoso proyectaban una sombra plateada, como ramas rodeadas de nubes de espuma del mar.

Nim se detuvo en seco.

—Madre de Dios —dijo, y cuando Alia siguió su mirada horrorizada, vio el cuerpo flácido de Theo colgando de las ramas retorcidas de un olivo, como una marioneta con las cuerdas aflojadas.

—No —dijo Alia—. No.

Ella era responsable de aquello. Habría preferido haber sido ella quien se hubiera partido el cuello.

Entonces uno de los zapatos puntiagudos de Theo se movió ligeramente, y luego la rodilla, el muslo, hasta la muñeca. Alia agarró a Nim por el brazo, con una inmensa sensación de alivio.

—¡Está vivo! —dijo, feliz.

—Ya decía yo que no me desharía tan fácilmente de él —dijo Nim, pero estaba sonriendo.

Diana observó el contoneo de Theo.

—¿Qué está haciendo, exactamente?

Jason suspiró.

—Me temo que está haciendo la ola.

Alia ladeó la cabeza.

—¿Tal vez el robot?

Diana frunció el ceño.

—¿Es así como celebran haber sorteado la muerte?

—¿Qué estás haciendo exactamente, Theo? —gritó Alia.

Él intentó girar entre las cuerdas, pero no lo consiguió.

—¿Alia? —gritó—. ¿Chicos?

Sus pies pedalearon fútilmente en el aire. Estaba apenas a un metro del suelo, pero era un metro crucial.

—Parece un adorno de Navidad que se volvió loco —dijo Nim—. Y, por el amor de Dios, ¿quién le dijo que esos pantalones eran una buena idea?

Personalmente, a Alia los pantalones le parecían geniales. ¿Era una perversión pensar en el buen trasero que le hacían, cuando un segundo antes lo había dado por muerto?

Diana tardó apenas unos instantes en trepar al árbol y cortar las cuerdas que sujetaban a Theo. Este cayó al suelo y los miró desde la tierra.

—¿Podemos no repetirlo nunca más?

—Hecho —dijo Jason, tendiéndole la mano. Le ayudó a levantarse y le dio un rápido abrazo y unos golpecitos en la espalda. Alia tenía ganas de llenar de besos su ridícula cara, pero necesitaría tirarse de varios aviones más antes de reunir el valor suficiente para hacerlo.

—¿Cómo nos encontraron? —dijo Nim—. ¿Cómo sabían que nos dirigíamos a Grecia?

—No lo sé —dijo Jason—. Es posible que localizaran el avión vía satélite. Tal vez estaban esperando ver dónde teníamos intención de aterrizar, y cuando nos tuvieron al alcance...

—Dispararon —dijo Theo.

—Deben haber visto dónde caía el avión —dijo Diana—. Tenemos que ponernos en movimiento. Si no saben ya que sobrevivimos al accidente, no tardarán en saberlo.

—¿Pero dónde estamos? —dijo Nim—. ¿Y a dónde vamos a ir?

Theo sacó el teléfono del bolsillo.

—¡No lo hagas! —dijo Alia, arrebatándoselo de las manos y tirándolo al suelo.

—¡Oye!

—Tal vez sea así como nos encontraron —dijo Nim.

Teo se lo tomó como un insulto.

—¿De veras creen que dejaría que alguien me localizara a través de esto? Si alguien se molesta en buscar a Theo Santos, va a pensar que estoy tomando el sol en Praia do Toque. Y ya me gustaría, se los aseguro.

—A mí también me gustaría que estuvieras allí —dijo Nim.

—¿Alguien más tiene teléfono? —dijo Jason.

Nim negó con la cabeza.

—Lo dejé en el bolso, en la fiesta.

—Yo no he tenido tiempo de conseguir uno nuevo —dijo Alia—. Y Diana no tiene celular.

Theo se llevó la mano al pecho.

—¿No tienes celular? ¿Y cómo funcionas?

Diana dirigió a Theo una mirada altiva que parecía salida directamente del manual de estrategias de Nim

—Llevo zapatos cómodos y evito las ramas de los olivos.

—¡Toma! —dijo Nim, con una sonrisa—. Y qué acertado.

—¡Cállate de una vez! —dijo Theo, mirándose los zapatos puntiagudos—. No lo dijo en serio.

—De momento, no uses el teléfono —dijo Jason.

—De acuerdo —replicó Theo—. Pero para saber tanto de biología, no tienes ni idea de tecnología. Esta cosa es literalmente imposible de rastrear.

Por fin, Diana los condujo hacia el sureste, dejando el sol poniente a sus espaldas. Atravesaron olivares y tierras de cultivo durante horas, avanzando a trompicones, perdidos en sus propios pensamientos. Se mantuvieron alejados de las carreteras principales y dibujaron un amplio perímetro para bordear granjas y casas, Theo iba en primera posición y Nim cerraba el grupo, ya que no parecían capaces de dejar de insultarse, a pesar del peligro. De vez en cuando, Alia todavía los cazaba lanzándose miradas de odio desde cada punta.

A veces, Diana o Jason se adelantaban para explorar la ruta, y casi había llegado el crepúsculo cuando Diana regresó para decirles que se encontraban a las afueras de una zona llamada Thines.

—¿Crees que hemos avanzado suficiente? —preguntó Alia. No quería quejarse, pero le dolían los pies y el agotamiento le agarrotaba el cuerpo. Aunque el tobillo le obedecía, se moría por descansar un rato.

—En cualquier caso, está oscureciendo y pronto no veremos nada —dijo Jason—. Debemos buscar un refugio para pasar la noche.

—No creo que debamos arriesgarnos a buscar alojamiento —dijo Diana—. No muy lejos vi un edificio que parecía abandonado.

—¿Cómo puede ser que no estés cansada? —dijo Nim, irritada.

Alia sonrió. Ya casi se había acostumbrado a las reservas de energía ilimitadas de Diana.

—Es molesto, ¿verdad?

Siguieron a Diana durante otro kilómetro de huertos y atravesaron el lecho de un río seco, donde las piedras brillaban casi blancas a la luz crepuscular, para terminar penetrando en otro olivar. De vez en cuando, a través de los árboles, Alia vislumbraba las ventanas encendidas o la forma de algún edificio. En una ocasión pasaron tan cerca de una casa que pudo ver un televisor a través de la ventana, proyectando una luz azulada sobre la sala. Sentía como si estuviera mirando por un portal a otro planeta. ¿Cómo cra posible que estuviera sucediendo algo tan ordinario, mientras ellos huían para salvar la vida? Se alegró de que abandonaran los bosquecillos y empezaran a subir por una cuesta, atravesando un embrollo de árboles y arbustos densos bajo los cuales era más fácil refugiarse.

Por fin, llegaron a un edificio que parecía haber albergado anteriormente una capilla, pero que llevaba mucho tiempo abandonado. Estuvieron a punto de pasar de largo, pues estaba escondido entre una arboleda de cipreses y unas trampas para animales. Con suerte, sus perseguidores se dirigirían directamente a las granjas vecinas y no se les ocurriría buscarlos allí.

Alia recorrió a tientas la pared junto a la puerta y encontró una linterna vieja que colgaba de un gancho oxidado.

—Todavía tiene aceite —dijo. Al cabo de unos minutos más buscando a ciegas, encontraron también unos cerillos en una caja de latón encajada en un agujero de la pared.

—Que no haga demasiada llama —dijo Jason.

Alia encendió el pabilo y giró la pequeña llave de bronce lo más bajo posible. Bajo la luz tenue, vieron las paredes pintadas de blanco que se elevaban hacia una bóveda esmaltada en azul, y el suelo de tierra compacta bajo sus pies. Había siluetas oxidadas de material de granja y un montón de bancos de iglesia podridos apilados en desorden en el ábside, pero aun así había espacio de sobra.

—Podemos pasar la noche aquí —dijo Jason. —¿Estamos lo bastante alejados de las granjas? —dijo Diana.

—Creo que sí.

—¿Y hoy ya no vamos a avanzar más?

—No.

—Bien —dijo Diana. De un solo movimiento, se desató el lazo de la cadera y lo pasó por encima de los hombros de Jason—. Entonces, dime. ¿Qué eres, exactamente, Jason Keralis?

CAPÍTULO 19

Diana ajustó el lazo con fuerza, y por un instante, pareció que las fibras que lo componían brillaran a la luz tenue de la iglesia. Jason se tambaleó pero se mantuvo en pie, se agitaba en el extremo de la cuerda como un pez que ha picado el anzuelo. Pese a lo que ella había presenciado en el avión, la fuerza que él desplegaba todavía le resultaba sorprendente.

—¡Diana! —gritó Alia.

—¡Rayos! —exclamó Theo.

—¿De qué está hecha esa cosa? —dijo Nim.

Diana los ignoró a todos.

—¿Quién eres? —quiso saber—. ¿Qué eres?

—Soy exactamente quien te dije que era —dijo Jason, apretando los dientes.

—¿Cómo pudiste agarrarte al ala del avión a esa velocidad? ¿Cómo te sujetaste? ¿Qué eres, Jason Keralis? Habla.

Jason gruñó enojado, tenía los músculos tensos y los tendones del cuello hinchados. Pero no podía competir contra el poder del lazo.

—¿Qué le está pasando? —preguntó Theo, con un tono frenético en la voz—. ¿Qué le estás haciendo?

—No le pasa nada —dijo Diana, aunque tampoco ella lo sabía—. El lazo obliga a decir la verdad.

272

Jason hizo una mueca.

—Soy descendiente de Helena y Menelao, igual que Alia.

Por supuesto que lo era (al fin y al cabo, Alia y él eran hermanos), pero eso no explicaba sus habilidades.

—¿Otro Warbringer?

—Una cosa… distinta —lo dijo como si le estuvieran arrancando las palabras—. Llevo sangre de héroe. La sangre de Menelao y los reyes espartanos que lo precedieron. Mi madre y mi padre me ayudaron a mantener mi fuerza en secreto.

—¿Por qué no nos lo dijiste? —dijo Alia. Diana notaba la preocupación que sentía por su hermano, pero el rencor de su voz también era evidente.

—Mamá y papá no querían que nadie lo supiera —dijo Jason—. Era peligroso para todos.

—Te contuviste, cuando nos peleamos en el hotel —dijo Diana al caer en la cuenta.

—Llevo toda la vida conteniéndome —gruñó Jason—. Y ahora quítame esta cosa de encima.

—Suéltalo —dijo Alia—. Esto no está bien.

Diana estrechó los ojos, pero aflojó la cuerda.

Jason se la sacó por encima de la cabeza, y la tiró como si fuera una serpiente.

—¿Qué demonios es eso?

Diana recogió el lazo.

—Un accesorio muy necesario en el Mundo del Hombre. Nos has mentido todo este tiempo. A todos.

—¿Y tú? ¿Has hablado claro? —la apuntó con un dedo acusador—. Apareciste de la nada. Las balas te rebotan como si fueran bolitas de papel. Luchas mejor que mis mejores guardias de seguridad.

—No he hecho ningún intento de ocultar mis poderes —respondió Diana—. Los secretos que protejo no me pertenecen sólo a mí.

—¿Crees que eso te disculpa? —Jason produjo un sonido de asco y salió ofendido por la puerta de la capilla. Miró atrás, por encima del hombro—. Si tanto ansías saber la verdad, tal vez deberías ofrecer la tuya a cambio.

Desapareció entre las sombras.

Alia quería ir tras él, pero Theo le puso una mano en el hombro.

—Es mejor que le des un minuto. Si hay algo que Jason detesta es sentir que ha perdido el control.

—No deberías haberlo hecho —dijo Alia a Diana—. No deberías haber usado esa cosa.

Diana se enrolló la cuerda a la cadera, tomándose su tiempo para sofocar parte de su ira. Alia tenía razón. Tal vez Jason también la tuviera. Pero también era un hipócrita. Mientras insistía para obtener información, él había estado guardando el secreto de su fuerza sobrehumana.

—Bien —dijo Theo, rompiendo el silencio—. Ahora sé por qué siempre me ganaba en el basquet.

Alia le dirigió una mirada llena de escepticismo.

—Te he visto jugar basquet, Theo. Te ganaba porque eres malísimo.

Con gran dignidad, Theo declaró:

—Soy bueno en lo esencial.

Nim se rio

—Y yo soy la reina de Holanda —saltó Nim. Miró hacia el lugar por donde Jason había desaparecido—. Pero ahora entiendo muchas cosas. Alia, ¿Jason se ha enfermado alguna vez en su vida?

Alia sacudió lentamente la cabeza.

—No. Nunca faltó un día a la escuela. Nunca se ha tomado un día libre en el trabajo. Yo creía que sólo era... no lo sé, Jason haciendo de Jason. Parecía que incluso los resfriados le tuvieran miedo.

—Además, el sudor le huele a piña de pino —dijo Nim.

La mirada de Alaia parecía contestar: "¿¡*Cómo*!?"

Nim se sonrojó y se encogió de hombros.

—¿Por qué crees que me gustaban tanto sus camisetas sucias? Olían a bosque, era un aroma muy sexy.

Era cierto que Jason olía bien. Casi mejor que un coche nuevo. Pero Diana no tenía intención alguna de alargar el tema.

Alia fingió vomitar.

—Eres asquerosa.

—Soy sincera —dijo Nim, olisqueando.

—Bueno, pues yo no pienso dejar de criticarlo por la colonia que usa —dijo Theo.

Ahora ya había oscurecido casi del todo. Diana suspiró.

—Será mejor que Jason no se vaya muy lejos.

—Voy yo —dijo Theo.

—Gran idea —dijo Nim—. Tal vez encuentres una zanja donde caerte.

Alia se sacó del bolsillo la pantalla rastreadora del paracaídas.

—Toma —dijo, entregándosela a Theo—. La pantalla da bastante luz. Puedes usarla como linterna.

—Ojalá pudiera utilizarla como bocadillo. La próxima vez que nos tiremos desde un avión, recuérdenme agarrar una bolsa de pretzels.

Alia señaló al bosquecillo.

—Tenemos aceitunas y más aceitunas.

—Tal vez podríamos cocinar y comernos a Nim —se lamentó él, dirigiéndose a la puerta.

Nim se pasó una mano por el pelo negro.

—Pues estaría deliciosa.

Diana contempló la posibilidad de ir ella a buscar a Jason en vez de Theo, pero sabía que todavía no estaba lista para disculparse, y dudaba que él quisiera oír ninguna disculpa. Además, alguien tenía que quedarse con Alia.

Pero al menos podía pedir disculpas sinceras por una cosa.

—Siento haberme puesto así —dijo, en voz baja.

Alia suspiró profundo.

—Yo también estoy enojada con él —dijo—, pero estoy tan contenta de que esté vivo, que me cuesta mantener el enojo.

Tal vez era esa la parte que ofendía a Diana, el momento horrendo en que habían visto desvanecerse a Jason, creyendo que se había ido para siempre. Pensó en los soldados que habían abandonado en el avión, en Gemma Rutledge, una persona a la que no había llegado a conocer, una chica rubia vestida de fiesta que yacía muerta al lado de Nim. Pensó en el pecho de Ben, agujereado por las balas. Nunca había conocido a nadie que hubiera muerto. Apenas conocía a Ben, y sin embargo sentía todo el peso de la pérdida, de la valentía y el humor que habían desaparecido con él. Jason tenía razón. Aquí la muerte era demasiado fácil.

Se acostaron sobre el pavimento frío. Al cabo de un rato, Theo regresó y les informó que Jason haría el primer turno de vigilancia.

—Déjenlo que esté de malas —dijo, encogiéndose de hombros, y se acurrucó de costado a poca distancia de Nim y Alia.

Diana todavía no estaba dispuesta a confiar en Theo. Cuando los otros se quedaron dormidos, salió sigilosamente de la capilla y avanzó en silencio entre los árboles y los arbustos hasta que localizó la figura de Jason en la oscuridad. Estaba de espaldas a ella, con la cabeza levantada hacia las estrellas. Parecía una escultura de piedra, la estatua de un héroe, todavía en pie mientras todo a su alrededor quedaba en ruinas. O tal vez sólo era un chico solitario que miraba las estrellas. ¿Cómo debía de ser tener que esconder la verdad incluso a tu mejor amigo, a tu hermana?

Diana no se lo preguntó. Sin hacer ruido, dio media vuelta y volvió a la capilla. Se echó al lado de Alia y se quedó dormida profundamente, y no tuvo ningún sueño.

Jason la despertó en algún momento después de la medianoche. No le dijo nada, y sin una palabra, Diana salió a hacer guardia mientras él se acostaba sobre el suelo de la capilla.

Las horas pasaron lentas con sus pensamientos y el zumbido incesante de las cigarras como única compañía, pero al fin el cielo empezó a iluminarse, y la luz grisácea del amanecer se derramó sobre el bosquecillo de más abajo. Diana rehízo el camino hasta la capilla, ansiosa por empezar la jornada de viaje. Abrió la gastada puerta y vio a Alia durmiendo en paz sobre el costado, y a Jason pegado a su espalda, con una ceja arqueada como si expresara su desaprobación incluso en sueños.

Y vio a Nim agazapada encima de Theo, agarrándole el cuello con las manos. Theo le arañaba los brazos, y tenía la cara roja de sangre.

—¡Nim! —gritó Diana.

La chica giró la cabeza, pero quien le devolvió la mirada no era Nim. Tenía los ojos vacíos, el cabello era una crin de noche estrellada y de la espalda le salían las alas negras y siniestras de un buitre. La imagen parpadeó y desapareció.

Diana se abalanzó sobre Nim, la sacó de encima de Theo y rodaron juntas sobre el suelo de la capilla.

—¿Qué pasa? —dijo Jason, adormilado. Alia también se había despertado.

Pero Theo ya se estaba poniendo en pie, tosiendo y jadeando. Corrió rugiendo hacia Diana y Nim.

En una décima de segundo, Jason pegó un salto e inmovilizó a Theo.

—¡Alto! —ordenó—. Ya basta.

Theo forcejeó, tratando de liberarse.

—Voy a matar a ese bicho...

—¡Deberías haber muerto en el accidente! —gritó Nim, bufando mientras Diana intentaba contenerla sin hacerle daño—. ¡No deberías estar aquí! ¡Eres tan inútil como dice tu padre!

Theo gruñó.

—Estúpida, fea, gorda...

Jason agarró a Theo por la mandíbula y se la cerró de golpe, silenciándolo a la fuerza.

—Cierra la maldita boca, Theo.

Diana levantó a Nim del suelo y la cargó sobre sus hombros. La chica bufó de frustración. Al menos no podría seguir insultando y gritando. Pero Nim no paró de gruñir y de forcejear hasta que estuvieron a una cincuentena de metros, en pleno bosque de cipreses.

Diana la tiró sobre la hierba rala.

—Nim —dijo Alia, que las seguía de cerca—. ¿Qué pasó?

—Yo... —jadeó Nim—. Yo... —abrió los puños, con una expresión de terror en el rostro. Hundió los hombros y se echó a llorar—. Quería matarlo. Intenté matarlo.

277

Alia miró a Diana.

—La cosa está empeorando, ¿verdad?

Diana asintió. Tal vez el terror de los días pasados habían hecho que Theo y Nim fueran más susceptibles al poder de Alia, o tal vez todo era producto del influjo de la luna nueva. Sólo había una cosa segura: cada vez les quedaba menos tiempo.

—Tenemos que encontrar el modo de mantenerlos separados —dijo Alia.

—No me dejen aquí —dijo Nim, limpiándose las lágrimas de los ojos.

Alia le tendió la mano.

—No es lo que estaba sugiriendo, tonta. Pero tenemos que hacer algo antes de que se asesinen el uno al otro.

—Habrá que mantenerlos alejados —dijo Diana.

—Estar cerca de ti ayuda —dijo Nim.

Alia levantó las cejas.

—¿Lo dices porque te gusta que una chica guapa te cargue como si fueras un saco?

Nim se puso las manos en las caderas.

—Hablo en serio. En cuanto me separó de Theo, me di cuenta de que se me aclaraba la mente. El resto de mi ser ha tardado un poco más en tranquilizarse.

—Es posible —dijo Diana—. ¿Te acuerdas de cuando estábamos en la isla? Cuando estabas cerca de mí te encontrabas mejor.

—De acuerdo —dijo Alia—. Pero aun así tenemos que vigilarlos. No quiero ser responsable de que mis amigos se maten...

Diana captó un movimiento en el olivar de más abajo.

—Silencio —susurró.

Unas formas oscuras se movían entre los árboles. Estaban bastante lejos y Diana apenas las distinguía, pero se estaban acercando, y Diana susurró una plegaria dando las gracias por que no hubieran oído su conversación con Alia y Nim. Tenía que ser más precavida. Todos debían ir con más cuidado.

Diana hizo un gesto a Alia y a Nim para que la siguieran y, con gran sigilo, regresaron a la capilla.

—Tal vez no nos buscan a nosotros —murmuró Nim.

—Claro —susurró Alia—, seguramente van a usar las armas para disparar contra las aceitunas.

Theo y Jason estaban sentados cerca de la entrada. Theo estrechó los ojos al ver que se acercaban, pero Diana le puso la mano en el hombro y parte de la tensión de su cuerpo pareció desaparecer.

—Unos hombres armados se acercan a la capilla —dijo ella.

Jason se levantó al instante.

—Maldita sea —dijo—. Tenemos que salir de aquí.

—Necesitamos un coche —dijo Alia.

Jason negó con la cabeza.

—¿Y si vigilan las carreteras?

—Tiene razón —dijo Diana—. Tal vez hayan colocado incluso controles. Será mejor que continuemos a pie hasta que nos hayamos alejado bastante del lugar del accidente.

En la medida de lo posible, escondieron los vestigios de la noche que habían pasado en la capilla y se apresuraron a bajar la ladera sur de la colina, manteniéndose a distancia de la carretera principal, escurriéndose por campos que ofrecían escaso refugio, huertos de árboles frutales de los cuales recolectaban el desayuno, y dejando atrás un pasto cubierto de maleza desde el cual una cabra baló furiosa al verlos pasar. En un pequeño patio, encontraron una cuerda de tender llena de ropa húmeda, y Nim y Theo se cambiaron las camisetas de Laboratorios Keralis por una camiseta interior de lino y una camisa de color azul chillón.

La noche anterior habían avanzado hacia el este, pero ahora regresaron en dirección a la costa, donde tal vez el grupo vestido de modo tan extravagante podría camuflarse entre los campistas y los que iban a la playa. En un momento dado, escalaron una serie de picos bajos y Diana vio por primera vez las aguas relucientes del mar Jónico. Era un azul más parecido al de su hogar que el lúgubre color pizarra del Atlántico, pero aun así no podía compararse con la costa de Themyscira. Estaba más cerca de casa de lo que había estado desde que había atravesado al Mundo del Hombre, y sin embargo nunca se había sentido tan lejos.

Mientras contemplaban la superficie del mar, Diana se llevó un buen susto al oír a Nim diciendo:

—Siento lo de esta mañana, Theo.

Theo no apartaba los ojos del mar.

—Yo siento haberte insultado. No eres gorda ni fea.

Nim se le quedó mirando.

—Sí soy gorda, Theo, y estoy demasiado buena para tu culo miserable.

Theo sonrió.

—Pensaba que dirías para mi culo inútil.

Diana no pudo evitar respetar aquel intento por parte de ambos de hacer a un lado sus diferencias. Sabía que los insultos debían de haber dolido mucho.

Continuaron avanzando, manteniendo toda la distancia posible entre Theo y Nim pero sin perderlos de vista, por si la reconciliación no duraba. La situación convenía a Diana, porque obligaba a que Jason y ella también estuvieran separados. No se habían hablado desde la noche anterior, y Diana se debatía entre pensar que aquello era lo mejor para todos o dar forma a una disculpa en su cabeza.

Acompasó el ritmo con el de Theo. Él se había quitado la camisa nueva y se la había atado alrededor de la cabeza, dejando al descubierto unas pecas oscuras sobre los hombros morenos y estrechos.

—¿Theo? —dijo Diana.

—¿Sí, Big Mama?

Arqueó las cejas al oír el apodo.

—Esta mañana, cuando Nim estaba...

—¿Intentando matarme?

—Sí. ¿Viste... algo raro?

—¿Te refieres a la horripilante bestia alada del infierno?

280

Diana no supo si sentirse aliviada o todavía más angustiada.

—Exacto.

—Sí, la vi —dijo Theo. Se estremeció a pesar del calor del sol—. Cuando la miré a los ojos, eran… antiguos, y sentí…

—¿Qué? —le animó Diana.

—Estaba contenta. No, jubilosa.

Se estremeció de nuevo y sacudió los brazos como si quisiera deshacerse del recuerdo.

—Tenía alas, ojos negros, ¿qué más?

—El pelo alborotado. En realidad no era pelo, era como mirar a la oscuridad. Y tenía los labios de color dorado.

Diana no se había fijado en el dorado de la boca. Sintió un pinchazo en el estómago.

—El oro de la manzana de la discordia. Era Eris, la diosa del combate.

—¿Una diosa?

Diana asintió, con el estómago revuelto ante la posibilidad de que fuera verdad. Le habían enseñado a venerar a las diosas de la isla, a hacer los sacrificios pertinentes, a decir las plegarias convenientes. Sabía que eran capaces de ser generosas con sus regalos y terribles en sus juicios. Pero nunca había visto a una diosa y sabía que tampoco tenían la costumbre de revelarse a los mortales.

—Es una diosa del campo de batalla. Incita a la discordia y se regocija en la miseria que provoca.

Theo volvió a estremecerse.

—Era como si un coro dentro de mi cabeza me instara a continuar. Odiaba a Nim. La habría matado de haber tenido oportunidad. No era sólo que estuviera furioso, me sentía con pleno derecho a hacerlo —parpadeó—. ¡Y yo estoy a favor de hacer el amor, no la guerra!

—Hay muchos más —dijo Diana—. La Algea, siempre llorando —recitó—. Até, que provoca la ruina; Limos, el soldado esqueleto de la hambruna. Los dioses hermanos, Phobos y Deimos.

—El Pánico y el Horror —dijo Jason, que se había puesto a su altura.

—Y el Keres.

—¿Qué hacen, exactamente? —preguntó Theo.

—Devoran los cadáveres de los guerreros caídos.

Theo hizo una mueca.

—Preferiría que hoy no paráramos a comer.

—¿Es posible que los poderes de Alia los estén atrayendo? —preguntó Jason.

—Ya no sé lo que es posible o no —reconoció Diana. La idea se le antojó terrorífica.

Avanzó para inspeccionar el terreno que les esperaba. Necesitaba pensar, y quería pasar un momento alejada de los mortales, de sus disputas, sus ansias y sus deseos.

Aquí el paisaje le recordaba a algunas zonas de Themyscira, pero estaba claro que se trataba del Mundo del Hombre. Oía el rugido de los coches a lo lejos, olía el combustible quemado en el aire, oía el zumbido y la transferencia de las líneas telefónicas. Y por debajo de todo ello, en el pulso y el fluir de la sangre, seguía notando el dolor y la preocupación de sus hermanas en la isla. No soportaba que sufrieran, que ella pudiera ser la causa, pero no podía negar que agradecía esta conexión, una conexión que le recordaba quién era en realidad.

¿Era posible que Theo y ella hubieran visto a Eris? Los dioses del combate habían sido las criaturas que poblaron sus primeras pesadillas. Eran los enemigos de la paz, más terroríficos que los monstruos ordinarios, porque su poder no residía en los dientes mellados o en una fuerza sobrehumana, sino en su habilidad para conseguir que los soldados cometieran las peores atrocidades, para ahogar con terror y con rabia la empatía y la compasión de los guerreros, de modo que fueran capaces de hacer cosas que nunca hubieran imaginado. ¿Y si Jason tenía razón y estaban acudiendo al mundo mortal, atraídos por la perspectiva de una guerra?

A medida que el día avanzaba, el calor fue en aumento, y el grupo aminoró el paso. Al terminar la mañana, Diana se dio cuenta de que las piernas de Alia flaqueaban y Nim tenía la vista borrosa de agotamiento. Retrocedió para hablar con Jason.

—No podemos continuar así. Tenemos que conseguir un coche y arriesgarnos a los controles de carretera.

—Secundo la moción —dijo Nim, detrás de la pareja—. O tendrán que abandonarme en la cuneta.

—Bueno...—empezó a decir Theo, pero Alia le tiró una aceituna.

—No podemos seguir evitando las carreteras —dijo Diana—. Van a ir ampliando el perímetro de la búsqueda. Además, va a ser imposible llegar a pie a las montañas de Taygetus, por lo menos antes de la luna nueva.

—¿Hay otra manera de llegar? —preguntó Theo.

Alia negó con la cabeza.

—Sin volver hacia el norte es imposible. Therapne está resguardada por montañas al este y al oeste. Por eso Esparta era tan fácil de defender.

Diana sonrió, sorprendida, y Jason dirigió a Alia una mirada especulativa.

—¿Cómo sabes tanto del tema?

—Tuve mucho tiempo para leer en el avión. Quería saber más cosas de Helena. De su lugar de procedencia —se secó el sudor de la frente y miró a Diana—. ¿Te das cuenta de que estás sugiriendo robar un coche?

—Estoy sugiriendo tomar *prestado* un coche —la corrigió Diana—. Seguro que hay algún modo de compensar al propietario.

Theo se llevó la mano al bolsillo trasero y sacó la cartera.

—Yo tengo veintiséis dólares y la tarjeta de la cafetería. Sólo me falta un sello para un capuchino gratis.

—Un momento —dijo Jason—. ¿Alguno de nosotros maneja?

—Yo manejé —dijo Theo—. Una vez.

—Era un carrito de golf —dijo Alia.

—¿Y qué? Tenía cuatro ruedas y hacía "brum".

—Lo chocaste contra un árbol.

—Debes saber que aquel árbol había estado bebiendo.

—Relájense todos —dijo Nim—. Yo sé manejar.

—¿Dónde aprendiste? —preguntó Alia, incrédula.

—Con el resto de la plebe de Long Island.

—Ya tenemos conductora —dijo Diana, con una nueva esperanza—. Ahora sólo tenemos que encontrar un coche.

—Eso quiere decir que elijo yo la emisora de radio —dijo Nim mientras todos echaban a caminar.

—¿Qué te parece si me dejo atropellar? —gimoteó Theo.

Tardaron mucho más en localizar un coche de lo que habían pensado. Muchas de las granjas por las que pasaban no parecían contar con vehículos aparte de carros tirados por asnos y bicicletas, y en uno de los casos, un camión colocado sobre bloques de cemento, con las ruedas desaparecidas hacía mucho tiempo.

Se aproximaban a una granja de aspecto prometedor, Jason iba liderando el grupo.

—Agáchense —dijo de golpe.

Todos se tumbaron sobre la hierba y vieron a dos hombres que salían de la puerta principal de la casa.

—¿Policías? —susurró Alia.

—Esas armas no parecen habituales de la policía.

Los hombres llevaban uniformes azules ordinarios, pero las enormes armas que llevaban se parecían a las que Diana había visto utilizar a los atacantes.

—Son armas de fuego de mucha potencia —dijo Theo.

—¿Te sorprende? —preguntó Jason.

—¿Que se paseen por la campiña griega blandiendo semiautomáticas? Un poco.

—No tuvieron miedo de atacarnos en un museo de Nueva York —dijo Jason—. ¿Por qué iban a restringirse aquí? Saben lo que hay en juego.

—Y es posible que el poder de Alia también surta efecto aquí —dijo Diana—, que los incite a la acción violenta.

—Es irónico —dijo Nim.

—Técnicamente no es irónico —dijo Theo.

—¿Tengo que recordarte que esta mañana intenté estrangularte, tonto?

—Vamos —dijo Alia apresuradamente.

Tras asegurarse de que los hombres se iban, trazaron un círculo por la parte trasera de la granja hasta un establo ruinoso. Un caballo relinchó desde un establo en la parte intacta de la estructura. Al otro lado, el tejado había cedido casi del todo y estaba cubierto por una lona, pero había dos vehículos estacionados debajo: un camión con el toldo abierto y al que le faltaba parte del motor, y un pequeño coche con forma de burbuja y de color mandarina.

Theo sacudió la cabeza.

—¿Vamos a atravesar una cordillera con un Fiat?

Diana contempló el coche con reserva.

—No parece muy... robusto.

Ciertamente, más que un vehículo de verdad, parecía uno de los bolsos de fantasía que Nim les había enseñado.

—No tenemos muchas opciones —dijo Alia—. A no ser que lo quieran intentar con el caballo.

—Yo no soy mucho de noble corcel —dijo Theo.

Diana suspiró y echó un vistazo al caballo que los miraba con los ojos oscuros y firmes. Hubiera preferido montarlo, pero sabía que necesitaban la velocidad del cochecito.

—Entonces —dijo Alia—. ¿Alguien sabe cómo se roba un coche?

—Podríamos entrar en la casa —dijo Nim—. Tomar las llaves.

—Hay gente ahí dentro —dijo Alia—. ¿Y si nos atrapan?

Nim se retiró le pelo de los ojos.

—Bueno, ustedes son los genios de la ciencia. ¿No pueden hacer un puente, o algo parecido?

—Somos biólogos —dijo Jason—, no ingenieros eléctricos.

—Lo único que oigo son excusas, chicos.

Pero, por una vez, Theo no intervenía en la discusión. Estaba contemplando el coche en silencio.

—Yo puedo hacerlo —dijo, despacio—. Pero tendré que usar el teléfono.

—Descartado —dijo Jason.

—Ya te dije que es imposible de rastrear —dijo Theo.

—Aun así...

—¿Sabes una cosa? Si me dejas, podría ser incluso de alguna utilidad —Theo hablaba con un tono despreocupado, pero Diana notó el resentimiento de su voz y sintió simpatía hacia el chico delgado. Sabía lo que significaba sentirse subestimado. Pero, ¿era de fiar? De haber querido hacerles daño o alertar a sus perseguidores sobre el paradero del grupo, habría tenido ya un montón de oportunidades.

Intercambió una mirada con Jason y asintió.

—Deja que lo intente.

Jason suspiró.

—Bueno.

—¿Bueno? —dijo Theo.

—Sí —dijo Jason con mayor firmeza—. Adelante.

Theo esbozó una sonrisa de satisfacción, mucho más tímida de lo que Diana hubiera esperado.

—De acuerdo —se sacó el celular del bolsillo, movió rápidamente los pulgares por encima de la pantalla, y dijo—: si fuera un coche más antiguo, estaríamos jodidos. No habría Bluetooth. No habría wifi. Pero hoy en día todo es digital, ¿verdad? Básicamente, los coches son computadoras sobre ruedas.

Jason cruzó los brazos sin mucho convencimiento.

—¿Y tú tienes un teléfono mágico?

—Este teléfono está prohibido en algunos países porque la computadora que lleva dentro es lo bastante potente como para operar un sistema de dirección de misiles, y yo puedo utilizarlo para acceder a mi laptop a través de una dirección IP falsa que instalé en la red oscura.

—Okey, okey —dijo Jason—. Todos de rodillas ante el teléfono todopoderoso.

—Gracias —dijo Theo—. El teléfono acepta donaciones de contado a modo de disculpa. Ahora, lo único que tenemos que hacer es imitar las señales que la llave envía para ordenar al coche que abra la puerta. Al coche le da igual que la llave esté ahí o no.

—Pasa lo mismo con el cerebro humano —dijo Alia—. Cuando vemos algo, reaccionamos basándonos en el estímulo, sea real o artificial. Es sólo una colección de impulsos eléctricos.

—El rayo divino —dijo Diana.

Alia frunció el ceño.

—¿Cómo?

—Secundo ese "¿cómo?" —dijo Theo, sin levantar la vista de la pequeña pantalla y sin dejar de mover los pulgares con tal rapidez que se desdibujaban.

Diana se encogió de hombros.

—Es que lo que están diciendo me recordó a Zeus. Es el dios del trueno y del relámpago, pero lo que están describiendo sobre nuestras mentes, esos impulsos eléctricos... Es una manera distinta de pensar en ese poder.

—El rayo divino —repitió Alia—. Es un concepto fundamental en nuestro modo de describir el pensamiento. Cuando tienes una buena idea en el momento adecuado es como cazar un relámpago dentro de una botella.

—En latín *atónito* es estar golpeado o paralizado por un trueno —dijo Nim.

Los labios de Jason se rizaron en una pequeña sonrisa.

—Y cuando conectas con alguien, lo llamas chispa.

A pesar de los largos silencios de la mañana y de la rabia que todavía sentía, Diana se alegró de volver a verlo sonreír. No se pudo resistir a devolverle la sonrisa.

—Exacto.

Theo sostuvo en alto el teléfono.

—¿Quién está listo para una ración de rayo divino?

287

—Hazlo y cállate —dijo Nim, con impaciencia.

Theo pulsó la pantalla con el dedo.

—¡Toma!

No sucedió nada.

—Esperen un segundo —los pulgares volvieron a volar sobre la pantalla. Se aclaró la garganta—. Lo que quería decir era, ¡toma! —dio un fuerte toque a la pantalla. Las puertas del coche emitieron un ruido sordo y satisfactorio—. Pediré que no me aplaudan todavía. Y ahora el motor...

—Espera —dijo Jason—. Saquémoslo a la carretera antes de arrancarlo

Diana arqueó la ceja. Estaba realmente entregado a aquella falacia.

—¿Es necesario que lo empujemos? No sería más rápido y más silencioso...

Un instante más tarde, ya cargaban el coche por encima de sus cabezas, Diana sujetando la defensa, y Jason la parte trasera.

—Tal vez no haga falta que Nim maneje —dijo Theo, jadeando mientras todos corrían para no quedarse rezagados—. Jason y Diana podrían cargarnos a todos.

—No me obligues a atarte al techo con unas correas —gruñó Jason.

Transportaron el coche a través del campo y se alejaron de la casa por el camino, y por fin lo depositaron en el camino de tierra.

Esperaron junto al pequeño vehículo a que Nim se sentara al volante. Adelantó el asiento todo lo posible para acomodar las piernas cortas.

—Muy bien, vamos.

—¿Cuándo fue la última vez que manejaste? —preguntó Alia.

Nim flexionó los dedos.

—Son cosas que no se olvidan.

—¿Lista? —dijo Theo.

—Espera —dijo Diana. Le puso la mano sobre el hombro. Desconocía lo que el chico era capaz de hacer con la pequeña computadora, pero si sentía hostilidad hacia Nim, quería que estuviera lo más tranquilo posible. Por la mirada avergonzada que él le dirigió, el gesto estaba justificado.

Los pulgares corretearon sobre la pantalla, y al cabo de un instante el coche cobró vida.

Theo inició un baile que le podría haber provocado daños duraderos en la columna vertebral, y dio una vuelta de honor alrededor del coche.

—¿Quién es el rey?

Nim miró a Alia con intención y susurró:

—Tienes un gusto pésimo.

—Lo que tú digas —dijo Alia—. ¡Carabina!

Diana agarró a Alia y la tiró al suelo, la empujó debajo del coche para ponerla a cubierto. Se levantó con los brazaletes alzados, lista para el asalto, pero los otros se le quedaron mirando, sin moverse.

—Mm… Diana —dijo Alia, asomando la cabeza por debajo del Fiat—. Es un decir.

Diana notó que se ruborizaba.

—Claro —dijo, mientras ayudaba a Alia a levantarse y a quitarse el polvo. Jason las miraba divertido, y a Theo le temblaba el cuerpo entero de tanto reírse—. Por supuesto. ¿Y qué significa?

—El primero que grita "carabina", se sienta al lado del conductor.

—¿Por qué?

—Es una regla —dijo Alia.

—Viene del Viejo Oeste —dijo Nim—. En una diligencia, estaba el conductor, y el tipo que se sentaba a su lado llevaba una carabina por si los asaltaban.

—O por si alguien empezaba a recitar inútiles datos de cultura general y había que acabar con él —dijo Theo.

—Ponte delante del coche.

Tardaron bastante en negociar donde se iban a sentar. Al final, Jason ocupó el asiento del copiloto, y Diana se apretujó entre Alia y Theo en la parte de atrás, las rodillas prácticamente le tocaban la barbilla. De este modo podría proteger a Alia si era necesario, y Nim y Theo quedaban tan separados como era posible.

Con el objeto de alargar la vida de la batería del teléfono de Theo y seguir controlando el coche, usaron el mapa pasado de moda que estaba doblado en la guantera y eligieron una ruta que los llevó hacia el sur por carreteras secundarias y estrechos senderos. De vez en cuando quedaban atrapados detrás de algún carro tirado por mulas, o tenían que detenerse para dejar que un rebaño de cabras de piernas arqueadas atravesara la carretera.

A pesar de la prisa que tenían, Diana casi agradecía estas pausas, que rompían el ritmo endiablado con el que Nim conducía el coche.

—Tiene un estilo muy distinto al de Dez —murmuró a Alia, añorando el modo en que el automóvil negro había avanzado entre el tráfico de la ciudad.

Theo gimoteó al ver que se lanzaban como un rayo sobre un desnivel y las ruedas del Fiat perdían por un instante el contacto con la carretera.

—Tal vez sólo intenta matarme lentamente —especuló, con la cara verde.

Pusieron el radio y cambiaron de frecuencia hasta que encontraron algo parecido a un noticiario. El griego de Jason y Alia no era lo bastante bueno para seguir la rápida locución, pero Diana lo comprendió todo. Eran informaciones sobre más conflictos por todo el globo terráqueo, otro intento de golpe de Estado bañado en sangre, líderes mundiales lanzando duras amenazas, y finalmente el locutor habló del accidente.

—El accidente del avión todavía no ha sido identificado —tradujo para los demás—. Se habla de varias bajas, pero los cadáveres tampoco han sido identificados.

Cadáveres. Volvió a pensar en Ben. Recordó lo que había dicho Jason sobre pervivir en el recuerdo. Era el único consuelo que le quedaba al piloto que tan valientemente había combatido a su lado.

—No tardarán en identificar el avión —dijo Jason, contemplando el paisaje.

—Todo el mundo va a pensar que estamos muertos —dijo Theo.

—Dios mío —dijo Nim—. Mis padres deben de estar muy preocupados. Sabían que había ido con ustedes a la fiesta.

Por primera vez, Diana se preguntó qué sentiría su madre al descubrir que su hija había abandonado la isla. ¿Pena? ¿Rabia? Tal vez Diana no tendría ocasión de explicar lo que había hecho.

Alargó la mano y apretó el hombro de Nim.

—Pronto volverás a estar con ellos.

—Sí —dijo Nim, con la voz temblorosa.

—Mi padre se va a llevar un disgusto cuando sepa que estoy vivo —dijo Theo.

—Eso no es verdad —dijo Jason.

—Y es algo muy mezquino de decir —añadió Alia, con un dejo de viejos rencores en la voz.

Theo se pasó el pulgar por encima de la rodilla brillante de los pantalones.

—Tiene razón.

—¿Sabía alguien que íbamos en ese avión? —preguntó Nim, tomando otra curva a tanta velocidad que invadió el carril opuesto y tuvo que dar una sacudida al volante para volver.

—No estoy seguro —dijo Jason, soltando poco a poco la mano aterrorizada del mango de la puerta—. Lo que es seguro es que no rellenamos el formulario al salir de Nueva York.

—Pero sabrán que es un avión de Keralis —dijo Alia.

—Así es —dijo Jason.

—Pero el Consejo...

—El Consejo hará lo que tenga que hacer —dijo Jason, con los hombros rígidos—. La empresa sobrevivirá. Nuestros padres crearon los Laboratorios Keralis sobre la idea de la innovación. Si quedamos fuera, nosotros seguiremos innovando.

Diana no estaba segura de que Jason creyera en sus propias palabras, pero ella las creyó. El chico hablaba con voz de hierro.

No vieron a la policía y no había ninguna indicación de que los estuvieran siguiendo, pero Diana permanecía vigilante a medida que iban avanzando en dirección sur. Se detuvieron una vez para llenar el tanque de gasolina del Fiat, y todos se quedaron dentro del coche mientras Jason abordaba al encargado, cuyos gestos y exclamaciones airadas dejaban claro que no aceptaba dólares. Jason se alejó del encargado con el puño cerrado e irradiando frustración en cada centímetro de su cuerpo, y por un momento Diana pensó que iba a golpearlo. Pero en vez de hacerlo, se quitó el reloj de pulsera y se lo entregó.

—Era de nuestro padre —dijo Alia, en voz baja.

El comportamiento del encargado cambió al instante. Desapareció en el interior de la pequeña tienda mientras Jason llenaba el tanque, y salió cargado de bolsas de papas, refrescos embotellados y una enorme jarra de agua de plástico que les pasó a través de la ventana abierta. Diana no estaba segura de si el agua era para ellos o para el radiador del cochecito que tenía que seguir atravesando aquellas montañas. Pocos minutos más tarde ya estaban de nuevo en la carretera.

Jason miraba al frente con la vista fija, y Diana vio que se tocaba brevemente la muñeca sin reloj.

—Jason —dijo Alia, indecisa.

Él sacudió breve y bruscamente la cabeza.

—No digas nada.

Condujeron en silencio, pero después de devorar unos cuantos kilómetros a gran velocidad, se detuvieron en un punto donde había varios coches estacionados y vacíos, pues sus ocupantes estaban distraídos en las playas de más abajo.

—¿Por qué nos detenemos? —preguntó Diana. Todavía tenían hasta la puesta del sol del día siguiente para llegar al manantial, pero cuanto más se alejaran de sus perseguidores, más tranquila estaría.

—Deberíamos cambiar las placas —dijo Nim—. El tipo de la gasolinera se va a acordar de nosotros. No queremos que este coche coincida con un Fiat robado.

—O podríamos tomar prestado otro coche —sugirió Theo.

—No —dijo Nim—. Si robamos un coche y lo denuncian, volveremos al punto de partida, y sabrán a dónde nos dirigimos. Pero en cambio nadie le pone atención a las matrículas. No se darán cuenta del cambio hasta que ya estemos muy lejos, si es que se llegan a dar cuenta.

Alia se inclinó hacia delante y la abrazó con fuerza por encima del asiento.

—Eres muy inteligente.

Nim sonrió.

—¿Cuánto me quieres?

—Mucho.

—¿Cuánto? —bufó Nim.

Diana vio que Nim clavaba los dedos en la carne de los brazos de Alia. Eran unas zarpas negras, y tenía los músculos tensos. Un olor penetrante inundó el coche, el hedor polvoriento de la putrefacción.

—Si me quisieras, me dejarías matarlo. Me dejarías matarlos a todos.

—¡Nim! —gritó Alia, intentando separarse.

—¡Suéltala! —Jason agarró a Nim por la muñeca, pero enseguida retiró la mano, que se había manchado de rojo.

—Te veo, Hija de la Tierra —dijo Eris. Unos ojos negros y huecos, profundos como pozos, se cruzaron con los de Diana en el espejo retrovisor—. Tú y tus hermanas han escapado de nuestro alcance durante demasiado tiempo.

Diana se revolvió para lanzarse hacia delante, pero Theo la agarró por el brazo.

—Nuestro momento se acerca —dijo, y Diana vio que no era Theo. Tenía el rostro pálido como la cera, los dientes eran puntas amarillas húmedas de sangre. Llevaba un yelmo negro y maltratado, coronado por la cara de una medusa.

Diana gruñó y lo sacó del coche, rodando con él hasta el suelo.

—¡Sal de aquí, Alia! —aulló Jason.

Diana oyó la puerta del coche que se abría y los pasos de Alia al correr.

—Phobos —dijo Diana, mirando el rostro que tenía debajo. El dios del pánico. Un dios bajo su cuerpo.

Era bellísimo hasta que sonrió y mostró unos dientes afilados como un hueso acabado en punta.

—Te vemos, amazona. Nunca llegarás al manantial. La guerra se acerca. Vamos por ustedes.

Diana notó que el poder del dios se apoderaba de ella, inundando su mente de terror. El corazón le latía a un ritmo frenético; un sudor frío le perlaba la frente. Había fracasado. Había fallado a su madre, a sus hermanas, a sí misma. Las había condenado a todas. Un pánico salvaje le rasgaba el pecho. No podía respirar. *Huye*, le ordenaba la mente. *Escóndete*. Sólo quería obedecer, dejar que sus piernas la llevaran tan rápido como pudieran, encontrar un lugar donde poder agachar la cabeza y llorar. Quería llorar por su madre. Su madre. Por encima del horror, se aferró a la imagen de Hipólita, guerrera y reina, súbdita de nadie.

—Nosotros somos más fuertes —jadeó Diana—. La paz es más fuerte.

—Eso te gustaría creer —volvió a sonreír—. ¿Te imaginas los placeres que me esperan? Ya saboreo tu sufrimiento en mi lengua... Y es un sabor dulce.

Alargó la última palabra, sacó la lengua y la meneó de manera obscena.

No es verdad, se dijo Diana. *No ha pasado nada. Todavía hay tiempo para llegar al manantial. Este miedo es una ilusión.*

Necesitaba algo real, algo indestructible y verdadero, lo contrario al miedo falso que Phobos estaba propagando. Diana agarró el lazo que llevaba atado a la cintura y presionó con la cuerda dorada la garganta de Phobos. El dios gritó, emitiendo un estertor agudo que casi perforó el cráneo de Diana.

—¡Fuera! —rugió.

—¿Fuera de qué? —dijo Theo, desesperado, agitando los brazos—. Dímelo, y me iré.

Diana se balanceó sobre los talones. Theo se incorporó despacio, confundido, con el rostro tan dulce y ordinario como siempre. Ella sacudió la cabeza, parpadeó con furia, y el cuerpo todavía le temblaba por el terror que se había apoderado de ella.

Se levantó y rodeó el Fiat por el otro costado. Nim sollozaba, pero volvía a ser Nim. Jason tenía la piel de las manos y de los antebrazos gravemente magullada, pero se dio cuenta de que ya se estaba empezando a curar. Al parecer, la sangre de los reyes era muy poderosa. Alia permanecía a varios metros de distancia, rodeándose con los brazos y respirando con dificultad.

Diana sintió la fragilidad de aquellos mortales, y por primera vez notó una fragilidad también en su interior.

—Tenemos que irnos —dijo Alia. Seguía rodeándose con los brazos, como si intentara no echar a volar, pero el tono de su voz era firme y decidido—. Nim, ¿puedes manejar? —Nim asintió, temblorosa—. Diana, ¿Theo y tú pueden cambiar las placas?

—Alia... —trató de decir Jason.

—Vamos a llegar al manantial. Si pensaran que no vamos a conseguirlo, no tratarían de asustarnos.

Los dioses no funcionan así, pensó Diana, pero prefirió no decir nada. Las amazonas eran inmortales. No pensaban en minutos ni en horas, ni siquiera en años, sino en siglos. ¿Y los dioses? Eran eternos. El poder de Alia los había convocado, y eran como bestias en hibernación que se hubieran despertado con el estómago vacío. Todavía podía oír el ronroneo de Phobos, *¿te imaginas los placeres que me esperan?* El júbilo de la voz irritante de Eris al decir, *Tú y tus hermanas han escapado de nuestro alcance durante demasiado tiempo.*

Diana recogió a Theo del lugar donde estaba tirado de espaldas, jadeando contra el suelo, y se dispuso a hacer algo útil, temerosa de que si se enfrentaba ahora a Alia, ella vería la verdad en su rostro. Porque Diana sabía que Phobos y Eris no estaban preocupados.

Estaban seguros de sí mismos, confiados. Y también estaban hambrientos. Lo que Alia había percibido en ellos no era ansiedad, sino expectación.

Ahora Diana comprendía lo que aquella guerra significaba en realidad, y la terrible realidad del juramento se apoderó de ella. Si no llegaban al manantial, tendría que enfrentarse al horror de matar a Alia o de vivir sabiendo que había ayudado a liberar el terrible apetito de los dioses contra el mundo, ofreciendo a su propia gente como parte del banquete.

CAPÍTULO 20

Siguieron avanzando con el coche, cansados y afectados. Se habían enfrentado a las balas, a los misiles, a un accidente de avión. Aun así, pensaba Alia, era muy distinto saber que las fuerzas que se aliaban en tu contra no eran sólo seres humanos entrenados y armados hasta los dientes, sino dioses cuyo único objetivo era acabar contigo.

Durante un rato, Diana y Jason se fueron pasando el mapa adelante y atrás, debatiendo la mejor ruta para llegar a Therapne. Podrían haber ganado tiempo cortando hacia el este por una de las autopistas principales, pero era probable que aquellas fueran también las carreteras más vigiladas. Acordaron continuar hacia el sur por una tortuosa carretera de montaña que los llevaría directamente a través del Taygetus. Era muy empinada y estaba vacía, pues raramente la usaba nadie excepto turistas con muchas ganas de contemplar las vistas. Los afilados acantilados y los salientes rocosos también dificultarían que los avistaran desde el aire.

El sol se hundía por el horizonte, y Nim aminoró la marcha. Usaba las luces largas cuando se lo podía permitir, pero a veces tenía que retroceder por haberse pasado de largo de las señales. Todos tenían sueño. Nim bostezaba cada vez con mayor frecuencia. Bajaron las ventanillas, subieron el volumen del radio. Jason no paraba de ofrecerle tragos de un refresco dulce que había sacado de la bolsa de provisiones. Pero no servía de nada.

—Lo siento —dijo Nim—. Si no paro, me voy a quedar dormida al volante.

—Está bien —dijo Alia, con suavidad. Notaba la frustración de Diana respecto al ritmo que llevaban, pero también sabía que Nim había dado el máximo de sí misma. Y los otros también. Si la intención de los dioses había sido que renunciaran a continuar, no lo habían conseguido.

Bajaban por el lado este de una serie de colinas empinadas, y cuando llegaron a una zona bastante llana, Nim sacó cuidadosamente el coche de la carretera y lo estacionó bajo una franja frondosa de álamos y arbustos que esconderían el coche de los posibles transeúntes.

—Esta noche acamparemos aquí —dijo Jason—. Si mañana salimos a primera hora, llegaremos a Therapne mucho antes de que se ponga el sol.

—Tenemos que llegar —dijo Diana—. Cuando amanezca, se alzará la luna nueva y comenzará el hecatombeón.

Nim pulsó un botón y el motor del coche quedó en silencio. Apagó los faros.

—Tenemos las mantas que Diana se llevó de la granja —dijo Jason—. Dos personas pueden dormir en el coche.

—O podríamos dormir todos en el coche —dijo Theo—. Y no lo digo porque tenga miedo a la oscuridad. De hecho, no lo tengo.

Nim todavía tenía las manos sobre el volante.

—No sé si es una buena idea. Sobre todo si nuestros… amigos regresan.

Abrieron las puertas del Fiat y salieron al aire templado. Las estrellas relucían con fuerza, tiñendo de plata los árboles que los rodeaban. Diana estiró las largas piernas, y Alia la compadeció. Si ella se sentía tan agarrotada después de tantas horas encogida en el coche, Diana debía de estar mucho peor.

—¿Oyeron eso? —dijo Theo—. Parece agua corriente.

Se abrieron paso entre los árboles y la maleza en dirección al sonido, y salieron a lo alto de una roca ancha y protuberante. Alia respiró hondo, y parte de su corazón se relajó ante la belleza que contemplaban sus ojos.

Una cascada. Dos cascadas, en realidad. Una que alimentaba la pequeña alberca natural que había junto a ellos, y otra que se precipitaba sobre las rocas tejiendo un velo blanco y neblinoso, e iba a parar a un estanque amplio y oscuro, más abajo.

Theo recogió una piedra y la lanzó desde el peñasco. Impactó contra la superficie con un ruido sordo y formó unas ondas plateadas que avanzaron hacia la orilla.

—Parece bastante profundo.

—Miren —dijo Nim—, una campana.

Tenía razón. Una vieja campana de hierro colgaba de una barra metálica que alguien había encajado entre las rocas.

—Creo que ahí atrás hay una cueva —dijo Alia—. Pero, ¿por qué pusieron una campana?

—Podría ser la cueva de un ermitaño —dijo Diana—. Los místicos...

Pero su voz quedó interrumpida por los gritos de alegría de Theo, que pasó por delante totalmente desnudo y saltó desde la roca. Se oyó un zambullido tremendo, y todos se acercaron al borde para ver cómo emergía del agua espumosa y sacudía la cabeza como si fuera un perro.

¿Es posible que acabe de ver a Theo Santos desnudo?, pensó Alia. *No te rías*, se advirtió, pero no era nada fácil, pues su mente no paraba de conjurar la imagen del trasero de Theo iluminado por la luna.

—¡Buenas noticias! —gritó él desde abajo—. ¡Es bastante hondo!

—No está bien de la cabeza —dijo Nim.

Diana frunció el ceño.

—¿Cómo consiguió quitarse la ropa tan deprisa?

—No tenemos tiempo para esto —se quejó Jason.

—No sé qué decirte —dijo Alia—. Vamos a pasar la noche aquí, y parece que el agua está bastante buena.

Por un minuto, quiso olvidar todos los horrores que habían presenciado. Quiso fingir que era una chica normal que había salido de excursión con sus amigos, aunque supiera que la ilusión no iba a durar.

—Alia...

—Jason, estoy cansada, sudada y enojada.

—Parece tres de los siete enanitos —dijo Nim—. No sé qué pasará cuando llegue al cuarto.

—¡Soy parte hombre! —gritó Theo desde abajo—. ¡Pero también parte pez!

—Además —dijo Alia, dando un empujoncito a Jason con el hombro—, ahora mismo necesitamos algo positivo.

—Tiene razón —dijo Diana—. No podemos seguir manejando, de modo que tampoco estamos perdiendo el tiempo.

Se desabrochó las tiras de la camiseta y se sacó la prenda por encima de la cabeza.

—¿Qué haces? —gritó Alia, desviando la mirada—. ¿Por qué de pronto todo el mundo parece alérgico a la ropa?

—Creía que querías nadar —dijo Diana, desatándose las sandalias y bajándose los pantalones.

—Estás... estás... —dijo Jason. Miró al cielo, a las rocas y luego a un punto indefinido por encima del hombro de Diana—. No llevas nada puesto.

Diana arrugó la frente.

—¿Y Theo sí?

—Yo no... quiero decir...

—¿Pasa algo malo? —preguntó Diana, colocándose las manos sobre las caderas como si estuviera a punto de empezar una rutina de porrista.

—Claro que no —dijo Nim—. Jason, Alia, cierren el pico. Me tiré de un avión. Me poseyó una diosa de la guerra. Merezco algo de felicidad.

—Se me ocurrió algo —balbuceó Jason—. Pensé que...

—Tú también deberías nadar —dijo Diana—. Te va a dar un infarto.

Se dio la vuelta y caminó hasta el borde de la roca, levantó los brazos por encima de la cabeza, flexionó los músculos, y su pelo parecía una marea brillante que le caía por encima de los hombros.

—¡Vamos! —gritó Diana alegremente, y entonces saltó, formando con el cuerpo un arco perfecto, con la piel brillante como si la iluminara una fuente secreta de luz de luna. Sonó un chasquido.

—Debería exfoliarme más —dijo Alia.

—Este es el mejor momento de mi vida —dijo Nim.

Al parecer, Jason se había quedado sin habla.

Nadaron durante más de una hora. Alia estaba convencida de que Jason no se les uniría, pero al final acabó lanzándose en bomba desde lo alto y su zambullida había provocado un escándalo muy poco propio de Jason.

A pesar de las risas y del continuo canturreo de Theo diciendo "No persigan a las cascadas", Alia era consciente de cuán precavido se mostraba todo el mundo, de la distancia que Nim y Theo mantenían entre sí, de la alerta con que Diana y Jason los observaban. Y sin embargo, tenía razón: necesitaban algo positivo, y el hecho de tumbarse de espaldas sobre la superficie del agua, la quietud del estanque que les llenaba los oídos, el cielo estrellado, tan denso que parecía integrado en el tiempo: todo era muy positivo.

Al día siguiente llegarían al manantial. ¿Sería diferente, la sensación de aquellas aguas en su piel? ¿Notaría que algo en su interior cambiaba para siempre?

Cuando estuvieron todos totalmente empapados y arrugados, Diana corrió hacia la cima de la colina para recuperar sus pantalones de cuero y trajo la ropa de todos y una manta del coche. Como estaban alejados de la carretera, parecía seguro encender un fuego, y cuando reunieron leña suficiente, Diana prendió la pequeña pira con facilidad.

—Si todas las girl-scouts fueran como ella, seguro que me hubiera apuntado —murmuró Nim.

—¿Y te hubieras puesto el uniforme verde?

Nim se estremeció.

—No dije nada.

Diana afirmó que había conejos en el bosque y se ofreció a cazarlos, pero Nim era vegetariana y nadie tenía tanta hambre como para volverse tan rústicos. Comieron lo que quedaba de las chucherías de la gasolinera, y se acurrucaron junto al crepitar de las llamas.

—Estoy agotada —dijo Alia, por fin—. Pero no sé si podré dormir.

—Theo y yo nos acostaremos fuera esta noche —dijo Jason—. Ustedes pueden dormir en el coche.

—Sé que no les va a gustar —dijo Diana—, pero creo que es mejor que atemos a Theo y a Nim.

—No me importa —dijo Nim—. No quiero que esa cosa me vuelva a entrar en la cabeza.

Theo se estremeció y asintió.

—Podemos amarrar a Theo con la manta —dijo Jason. Hizo una pausa—. ¿Puedes utilizar el lazo para atar a Nim?

Diana acarició con los dedos los nudos dorados de la cuerda que llevaba atada a la cadera.

—No tiene esa función. He oído que algunas personas se volvieron locas después de pasar demasiado tiempo atadas a sus bucles.

—¿Por qué? —preguntó Alia.

—Nadie quiere vivir tanto tiempo con la verdad. Es excesivo.

—Y que lo digas —dijo Nim—. A Jason parecía que le fuera a explotar la cabeza.

—¡Nim! —dijo Alia. ¿Era necesario agitar aquel enjambre en particular?

Pero Diana miró a Jason a los ojos y dijo:

—Fue un error por mi parte. Utilizar el lazo con un compatriota y sin su consentimiento. Juro que no volverá a suceder.

Jason le aguantó la mirada, y Alia sintió que estaba presenciando algo privado.

—Tendría que habértelo dicho. Me diste la oportunidad de hacerlo, pero fui demasiado cobarde para aprovecharla —entonces se acordó de que estaban sentados alrededor de una hoguera—. Debería habérselos dicho a todos. Nuestros padres tenían sus teorías sobre la procedencia de mi fuerza, que tenía que ver con nuestro linaje y que de algún modo se había saltado a mi padre, pero… yo nunca llegué a creerlo.

—Entonces, esa cosa —dijo Nim, señalando el lazo—. ¿Es cierto que saca la verdad?

—Sí —dijo Diana.

—¿Lo habías usado antes? —dijo Jason.

—No —reconoció ella.

Él arqueó la ceja.

—¿Y si no hubiera funcionado?

Los labios de Diana esbozaron una ligera sonrisa.

—Quería la verdad e iba a obtenerla.

—Pero, ¿de dónde sale? —dijo Nim—. ¿Cómo lo hiciste?

—No lo fabriqué yo. Fue tejido por Atenea en un huso forjado en el fuego de Hestia, con una fibra recolectada del primer árbol de Gaia.

Apenas unos días antes, Alia se hubiera reído, pero después de pelearse con un par de vengativos dioses del combate, ya no le quedaban ganas de burlarse de nada.

—No es para tanto —dijo Theo—, seguro que puedes conseguir uno en eBay.

—¿En qué costa está localizada esa bahía? —preguntó Diana.

Theo abrió la boca. La cerró.

—Buena pregunta.

—Entonces, básicamente, es una súper cuerda orgánica, un producto de fabricación local —dijo Nim—. Atenea es la diosa de la guerra, ¿verdad?

—Es la diosa de la guerra, pero también de la sabiduría, y la búsqueda de la sabiduría es básicamente…

—La búsqueda de la verdad —dijo Jason.

Diana asintió.

—Y al igual que la verdad, el lazo es imposible de alterar o de romper. Creo que por eso pude utilizarlo contra Phobos. Él es real, del mismo modo que el terror que inspira no lo es.

—Nada es indestructible —dijo Nim.

Diana se enrolló la cuerda en la mano y la lanzó encima del fuego, levantando una lluvia de chispas.

Alia reprimió un grito, pero el lazo no prendió. Permaneció sobre las llamas, inalterable, visible a través del fuego como una piedra bajo el agua clara.

Diana lo retiró y se lo pasó a Nim.

—¿Lo ves? —dijo.

—¡Ni siquiera está caliente! —gritó Nim.

—Deberíamos probarlo —dijo Theo.

—¿Saltar a la hoguera? —dijo Nim—. Claro que sí, tú primero.

—El lazo, Nim.

—No es un juguete —dijo Diana.

—Vamos —dijo Theo—. Una pregunta cada uno. Como la máquina de la verdad.

—No lo sé... —dijo Alia.

—Por favor —suplicó Nim.

—¿Estás de acuerdo con Theo?

—¡Siento curiosidad! Y Jason sobrevivió.

Jason negó con la cabeza.

—No lo toquen. Yo he sentido el poder del lazo, y no les va a gustar.

—¿Quieres decir que tú eres lo bastante fuerte para soportarlo, pero nosotros no? —dio Theo. Hablaba con un tono ligero, pero Alia distinguió la tensión inherente a sus palabras.

—No quería decir eso.

—Vamos, Diana —dijo Theo—. Hagámoslo.

Diana vaciló, y Alia se preguntó si sabía hasta qué punto el orgullo de Theo estaba en juego en aquel momento. Suspiró de gratitud cuando Diana dijo:

—De acuerdo, pero sólo un segundo.

—¡Yo primero! —gritó Nim.

—Pero yo... —protestó Theo.

—Lo pedí y por Derecho Sagrado, me pertenece.

Theo puso los ojos en blanco.

—Adelante —dijo—. Espero que te funda ese cerebro de mosquito.

Diana se mordió el labio y formó un círculo con el lazo.

—¿Estás segura?

Nim agachó la cabeza.

—Adelante.

Diana pasó la cuerda por encima de la cabeza de Nim. Fue a reposar sobre sus hombros.

De pronto, los ojos de Nim se pusieron en blanco. Tenía la espalda muy recta y la mandíbula floja.

—¿Nim? —dijo Alia.

—¿Qué desean saber? —respondió Nim. Hablaba con un tono extrañamente formal.

—Mmm… ¿Qué le preguntamos? —dijo Alia—. ¡Rápido!

Diana frunció el ceño.

—No estoy segura. Nunca había visto a nadie reaccionar así.

—¿Copiaste en el examen final de Historia de Estados Unidos? —dijo Alia.

—El sistema está corrupto. Mi deber era subvertirlo.

—¿Bromeas? —dijo Alia.

—Debo decir la verdaaaaad —dijo Nim—. Debes poseer más de un color de brillo para los labioooooooos.

Alia dio un puñetazo a Nim en el brazo.

—Eres lo peor.

—Soy lo mejor. ¿Lo ves? La verdad. Y no puedo creer que hayas preguntado algo tan aburrido. Claro que copié en el examen final de Historia. El profesor Blankenship es horrible. Si quiere matarme de aburrimiento, lo mínimo que puede esperar es que yo copie en su examen de mierda.

—¿Qué querías que te preguntara? ¿Fuiste tú quien puso espuma de afeitar en el casillero de Alicia Allen?

—Sí, pero sólo porque me besó en la fiesta de la cosecha y luego fingió que no había sucedido y me llamó lesbi delante de sus amigas.

Nim se tapó la boca con las manos.

Alia se le quedó mirando.

—¿Hablas en serio?

—Yo… no quería decirlo —en los ojos de Nim había cierto pánico—. Yo…

Unas gotas de sudor aparecieron en su frente, y le costaba respirar.

Diana le quitó la cuerda de encima.

—¡Lo siento! Ya se los advertí.

Un temblor recorrió el cuerpo de Nim.

—Fue muy raro.

—¿Alicia Allen? —dijo Alia—. ¿En serio? Tú siempre dices que es horrible. Dijiste que tenía cara de comadreja.

Nim frunció el entrecejo.

—En realidad es bastante humana cuando no está con sus desagradables amigas. No lo sé. No hay muchas chicas de nuestra escuela que muestren el menor interés, ¿ya? Me cuesta distinguir a las lesbianas.

—¡Me toca! —dijo Theo.

Jason recogió un palo del suelo y lo tiró a la hoguera.

—Esto es una mala idea. Deberíamos parar.

Theo se acercó de rodillas y se agachó frente a Diana, de espaldas a las llamas.

—Preparado.

Alia vio la mirada que intercambiaron Jason y Diana. Jason movió la cabeza de manera imperceptible. ¿Pensaba realmente que Theo iba a lastimarse? ¿O tenía miedo de lo que podía decir?

Diana reflexionó un instante, y luego paso el lazo por encima del cuerpo de Theo.

Alia buscó alguna tontería para preguntarle. Sabía lo que quería decir, pero aunque hubieran estado a solas, no habría tenido agallas para decirlo. *¿Alguna vez me has visto como algo más que la hermanita molesta de Jason? ¿Serías capaz?* El simple acto de pensarlo ya le encendió las mejillas.

Pero antes de poder ordenar las ideas, Nim dijo:

—¿Tú o tu padre avisaste a aquellos alemanes para que atacaran el museo?

—¡Nim! —dijo Jason con brusquedad, pero Diana no hizo ademán de retirar la cuerda.

—Claro que no —dijo Theo, estupefacto—. Yo no sabía nada.

—¿Y tu padre? —dijo Nim, con dureza.

—¡No! —gritó Theo.

Alia notó un pequeño nudo de tensión que se desanudaba bajo las costillas.

Theo se quitó la cuerda y la dejó a un lado.

—¿Cómo puedes pensar una cosa semejante?

—Todos lo pensamos —dijo Nim—. Tu padre desapareció en el momento justo.

Theo se incorporó sobre los talones y los miró con los ojos muy abiertos y dolidos.

—¿De veras pensaron que podía estar involucrado en algo así? —desvió la mirada herida hacia Alia—. ¿Pensabas que ayudaría a que te hicieran daño?

Alia negó furiosamente con la cabeza.

—¡No! Yo…

¿Qué había pensado? Que ella misma era una máquina de destrucción andante. Que Theo o su padre tendrían plena justificación si quisieran acabar con ella.

—Hay espías en el equipo de seguridad de Jason —dijo Diana, con amabilidad—. Informadores en el seno de Laboratorios Keralis.

Nadie sabía qué pensar.

—¿Y tú, Jason? —preguntó Theo.

Jason se frotó el rostro con la mano.

—Podrías haber dado alguna pista sin darte cuenta.

—¿Entonces no soy malvado, sino simplemente incompetente?

—Theo... —intentó decir Jason. Pero tuvo la sensación de que cualquier cosa que dijera sólo iba a empeorar la situación.

—¡Me toca! —exclamó Alia. Todos se le quedaron mirando—. El lazo —continuó—. Pónmelo, Diana.

—¿En serio? —dijo Jason.

Diana dudaba, pero los ojos suplicantes de Alia debieron de funcionar, porque sacudió la cabeza con incredulidad y dijo:

—De acuerdo.

—¡Fantástico! —dijo Alia con falso entusiasmo—. Pero sólo una pregunta —en voz baja, añadió—: Nim, ayúdame.

—Entendido —murmuró Nim.

—¿Estás segura? —dijo Diana.

Absolutamente no. ¿Por qué no había pensado en otra manera de cambiar de tema? La danza interpretativa. La temporada de los Mets. Ciertamente, las opciones eran inacabables.

Intentó aparentar calma mientras dejaba que Diana le pasara suavemente el lazo por encima de los hombros. Sintió la fibra fresca contra su piel, y notó que la invadía una curiosa ligereza. Comprendió que temía al lazo porque temía a todo lo demás. Que tenía miedo del mundo de un modo que parecía esquivar a Theo, a Nim o a Jason. Que quería a Nim pero le molestaba su facilidad para relacionarse con la gente. Que temía que Nim se cansara de ella, que no quisiera ser amiga suya, que tuviera aventuras con alguien más divertido. Pensó que Nim nunca la perdonaría por el trauma de aquellos días. Que no valía la pena tomarse tantas molestias por alguien como ella. Todas estas verdades pasaron por la mente de Alia en un solo segundo, con una claridad demoledora. Cada pequeña mentira que se había contado a sí misma se abrió para revelar algo que no era bonito pero que la liberaba de una carga.

Vio que Nim abría la boca para hacer una pregunta, pero Theo se le adelantó:

—¿Cuál es la cosa más vergonzosa que has hecho nunca?

—Ah, yo sé la respuesta —dijo Nim, aliviada—. Se desmayó en clase de gimnasia.

Alia separó los labios para darle la razón, pero sin embargo dijo:

—Escribí a Theo una carta de amor.

—¿Qué? —gritó Nim.

—¿Qué? —vociferó Jason.

—Ah —dijo Theo, que se había quedado pasmado. ¿O estaba simplemente horrorizado? Alia no podía saberlo.

Diana ya se había inclinado para quitarle el lazo.

Alia quería negarlo todo. Estuvo a punto de decir "era broma", pero en vez de esto se oyó decir a sí misma:

—Cuando tenía trece años. En un papel de color rosa y princesas, y rocié la carta con desodorante de limón porque no tenía perfume. La metí en uno de sus libros.

Había sido probablemente el peor momento de su vida, incluyendo las recientes experiencias que habían estado a punto de costarle la vida. Diana jaló la cuerda, pero Alia tenía prisa por quitársela de encima. La pasó por encima de las trenzas y se levantó. Sentía que le quemaban las mejillas.

Voy a morirme aquí mismo, pensó, y los ojos fueron saltando de la mueca de Nim al gesto de dolor de Jason al semblante azul y preocupado de Diana. Se negaba a mirar a Theo. Porque la tierra no iba a tener el detalle de abrirse para tragársela entera. Tendría que vivir con aquella humillación cada vez que lo mirara, tal como le había pasado durante meses después de darle aquella nota.

Él tenía quince años, era delgado y perfecto, y ella estaba completamente loca por él de un modo que entonces parecía inevitable. Hablaba para sí mismo en portugués mientras hacía la tarea, y Alia pensaba que aquella era la cosa más adorable que había visto nunca.

La noche en que Alia había firmado la nota con una floritura y la había colocado entre las páginas de libro de matemáticas de Theo, la sensación de euforia le había durado hasta que había llegado a su habitación. Entonces había tenido un ataque de pánico. Corrió de vuelta a la sala, pero Theo ya había recogido sus cosas de la mesa, y no había manera de recuperar la nota. Al final había tomado los libros, los había metido en la bolsa y había salido de la casa, mientras Alia se quedaba allí sentada, fingiendo que conjugaba verbos en francés, convencida de que estaba a punto de vomitar. Había intentado recuperarla al día siguiente después de la escuela, pero cuando había abierto el libro de mates, la carta ya no estaba.

Alia no olvidaría nunca la horrible vergüenza que había sentido en aquel instante, y mucho menos ahora, que la estaba volviendo a sentir otra vez.

Theo nunca había dicho nada, pero ella se dio cuenta de que a partir de entonces evitaba quedarse con ella a solas en una habitación. O tal vez no había sido así y ella lo había imaginado. Alia nunca podría estar segura. Pero la tensión de intentar comportarse con normalidad durante los meses siguientes había sido totalmente extenuante. Entonces Theo se había ido fuera a pasar el verano, de vuelta a São Paulo con su padre, mientras Alia y Jason se quedaban en Martha's Vineyard, y Alia casi había sentido alivio. Pero cuando Theo volvió, era casi diez centímetros más alto y el acné le había desaparecido del rostro. Ya no parecía humano. Y ella estaba exactamente igual.

Ahora Alia se alisó la camiseta empapada.

—Bueno —dijo—. Vaya mal trago que pasé.

—Alia —dijo Theo, que también se había puesto de pie—. No es para tanto. De verdad, es genial.

Theo la había ignorado, se había burlado de ella... pero que la compadeciera ya era el colmo.

—¡Buenas noches a todos! —dijo de pronto con una alegría forzada, y enfiló hacia el camino, haciendo caso omiso de las llamadas de Diana.

Ascendió por la colina, y las lágrimas que se acumulaban en su garganta le impedían respirar. No era la vergüenza. No era el recuerdo. Era todo lo que había conllevado, cada idea odiosa que había tenido sobre sí misma, cantando a coro dentro de su cabeza. El lazo era como mirarse en un espejo que desnudara cada ilusión que utilizabas para llegar al final del día, cada andamio que habías construido para no caer. Y allí sólo estabas tú. Los pechos demasiado pequeños. El trasero demasiado grande. La piel demasiado pálida. Alia era demasiado nerd, demasiado rara, demasiado callada cuando había gente delante. En las garras del lazo, se había dado cuenta de que se alegraba de que Theo y Nim no se llevaran bien porque Nim era más divertida y más valiente y más interesante de lo que Alia llegaría a ser nunca. Era como una pequeña y preciosa bola de fuego, mientras que Alia apenas era una brasa, un fuego a punto de apagarse, fácilmente olvidable al lado de tales llamas. La idea de que un día Theo pudiera mirar a Nim y desearla, elegirla, había hecho que Alia los odiara un poco a los dos, y había hecho que se odiara a sí misma todavía más.

Alia se acomodó en el asiento trasero del Fiat y se encogió contra la puerta del coche. Todavía podía ver las estrellas por la ventana, pero esta vez sólo le sirvieron para sentirse más insignificante.

Al cabo de un rato, oyó que Nim abría la puerta y se instalaba en el asiento del conductor.

—¿Estás despierta? —susurró.

—Sí —respondió Alia. No tenía ganas de fingir.

—¿Qué aprendiste?

Alia miró brevemente a Nim. Estaba sentada con la cara hacia delante, concentrada en el parabrisas. Tal vez así era más fácil hablar, a oscuras, sin tener que mirarse a los ojos.

Alia apoyó la cabeza contra el cristal.

—Básicamente, que soy una idiota mezquina y celosa. ¿Y tú?

—Que soy una cobarde.

—Eso es ridículo. Eres la persona más valiente que conozco. Fuiste a un baile con short y tirantes.

—Era un look que funcionaba.

—Ya te lo decía.

Alia oyó que Nim se removía en el asiento.

—Por muy habladora que sea, nunca he llevado a una chica a mi casa. Ni siquiera he insinuado nada a mis padres sobre este tema. Tengo miedo de que, si lo hago, todo se desmorone.

Alia parpadeó, sorprendida. Siempre había pensado que Nim hablaría con sus padres cuando estuviera preparada. Era una de las familias más cariñosas que conocía.

—No creo que sea verdad.

—Da igual si es verdad. Parece verdad.

Alia dudó. Se clavó las uñas en la palma de la mano.

—No me dejes, ¿sí?

Nim volteó en el asiento y se retiró la franja de pelo de la cara.

—¿Qué?

Alia se obligó a mirar a Nim a los ojos.

—Cuando haya ido al manantial, todo cambiará. Salir ya no me dará tanto miedo. Seré más abierta. Iré a más fiestas. Lo que tú quieras.

—Alia, me da igual que vayas a fiestas en almacenes abandonados hasta la madrugada o que te quedes en tu habitación estudiando células como tanto te gusta hacer. Siempre seremos tú y yo contra el mundo.

—¿Por qué?

—Porque todos los demás son un asco, y no necesitas ningún lazo mágico para saber que es verdad.

Alia sonrió, y tuvo la sensación de que una parte de la vergüenza y del dolor se desvanecía. Cerró los ojos, y de pronto tuvo la sensación de que incluso podría dormirse.

—Alia —oyó que murmuraba Nim.

—¿Mm?

—No te ofendas, pero estas son las peores vacaciones de la historia.

—Ya te dije que tendríamos que haber ido al Gran Cañón —consiguió decir Alia antes de que la fatiga la venciera y se dejara llevar por un sueño profundo.

CAPÍTULO 21

Diana echó tierra sobre los restos de la hoguera para asegurarse de que no volvieran a prender, y se preguntó si debía ofrecer disculpas a Alia. Después de que Alia se hubiera escurrido colina arriba, todos se habían mirado durante un largo momento, en un silencio tenso, Theo se quedó incómodamente plantado al borde de la hoguera.

—Tal vez debería... —había aventurado.

—No —había dicho Nim—. Deja que se lo quite de encima, y luego haz de cuenta que no ha sucedido.

—Pero...

—Tiene razón —había dicho Diana, aunque también tenía ganas de seguir a Alia. Ella también había sufrido un montón de humillaciones, siempre detrás de su madre y sus hermanas amazonas, siempre la más lenta, siempre la última, siempre excluida de su manera de ver el mundo. Cuando le escocía el orgullo, no quería que le recordaran sus fracasos. Quería la soledad de los acantilados. Quería estar sola hasta que el dolor se calmara, hasta que fuera tan pequeño que le permitiera regresar—. Déjala en paz.

Jason miró a Theo y arqueó la ceja.

—¿Te envió una carta de amor?

—No fue para tanto.

—¿Cómo es que nunca lo mencionaste?

Theo se había metido las manos en los bolsillos.

—Sólo era una niña. No quería avergonzarla.

—¿Por qué le hiciste esa pregunta tan estúpida? —había dicho Nim, enojada.

El chico levantó los hombros exageradamente.

—Pensaba que diría alguna tontería, como que bebió demasiado ponche de frutas y vomitó en su litera cuando estuvo en el campamento.

—Eso suena muy específico —dijo Diana.

—Sí, bueno, le puede pasar a cualquiera. ¿No íbamos a descansar? Mañana será un gran día. Tenemos pendiente una purificación mística.

—Yo vuelvo al coche —dijo Nim—. Sé que Alia necesita un poco de espacio, pero si me quedo mucho más tiempo aquí, voy a intentar ahogar a Theo en el estanque.

Nim se dirigió hacia lo alto de la colina, pero mientras recogían las bolsas vacías y las botellas de refresco y apagaban el fuego, Diana no dejaba de pensar en Alia. Aunque las leyendas sobre el lazo y sus características eran tan variadas que no había sabido qué esperar, seguía sintiéndose culpable.

Los mortales no debían jugar con aquel tipo de cosas, y su madre se habría puesto furiosa de haber sabido que Diana utilizaba un arma sagrada para hacer juegos de mesa. Aunque también suponía que aquella era la última cosa que la pondría furiosa ahora mismo. Recorrió con el pulgar los hilos dorados, y el lazo brilló tenuemente al notar el contacto. Era un tacto amistoso, como si fuera un compañero más que viajara con ellos. No estaba pensado para permanecer indefinidamente dentro de un recipiente de vidrio en una fría habitación. En una ocasión, había leído que las joyas debían lucirse para mantener el lustre. No podía evitar pensar que los brazaletes, el lazo, incluso la piedra en forma de estrella que llevaba en el bolsillo, eran dones que no tenían que permanecer encerrados.

Levantó la vista y se dio cuenta de que Jason la estaba mirando.

—¿En qué estabas pensando? —preguntó.

—¿Por qué?

Ella se levantó y se limpió las manos en el pantalón, al tiempo que comenzaban a caminar.

—Tiene la esperanza de que estés pensando en él —dijo Theo, con una carcajada.

Jason dio un suave empujón a Theo y estuvo a punto de estamparlo contra un árbol.

—¡Oye! —dijo Theo—. ¡Utiliza las palabras!

Diana miró de reojo a Jason. Tenía la mandíbula y los hombros rígidos, como de costumbre. ¿Era eso lo que pensaba? O, como Alia habría dicho, ¿era sólo Theo haciendo de Theo?

Se aclaró la garganta.

—Me pregunto qué nos deparará el día de mañana —dijo—. No creo que sea tan sencillo como encontrar el manantial y ya está. No sabemos lo que nos estará esperando.

—Claro que sí —dijo Theo, aplastando una rama—. Llegamos al manantial, Alia se cura y nos ponemos a discutir cuál es el mejor número de baile para celebrar que hayamos salvado al mundo.

—Me regocija tu optimismo —dijo Diana.

—Y yo admiro tu capacidad para levantar un coche por encima de la cabeza sin despeinarte y encima tener un aspecto espléndido mientras lo haces —dijo Theo, haciendo una reverencia.

—¿Por qué tengo la sensación de que no será tan fácil como tú crees? —dijo Jason.

—Porque eres el tipo que siempre ve el vaso medio vacío.

—En cambio tú eres el tipo que piensa que todo saldrá bien o que siempre habrá alguien que lo arregle a última hora.

—No es justo.

—Hablo en serio, Theo. Si todo se va a la mierda, esta vez no habrá modo de reiniciar, de refrescar, o como lo quieras llamar.

—Te refieres a volver a empezar. Y me alegro de saber que te preocupas por mí, aunque pensaras que era una especie de traidor.

—Theo... —intentó decir Jason.

Theo dio un golpecito a Jason en la espalda.

—Lo entiendo, ¿sí? Pero tal vez deberías de darme un poco más de crédito. Ustedes son mi familia. Mucho más que mi padre. Además, si no fuera por mí, ahora mismo estarían cruzando las montañas a lomos de una mula.

—La mula no hablaría tanto —comentó Jason.

—Probablemente también olería mejor —dijo Theo.

¿Era realmente tan simple? ¿Una broma compartida, un golpecito en la espalda, un perdón concedido cuando no se había pedido una disculpa? Diana había visto la frustración de Jason con el comportamiento superficial de Theo, la irritación de Theo ante el modo en que Jason lo menospreciaba. Pero parecían perfectamente conformes con evitar hablar sobre ello. Los chicos eran criaturas peculiares.

Diana dejó que Jason y Theo montaran el campamento improvisado junto al coche, al otro lado del claro. Por las ventanillas del Fiat, vio que Alia y Nim ya estaban durmiendo. Odiaba tener que despertarlas.

—Lo siento —susurró al entrar en el vehículo. Con dos calcetines anudados, ató las manos a Nim.

—No pasa nada —dijo Nim, adormecida—. Mi madre me puso unos guantes de horno con cinta aislante cuando tuve varicela.

Diana no entendió qué tenían que ver los utensilios de cocina y las enfermedades contagiosas con todo aquello, pero murmuró con educación.

Se movió en el asiento del copiloto, intentando encontrar una posición mínimamente cómoda, y escuchó la quietud de la noche. Quería dormir, pero el coche era penosamente estrecho, y la mente le funcionaba a mil por hora. Tal vez una carrera la ayudaría a despejarse.

Salió del vehículo tan silenciosa como pudo. Alguien roncaba desde el otro lado del claro, y por el timbre sospechó que se trataba de Theo. Diana estiró los brazos y las piernas, y regresó caminando al saliente de la roca para escuchar el rumor de la cascada y ver si había otro sendero.

Le sorprendió encontrar allí a Jason, de pie contemplando el agua. Se había vuelto a quitar la camisa, posiblemente para atar las manos de Theo, y el agua de la cascada le rociaba el cuerpo.

Como si notara la presencia de Diana, giró de pronto.

—Lo siento —dijo ella—. No te estaba espiando. No podía dormir —bueno, tal vez sí lo había espiado un poco. Le gustaba mirarlo. Pero, ¿no había dicho Nim que a la mayoría de chicas les gustaba hacerlo?

—Yo tampoco —dijo él—. Theo ronca.

—Ya lo oí.

Jason volvió a dirigir la mirada a la cascada.

—¿Y si no sale bien? —dijo, en voz baja.

Diana no le preguntó a qué se refería.

—El Oráculo no miente.

—Pero tal vez se equivoque. Los Oráculos se han equivocado otras veces.

—No en esta ocasión.

El chico se inclinó contra la roca de la que colgaba la campana y cruzó los brazos.

—¿Hubieras participado, si hubiéramos continuado el juego?

—¿El del lazo? No lo sé. ¿Y tú?

Jason jadeó ligeramente.

—Por supuesto que no.

Diana se colocó a su lado contra la roca.

—Lo que dije antes era en serio. Siento haber utilizado el lazo para interrogarte.

Jason se encogió de hombros, moviendo suavemente los múscu-los bajo la piel.

—Llevo mucho tiempo guardando el secreto de lo que soy, de lo que soy capaz de hacer. Mantener a la gente a raya se convierte en un hábito.

—No debería haberte obligado. La verdad tiene otro significado cuando se ofrece de manera voluntaria.

Jason echó la cabeza atrás para mirar las estrellas.

317

—Desde el principio, mis padres se dieron cuenta de que era más fuerte que los otros chicos, más rápido. Y me gustaba pelearme. Todo apuntaba a que me convertiría en el típico abusón. Me ensañaron a contenerme, a ir con cuidado para no hacer daño a nadie. Pero a veces notaba en la sangre el deseo de utilizar esta fuerza, de ponerme a prueba.

Diana intentó no mostrar su sorpresa. Aquel era exactamente el comportamiento que le habían dicho que encontraría en el Mundo del Hombre. Y sin embargo Jason reconocía la necesidad de violencia que había heredado a través del linaje de los Keralis. Y se había esforzado en atemperarla.

—¿Por eso valoras tener el control por encima de todo?

—Sí. Pero también por cómo me criaron. Mi madre nos enseñó a Alia y a mí que el dinero sólo nos protegería hasta cierto punto. Que habría gente esperando a que falláramos, para demostrar que no merecíamos tener lo que teníamos.

—Conozco esa sensación —reconoció.

Él la miró con escepticismo.

—¿En serio? Para nosotros es como una trampa. Alia y yo siempre tenemos que ser los mejores. Siempre tenemos que ir un paso adelante. Cuando más fuerte te haces, más cosas consigues, pero más personas quieren ponerte en tu sitio —golpeó levemente la parte posterior de la cabeza contra la roca—. Es agotador. Y toda esa precaución no deja mucho espacio para la grandeza.

Tal vez lo comprendía menos de lo que pensaba. En la isla, Diana siempre había sabido que sus fracasos significaban algo más, pero también era consciente de que sus logros serían suyos, que si corría lo bastante rápido, si luchaba con la fuerza suficiente, si pensaba con suficiente agilidad, sus hermanas tratarían sus victorias con respeto.

Diana le clavó el codo.

—No fue ninguna estupidez. Lo que dijiste en el avión. Todos queremos saber a qué sabe una pizca de grandeza.

Jason volteó la cabeza para mirarla.

—¿Y si quieres un poco más de una pizca?

Algo en aquellas palabras le aceleró el pulso.

—¿Cuánto más?

—No lo sé —volvió a mirar al cielo—. Das un mordisco. Luego otro. ¿Cómo sabes que ya estás lleno?

Te veo, Hija de la Tierra. Veo tus sueños de gloria.

—Entonces, tu deseo de dirigir los Laboratorios Keralis, el legado de tus padres...

—Su legado —repitió él, y soltó una risa amarga—. ¿Sabes que a una parte de mí le gustaría creer que los poderes de Alia provocaron el accidente de coche que mató a nuestros padres?

Diana respiró, y él la miró, con los ojos oscuros y brillantes.

—¿Qué te parece esta confesión? —dijo—. Por eso presioné tanto a Michael para que investigara. Deseaba que hubiera una conspiración, una explicación, una razón para todo ello. Si querer hacer grandes heroicidades no es una estupidez, esto sí que lo es. Así es como piensan los niños pequeños.

¿Cómo reaccionar, tras perder tantas cosas en una sola noche? ¿Quién no buscaría algo de orden, alguna medida de control?

—Querías encontrar el significado de su muerte —dijo ella—. No tiene nada de malo.

Jason se apartó de la roca y caminó hasta el borde del peñasco.

—Quería rehacer el mundo. Convertirlo en algo que pudiera entender —cruzó los brazos, con el perfil hacia el cielo, y ella recordó cuando lo había visto solo entre los árboles, como un centinela de piedra, haciendo guardia—. Y todavía quiero.

—Por eso quieres retener el control de la empresa.

Agachó la cabeza hacia un lado y regresó despacio hacia la roca.

—¿Por qué siempre tengo la sensación de que soy yo quien acaba hablando, en lugar de ti?

—¿Porque soy muy buena escuchando? —propuso ella.

Él resopló.

—Haremos un trato. Jugaremos a las veinte preguntas. Tú respondes, y yo te perdono lo del lazo.

Ella cortó el aire con la mano.

—Veinte son demasiadas.

—Diez.

—Tres.

—¿Tres? —dijo él, con incredulidad—. ¡Eso no es nada!

Ella creía saber lo que él le iba a preguntar, y estaba dispuesta a decir la verdad sobre sus orígenes, tal vez no toda la verdad, pero sí una parte de ella. Ella se la había sacado a la fuerza. Era justo que ahora le devolviera la pelota.

Diana se encogió de hombros.

—En los cuentos siempre son tres. Tres deseos. Tres preguntas.

Jason suspiró y volvió a colocarse a su lado.

—Muy bien. Pero tienes que decir la verdad.

—Haré todo lo posible.

Él se frotó las manos con impaciencia.

—Muy bien, Diana Prince, ¿tienes novio, en tu país?

Ella se rio. No era en absoluto lo que había esperado.

—No.

—¿Novia?

—No. Te das cuenta de lo malo que eres, ¿verdad? Ya llevas dos preguntas.

—Pero...

—Las reglas son las reglas. Una pregunta más, Jason Keralis.

Esperó. Sabía lo que vendría a continuación.

—Muy bien —dijo él—. ¿Cuál es la historia de la estrella doble?

Diana se incorporó, sorprendida. ¿Ninguna pregunta sobre su hogar? ¿Sobre su gente?

—¿Te acuerdas de eso?

—Sí, y me di cuenta de que no querías explicármelo.

Diana frunció el ceño.

—¿Tan fácil soy de interpretar?

—Tal vez es que soy muy bueno escuchando. Adelante. La historia.

Diana se reclinó contra la roca y escuchó el viento que soplaba entre los pinos. Tendría que compartir otro tipo de secreto. Había confesado que aquella historia era su favorita. No quería parecer una estúpida.

Estudió el cielo nocturno.

—¿Sabes encontrar la Osa Mayor?

—¿El Carro? —dijo Jason—. Claro que sí.

Ella señaló con el dedo, trazando un camino.

—Si sigues la manivela, verás a Arturo a su lado. Y si continúas, verás la estrella conocida como el Cuerno, o Azimech. Es una de las más brillantes que hay en el cielo.

—Es inconfundible.

—Pero guarda un secreto.

Jason chasqueó la lengua.

—Eso nunca es una buena idea.

—Nunca —coincidió ella—. En realidad son dos estrellas, que orbitan sobre el mismo centro de gravedad, tan cerca la una de la otra que son indistinguibles. La historia cuenta que una vez hubo una gran guerrera, Zoraida, que juró que nunca se entregaría a nadie que no fuera su igual. Pero nadie conseguía vencerla en la batalla.

—Adivino que es aquí donde aparece el héroe.

—Zoraida es la heroína. Pero es cierto que otro campeón apareció e intentó vencerla, un hombre tan orgulloso como fuerte. Juró que la derrotaría o moriría en el intento, y así, un amanecer rosáceo, se encontraron y se enfrentaron, Zoraida empuñando su leal hacha, y Agatón con una espada que brillaba como el sol de la mañana —Diana cerró los ojos, recordando cómo seguía la historia—. Desde el principio, estuvo claro que estaban muy igualados, y por todo el valle resonaba el sonido de los golpes a los que se sometían mutuamente. Lucharon y lucharon, durante horas y luego días. Y cuando el hacha de Zoraida quedó destrozada contra la guanteleta de Agatón, y la espada de Agatón se rompió contra el escudo de Zoraida, siguieron luchando, pues ninguno de ellos estaba dispuesto a ceder la victoria.

—¿Quién ganó? —dijo Jason.

Diana abrió los ojos.

—Ninguno de los dos. O los dos. Depende de cómo lo mires. A medida que luchaban, el respeto mutuo iba en aumento. Se enamoraron, pero tal como estaban igualados en la fuerza, también lo estaban en terquedad. Murieron el uno en brazos del otro y, con el último aliento, juraron sus votos. Los dioses los colocaron en el cielo, donde podrían permanecer juntos para siempre, sin que ninguno de los dos disminuyera el brillo del otro, gobernando su rincón de la noche en arrogante aislamiento.

—¿Y esta es tu historia favorita?

Jason había arqueado las cejas y lucía la expresión burlona que ella había esperado de él.

—Sí —dijo, a la defensiva.

—Es bastante lúgubre. ¿Eres fan de Romeo y Julieta, también?

Diana se rio.

—En absoluto. Prefiero a Benedick y Beatrice.

—¡Pero estaban condenados!

—La condena no es una necesidad.

—¿Sólo un beneficio adicional?

Diana levantó las manos.

—Es una historia trágica de amor.

—Es trágica, y que lo digas.

—Es romántica. Encontraron a su igual —la primera vez que Diana había oído la historia de Zoraida, le había fascinado. Contenía todos los peligros y las tentaciones del Mundo del Hombre. ¿Cómo debía ser desear tanto a alguien pero al mismo tiempo no renunciar a tus propias creencias? De haber perdido el corazón en favor de Agatón, ¿habría cedido, o habría hecho honor a su voto? Tal vez la historia era algo melodramática, pero no por eso tenía que dejar de gustarle. Volteó la cabeza y vio que Jason la observaba de nuevo—. ¿Por qué no me preguntaste sobre la isla? —dijo—. Sobre el lugar de donde procedo.

Él sonrió, y el hoyuelo proyectó una sombra sobre su mejilla.

—La verdad tiene otro significado cuando se ofrece voluntariamente —inclinó la cabeza hacia el valle—. ¿Cuánta distancia crees que hay hasta la cima de la montaña?

Diana sonrió.

—Averigüémoslo.

Compartieron una carcajada y se lanzaron colina abajo, dejando atrás el estanque y adentrándose en el bosque plateado.

Diana adelantó a Jason como un rayo, saltó por encima de un tronco caído, pasó por debajo de una rama baja, el corazón le latía de felicidad, mientras el bosque se abría a su paso. Emergió de los árboles y salió a la ladera pedregosa, se deslizaba más que corría sobre el suelo granulado que cedía bajo sus pies causando una lluvia de piedrecitas. Oyó que Jason aullaba feliz desde algún punto detrás de ella, esforzándose por mantener el ritmo que Diana había impuesto, pero aparentemente contento de tener que hacerlo.

Ahora se encontraban en campo abierto, subiendo unas colinas bajas y ondulantes llenas de socavones y rocas que colgaban de rugosos planos de granito. Oyó los pasos firmes de Jason, y al cabo de poco ya marchaban juntos, al mismo paso exacto. *Ya no se esconde,* comprendió. Diana se echó a reír, y los dientes blancos relucieron en la oscuridad.

Diana se dejó ir y corrió. *No participas en una carrera para perder.*

Notaba el chasqueo de las sandalias contra la tierra, las estrellas que se arremolinaban encima suyo. No se molestó en establecer un ritmo, ni se preocupó por la distancia ni por la altitud de la montaña. Simplemente corrió, y las zancadas de Jason la empujaban a ir más deprisa, como un perro pisando los talones al ciervo, pero no sentía ningún miedo, sólo euforia. No tenía que preocuparse por las consecuencias de una posible derrota ni por cómo comportarse en su condición de princesa. Sólo existía la carrera, el deseo de ganar, la emoción del latido desbocado de su corazón acompasado con el del chico mientras se encaramaban por el barranco rocoso que daba a un arroyo o escalaban la pared empinada del pico, abriéndose paso a través de arbustos puntiagudos y pinos aromáticos hasta que... encontraron un antiguo camino de carros, apenas visible, cubierto de hierbamala y raíces de árboles rotas.

Diana gritó triunfante cuando sus pies pisaron el camino, y corrió a toda velocidad hacia el lugar donde los árboles se abrían un poco, con los troncos inclinados y retorcidos por el viento. Parecían mujeres, congeladas en una danza enloquecida, con las matas de pelo echadas hacia delante, las espaldas arqueadas en éxtasis o inclinadas en posición de súplica, como una procesión de bailarinas que acompañaba a Diana durante la ascensión.

Corre, le susurraban. *Esto es lo que pasa cuando dejas que tus pies echen raíces.* Pero, ¿acaso no era aquella la vida que las hermanas de Diana habían elegido? ¿Atadas a un solo lugar, seguras pero encerradas en el tiempo, preparándose para una guerra que tal vez no llegaría jamás?

Giró en una curva y vio ante ella la cima de la montaña, con un pequeño altar cerca de la cúspide, una virgen rodeada por flores marchitas y paquetes de caramelos, pequeñas ofrendas. De algún modo, Diana supo que allí siempre había habido altares, lugares sagrados donde se invocaba a los dioses, donde se ofrecían plegarias bajo el cielo negro e infinito.

Aumentó la velocidad, alargó la zancada y lanzó un grito al viento al dejar atrás el altar y alcanzar el punto más alto de la montaña, levantando los brazos en señal de victoria.

Jason llegó justo detrás, recorriendo a paso tranquilo los últimos metros. Reía tanto que tuvo que doblar el cuerpo y apoyar las manos sobre las rodillas.

—No es bonito regodearse —jadeó.

Diana sonrió.

—Tendríamos que haber apostado.

Miró más allá del valle, a los picos del Taygetus en la lejanía, a un mundo pintado de negro y plata, el cielo era una bóveda oscura de estrellas. Parecía infinito, ilimitado por mares o barreras, un mundo que exigiría cien vidas humanas para ser explorado. Pero cuando llegaran al manantial, tendría que dejar atrás todos aquellos horizontes.

—Bueno, me temo que no soy ningún Agatón —dijo Jason—. A duras penas te pude seguir el ritmo.

Ella asintió a regañadientes.

—Lo hiciste muy bien.

—¿En serio? —preguntó él, y de algún modo ella comprendió que no era esta la pregunta que estaba haciendo. La luz de las estrellas iluminó el contorno de su perfil cuando volteó a verla.

—Sí —dijo ella, en un suspiro.

Jason se inclinó hacia delante, y ella notó que su propio peso levitaba atraído por la gravedad de él, por la forma de sus labios, por el movimiento de los músculos bajo la piel. Las dos bocas se encontraron, cálidas y suaves, como la primera cereza del verano, llena de promesas, y el apetito floreció en el interior de Diana como una viña impaciente, que se desenroscaba en la parte inferior de su estómago. Él deslizó la mano entre su pelo, y la atrajo hacia sí. Pero por debajo de la fuerza y la velocidad, ella sintió lo mortal que era él, su vida era igual de fugaz que un beso, una chispa capturada. Él no duraría. Y así ella se abandonó para sentir el latido violento de su corazón, el calor de su piel, la ferocidad de una vida que brillaría por un instante, que estaba allí, y luego desaparecería.

CAPÍTULO 22

Alia despertó al son del cantar de los pájaros y bajo la luz de una luna creciente visible en el horizonte, como una guadaña delgada y perfecta. La luna de la cosecha. El hecatombeón había comenzado. *Ya casi llegamos*, se recordó. *Sólo tenemos que llegar al manantial antes de que se ponga el sol.*

O la táctica de atar a Theo y a Nim durante la noche había funcionado, o bien los dioses del combate habían encontrado a otro grupo de personas que molestar, porque nadie gritaba ni intentaba cometer un asesinato. Diana y Jason ya estaban despiertos, y habían colocado las últimas provisiones de alimentos sobre una roca mientras discutían las ventajas de las posibles rutas para llegar a Therapne y el modo en que esperaban encontrar el manantial cuando hubieran llegado. Estaban sentados muy juntos, con los hombros prácticamente tocándose y parecía que la animosidad mutua que los había acompañado desde aquel primer encuentro en el hotel Good Night hubiera desaparecido. *Tal vez no era animosidad*, pensó Alia, sacudiendo la cabeza para intentar deshacerse del calambre que le agarrotaba el cuello. *Uf.* Si Jason iba a ligar con sus amigas, ella prefería no saberlo. *Aunque la verdad es que esta vez tuvo buen gusto.*

Alia dejó a Nim dormitando en el asiento reclinado del conductor y fue a lavarse la cara y las manos al estanque superior de la cascada.

Oyó a Theo antes de verlo, estaba silbando alegremente una canción que ella no conocía y el sonido llegaba por la curva del camino. Antes de poder dar media vuelta y echarse a correr, el chico dobló la esquina con sus andrajosos pantalones brillantes y la camisa robada a la que ahora le faltaban las mangas. Había llenado la jarra de agua y la transportaba sujetándola con los dos brazos delgados. Theo se detuvo en seco cuando la vio. Sus trencitas parecían más despiertas que él.

—Hola —dijo.

Vaya, esto no va a ser incómodo en absoluto.

—Hola —dijo Alia, haciendo un esfuerzo por sonar natural—. ¿Qué tal dormiste?

—Bien, bien. ¿Y tú?

—Muy bien —dijo ella, y siguió caminando hacia las cascadas. *Tranquila. Ahora sólo tendrás que pasar unas cuantas horas metida en un coche con él. No hay problema.*

Oyó un ruido sordo y unos pasos apresurados, y comprendió que había dejado la jarra en el suelo y corría para alcanzarla. Tal vez podría sumergir la cabeza en el agua y aguantar la respiración hasta que él se fuera.

—Escucha... —empezó.

—Theo, digas lo que digas, sólo vas a empeorar las cosas. No pasa nada. Tenía trece años. Estaba encaprichada contigo.

—¿Porque mis ojos son dorados como un mar en una puesta de sol?

Durante un segundo, Alia no entendió nada, pero luego el recuerdo la asaltó con una claridad desgarradora. *Tus ojos son dorados como un mar en una puesta de sol.* Podría ahogarme mil veces en ellos. Aquella carta horrible.

—Dios mío —gruñó Alia—. Tenía la esperanza de que no la hubieras leído.

Theo sonrió.

—La leí.

—Bueno, de eso hace mucho tiempo —dijo ella con una risa incómoda—. Como esa, escribí por lo menos diez. Una de ellas a Zac Efron.

—Vaya —realmente parecía un poco decepcionado—. Es una lástima. Es la cosa más bonita que nadie me ha dicho nunca.

Alia pensó en el ramillete de chicas con las que había visto a Theo durante los últimos años.

—Seguro que sí.

El chico se pasó la mano por encima de las trenzas del pelo.

—¿Te acuerdas por lo menos de lo que escribiste?

—No exactamente. Cada vez que mi cerebro intenta regresar a aquella época, siento tanta vergüenza que tengo que parar antes de arriesgarme a sufrir un aneurisma.

Theo se miró los zapatos puntiagudos de vestir. Estaban totalmente destrozados, y el dibujo de pata de gallo de los laterales estaba casi oculto por el polvo.

—Decías que yo era inteligente y que si la gente no entendía mis bromas, tal vez era porque no eran suficientemente listos para hacerlo.

—¿En serio?

Bueno, pues en aquel punto tenía razón. Alia recordaba cómo odiaba el modo en que Michael se burlaba de Theo, y que los chicos de la escuela lo llamaran raro y bobo. Cuando se hicieron mayores, todos se habían dado cuenta de que los gustos de Theo en música, ropa y en todo lo demás no eran raros, sino interesantes. Había visto cómo las chicas empezaban a adularlo y se había sentido como una *hípster* resentida. *Yo sabía que era cool antes que ustedes.*

—Me comparabas con un camarón —dijo él.

Alia cerró los ojos.

—¿Quieres que vaya a ahogarme?

—No, era fantástico. Decías que los camarones eran pequeños, pero que sus garras eran capaces de producir un estallido...

—Más fuerte que el motor de un avión —dijo Alia—. Sí, lo recuerdo. Aquel año me interesé mucho por la biología marina.

—Exacto —dijo Theo, con entusiasmo—. Al parecer, producen un estallido capaz de sorprender a los peces más grandes, pero tú añadías que sobreviven gracias a que son ruidosos, a que no intentan mezclarse con los demás.

—¿Cómo puedes recordar todo eso?

La sonrisa de Theo se torció. Se metió las manos en los bolsillos y golpeó el suelo con el talón.

—Guardé la carta.

—¿En serio?

Él encogió los hombros.

—Era un buen recordatorio. Para cuando las cosas no iban demasiado bien.

Alia dobló los brazos.

—Si para ti era tan importante, ¿por qué nunca dijiste nada?

Theo puso los ojos en blanco.

—Porque también había un montón de cosas ridículas y ñoñas, y tú tenías trece años y eras hermana de mi mejor amigo. Tenía miedo de que te tiraras sobre mí en la sala y me pidieras que me casara contigo. Había media página dedicada a todos los signos que confirmaban que éramos almas gemelas. Uno de ellos era que a los dos nos gustaba la cátsup.

Alia se tapó la cara con las manos.

—Para ya.

—Y un montón de cosas raras de acosadora, y varias metáforas seriamente enrevesadas.

—Okey, ya es suficiente. Vete y déjame que disfrute a solas de mi humillación.

—Pero a eso me refiero: lamento que esa nota te avergüence —ella arqueó la ceja—. Okey, no lo lamento tanto, porque estás muy guapa cuando te avergüenzas, pero esa carta fue muy importante para mí. Decías que te gustaba que no fuera como los demás, y eso era lo que más necesitaba oír en aquel momento.

—Entonces... ¿supongo que te alegras? —dijo Alia, sin saber qué más decir. Pensó que seguramente podría sobrevivir con un poco de vergüenza—. Pero aun así te tienes que ir.

—¿Por qué?

—Porque tengo que ir a…

—¡Claro, al manantial!

—No —dijo ella, sonrojándose—. Tengo que ir a...

Theo levantó el pulgar.

—Lo siento. Ya me voy.

Se alejó por el camino, pero cuando recogió la jarra de agua, Alia añadió:

—¿Theo?

—¿Sí?

—La noche de la fiesta en el museo, ¿por qué lanzaste piropos a todo el mundo menos a mí?

Él sonrió.

—Porque tú, con aquel vestido dorado, me hiciste papilla el cerebro.

Ella puso la vista en blanco.

—Seguro que sí.

Él avanzó un par de pasos, e hizo una pausa.

—¿Alia? —la volvió a llamar.

—¿Qué, Theo?

—Aquella noche, en la fiesta. Parecías un tesoro enterrado.

★ ★ ★

Alia se tomó su tiempo en regresar al coche, sobre todo porque no podía quitarse la sonrisa bobalicona de la cara, y cuando por fin regresó al claro, Diana deambulaba arriba y abajo y Jason parecía igual de impaciente. Abrió la puerta del Fiat para que todos fueran subiendo, y Alia pensó que, de haber tenido todavía el reloj, le hubiera dado unos golpecitos, indignado.

Se apretujaron en la misma formación que el día anterior. Nim al volante, Jason en el asiento del copiloto, y el resto encajados en la parte de atrás, Diana emparedada entre Alia y Theo como si fuera el precioso relleno de un sándwich a la plancha. Alia casi se sentía culpable por el espacio que quedaba libre detrás de Nim, y dio las gracias en silencio por las piernas cortas de su amiga.

Habían decidido ceñirse al plan de tomar el paso de Langadha, y pocas horas más tarde rodearon la ciudad de Kalamata, deteniéndose sólo para poner gasolina (tras una negociación que resultó ser mucho más fácil al ocuparse Diana de llevarla a cabo), antes de conectar con la carretera que se dirigía al este a través de las montañas.

No tardaron en comprender por qué los lugareños no utilizaban aquella ruta. Colgaba del acantilado en una franja estrecha, reseguida a un lado por una implacable pared de roca gris y al otro por un precipicio abrupto que terminaba en un barranco moteado de árboles.

Alia intentó controlar las náuseas mientras serpenteaban por las curvas en forma de *U*. En algunos sectores, la carretera se estrechaba a un solo carril, y era imposible saber quién podría venir en la dirección opuesta, o a qué velocidad. Incluso cuando había dos carriles, eran tan estrechos que, cada vez que pasaba otro coche, el Fiat temblaba. Alia se dijo que esto se debía al cambio de presión entre los dos vehículos, pero atenerse al principio de Bernoulli no servía para eliminar la sensación de que cualquier despiste de los conductores podía enviarlos contra el lateral de la montaña o lanzarlos al vacío.

—Es una carretera antigua —dijo Diana, mirando por la ventana—. Telémaco la recorrió en un carro cuando viajó desde el palacio de Néstor para encontrarse con Menelao en Esparta.

—¿Menelao? ¿El esposo de Helena? —preguntó Alia.

—Apuesto a que Telémaco no se quedó atascado detrás de un autobús turístico —gruñó Nim, tocando el claxon.

—Eh —dijo Jason—. Estamos intentando no llamar la atención, ¿recuerdas?

—No te preocupes —dijo Nim, puntuando cada palabra con un bocinazo—. Nadie. Me. Está. Poniendo. Atención.

Por fin, el autobús encontró un lugar donde hacerse a un lado y Nim lo adelantó como una centella mientras Alia se agarraba al brazo de Diana y cerraba los ojos.

—Nim —resopló—, soy consciente de que estamos huyendo para salvar la vida, pero no va a servir de nada si no sobrevivimos a la excursión.

—¡No pasa nada! —dijo Nim, tomando otra curva con tal entusiasmo que todos los pasajeros se desplazaron hacia el lado izquierdo.

Habían tenido que sacrificar el aire acondicionado del coche para subir a la montaña, y ahora que se habían librado del humo del tubo de escape del autobús, Alia asomó la cabeza por la ventanilla abierta y respiró.

La parte de su cerebro que no estaba concentrada en intentar no vomitar fue capaz de apreciar la belleza del lugar, las densas nubes de pinos, los picos escarpados y las agujas retorcidas del paso. Había puntos en que la roca colgaba sobre la carretera como una ola congelada justo antes de romperse, otros donde la carretera se estrechaba y el coche pasaba por una ranura tallada en la piedra. Alia tenía la sensación de que el pequeño Fiat viajaba dentro de las fauces de un monstruo, y que en cualquier momento la bestia podía aclararse la garganta.

Pasaron a toda máquina por delante de un cartel, y Jason dijo:

—Esto era el hoyo de Kaiadas.

—¿El qué? —dijo Alia.

—El lugar en el cual los espartanos lanzaban a sus enemigos para que nadie pudiera encontrarlos. Se suponía que no tenía fondo.

—Sí, y también a sus hijos —dijo Theo—. Si los bebés no cumplían los requisitos.

—Eso es horrible —dijo Alia.

—Era una cultura marcial —dijo Jason—. Tenían prioridades distintas.

Theo le propinó un golpe en la oreja.

—¿Insinúas que hacían bien en tirar a cualquiera que no fuera un espécimen físico perfecto como tú?

—Sólo digo que era una época distinta.

Nim se estremeció.

—Una época de barbarie.

—¿Y el mundo en el que vivimos es mucho mejor? —dijo Jason.

—Excusados —dijo Nim.

—Antibióticos —dijo Alia.

—Smartphones —dijo Theo.

—A eso me refiero —dijo Jason—. Los antibióticos han creado nuevas cepas de súper bacterias. Las personas son tan dependientes de sus teléfonos que ya no se molestan en aprender nada por sí mismas.

Alia se echó hacia delante y golpeó a Jason en el brazo.

—No puedo creer que estés echando pestes de la ciencia.

Jason levantó las manos, a la defensiva.

—¡No lo hago! Sólo digo que todas esas cosas que nos hacen la vida tan cómoda tienen un precio. Piensen en el modo en que la tecnología ha cambiado la guerra moderna. ¿Qué valor necesitas para lanzar un ataque aéreo desde detrás de una pantalla de computadora?

—Es verdad —dijo Diana—. Son asesinos eficientes.

—Claro —dijo Alia, pensando en todos los avances que sus padres habían conseguido con los Laboratorios Keralis, y también en el Proyecto Segundo Nacimiento, en el que habían estado trabajando—. Pero también somos curadores eficientes.

—Y eso también tiene un costo —dijo Jason—. Cada generación es más débil que la anterior. Incapaz de adaptarse y sobrevivir sin la ayuda de las vacunas o la terapia genética.

Theo dio una patada al asiento de Jason.

—Por el amor de Dios, Jason, a cada segundo que pasa suenas más espartano.

—Sólo es biología —dijo Jason—. No digo que esté bien ni mal.

Theo volvió a desplomarse en el asiento.

—Sí, bueno, lo único que sé es que yo hubiera sido el primero en caer por el agujero. Seguramente los espartanos no sentían demasiada simpatía por los bebés escuálidos y raritos, en su cultura marcial.

—Eso es una leyenda —dijo Diana.

Alia ya no estaba segura del significado de la palabra.

—¿Como las Warbringers y los dioses de la batalla?

—No, me refiero a que uno de los poetas más famosos de Esparta era ciego de nacimiento. Tuvieron un rey con el pie zambo. Sabían que ser un guerrero no era sólo cuestión de fuerza. Todas esas patrañas de dejar morir a los bebés era propaganda ateniense.

—Ey —dijo Nim—. ¿Saben qué dijeron los espartanos cuando los persas les exigieron que dejaran las armas y se rindieran?

—No —dijo Theo—. Pero apuesto a que luego hubo un montón de gritos y una escena bélica en cámara lenta.

—*Molon labe* —dijo Jason.

—Vengan a buscarlas —murmuró Diana.

—¡Ja! —se rio Theo—. Hay alguien que sabe más que la sabelotodo.

Nim trazó la siguiente curva.

—Theo, estoy segura de que tenemos tiempo para hacer una parada en ese hoyo sin fondo.

Vengan a buscarlas. Alia se preguntó si Diana pensaba que hoy iban a librar una batalla. ¿Tenía miedo? ¿O era como una concertista de violín, feliz ante la perspectiva de poder tocar ante su público?

—Alia —dijo, Theo, prescindiendo de Nim—, ¿qué es lo primero que te gustaría hacer cuando te hayas librado del rollo Warbringer?

Alia abrió la boca, pero luego dudó. Con tanto terror y ansiedad por llegar al manantial, no había tenido tiempo de pensar en lo que vendría después.

—¿Crees que me sentiré distinta? —preguntó a Diana.

—No lo sé —dijo Diana—, pero creo que el mundo sí lo hará.

Theo se rio.

—¿Quieres decir que todo el mundo se dará la mano y cantará canciones *folk*?

—Eso suena muy desagradable —dijo Diana.

—¡Vamos todos! —dijo Theo—. Paz, amor y la Era del Espárrago.

—De Acuario —le corrigió Nim.

—¿Así es como te imaginas la paz? —dijo Diana, divertida—. Parece una obra mala de un solo acto.

—No, no, no —dijo Theo—. Sin duda, es un musical.

—Dios mío —gruñó Nim.

—Cuando la luuuna está no sé dónde —canturreó Theo.

Nim agarró con fuerza el volante.

—Cállate, Theo.

—Y Júuuupiter lleva pantaloooones...

—¡Theo! —gritó Nim—. Cállate. Hay alguien detrás nuestro.

Alia alargó el cuello para mirar por la ventana trasera. Había un camión que les hacía señas con las luces.

—Tal vez sólo quiera rebasarnos.

Pero entonces el camión aceleró, impactó con la defensa contra la parte trasera del Fiat, y empujó al coche hacia delante, provocando el griterío general.

Alia volvió a mirar atrás, y por la ventana vio los ojos negros y vacíos del conductor, el rictus macabro de sus labios, la cara monstruosa enmarcada en una melena de león. El camión parpadeó, y Alia vio la forma de una carroza tirada por cuatro enormes caballos, con los ojos inyectados en sangre, y los cascos gigantes picando contra el asfalto. La inundó una oleada de terror. Necesitaba salir del coche.

Diana le tomó la mano, alejándola del mango de la puerta.

—No cedas ante el miedo. Es Deimos —dijo, con la voz baja y firme, aunque Alia vio que tenía las pupilas dilatadas y le sudaba la frente—. El dios del terror. El hermano gemelo de Phobos. Nim, tienes que ir más despacio.

El conductor del camión hizo sonar la bocina con un estruendo que inundó los oídos de Alia. En aquel sonido oyó las trompetas de la guerra, los gritos de los que agonizaban.

El camión rugió y volvió a golpear con la defensa. El coche pegó un brinco, invadió el carril izquierdo y estuvo a punto de chocar contra un coche que venía en la otra dirección.

Nim se aferró al volante, devolvió el coche a su carril y pisó el acelerador, intentando poner distancia entre el coche y el camión.

—¿Qué hago? —gimió, con la voz temblorosa. Por el espejo retrovisor, Alia vio el terror en su rostro, y el color blanco de los nudillos sobre el volante.

—Ve más despacio —ordenó Diana.

—¡Nos pisa los talones! —gritó Nim.

—Haz caso a Diana. No intentará matarnos —dijo Jason, con los puños cerrados y los nudillos como estrellas blancas—. Disminuye la velocidad. Su intención no es matar a la Warbringer.

—Haz lo que te piden, Nim —dijo Alia, aunque todo en ella pedía huir cuanto antes del monstruo que los perseguía. Se forzó a dar un apretón en el hombro a Nim—. Hazlo.

Nim sollozó ligeramente, flexionó los dedos y levantó el pie del acelerador. La velocidad del coche aminoró.

El cláxon del camión volvió a sonar, y Alia se tapó los oídos. Por encima de todo aquel ruido, oía el rugido del motor, el tronar de los cascos. El camión se había situado en el carril opuesto y se estaba poniendo a su altura.

—¡Va a tirarnos por el precipicio! —gritó Theo.

—Tenemos que parar.

—¡No puedo! —sollozó Nim—. Tenemos coches detrás.

Conductores inocentes. ¿Qué estaban viendo? ¿Un pequeño Fiat atestado de turistas, disminuyendo la velocidad y acelerando, conduciendo de un modo errático? ¿Un camión que lo intentaba adelantar? ¿O algo peor? Si Nim detenía el coche, tal vez los otros conductores tendrían tiempo para frenar y detenerse sanos y salvos, pero tal vez se precipitarían al vacío y caerían por el desfiladero.

El sonido de la carroza hacía temblar el pequeño coche, el repicar de los cascos parecían detonaciones de mortero y el estrépito de las ruedas recordaba a la percusión ensordecedora de un tiroteo.

Theo se echó a reír, y Alia vio a Phobos sentado junto a Diana. Pateaba con feroz alegría el asiento de Jason, mientras Diana intentaba contenerlo con el brazo. El Fiat se lanzó hacia delante.

—¡Más despacio, Nim! —gritó Alia.

Pero por única respuesta, Nim soltó una carcajada siniestra, tenía el pelo tejido de estrellas convertido en una maraña brillante, y ahora era Eris quien pisaba a fondo el acelerador y retaba a la carroza a una carrera mortal.

Deimos sonrió y chasqueó el látigo, una espiral larga y negra que relucía en su mano como una culebra de piel lustrosa. La carroza avanzó rugiendo (el largo de un coche, dos), y se metió a su carril. Se detuvo con un chirrido de frenos, y Alia vio cómo el camión se deslizaba hasta bloquear la carretera. Iban a estrellarse.

Alia abrió la boca para gritar. Jason agarró el volante y dio un tirón violento hacia la derecha. El Fiat salió rebotando de la carretera y tomó una carretera secundaria, las ruedas traseras se agarraron al asfalto y provocaron que el coche girara sobre sí mismo y saliera despedido del pavimento hacia los arbustos, entre las ramas que se rompían contra el parabrisas. Alia se dio cuenta de que Diana la estaba abrazando, y entonces escuchó una fuerte explosión.

Había estallado una de las ruedas. El coche disminuyó la velocidad y se detuvo por fin.

Se hizo el silencio, un silencio extrañamente atronador a oídos de Alia, hasta que, uno por uno, los sonidos del mundo normal fueron regresando: insectos, el canto de los pájaros, el ritmo frenético de su propia respiración.

Jason tenía los brazos estirados, las manos planas contra el tablero, las fosas nasales que se ensanchaban cada vez que inhalaba y exhalaba, los ojos cerrados. Theo apoyaba la cabeza contra la parte posterior del asiento de Jason, y murmuraba:

—Mierda, mierda, mierda.

Diana tenía el rostro pálido y los ojos azules muy abiertos. Retiró las trenzas de la cara de Alia.

—¿Estás bien?

Alia consiguió asentir.

Nim abrió la puerta del conductor, se tambaleó durante un par de metros, cayó de rodillas y vomitó.

Alia golpeaba el mango de la puerta. No conseguía que le obedecieran los dedos. Diana se inclinó hacia delante y abrió el pasador. Alia resbaló hacia donde se encontraba Nim, con las piernas flácidas. Por un instante, el mundo se inclinó y pensó que se iba a desmayar. Luego se encontró al lado de Nim, sujetándole el muslo mientras ambas temblaban.

Oyó que se abrían las puertas del coche e inspeccionó lo que le rodeaba. Estaban en una hondonada poco profunda y llena de olivos. Había sido una suerte que no chocaran contra uno de ellos y destrozaran totalmente el coche.

—De modo que no intentaban matarnos, ¿eh? —dijo Theo, apoyándose en el lateral del Fiat.

—Si detuvieron ahí el camión fue por una razón —dijo Diana. Buscó en la cajuela del coche y llevó la jarra de agua hasta donde estaba Nim, agachándose a su lado para ofrecérsela.

—Bebe —dijo, con suavidad.

Jason caminaba en círculos concéntricos. Tenía un punto de locura en los ojos.

—Querían hacernos disminuir la velocidad. Sabían que la carretera secundaria estaba ahí. Nos sacaron a propósito de la carretera principal.

—La carroza —dijo Alia, con la voz aturdida—. Vi un carroza cuando despegamos de la gran explanada del parque en Nueva York. Creo que fue uno de ellos. Creo que nos estaba ayudando a huir, que fue él quien contuvo a los soldados y me salvó la vida.

Nim dio un sorbo de agua, se enjuagó la boca, escupió al suelo, y luego dio otro trago y se limpió la humedad de los labios.

—¿Tenemos llanta de refacción?

—Nim... —dijo Alia. Era imposible que Nim siguiera conduciendo, en el estado en el que se encontraba.

—¿Tenemos llanta de refacción? —repitió Nim, con una mirada feroz.

—Sí —dijo Theo, mirando en la cajuela—. Sí la tenemos.

—Pues a trabajar —dijo ella, haciendo un gesto a Diana y a Jason—. Seguro que alguno de ustedes, gatos humanos, son capaces de cambiarla.

Diana reposó la mano sobre el hombro de Nim.

—Nim, ¿estás segura de que podrás hacerlo? Ya has demostrado lo fuerte que eres.

Nim sacudió la cabeza.

—Alia y yo nos hemos pasado media vida acosadas por los demás. Si esos cabrones piensan que podrán asustarnos y que nos rindamos, se van a llevar una buena sorpresa.

Nim levantó el dedo meñique derecho y Alia encajó en él su propio dedo. Alia levantó la mano izquierda, y tras un momento de confusión, Diana enganchó el dedo meñique en el de Alia, y luego ofreció el otro a Nim.

—¿Están haciendo un aquelarre? —gritó Theo, con la rueda de repuesto cargada sobre el hombro huesudo.

—Burbuja, burbuja —dijo Nim con una sonrisa decidida.

Alia apretó los dedos y notó que Nim y Diana apretaban los suyos.

—Que no nos agarre la bruja —respondieron a la vez.

CAPÍTULO 23

En vez de volver al desfiladero, tomaron las carreteras secundarias. Bien fuera por el susto de Deimos y sus secuaces o bien por el hecho de circular sólo con tres ruedas buenas, Diana no lamentó que Nim atemperara su exuberante estilo de conducción, y progresaron a un ritmo más razonable. El Fiat había quedado seriamente dañado, con la defensa delantera abollada y la alegre pintura de color mandarina rayada por ambos lados, pero el motor todavía zumbaba, y siguió adelante. Era como si el Fiat y Nim fueran dos almas gemelas, pequeñas e infatigables.

El valor de los humanos era diferente a la valentía de las amazonas. Poco a poco lo iba comprendiendo. Pese a los comentarios suspicaces y menospreciativos que había oído a su madre y a sus hermanas sobre el mundo mortal, Diana no podía evitar admirar a las personas con las que viajaba. Sus vidas eran violentas, precarias, frágiles, pero de todos modos luchaban por ellas, y se aferraban a la esperanza de que su breve estancia en la tierra sirviera para algo. Valía la pena preservar aquella fe.

El camino que tomaron para alejarse del barranco era más suave, y bajaba hacia el gran valle regado por el río Eurotas y limitado a lo lejos por los picos de las montañas del Parnón. Parecía una carretera moderna, con carriles anchos y curvas suaves que los devolvían a la civilización. El paisaje que se iba sucediendo creaba una extraña disonancia, con casas en forma de caja con antenas parabólicas en los tejados y coches relucientes en el estacionamiento, codo a codo con las ruinas de piedra derrumbadas o los muros almenados de algún monasterio antiguo.

No eran zonas urbanas ni de campo, pero al fin llegaron a una pequeña población, en donde los patios de los hotelitos de la plaza principal estaban adornados por gruesas palmeras. Nubes de naranjos colgaban de las paredes encaladas, y la fruta endulzaba el aire.

Poco después ya seguían adelante, atravesando a bastante velocidad las arboledas llenas de olivos bordeadas por vallas metálicas, y dejaron atrás una iglesia recubierta de azulejos de terracota y construida con una piedra dorada que brillaba como las terrazas de Themyscira, hasta que la carretera quedó sombreada por los plátanos y los helechos temblorosos. El campo dejó paso a los suburbios, y estos se convirtieron en una ciudad moderna, con amplias avenidas flanqueadas por edificios de apartamentos, oficinas, cafeterías al aire libre con sombrillas de plástico, faroles metálicos que conducían en paralelo hasta el centro de la ciudad.

—Dios mío, qué normal es todo aquí —dijo Nim.

Para Diana todo seguía siendo demasiado nuevo para parecerle normal, pero estaban rodeados de tráfico, de gente. De algún modo daba una sensación de seguridad, como si el mundo moderno tuviera la capacidad de mitigar el terror de los dioses antiguos. Demasiado pronto, ya corrían en dirección norte, en un puente sobre el Eurotas.

Mientras cruzaban el río, Alia murmuró:

—Estamos cerca, ¿verdad?

—Apenas faltan unos kilómetros —dijo Jason. Con los dedos marcaba un ritmo crispado sobre el muslo, y cada músculo de su cuerpo se tensaba por la preocupación. A Diana le costaba creer que aquel era el mismo chico que había corrido junto a ella, riendo bajo las estrellas, el que la había besado en la cima de una montaña. Se sacudió el pensamiento de la cabeza.

—¿Tienes una sensación distinta, aquí? —preguntó a Alia. El paisaje había vuelto a cambiar sutilmente, era más frondoso. Pasaron por excavaciones enrejadas, y ahora los troncos retorcidos y grises de los olivos surgían de una hierba verde y suave. Incluso el color de la roca había cambiado de gris a rojo.

Alia dejó que la mano flotara fuera de la ventanilla, dejándose llevar por las corrientes de aire.

—Me resulta familiar.

Unas nubes avanzaban por el cielo, y el aire refrescó la piel de Diana cuando empezaron a subir por las colinas bajas.

—No hay coches —dijo Theo—. No hay autobuses turísticos. Creo que tendremos la tumba para nosotros solos.

—La olvidaron —dijo Alia—. Todo el mundo recuerda a Helena de Troya. Pero ella era de Esparta; este era su hogar. Olvidaron a la reina que vivió y murió aquí.

Nim tomaba las curvas anchas y perezosas de la carretera a un ritmo lento.

—No les parece... No lo sé... ¿Un poco demasiado tranquilo?

Alia tembló y se frotó los brazos.

—¿Te refieres a que todo va a salir terriblemente mal?

—Ya conoces el refrán —dijo Theo—. No dispares a un caballo regalado en el dentado.

—Estoy segura de que no es lo que dice el refrán —dijo Nim.

Alia respiró hondo.

—Por favor... Relájense todos.

Jason se removía intranquilo en el asiento del copiloto, y movía imperceptiblemente los músculos de la mandíbula. Diana sabía que todos estaban pensando en lo mismo. Tras los horrores del desfiladero, lo más probable era que algo todavía peor los esperara al acercarse al manantial, y sin embargo no había ningún indicio de ello.

La carretera subía a un ritmo continuado, rodeada a ambos lados por unos pastos rocosos, más olivos y los troncos desnudos de los postes telefónicos. Pasaron por un pueblecito que apareció contra las montañas como por arte de magia, y vieron un gran cementerio que florecía alrededor de una iglesia, como si fuera una cosecha de cruces blancas.

La marca de la tumba que buscaban era tan modesta que tuvieron que pasar dos veces por delante hasta que la encontraron, un rectángulo mellado de metal que se mecía en el poste al que estaba clavado, casi oculto por las flores silvestres de color amarillo. La inscripción estaba escrita en griego y en inglés: Menelaión, santuario de Menelao y Helena.

—Por lo menos su nombre figura en la inscripción —murmuró Alia.

No había ningún sitio donde dejar el Fiat, y tuvieron que estacionarlo contra la cuneta de tierra de la carretera.

—Se me hace raro, dejarla aquí al descubierto —dijo Alia.

—¿Es una chica? —dijo Theo.

—Claro. ¿No te parece evidente?

—Todo está resultando demasiado fácil —murmuró Diana a Jason, cuando empezaron a caminar detrás de los otros.

—Tal vez los que atacaron el avión nos hayan perdido la pista —respondió él, estudiando los alrededores—. No tenían modo de saber que nos dirigíamos a una tumba medio desconocida.

—Aun así, ¿dónde está Eris? ¿Dónde están los gemelos? Ellos no necesitan satélites para localizarnos.

—Todavía pueden aparecer —respondió él.

Era cierto. Pero otra voz hablaba en el interior de Diana. ¿Y si todo había sido una trampa? El Oráculo había hablado del manantial de Therapne, pero Diana podría haberlo entendido mal. Tal vez había otro lugar que fuera sagrado para Helena. Tal vez Eris y sus horribles sobrinos habían sido una simple distracción, una manera de asegurarse de que se dirigían al objetivo equivocado mientras las horas que faltaban hasta el hecatombeón se iban consumiendo.

—Diana —dijo Jason, sacándola de su ensimismamiento. Él le acarició la espalda, y ella recordó cómo la había besado bajo el cielo nocturno—. ¿Cuando todo haya terminado, volverás a casa?

—Sí —dijo ella, sin dudarlo.

—Ah —miraba fijamente al suelo—. ¿Para siempre?

¿Cómo iba a explicarle las reglas de la isla? Suponía que, después de todo lo que había sucedido, y aunque la misión tuviera éxito, la mandarían al exilio. Pero el tiempo pasaba de un modo distinto en Themyscira. Mientras Diana fuera juzgada y condenada, pasarían años en el mundo mortal. Y por mucho que encontrara el modo de regresar con sus amigos, ¿acaso sería un consuelo, ante el dolor de perder su hogar? ¿O de no volver a ver nunca más a su madre o a sus hermanas?

—No lo sé —dijo ella—. Este no es mi sitio, Jason.

—Pero podrías volver —dijo él, todavía sin mirarla—, a su debido tiempo.

—¿Es aquí? —gritó Theo desde más adelante, plantado cerca de la cima de la colina, con las manos en las caderas.

Las ruinas eran menos impresionantes de lo que Diana había esperado. Sabía que antiguamente había habido allí un enorme asentamiento, altares y templos dedicados a Helena y a su marido. Pero ahora lo único que quedaba eran algunos cimientos ocultos por la maleza, alrededor de un montículo de tierra poco llamativo que parecía una mezcla entre una pila funeraria y lo que una vez podía haber sido un templo, las flores silvestres habían devorado las paredes de piedra lentamente. A lo lejos, el verde cuenco del valle brillaba con un color dorado, como si el sol hubiera formado un charco entre las cordilleras, reflejándose en las orillas del Eurotas que quedaban más abajo.

—No parece gran cosa —dijo Nim—. ¿Y dónde está el manantial?

—Tal vez sea un manantial metafórico —dijo Theo—. Como el manantial que todos llevamos dentro.

—¿Por qué no te atropellé cuando tuve la oportunidad?

—¿Diana? —dijo Alia.

La sensación de mareo de Diana era cada vez más fuerte.

—El Oráculo sólo habló del manantial de Therapne.

—¿No se podría haber referido a otro lugar?

—¿Qué lugar? —dijo Diana—. En Therapne no hay ningún otro monumento a Helena. *Allí donde Helena descansa, la Warbringer podrá ser purificada* —notaba una frustración creciente—. Este es el lugar donde Helena fue enterrada. Al principio el altar era suyo, antes de que perteneciera a Menelao.

—Aquí no hay nada —dijo Jason.

Theo giró, trazando un círculo lento.

—¿Vinimos hasta aquí para nada?

Jason sacudió la cabeza.

—Alia, tenemos que sacarte de aquí. Todavía podrías estar en peligro.

—No iré a ninguna parte —intercambió una mirada con Diana—. He llegado al final del camino. El sol no tardará en ponerse.

No. Casi no habían buscado el manantial. No lo habían pensado bien.

—Todavía tenemos tiempo —dijo Diana—, encontraremos otra solución.

—¿Cuánto tiempo nos queda? ¿Una hora? ¿Una hora y media? No hay otra solución. No podré vivir sabiendo que podría haber acabado con todo esto.

—Alia —dijo Jason, bruscamente—, no voy a dejar que te mates.

—No depende de ti —dijo ella. Hablaba con una voz clara, fuerte y llena de convicción, el sonido del acero contra el acero—. Esto es algo entre Diana y yo.

Hermana en la batalla. No era esto lo que esperaba. Diana estaba convencida de que estaban destinadas a llegar juntas al manantial. ¿Qué otras mentiras se había dicho a sí misma?

—No puedes hablar en serio —dijo Nim, desesperada—. ¿Y si se trata de un absurdo error? Que nosotros sepamos, todo este rollo de la Warbringer es...

—Nim, después de todo lo que has visto, de todo lo que hemos pasado, sabes que esto es real.

—No vamos a acabar contigo como medida de precaución —dijo Theo. La agarró por el hombro, más serio y más asustado de lo que Diana lo había visto nunca—. Tiene que haber un modo de arreglarlo.

Pero Alia se lo quitó de encima. Dio un paso hacia Diana, y Diana tuvo que hacer un esfuerzo para no retroceder.

Tu causa es la mía.

Había jurado convertirse en asesina, mancharse las manos con sangre inocente. Había dado su palabra, pero Diana nunca había llegado a pensar que se vería obligada a cumplirla. No podía, no lo haría, pero aun así, ¿cómo iba a rechazar la convicción de los ojos de Alia? Alia había luchado con todas sus fuerzas para llegar al manantial, para alcanzar un futuro que, como Diana le había prometido, podía ser suyo.

—Hermana en la batalla —dijo Diana, avergonzada por las lágrimas que le endurecían la voz—. Te fallé.

—No lo hiciste —dijo Alia, dando otro paso hacia ella—, todavía no.

Jason le bloqueó el paso.

—Ya basta. No deberíamos haber venido. Ahora estarías a salvo, si...

—No —dijo Alia, y Diana notó la indignación de su voz—. Tu solución era esconderme. La nuestra era luchar. No te atrevas a culparnos por intentarlo. Diana, me diste tu palabra.

Diana podía sentir el juramento que la amarraba, tan potente e indestructible como el lazo. No podría vivir consigo misma si violaba el voto que había hecho. Pero, ¿cómo iba a seguir viviendo, sabiendo que había quitado la vida a Alia? Ella era inmortal, y tendría que cargar con aquella terrible desgracia durante toda la eternidad.

—Toma tu decisión, Hija de la Tierra.

Eris. De modo que al fin y al cabo había acudido. Para regodearse. Diana miró a Nim, esperando ver el rostro de un monstruo, pero sólo vio los ojos grandes y marrones de Nim, la boca abierta que contemplaba la figura posada en lo alto de las ruinas rocosas, con las alas negras totalmente abiertas, las puntas de sus plumas asquerosas casi tocando al suelo. El pelo le tapaba la cara en bucles rizados, y tenía los labios manchados de dorado por el reflejo del sol.

—Chica estúpida, con tu noble misión y tu corazón ansioso de gloria. ¿Serás capaz de hacerlo? ¿De cortarle el pescuezo para mantenernos a raya?

—¿Es ese el aspecto que tenía yo? —preguntó Nim, asqueada.

El viento empezó a soplar, hinchándose desde la tierra que los rodeaba, y el ruido de los cascos inundó el aire. De entre el polvo aparecieron dos carrozas que dibujaban un camino a su alrededor, y parecía que los cascos de los caballos volaran por encima del terreno.

—No lo sé —dijo Theo, retrocediendo hasta que todos ellos quedaron agrupados en la base de la tumba—. Yo, en cambio, me veo bien —Phobos sonreía desde su carroza, dejando al descubierto los dientes horrendos y afilados—. O tal vez no.

¿Se habían vuelto más fuertes los dioses de la batalla ahora que la puesta de sol estaba cerca? ¿Era esa la razón por la que no necesitaban poseer a Nim y a Theo? ¿O para ellos todo había sido un juego?

—¡Desplegaron un festín ante nosotros! —gritó Phobos, con la voz fuerte y estridente, por encima del ruido de las ruedas y los cascos.

—Y, oh joven guerrera —gritó Deimos, exultante, y el chasqueo de su látigo fue como la explosión de una bomba—, ¡comeremos hasta hartarnos!

Eris se alzó hacia el cielo, golpeó su escudo con la espada y provocó un clamor insufrible. Diana se tapó los oídos, pero era imposible cerrar el paso al sonido de su propio remordimiento. Se había equivocado en todo.

—La luna de la cosecha ha llegado. Dentro de una hora, el sol se pone y la oscuridad se eleva, y sin embargo tú aquí languideces —se burló Eris. Continuó subiendo, tapando el sol con las alas, dejando al grupo entre las sombras—. ¿Qué contarás a tus hermanas? ¿Y a tu madre?

—Y tú, Warbringer —se mofó Deimos desde la carroza, que cada vez iba más deprisa—. ¿Qué le dirás a tu madre, en el más allá?

Phobos se echó a reír.

—En el más allá llevará un velo para ocultar el rostro por la vergüenza que le has causado, *haptandra*, la maldita.

Diana y los demás se amontonaban aterrorizados en un círculo, espalda contra espalda, hombro con hombro, mientras las carrozas los rodeaban, los corceles les lanzaban encima fragmentos de tierra, los caballos enseñaban los dientes al morder las riendas doradas, los hocicos echaban espuma manchada de sangre.

Los escudos, los cascos, el látigo, el estruendo de las ruedas, el ruido ensordecedor inundaba el cráneo de Diana y le hacía temblar los dientes.

—¡No puedo pensar! —gritó Theo—. Hacen demasiado ruido.

—Pero, ¿por qué? —gritó Alia—. ¡Esto es distinto de la otra vez! ¿Por qué hacen tanto ruido?

Jason sacudió la cabeza, con las manos en los oídos.

—¡Han vencido, y lo saben!

Tenía razón. Alia y los demás se aferraban a una falsa esperanza. Era algo natural en los mortales. Y aun así, si Diana había estado equivocada desde el principio, ¿por qué interferían? ¿Por el placer de hacerlo? En Themyscira se había acostumbrado a las cosas extraordinarias, al concepto de que los dioses tuvieran sus exigencias, a que su voluntad dictara las reglas de la isla. Pero en el mundo mortal nada era como en Themyscira, y los dioses del combate no eran las diosas de su hogar. Estaban sedientos de sangre y de dolor. Los necesitaban y requerían mortales que se los proporcionaran. Entonces, ¿por qué estaban allí? ¿Habían acudido sólo para disfrutar de su sufrimiento en aquella última hora?

Su sufrimiento, pero no su terror. Diana estaba asustada, frustrada, furiosa consigo misma, pero aun así aquel horror sin sentido no se había apoderado de ella. ¿Por qué no iban a querer aterrorizarlos los dioses del combate? A no ser que no quisieran que el grupo se echara a correr. ¿Y si simplemente querían que se quedaran allí, que permanecieran quietos, paralizados y ensordecidos? ¿Y si Alia tenía razón? ¿Y si habían acudido por algún motivo? ¿Y si todo aquel ajetreo era para esconder algo?

Recordó el modo en que Phobos había siseado al notar el tacto del lazo. ¿Sería capaz de matar a un dios? No sería necesario. Solo tenía que hacerlos retroceder. Sólo necesitaba lograr un respiro entre tanto clamor.

Diana apretó los dientes y se quitó las manos de los oídos. El ruido era un rugido que le hacía temblar la mandíbula.

Desenganchó el lazo y lo balanceó por encima de la cabeza, a un ritmo continuado, acompasándolo con el latido de su corazón. Tenerlo en las manos la reconfortó, a pesar de lo ligero que era. ¿Era este el arma con el que debía enfrentarse a los dioses? Lo hizo rodar cada vez más lejos, con una trayectoria circular cada vez más ancha, y entonces lo soltó con un chasquido. Relució en sus manos con un brillo dorado, y estalló como una lengua de fuego amarillo contra las ruedas de la carroza de Phobos, desviándolo de su camino. Chas. Arrebató el casco de Deimos como una serpiente hambrienta, obligándolo a soltar las riendas y a interrumpir el galope de los caballos. El sonido de los escudos y de las carrozas se desvaneció. Tal vez fuera precisamente el arma que necesitaba.

Diana volvió a balancear la cuerda, en un círculo cada vez más amplio. El lazo pareció alargarse de un modo casi imposible, y la fuerza del impulso hizo retroceder a Eris, que aleteó de manera grotesca y soltó un chillido horrible, permitiendo que la luz del sol volviera a caer sobre el grupo.

—¡Diana! —gritó Alia. Se le había iluminado el rostro; las trenzas dibujaban un halo alrededor de su cabeza, como si las sujetara una corriente invisible. Dos figuras de luz la flanqueaban. Eran Nim y Theo, pero Diana supo que también eran los Dioskouroi, los hermanos gemelos y guardianes de Helena, guerreros legendarios.

—Diana —dijo Alia—. ¡Lo oigo!

—¿Qué oyes? —gritó Jason, con expresión adusta e incrédula—. Yo no oigo nada.

—Escucha —insistió Alia.

Jason le estiró del brazo.

—¡Ya basta, Alia! Tenemos que irnos ahora mismo de aquí.

Alia negó con la cabeza. Sonrió, y el aire que la rodeaba resplandeció.

—Están cantando.

CAPÍTULO 24

La canción era distante, tan suave que al principio Alia pensó que la estaba imaginando. Se olvidó de ella, demasiado impresionada todavía por la visión de Eris sobrevolando al grupo, y de Diana manteniendo a raya a Phobos y a Deimos con un lazo que en sus manos parecía un relámpago. Y entonces lo volvió a oír (un silbido en los oídos, el viento en los árboles), algo más, una melodía. Una voz que se convertía en dos, en diez, en veinte. No entendía la letra, pero sabía que la estaban guiando.

—¿Qué dijo el Oráculo, Diana?

Diana la miró, confundida, con el lazo todavía rodando en sus manos.

—Ya te lo dije...

—No, ¿cuáles fueron las palabras exactas?

—*Allí donde Helena descansa, la Warbringer podrá ser purificada*.

Allí donde Helena descansa.

—El manantial no está aquí —dijo—. Es uno de los manantiales que alimenta el río.

El Eurotas, el río ancho y lento que corría paralelo a la carretera mientras se acercaban al Menelaión, y que se encontraba apenas a un centenar de metros más abajo.

—Aquí está la tumba —dijo Jason. Toda su paciencia se había desvanecido, ahora lo acometía la urgencia y el enojo—. Deja de aferrarte a un clavo ardiendo, Alia.

¿Por qué no podía oírlas?

—No —dijo ella. Tenía que hacérselo comprender. Las chicas cantaban, y era una canción de duelo, un adiós a una amiga—. ¿No lo entiendes? Cuando Helena murió, ya era demasiado tarde. En realidad ya no era Helena. Era Helena de Troya. Era la esposa de Menelao. La tumba ni siquiera conservó su nombre.

—La carrera —dijo Diana, el brillo de la nueva esperanza iluminaba sus ojos azules. A Alia, ver que ese brillo desaparecía, aun por un minuto, le había resultado insoportable—. Ese fue el último momento, cuando todavía se le permitía competir codo con codo con sus compañeras.

Los dioses de la batalla gritaron y aullaron, y Alia supo que tenía razón.

—Fue su último momento de paz —dijo—. Antes de que se convirtiera en esposa, antes de que dejara de correr. Tenemos que bajar al río.

—Pues será mejor que nos demos prisa —dijo Theo, señalando a la carretera.

A lo lejos, un desfile de vehículos acorazados serpenteaba por la carretera tortuosa como cucarachas relucientes, levantando a su paso una nube de polvo.

—Si se lo pudiéramos explicar... —dijo Nim.

—Lo más probable es que no dieran la oportunidad —dijo Diana—. Al río. Ahora.

Se lanzaron colina abajo, Eris trazaba círculos sobre ellos, fuera del alcance del lazo de Diana, intentaba interrumpir el coro con sus gritos y el batir del escudo. Deimos y Phobos, furiosos, corrían a su lado, haciendo ruido con las carrozas.

Pero las chicas también corrían junto a ellos. Eran las compañeras de Helena, llevaban el pelo suelto y se reían sin miedo. Y ahora que había escuchado la canción, Alia podía retenerla, guardar el hilo de la melodía en la cabeza. Era la canción que cantaban cuando una de ellas era elegida para casarse. Un coro de celebración, pero también de duelo por la chica que se perdía, por la libertad que se desvanecía por un voto, por las carreras futuras que nunca correría.

Helena había ganado la carrera, antes de que nadie supiera el dolor que iba a causar al mundo, antes de ser la esposa de Menelao o Helena de Troya, cuando sólo era ella misma. Había corrido codo con codo con los chicos que algún día lucirían armaduras y lucharían hasta la muerte en su nombre. Había corrido descalza con el viento a la espalda, y cuando los dioses le habían concedido la victoria, había bajado a la orilla del río Eurotas y había dejado una guirnalda de loto junto al tronco del gran árbol que allí crecía; había vertido una libación de aceite sobre sus raíces. *Libación*. Una ofrenda. Eran palabras antiguas, ideas antiguas, pero Alia se las sabía de memoria. Durante años, las chicas habían acudido a aquel lugar para venerar a Helena y cantar por sus amigas.

Alia tomó aliento cuando llegaron al final del camino y corrieron hacia la carretera pavimentada. Luego bajaron a toda prisa por una cuesta suave, llena de arbustos y de plátanos susurrantes. Los troncos eran grises como la piedra, los brazos gruesos y retorcidos de las ramas se inclinaban casi hasta tocar el agua, como si tuvieran sed e intentaran beberse el río, y el resplandor del sol de última hora de la tarde hacía que las hojas parecieran curiosamente ingrávidas, como si unas nubes de mariposas verdes se hubieran posado en sus ramas y pudieran desvanecerse en cualquier momento, dejando los árboles desnudos.

En algún lugar, a lo lejos, oyeron el rugido de unos motores. Las voces de las chicas eran cada vez más fuertes, la impulsaban a seguir adelante. Ahora ya eran cincuenta, cien, un sonido tan bonito que hizo brotar lágrimas de los ojos de Alia. ¿Cuándo había dejado de ser una niña? ¿La primera vez que un chico le había silbado desde la ventanilla de un coche de camino a la escuela? ¿En el momento en que había empezado a preguntarse qué aspecto tenía cuando corría, qué partes de su cuerpo se balanceaban o cuáles botaban, en vez de fijarse en el ritmo que llevaba? ¿La primera vez que se había abstenido de levantar la mano en clase porque no quería parecer demasiado inteligente ni demasiado entusiasta? Nadie había cantado. Nadie le había dicho cuánto perdería hasta que el periodo de duelo hubiera terminado.

Pero habían llegado a la orilla arenosa del río y ya no quedaba tiempo ni fuerzas para la tristeza. Siguió a las chicas, que corrían a su lado, contagiada de su alegría. Siempre serían jóvenes y valientes. Correrían para siempre aquella carrera.

—¡Ya vienen! —gritó Theo, pero no se refería a las corredoras. Por encima suyo, en la carretera, los vehículos acorazados se detuvieron con un rechinido, y unos hombres con trajes de camuflaje grises bajaron de ellos y se lanzaron ladera abajo en dirección al río. Un Humvee avanzaba por el lecho, un jeep militar ancho y amenazador, con unas ruedas que parecían devorar el terreno.

—¡Ahí! —gritó Alia. Un árbol en la orilla, con el enorme tronco dividido en gruesas ramas. En la base, el agua era más plana y suave que ninguna otra parte del río, y reflejaba la imagen del árbol con tanta claridad que podría haber sido un espejo. Alia parpadeó y vio a las chicas bailando en la orilla, el tronco del árbol cubierto de guirnaldas de flores de loto y las raíces llenas de pequeñas ofrendas.

—¡El agua, junto al árbol! —dijo Diana, tomándola de la mano, empujándola hacia delante—. Alia, tienes que alcanzarla.

Pero los soldados ya estaban en el río, rodeándolos, bloqueando el paso hacia el manantial, sus botas chapoteaban en el agua y provocaban columnas de cieno. Una fuerte brisa sacudió las hojas del plátano en el momento en que un helicóptero descendía, cerniéndose sobre ellos. Alia hubiera jurado que oía las alas de Elis en el zumbido constante de las hélices.

—¡Por favor! —gritó Diana, abriendo los brazos para proteger a Alia—. ¡Escúchenme! Esta chica no representa ningún peligro. El río es sagrado. ¡Puede purgar el linaje de las Warbringers y terminar para siempre con esta locura!

—Lo siento —dijo Jason, a sus espaldas—. No puedo permitirlo.

Agarró a Alia por el brazo y la jaló, alejándose ambos de la orilla.

—Jason —dijo Diana—. Tenemos que hacérselo comprender.

—Lo comprenden perfectamente.

Alia intentó librarse de él, y tropezó sobre la arena blanda.

—¿Qué estás haciendo? —dijo, y las voces de la canción de las chicas se desvaneció con el viento. —Tranquila —dijo su hermano con suavidad. Tenía la voz más firme, más familiar, más controlada que nunca—. Estás como tenías que estar. Todo es como tenía que ser, y nadie va a hacerte daño —le brillaban los ojos. El hoyuelo le arrugaba el rostro. Diana se dio cuenta de que nunca lo había visto tan feliz—. Tú vivirás, Alia. Y la guerra llegará.

CAPÍTULO 25

Diana se había quedado mirando a Jason, a los dedos que se hundían en los brazos de Alia, a los soldados apostados a su alrededor. Tenían los ojos alerta, inspeccionaban la zona, pero los ojos de todos ellos siempre regresaban a él, no como si estuvieran evaluando un blanco, sino esperando una orden. Se parecían un poco a los chicos con los que Jason había hablado durante la gala, más pálidos, más severos, pero con el mismo aire de superioridad. El Humvee se detuvo, medio dentro y medio fuera del río, y sólo entonces Diana se dio cuenta de que, aparte del rítmico aletear de las hélices del helicóptero, el aire estaba en silencio. Eris y los gemelos habían desaparecido. ¿Porque habían sido derrotados o porque su victoria ya era segura?

—¿Qué es esto? —dijo Diana—. ¿Qué estás haciendo?

—Lo siento —repitió Jason. Parecía sincero—. Nunca pensé que nos acercaríamos tanto. Esperaba no tener que intervenir, dejar que el reloj avanzara y el sol se pusiera.

—Jason, hombre, ¿de qué estás hablando? —dijo Theo—. Tú nos metiste en el avión que nos llevó hasta aquí.

—Lo sé. No era lo que yo quería. Pero deben comprender lo difícil que es mantener a Alia a salvo —volteó a ver a hermana, sin dejar de agarrarla por la parte superior del brazo—. Primero te largas a Estambul y te embarcas antes de que pueda enviar a nadie para interceptarte. Cuando el *Thetis* desapareció... estuve a punto de volverme loco —suspiro profundo, y las cejas se arquearon formando aquella expresión de desconcierto que ya se había vuelto tan familiar—. Pero luego reapareces en Nueva York, sana y salva, escoltada por una amazona.

Diana hizo una mueca.

—¿Lo sabías?

—Desde el primer instante en que nos peleamos en el pasillo de aquel hotel. ¿De veras pensabas que podrías fingir que eras una mortal normal y corriente, Diana? Tú no tienes nada de normal.

A Diana le invadió la furia. Por eso no le había preguntado qué era ni de dónde venía. No por respeto, sino porque ya lo sabía.

—¿Qué mejor guardaespaldas podía soñar para mi hermana? —dijo Jason—. Una guerrera inmortal dispuesta a no detenerse ante nada para salvar a Alia.

—Para que pudiéramos llegar al manantial —dijo Alia, con los ojos oscuros confusos y perdidos, como si esperara que alguien dijera que todo se trataba de una broma.

—El dichoso manantial —Jason pronunció la palabra como si quisiera enjuagarse el sonido de la boca—. Ambas estaban empeñadas en alcanzarlo, de modo que, ¿por qué iba a llevarles la econtraria? Iríamos a Grecia. Dejaría que se distrajeran alcanzándose la cola, y mientras tanto Diana usaría todas sus fuerzas y sus habilidades para proteger a la Warbringer.

La mano de Diana subió apenas un centímetro hacia el lazo, pero Jason levantó un dedo de advertencia.

—Quieta. Hay francotiradores en la cresta de la montaña. Tal vez tú puedas sobrevivir a una bala en el cerebro, pero dudo que Nim o Theo puedan hacerlo.

Alia hizo una mueca.

—Jason, ¿te has vuelto loco?

—Sólo soy precavido —dijo con suavidad—. Como siempre lo he sido.

Nim se puso las manos sobre las caderas.

—¡Pero tú nos ayudaste! Podrías habernos llevado a donde quisieras, con el avión, y...

—Mi equipo nos esperaba en tierra en Araxos, pero nuestros enemigos tenían otros planes. Después del accidente, había demasiados hostiles en la zona. De haber llamado a mis fuerzas, podrían haber conducido a los perseguidores hasta nosotros. Por eso hice que nos localizaran y nos siguieran a una distancia prudente.

—El rastreador de los paracaídas —dijo Theo, de pronto—. No era sólo para recibir señales. También era para transmitirlas.

Jason arqueó una ceja.

—Me sorprende que no lo dedujeras antes.

Nim señaló a Jason con el dedo.

—Por eso no querías que Theo utilizara su teléfono en el coche. No tenías miedo de que nos encontraran. Intentabas que fuéramos más lento —abrió mucho los ojos—. Dios mío… El primer día, mientras manejaba, me pasabas el refresco.

Diana recordó que había visto a Jason buscando en el botiquín del avión, metiéndose unas pastillas en el bolsillo.

—¿La drogaste? —preguntó, incrédula. ¿Era capaz de hacer semejante cosa a una chica a la que conocía de toda la vida? ¿Quién era aquel chico que tenía delante? ¿Era el mismo chico al que había susurrado secretos en la oscuridad?

—No me enorgullezco de ello —dijo, y parecía avergonzado—. Pero tenía que hacer algo. Estaban todos muy decididos.

—¡Queríamos evitar una guerra! —gritó Alia, con la voz crispada.

—Los seres humanos no estamos hechos para la paz —dijo Jason—. Lo hemos demostrado una y otra vez. A la menor ocasión, encontramos algún motivo por el que pelearnos. Territorio. Religión. Amor. Es nuestro estado natural. Pregunta a Diana por qué su pueblo nos dio la espalda. Saben perfectamente cómo somos los humanos.

—¿Diana? —preguntó Alia.

Diana no estaba segura de qué decir. Durante toda su vida le habían enseñado que los mortales ansiaban la guerra, que no podían resistirse a la necesidad de destrozarse entre sí, que no tenía sentido intentar detener el derramamiento de sangre.

Como si pudiera leerle la mente, Jason dijo:

—No le pidas respuestas. Su pueblo no nos quiere. ¿Y por qué debería hacerlo? Mira en lo que nos hemos convertido. Cobardes y enclenques que juegan con armas como si fueran juguetes.

—Enclenques —repitió Alia—. Cada generación es más débil que la anterior… —retrocedió al caer en la cuenta—. El trabajo de nuestros padres. No lo has continuado.

—Sí lo he hecho. El trabajo de nuestro padre.

—¿Qué tiene que ver papá con todo esto? —preguntó Alia, desesperada.

—Los archivos —dijo Diana, recordando las páginas que faltaban, los fragmentos tachados—, tú redactaste el texto.

—Papá vio el potencial de nuestra sangre, de lo que podía significar para el mundo, antes de que mamá se entrometiera.

—¿Quieres decir antes de que ella le hiciera entrar en razón? —contraatacó Alia.

Jason le sacudió un poco el brazo.

—Vacunas. Terapia genética. Supercuras. Para eso terminaron utilizando nuestro linaje. El linaje de héroes como Ayax y Aquiles. Para prolongar la vida de aquellos que no tenían derecho a aprovecharse de nuestra fuerza.

¿Qué había dicho Jason en aquella carretera tortuosa entre los acantilados? *Sólo es biología. No digo que esté bien ni mal.*

Alia intentó soltarse de Jason, y Diana dio un paso al frente. Una bala rebotó en el agua, a los pies de Theo.

—¡Mierda! —gritó Theo, y al retroceder estuvo a punto de caerse. Nim gritó.

—Jason —suplicó Alia—. ¡Diles que paren!

—Detrás de mí —ordenó Diana, abriendo totalmente los brazos, estudiando con los ojos la carretera de más arriba y el límite de las ruinas de más allá, en busca de francotiradores.

Era una formación un tanto extraña: Jason y Alia sobre la arena de la orilla del río, Diana, con Nim y Theo amontonados tras ella en el agua poco profunda, como si pudiera protegerlos a pesar de estar rodeados por todos lados.

Theo levantó las manos.

—Jason —dijo, en un tono razonable—. Piensa en lo que estás diciendo. ¿Quién eres tú para decidir quién es débil y quién es fuerte?

Jason bufó.

—No espero que lo entiendas, Theo. Tú prefieres esconderte del mundo tras una pantalla antes que enfrentarte a él.

Theo echó la cabeza bruscamente hacia atrás, como si Jason le hubiera dado un puñetazo.

—¿Eso es lo que piensas de mí? —bajó lentamente las manos, desconcertado. Todas las burlas y los juicios de valor de Jason no habían sido provocaciones de alguien que quería sacar mejor partido de un amigo, sino desprecio puro y duro—. Creía que...

—¿Que éramos amigos? ¿Porque coleccionábamos cómics juntos cuando teníamos doce años? ¿Porque nos gustaban las mismas caricaturas? ¿Qué crees que he estado haciendo mientras tú perdías el tiempo con los jueguecitos y la fantasía?

—Si dices "hacerme adulto" te voy a quitar esa expresión de superioridad de un puñetazo.

Jason volvió a sonreír.

—¿Acaso sabes dar un puñetazo?

Theo apretó los labios.

—Si soy tan perdedor, ¿por qué perdías el tiempo conmigo?

—Era una manera fácil de vigilar a tu padre.

—¿Mi padre?

—Siempre quiso controlar los gastos de los laboratorios, monitorizar los proyectos que yo quería aprobar. Pensaba que lo más importante era el dinero. Lo importante nunca ha sido el dinero. Lo importante es el futuro.

El futuro. Las palabras de Jason junto a la cascada le volvieron a la memoria. *Quería rehacer el mundo.* La ferocidad de sus ojos cuando había dicho, *Todavía quiero hacerlo.* Un chico que había perdido a sus padres en un instante terrible. Un chico que ansiaba ser recordado, que buscaba el reconocimiento de sus dones. Diana lo recordaba en la fiesta del museo, como un soldado rodeado de enemigos. Había creído que lo entendía, pero no había llegado ni a intuir el alcance de su visión. La tensión que había notado en él mientras se acercaban a la tumba de Helena no había sido preocupación por la seguridad de todos ellos. Sólo tenía miedo de verse obligado a revelar sus verdaderos objetivos antes de estar preparado.

—Nunca has estado con nosotros —dijo Diana. La traición era peor que la vergüenza por no haberlo previsto, por no haber anticipado la herida y detenido la hemorragia—. Nunca has querido evitar esta guerra.

—No podemos evitar la guerra —dijo Jason—. Pero podemos cambiar el modo en que se libran las guerras.

—La guerra es la guerra —dijo Alia—. Va a morir gente.

Jason se frotó la nuca con la mano y respiró hondo. Soltó el brazo de Alia y puso las palmas hacia arriba como si se rindiera.

—Ya sé lo que parece —dijo, señalando con un gesto a la artillería y a los hombres de expresión pétrea que lo secundaban. Soltó una breve carcajada—. Sé que suena mal. Pero piénsalo por un momento. ¿Y si no lucháramos entre nosotros? ¿Y si los monstruos de las leyendas fueran reales y tuviéramos que colaborar para combatirlos? ¿Y si la guerra pudiera unirnos, en vez de separarnos?

—¿Monstruos? —dijo Alia.

—Enemigos *reales*. Escila, Caribdis, el León de Nemea, Echidna, la madre de todo lo grotesco.

Desde el interior del Humvee, Diana oyó un culebreo, como si algo enorme hubiera cambiado de posición.

Y entonces lo comprendió. El ser al que Tek se había enfrentado en la visión del Oráculo, el monstruo con cabeza de chacal, era una de las creaciones de Jason. Recordó las imágenes en la computadora.

¿Cuántas de aquellas criaturas había encontrado? ¿A cuántas haría volver?

—No comprendes lo que vas a desencadenar —dijo Diana—. Esto no será como los cuentos que tanto te gustaban. No será una cruzada heroica. He visto ese futuro del que nos hablas, y no tiene nada de glorioso. Es una pesadilla llena de pérdidas.

Jason ignoró sus palabras.

—La visión que te mostró el Oráculo era sólo una versión del futuro, un posible resultado.

—¡No vale la pena arriesgarse!

—Una inmortal no tiene derecho a tomar esa decisión por la humanidad —dijo él, con un grado de amargura en la voz, como si estuviera resentido por su propia mortalidad, como si estuviera resentido con ella por ser algo más—. Dices que merecemos una oportunidad para la paz, pero ¿por qué no una oportunidad para la grandeza? El material biológico que mis padres descubrieron en aquellos antiguos campos de batalla, el trabajo que hicieron sobre terapia genética. Ellos no lo sabían, pero estaba destinado a esto —Jason abrió los brazos, abarcando a sus tropas—. Estos soldados son excepcionales, guerreros capaces de rivalizar con Ulises y Aquiles. Lucharán contra criaturas nacidas de los mitos y las pesadillas, y el mundo se unirá para apoyarlos.

—Van a morir —dijo Theo, observando a los siniestros soldados—. Lo saben, ¿verdad?

—Sí, vamos a morir —dijo Jason—. Pero viviremos para siempre como leyendas.

—¿Como los héroes de los cuentos? —preguntó Diana.

—No son sólo cuentos. Tú y yo lo sabemos.

Viviremos para siempre como leyendas. Jason quería tener la oportunidad de ser el héroe que por nacimiento le correspondía ser. Quería vivir en un mundo que tuviera sentido. Deseaba la muerte que había sido negada a sus padres, una muerte con significado, una ocasión para ser recordado. La inmortalidad.

—¿Y qué pasa conmigo? —preguntó Alia, presa de la rabia y la incredulidad.

Jason le tocó el brazo, y ella le apartó la mano.

—Alia —dijo él—, soy yo quien quiere que sigas viviendo.

—¿Con miles de muertes sobre mi conciencia? —se le rompía la voz—. ¿Sabiendo que por culpa mía ha tenido que morir tanta gente inocente?

—Para que una nueva era heroica pueda comenzar —Jason volvió a mirar a Diana—. Te mentí. Tú me mentiste a mí. Pero ahora, entre nosotros, sólo hay verdad —dio un paso al frente, y por un instante, el mundo se desvaneció. Volvían a estar sobre aquella colina rocosa, con las estrellas brillando sobre sus cabezas—. Las amazonas son guerreras. No están hechas para vivir fuera del tiempo, aisladas en aquella isla. Sabes que es cierto. Abandonaste Themyscira para tener ocasión de convertirte en heroína, para dar significado a tu vida. ¿No crees que la humanidad también merece lo mismo?

El sol de última hora de la tarde se reflejaba en el agua y creaba un mantel dorado que relucía sobre los rasgos de Jason. Diana vio en él la sangre de reyes, de héroes, el atrevimiento y la ambición.

—Quédate a mi lado —él le suplicó—, como era nuestro destino. Codo con codo, buscando la gloria como iguales.

Diana veía que su camino podía conducirla en dos direcciones: la sofocante familiaridad del hogar o el terror del exilio. Jason le ofrecía otro futuro: una vida sin precauciones, sin miedo a las represalias. Una vida empapada de sangre y de gloria, y en ese momento sintió que el corazón se le llenaba de sed por la llamada.

—Los humanos no son capaces de mantener la paz, Diana —dijo Jason. Tenía una expresión firme, segura, y en sus palabras ella oyó el eco de la voz de su madre—. Somos salvajes por naturaleza. Si no podemos tener paz, por lo menos danos una oportunidad para tener una muerte bella.

—Diana —dijo Alia, desesperada. Y en aquel momento, Diana supo que Alia suplicaba por su propia muerte, que por muy asustada que estuviera, prefería morir antes de ver que el mundo se hundía en lo que Jason había previsto. Eso sí que era valor. Eso, a su modo, era grandeza. Diana no había sido adiestrada para ser una guerrera cualquiera. Era una amazona, y sabía reconocer la verdadera fuerza cuando la veía. Si Jason quería aquel futuro glorioso, ella no estaba dispuesta a entregárselo; tendría que luchar por él.

Lo miró a la cara, y cuando habló, oyó las voces de su madre, de Tek, de Maeve.

—Tal vez tu fuerza sea igual a la mía —dijo—, pero no tienes ni por error la ingenuidad de Nim, la resistencia de Theo, la valentía de Alia. El poderío no hace al héroe. Puedes construir mil soldados, pero ninguno de ellos tendrá el corazón de un héroe.

Jason no se enojó. Su rostro no recuperó el frío control que había mostrado tan a menudo. Su voz era amable cuando dijo:

—Para mí, tú eras un cuento. Una amazona. Una leyenda que cobra vida —sonreía con tanta dulzura, que algo en el pecho de Diana se retorció al escuchar aquellas palabras—. Te busqué durante mucho tiempo, Diana. Soñé con encontrar Themyscira, algún resto de una civilización perdida que pudiera contener un fragmento vital de ADN de amazona. Y en vez de eso, te encontré a ti.

El dolor del pecho es convirtió en la presión fría de algo duro e imperdonable. Entonces, esa era la razón de su deseo; no sentía nada por ella, sino por los poderes que podía contener en su interior.

—Estoy ansioso por ver qué soldados nacerán de tu sangre —dijo—. Los secretos que tus genes me concederán.

Diana se colocó en posición de lucha.

—*Molon labe* —dijo ella en el lenguaje de los antepasados de Jason. "Ven a buscarlos."

—Por supuesto que lo haré —dijo, con calma—. Empecé a crear un suero con tu ADN el día que nos conocimos. Dejaste rastros de tu extraordinario linaje por toda mi casa. Cabellos. Células de la piel. ¿Quién sabe qué tesoros producirá un suministro de tu sangre?

—Nunca.

—Eres tan débil como tus hermanas, que dieron la espalda a la grandeza al dar la espalda al mundo mortal.

—Acércate y vuelve a mencionar a mis hermanas.

—No, Diana. Tengo otros planes para ti —volteó a ver a los soldados que atendían junto al Humvee estacionado sobre la arena. Desde el interior del vehículo, Diana oyó un chasquido penetrante, como el aleteo de un escarabajo, y luego un sonido húmedo y hambriento como… como si alguien chasqueara los labios. Jason tenía los ojos brillantes en el momento en que dio la orden.

—Abran la jaula.

CAPÍTULO 26

—Quédense detrás de mí —ordenó Diana a Nim y a Theo, intentando no perder de vista a Alia y al Humvee. Se oyó un fuerte crujido, el vehículo se balanceó sobre las poderosas ruedas, y los soldados dieron un paso adelante, uno de ellos con el arma levantada para cubrir a los demás, otro con una larga vara de metal sujeta a una especie de collar. Abrieron las puertas traseras. Por un momento quedaron envueltos en sombras, y luego retrocedieron hacia el sol, lanzando órdenes a los otros soldados mientras sacaban a rastras una silueta enorme de las profundidades del Humvee.

—La llamo Pinón —dijo Jason—. La Bebedora —tenía la cabeza y el torso de una mujer, con los pechos desnudos, los brazos musculosos, el pelo rojo hecho una maraña pegajosa. Pero la mitad inferior era el cuerpo segmentado de un reluciente escorpión negro, y una cola enorme se enroscaba tras ella de manera grotesca—. Parte guerrera, parte arácnida, parte parásito. Puede vaciar la sangre de su oponente en cuestión de minutos, pero no la digiere. Hasta que lo necesita. O en este caso, hasta que yo lo necesite.

Uno de los soldados usó un gancho para lanzar algo a Pinón, una camiseta con unas letras que decían "I LOVE NY". *Disfruta de lo mejor, prepárate para lo peor.* Lo había planeado todo desde el principio. Pinón agarró la camiseta, husmeó profundamente su

366

aroma, y la dejó a un lado. La mirada verde y vibrante se posó sobre Diana.

Jason hizo una seña a uno de los soldados, que lanzó una espada al agua, a los pies de Theo.

—Parece una pelea muy igualada —dijo Nim, amargamente.

—Jason —suplicó Alia—. No lo hagas.

—Sin las muletas en las que siempre te has apoyado, te volverás más fuerte, Al.

—Jason...

—Vacía a la amazona —ordenó—. Mata a los otros.

Los guardias se colocaron en formación y arrastraron a Alia colina arriba, haciendo caso omiso de sus gritos.

—¡Alia! —gritó Diana, pero Pinón se escabulló hacia delante para cerrarle el paso. Los movimientos de la criatura le erizaron la piel. Había algo innatural en el modo en que arrastraba las piernas, el culebreo del cuerpo fragmentado, pero lo peor era la inteligencia de sus ojos.

—¡Cúbranse! —gritó a Theo y a Nim, mientras tomaba el lazo. Pero los soldados restantes se habían desplegado en medio círculo, y cortaban la retirada de los chicos formando una especie de palestra en las aguas poco profundas del río. No llevaban armas de fuego, pero empuñaban espadas y escudos. Al parecer, aquél era el tipo de lucha limpia que Jason creía que necesitaba el mundo.

Nim se arrodilló para recoger la espada, pero pesaba casi tanto como ella, y Theo lo hizo en su lugar, la sujetó de manera torpe y notó que los hombros estrechos se le tensaban por el esfuerzo.

Se colocaron juntos, espalda contra espalda, y se adentraron un poco más en el agua fría del río que mojaba las sandalias de Diana. Intentaba conducirlos hacia un grupo de rocas tras las cuales tal vez podrían cobijarse. Pinón los siguió, enroscando y desenroscando la cola detrás suyo.

—En una escala del uno al diez de "vamos a morir seguro", ¿dónde pondrías esta situación?

—Cállate, Theo —murmuró Nim, con la voz jadeante de terror.

Pero no se acobardaron ni se echaron a llorar. Aquellas personas que Jason había descartado con tanto desprecio, las que había condenado a muerte con una sola frase, permanecían de pie, tan soberbias y valientes como siempre habían sido.

Neutralizar a Pinón. Eliminar a los soldados. Encontrar la manera, se dijo a sí misma. *Encontrar la manera de mantenerlos a salvo.*

Diana hizo una finta hacia la izquierda y lanzó el lazo sobre la cola de Pinón, con un chasquido cortante. Demasiado lento. La criatura esquivó el golpe a gran velocidad, mucho más rápida de lo que indicaba su perezosa aproximación. Pinón se echó atrás y agitó de manera escalofriante las patas delanteras. Agachó la barbilla, y sonrió ligeramente con los labios cerrados, con cierta timidez. Se lanzó hacia delante.

—¡Agáchense! —gritó Diana, esperando que Theo y Nim le obedecieran. Lanzó el lazo, lo enganchó en una roca, lo amarró con fuerza e hizo caer la gran piedra. Pinón intentó esquivarla, pero la roca le impactó en el hombro y la lanzó hacia atrás con una fuerza demoledora.

El monstruo soltó un gemido agudo y cortó el aire con la cola cuando volvió a encararse a Diana. Ahí volvía a estar su inteligencia, una expresión que prometía un severo castigo.

—Prepárense para echar a correr —ordenó Diana.

—Nací preparado —dijo Theo.

Diana jaló la piedra para recuperarla, la balanceó una vez para tomar impulso y la envió en barrena contra dos de los soldados. La recuperó, volvió a lanzar el ataque y la roca salió disparada como un misil, derribando a dos hombres más.

—¡Ahora! —gritó. Nim y Theo se levantaron como pudieron, pero los soldados cerraron filas rápidamente, bloqueando la escapatoria y estrechando el círculo.

Pinón avanzaba a rastras, flexionando el hombro herido, sacudiendo la cola.

Diana le lanzó la roca, y la criatura volvió a culebrear hacia la arena.

Diana sujetó con fuerza la cuerda y lanzó la piedra una vez más contra los soldados, intentando crear un hueco para escapar. Dos de ellos cayeron con facilidad, pero el tercero resistió y bloqueó el impacto con los antebrazos. Un fragmento de la roca se separó del resto.

Sangre de héroe. Ningún hombre normal hubiera soportado un golpe como aquel.

—¡Diana! —gritó Theo.

Ahora Pinón estaba más cerca, a una distancia adecuada para atacar.

Diana liberó la roca y balanceó el lazo con la mano.

Pinón se abalanzó sobre Diana, pero ella había anticipado el movimiento. Pasó el lazo por encima de la cabeza de la criatura, la estiró hacia delante y hundió el pie en el abdomen de Pinón.

El monstruo se retorció de dolor, agarró la cuerda con los dedos largos y blancos y atacó con la cola. Tenía unas pinzas en la punta, no un aguijón, y Diana sólo tuvo un segundo para preguntarse el porqué, antes de esquivar el golpe, sujetando a duras penas el extremo del lazo y jalándolo para ajustarlo al cuello de Pinón.

La criatura empezó a dar vueltas, con los ojos en blanco. Diana no quería saber qué verdades había revelado el lazo para que el monstruo gritara de tal manera. ¿Tal vez Jason la había creado de la nada, una pesadilla urdida en un laboratorio? ¿O había sido una chica normal, antes de ser transformada? Diana bajó los hombros para intentar mantener el agarre del lazo.

—¡Dame la espada, Theo! —ordenó.

—¡Vienen hacia aquí! —gritó él. Diana miró por encima del hombro y vio a los soldados que avanzaban.

Nim tenía una piedra en cada mano.

—¿Quieren unas cuantas? —gritó.

—¡Parecen atletas en una fiesta de disfraces! —los provocó Theo.

¿Se habían vuelto locos? *No, sólo eran mortales*.

Dos soldados se lanzaron hacia delante a una velocidad aparentemente imposible.

—¡Corran! —gritó Diana. Pero Theo no corrió. Levantó la espada.

Diana oyó el chasquido de la espada del soldado, y Theo se tambaleó bajo la fuerza de la hoja de su oponente. Era una lucha muy desigual.

Soltó el lazo y lo lanzó hacia el soldado, derribándolo de un solo golpe. Giró a tiempo para ver a otro soldado que bajaba la espada trazando un arco. Dos hombres más corrían hacia Nim.

—¡No! —gritó, pero ya era demasiado tarde. La hoja se hundió profundamente en el costado de Theo.

El chico cayó de rodillas, y luego se desplomó de lado sobre el agua, y la sangre que fluyó de su cuerpo convirtió el Eurotas en una masa nebulosa de color rojo. No. Diana se volvió, enfebrecida.

Un soldado había alzado a Nim y ya blandía la espada para descargarla sobre ella. Pero Nim lanzó el puño, con la piedra dentro de la mano, e impactó con fuerza contra el lateral de su cabeza. El soldado se tambaleó y ella le golpeó la sien con la segunda piedra. El hombre la soltó, y la chica cayó de espaldas en el río.

Del lecho del río, Diana recuperó la espada de Theo y corrió hacia Nim.

Oyó un chasquido a sus espaldas y supo que Pinón se había liberado del lazo. Diana dio media vuelta y atacó con furia. La hoja de la espada impactó en el costado de la criatura y resbaló a lo largo de la coraza del esqueleto externo. Volvió a golpear. Por el rabillo del ojo vio un movimiento borroso, y de pronto se encontró tumbada de espaldas, en el agua. Intentó tomar aliento, y notó que algo le sujetaba el tobillo y la tiraba hacia arriba.

Diana quedó colgada en el aire, boca abajo, delante de Pinón. Ahora entendía para qué servían las pinzas de la cola de la criatura.

Oyó un torrente de insultos y maldiciones. Nim. Diana se retorció bajo las garras de Pinón y vio que uno de los soldados había agarrado a Nim por detrás. El hombre reía y sacudía divertido la cabeza mientras ella forcejeaba.

—Burbuja, burbuja, cabrón —gritó Nim, y echó la cabeza atrás. El soldado hizo una mueca de dolor cuando el cráneo de la chica le impactó contra el rostro.

—Maldita zorra —gruñó.

Cambió la posición del cuerpo, y Diana vio lo que pretendía hacer.

Sonó como una rama al quebrarse. El cuerpo de Nim quedó flácido. Diana gritó. El soldado soltó a Nim y se limpió las manos en los pantalones, como quien tocó algo sucio. El pequeño cuerpo de la chica quedó flotando boca arriba sobre el agua poco profunda, con la cabeza descansando en un ángulo poco natural sobre el cuello roto, y los ojos abiertos mirando al cielo.

No, no, no.

Pinón dio a Diana una sacudida, como si quisiera llamarle la atención. Hundió la pinza en la pantorrilla de Diana, pero ella sólo era capaz de pensar, *Han muerto. Yo debía protegerlos, y ahora han muerto.* Debería haber empuñado la espada de Theo desde el principio. Debería haber mantenido a Nim más cerca de ella. Debería haberlos dejado en un lugar seguro, por mucho que aquello pusiera en riesgo la misión. Un alarido surgió del pecho de Diana, herida de dolor y de rabia.

Pinón sonrió con aquella expresión dulce y tímida, como si el sonido de puro dolor de Diana le causara placer. Separó los labios, y de ellos salieron dos púas que parecían ganchos. Antes de que Diana pudiera reaccionar, Pinón la elevó un poco más y posó la boca húmeda sobre el cuello de Diana, hundiendo las púas en la carne. *Está hecha para esto*, comprendió Diana mientras Pinón sellaba firmemente los labios sobre su piel y ella notaba que la sangre le era extraída a ráfagas del cuerpo. *La diseñaron para desangrar a sus víctimas, boca abajo, como cerdos en el matadero.*

Luego sólo quedó el dolor, la agonía que le llegaba en oleadas mientras Pinón bebía a grandes tragos. Diana oía el clic de cada trago satisfecho, acompasado con el latido decreciente de su corazón. Notaba cómo su cuerpo intentaba curarse, cómo su fuerza trataba de regresar, pero Pinón era demasiada rápida y demasiado eficiente.

Diana se revolvía débilmente. A lo lejos, oyó los gritos de Alia, el chasquido de la hélice del helicóptero. Había jurado ahorrar a Alia aquel destino, pero su fracaso había sido mucho más terrible de lo que nunca hubiera imaginado. El Oráculo tenía razón. Su madre. Tek. Todos tenían razón. Nunca debería haberse aventurado a salir de Themyscira. Nunca había sido una verdadera amazona, y ahora el mundo pagaría por su orgullo.

—Protégelos, Atenea —jadeó mientras la vida escapaba de su cuerpo y la visión se emborronaba. *Mortales e inmortales, débiles y fuertes, dignos e indignos. Protégelos a todos. Protege a Alia del peso de su destino. Protege a mi madre y a mis hermanas en la guerra que vendrá.*

Pensó en las pecas de Maeve, que parecían flotar sobre su piel, en el carácter gentil de Rani, en la alegre risa de Thyra. ¿Sabrían que había muerto? ¿Sentían su dolor, en aquel instante? Pensó en su madre, sentada a la mesa de palacio, junto a Tek, volteando para saludar a Diana cuando ella subía corriendo las escaleras, abriendo los brazos para darle la bienvenida. *¿Qué aprendiste hoy, Pyxis?*, decía Tek con una sonrisa, y ahora Diana no sentía ninguna amargura, sólo el dolor de saber que no habría nada más. Oyó el chasquido de la boca húmeda de Pinón, que la soltaba.

Protégelos, rezó, y luego ya no pensó nada más.

CAPÍTULO 27

Alia se revolvió en los brazos de los soldados que la arrastraban por la carretera, más allá de una hilera de camiones y Humvees acorazados.

—Jason, tienes que pararlo —suplicó—. No puedes dejar que mueran. Nim y Theo no representan ninguna amenaza para ti. Puedes dejar que Diana vuelva a casa. Por favor. Jason…

Ya no sabía lo que decía; era sólo una serie de súplicas, cada una más desesperada que la anterior. Sabía que estaba llorando. Tenía la voz ronca. Los brazos le dolían por el lugar donde los soldados de Jason la agarraban. Tenían unos dedos extrañamente fuertes, como si fueran dientes de acero.

Cuando llegaron a la parte trasera de uno de los camiones, un soldado pasó a Jason una cantimplora llena de agua. Bebió largamente, pero cuando se la ofreció a ella, Alia la tiró al suelo. Los soldados la inmovilizaron, y ella les soltó un gruñido, pateando al aire cuando ellos la alzaron del suelo. Jason suspiró.

—¡Alia! —gritó. Le puso las manos sobre los hombros—. Alia —dijo con más suavidad—. Ya basta. Te vas a lastimar.

Un sonido que era mitad sollozo y mitad carcajada surgió de su garganta. Lo miró fijamente. Su hermano. Su protector. Su amigo. Su cara era tan parecida a la de ella que era casi como mirarse en el espejo.

—Jason —dijo, en voz baja—. Por favor. Te lo suplico. Ayúdalos.

Él negó con la cabeza, y ella vio en sus ojos un pesar verdadero.

—No puedo, Al. La guerra se acerca. Personas como Nim y Theo no sobrevivirían a ella. Les estoy haciendo un favor.

—Deja de hablar así.

—Lo siento. Las cosas tienen que ser así.

La emoción que crecía en su interior la partía en dos. Jason. El mismo Jason que le había leído cuentos en la cama, que la había dejado llorar acurrucada a su lado hasta quedarse dormida, que la había acompañado cada día a pie a la escuela durante meses porque le daba miedo ir en coche después del accidente. No era posible que estuviera haciendo aquello, aquel acto tan horrible.

—No es verdad —dijo Alia. Jason era el hermano razonable, el estable. Tenía que hacérselo comprender—. No es verdad. Podemos arreglar las cosas. Podemos hacerlo.

—Alia, sé que tú no lo entiendes, pero yo sé lo que es mejor para los dos —miró por encima del hombro—. Y me temo que ya es demasiado tarde.

Alia siguió la mirada de él y sintió ganas de vomitar, rechazando en la mente el horror que se desplegaba ante sus ojos. Pinón, la había llamado Jason, la Bebedora. Ahora surgía de entre los árboles, y los soldados la conducían a la parte trasera de un Humvee. Pero no estaba igual que cuando los hombres la habían soltado junto al río. Tenía el cuerpo hinchado, la piel gris y distendida, y arrastraba tras ella la cola inflada. *Mata a los otros. Vacía a la amazona.*

Diana estaba muerta. Estaba muerta, y aquella cosa estaba llena de su sangre.

—Oblígala a vomitar y tráeme las ampollas —ordenó Jason—. Quiero empezar a procesar los datos de camino a la base.

Dos de los soldados arrastraron a Pinón hasta el interior del vehículo. A través de las puertas, Alia vio que tenía una parte convertida en jaulas.

Otro de los hombres de Jason dijo:

—¿Tomará el helicóptero hasta la base, señor?

Señor.

—No, quiero que el Seahawk vigile el territorio circundante y se asegure de que no llamamos demasiado la atención. Estaremos más seguros en tierra, y no queda mucho tiempo hasta la puesta de sol. Enciendan una hoguera cuando estemos a unos kilómetros de distancia y quemen los cuerpos.

¿Cómo podía decir aquellas cosas?

—Estás hablando de quemar a nuestros amigos.

—Hago lo que tengo que hacer.

—Nunca te perdonaré, Jason. Nunca.

Jason la miró con tristeza, pero sin pestañear.

—Lo harás, Alia. Porque no tendrás a nadie más. Tú eres la Warbringer, y cuando el sol se ponga, cumplirás tu destino y me allanarás el camino para que yo cumpla el mío. Un día, aprenderás a perdonarme. Pero si no lo haces, encontraré el modo de vivir con ello. Es el precio que estoy dispuesto a pagar por transformar el mundo. Es lo que hacen los héroes.

Ahora fue ella quien se echó a reír, con un sonido desagradable.

—Tú eras mi héroe. El sabio. El responsable. Pero te convertiste en alguien a quien mamá y papá detestarían.

—Papá lo hubiera entendido.

—Todo esto lo haces por él, ¿verdad? —dijo Alia, ahora que las piezas iban encajando—. Sólo hablas de generales y de guerras, pero todo lo haces por él. Por tu obsesión de ser un Keralis, en vez de un Mayeux.

—*Ve con cuidado. Sé precavido* —se burló él, imitando las advertencias de su madre—. ¿Es así como quieres vivir? ¿Siguiendo sus reglas, en vez de construir las tuyas?

—Tú estás siguiendo esas reglas, eligiendo al fuerte por encima del débil, traicionando a la gente que siempre estuvo a tu lado.

—Esta es mi gente —dijo, abriendo los brazos—. Héroes. Ganadores.

Alia negó con la cabeza.

—¿Piensas que vas a salvar el mundo y que todo el mundo te va a dar las gracias? ¿Crees que tus nuevos amigos armados hasta los dientes seguirán respaldándote cuando la batalla haya terminado? Esto no va a cambiar nada.

—Ahora no lo entiendes, Alia, pero algún día lo harás.

—Puedes intentar convencerte de lo que tú quieras, pero no eres ningún héroe. Sólo eres un niño que juega a la guerra.

—Ya es suficiente.

—Yo te diré cuándo es suficiente —le espetó ella.

Jason estrechó los ojos.

—Eres una niña, Alia. Has tenido el lujo de serlo porque yo te vigilaba, porque yo tomaba las decisiones difíciles. Pero no puedo protegerte siempre.

El dolor que albergaba en su interior era algo vivo, un animal herido que tiraba de la correa.

—¿Qué me puede pasar, Jason? ¿Que alguien traicione todo en lo que creo y que asesine a mis amigos? ¿Es de eso de lo que me vas a proteger?

—No seas infantil.

Alia le escupió en la cara.

Jason retrocedió. Se limpió la cara con el borde de la manga. Por un instante volvió a ser un niño, su hermano, con sus jeans y su camiseta sucia. Entonces habló, y la ilusión estalló en mil pedazos.

—Métanla en el coche —dijo a los dos soldados que esperaban órdenes a su lado—. Pero tengan cuidado. No son inmunes a su poder, como yo. No quiero que discutan entre ustedes. Iremos cambiando de conductor durante el viaje.

Los soldados procedieron a instalarla en el asiento trasero de uno de los Humvees, pero se detuvieron cuando Jason dijo:

—Alia, el mundo está a punto de convertirse en un lugar muy inhóspito. Todos necesitaremos aliados. Te aconsejo que pienses en lo sola que estás.

La estaba regañando, como a una niña a quien mandan a la cama sin cenar. Alia quería a su hermano, tal vez fuera incluso capaz de comprender el dolor que lo invadía, pero nunca perdonaría lo que había hecho.

Cuando volvió a hablar, no reconoció su propia voz. Era un murmullo grave y retumbante. La rabia que llevaba dentro quemaba como un crisol, y la transformaba en algo nuevo.

—Soy hija de Némesis —dijo—, la diosa de la retribución divina. Te aconsejo que pienses en lo bien que sé guardar rencor.

—Espósenla —dijo Jason mientras los soldados se la llevaban—. No quiero que se lastime a sí misma en un intento estúpido de salvar al mundo.

Hermana en la batalla, soy para ti escudo y espada, se repitió mientras los soldados la metían en la parte posterior del vehículo y usaban unos cierres de plástico para atarle las muñecas a la consola de metal que dividía el asiento. *Mientras respire, tus enemigos no conocerán ningún santuario.*

Encontraré la manera, Diana, juró. *Por ti, por Theo, por Nim. Mientras viva, tu causa es la mía.*

CAPÍTULO 28

Diana podía ver las aguas plateadas del Eurotas, su propio cuerpo, bocabajo en el río, con los miembros extendidos en ángulos desgarbados, desangrado y blanco como un hueso. La forma recordaba a una estrella hecha añicos. Nim yacía a pocos metros de distancia y un poco más allá estaba Theo, con el brazo alrededor de una roca, como si hubiera intentado agarrarse a ella, y los dedos batidos por la corriente.

Observó cómo Pinón avanzaba lentamente hacia la carretera, con movimientos indolentes, con la cola hinchada de sangre arrastrándose por los arbustos, regresando hacia su amo. Desde muy lejos, pudo oír el batir de la hélice de un helicóptero, y los gritos de Alia. Lamentaba no poder llegar a su amiga, pero la emoción era una cosa lejana, una idea que iba y venía como un recuerdo penoso. Diana no sentía nada. Sin su cuerpo, no tenía nada a lo que aferrarse, nada que la mantuviera en contacto con la tierra.

Entonces, así era como todo terminaba. Esto era la muerte.

Sí, Hija de la Tierra, esto es la muerte. Y el renacimiento.

Entonces Diana lo vio: era el Oráculo. Estaba en cuclillas junto al gran tronco gris del plátano, inclinado sobre las aguas del manantial, removiéndolas con un dedo muy largo, como si fuera el estanque de adivinación de Themyscira. ¿Era real o solo formaba parte de la agonía?

Soy tan real como cualquiera, dijo el Oráculo. Se quitó la capucha y dejó al descubierto unos ojos grises y penetrantes, unos labios gruesos y unos rasgos enmarcados por un yelmo dorado. Diana había visto al Oráculo con esa apariencia cuando había ido a visitarlo por primera vez, pero ahora se dio cuenta de que estaba mirando al rostro de una diosa.

Atenea.

Ahora me ves tal y como soy en realidad, Hija. Ahora nos ves.

La luz que surgía del agua cambió, y la cara de Atenea desapareció. Vio a Afrodita con sus rizos dorados, a Hera en toda su gloria enjoyada, a Artemisa, brillante como la luna, a la velada Hestia, ardiente como una brasa, a Demetria con su corona de trigo, y luego a Atenea una vez más. Era demasiado bella. Diana deseó tener ojos para poder desviar la mirada.

Creamos Themyscira para que las amazonas pudieran tener un santuario, y con los ropajes del Oráculo seguimos velando por nuestras hijas.

Es hora de regresar a casa, Diana, y de ocupar tu verdadero lugar entre tus hermanas. Luchaste como una valiente por los inocentes. Moriste con honor. Y en tus momentos finales, me llamaste.

El Oráculo se puso de pie, y Diana vio los cambios que se iban sucediendo en su figura: una guerrera, una esposa, una mujer sentada ante un telar, una arquera con el arco tensado.

Ven, Hija de la Tierra, y renace como hicieron tus hermanas, con toda la fuerza que te corresponde. Una guerra se acerca y debes ayudar a tu pueblo a prepararse. Te has ganado un lugar entre las nacidas para la batalla.

Nacida para la batalla. Diana había soñado con aquellas palabras, las había anhelado. *Soy una amazona.*

¿Podría regresar de veras a Themyscira? ¿Luchar junto a sus hermanas en la guerra venidera? El Consejo nunca lo permitiría. Había violado las leyes más fundamentales de la isla.

Nunca lo sabrán, dijo el Oráculo. *Será como si nunca te hubieras ido. Ven, Diana. Vuelve a casa.*

A casa. Las imágenes estallaban en su mente. Las flores que se encaramaban por el exterior de la ventana de su dormitorio. Las cocinas de palacio, rebosantes de vida. Los bosques con sus árboles enormes que Maeve y ella habían pasado tantas horas explorando. La costa norte con sus acantilados y sus cuevas secretas. Los riscos que ella conocía mejor que nadie, desde donde había oído por primera vez el grito de socorro de Alia.

Alia. A quien había hecho un juramento. *Mientras yo respire, tus enemigos no conocerán ningún santuario. Mientras yo viva, tu causa es la mía.* Era un voto inquebrantable, tan fuerte como el lazo dorado.

Diana pensó en Ben, que había pilotado el avión con tanta calma, enfrentándose a unos asaltantes que sabía mejor armados; en los padres de Alia, que habían intentado crear un mundo mejor. Pensó en su meñique entrelazado con el de Nim; en Theo empuñando la espada, pese a no tener ni idea de cómo blandirla. Las amazonas eran su gente, pero aquellas personas también se habían convertido en su gente. Tenía que encontrar el modo de protegerlas.

Estas personas, estos mortales (frágiles, estúpidos, valientes más allá del sentido común) merecían una oportunidad para vivir en paz. Aun no era demasiado tarde.

El sol todavía no se había puesto.

Hija, dijo Atenea, *vemos tu buen corazón. Pero esto no puede ser.*

Por favor, suplicó Diana. *Dejen que me quede.*

No, dijo la diosa, con la voz severa.

Pero, desde el momento en que había conocido a Alia, Diana se había negado a hacer lo que le decían. ¿Por qué iba a empezar ahora?

Denme otra oportunidad, suplicó. ¿Qué estaba pidiendo? ¿Qué precio le exigirían las diosas? *Concedan a Theo y a Nim otra oportunidad.*

Esto no es posible. Su momento pasó.

Son diosas, dijo Diana, armándose de valor. *Ustedes deciden lo que es posible.*

¿Negocias por las vidas de unos mortales? Esta vez era una voz distinta, clara como un cuerno que llamara a la cacería. *¿Por qué?*

Ellos son mis soldados, dijo Diana. *No puedo ganar la batalla yo sola.*

¿Y estos son los guerreros que eliges?, preguntó la voz clara y fría, con un tono divertido que brillaba como la luz de la luna.

Habló otra voz, dulce como una lira.

Si la chica decide tomar una decisión estúpida, no será la primera en hacerlo.

Entonces, si vamos a negociar, dijo otra, *nombra tus condiciones. ¿Qué tienes que ofrecer, Hija de la Tierra?*

Nada. No tenía nada que intercambiar por las vidas de sus amigos. Ninguna baratija, ningún voto, ningún sacrificio valioso. Pero eso no era cierto, ¿verdad? Tenía el don que le acababa de ser concedido. Podía arriesgar su propia vida, su propio futuro.

Piénsalo, Hija, dijo el Oráculo, que volvía a lucir el yelmo dorado de general. *Piensa en lo que perderás por el bien de estos mortales, estas criaturas breves e incomprensibles.*

Pero Diana no necesitaba pensar más.

Ofrezco mi vida como amazona. Si fracaso en detener esta guerra, si muero a manos de Jason, renuncio a mi derecho a regresar a la isla.

¿Aceptarías tu muerte verdadera? —dijo el Oráculo.

Sí.

Un coro empezó a cantar, en mil idiomas, las voces de mil diosas, todas las deidades que habían confiado a sus hijas al santuario de Themyscira, todas las que sabían lo que la guerra iba a comportar.

Entonces, de manera abrupta, el Oráculo calló. Las diosas discutían en privado y lo único que podía hacer Diana era esperar. Pasó una era. Apenas un segundo.

Atenea habló, y Diana oyó en su voz orgullo y precaución a la vez. *Responderemos a tus ruegos. Tus compatriotas tendrán su oportunidad y tú también. Busca la victoria, y si la encuentras, regresa con tus hermanas como una verdadera amazona. Pero presta atención, Hija de la Tierra, es tu última oportunidad.*

Diana sintió un temblor de terror al oír estas palabras. Las diosas no comerciaban con favores. Siempre había un precio.

Estos son los términos de la negociación: si murieras en el Mundo del Hombre, por segunda vez, pasarás al inframundo como el resto de los humanos. Nunca volverás a ver las costas de Themyscira, ni a tu madre ni a tus hermanas. Atenea hizo una pausa. *¿Lo comprendes, Diana? Tu vida terminará. No habrá marcha atrás. No intercederemos en tu favor. No pronuncies nuestros nombres en busca de piedad.*

Diana pensó en la exiliada Nessa plantada en la orilla, despojada de su armadura, mientras la tierra temblaba y los vientos aullaban. Recordaba las palabras de la poetisa: *¿Qué podemos decir de su sufrimiento, excepto que fue breve?*

Diana había elegido desde que dio aquel primer salto desde el acantilado, aquella primera zambullida en el mar. Su madre y sus hermanas habían elegido dar la espalda al Mundo del Hombre, construir un mundo nuevo basado en la paz. *Ellas han terminado su tarea*, pensó Diana. *Pero la mía acaba de empezar.*

Esta es mi lucha, dijo al Oráculo. *Dejen que la reclame.*

Un ruido parecido a un trueno rasgó el aire de la tarde.

Diana dio una bocanada. El rugido de la tormenta era el latido de su corazón, que resonaba en sus oídos mientras el cuerpo volvía a llenarse de sangre y los pulmones de aire. Se le abrieron los ojos. Vio las aguas grises, los juncos. Inhaló, y el agua le llenó las fosas nasales. Recordó que tenía brazos y piernas, se obligó a girarse y a sentarse, tosiendo.

El aire que la rodeaba emitió un crujido eléctrico.

Demetria alzó la mano, y los juncos del lecho del río se hicieron más altos, ocultándolos de la vista.

Hera se arrodilló junto a Nim. La diosa colocó la cabeza en su regazo, le enderezó el cuello mientras Afrodita sumergía una concha en el río y vertía su contenido sobre la forma inmóvil de Nim. El pecho de la chica empezó a subir y a bajar. Parpadeó una vez, dos, se incorporó conmocionada, con el pelo chorreando agua, miró a su alrededor de manera frenética, pero las diosas ya no estaban.

Sobre la herida de Theo, los dedos de Hestia vertieron unas gotas de fuego, y cuando las llamas tocaron la hendidura que la espada había causado en el costado, la carne cicatrizó, suave e indemne. Artemis lanzó una flecha con su arco, fantasmal y reluciente como si estuviera hecha de luz de luna. La clavó en el pecho de Theo, y él se retorció, jadeando al tiempo que su corazón volvía a latir. Abrió los ojos, y gateó hacia atrás para agarrar algún arma, buscando con la vista a sus asaltantes.

—¿Diana? ¿Qué diablos acaba de pasar? —dijo Nim—. ¿Dónde está Alia? ¿Dónde está… aquella cosa?

No había rastro de las diosas ni del Oráculo, pero Diana oyó las palabras de Atenea que resonaban en sus oídos: *No pronuncies nuestros nombres en busca de piedad.*

Unos hombres bajaban por la colina; llevaban tanques de gasolina en las manos.

Theo se tocó el punto donde lo habían herido.

—¿Estoy muerto? ¡Mierda! ¿Soy un zombi?

—No hay tiempo para explicaciones —dijo Diana—. Jason tiene a Alia.

Theo frunció el ceño.

—Entonces, vamos por ella.

Diana miró al horizonte.

—Y tenemos menos de treinta minutos hasta que se ponga el sol.

Nim asintió.

—Entonces, vamos deprisa.

Había elegido a sus soldados. Ahora era el momento de hacer la guerra.

CAPÍTULO 29

Se adentraron en los arbustos, esquivando a los hombres cargados con botes de gasolina que habían alcanzado la orilla del río y ahora descubrían que no había cadáveres por ninguna parte.

—¿Qué demonios? —dijo uno de ellos—. Vi cómo Pinón acababa con la amazona y Rutkoski se encargó del chico delgado.

—Yo mismo le rompí el cuello a la chica india —dijo otro.

—Idiota —murmuró Nim.

—¿Dónde están, entonces?

—Tal vez se los llevó la corriente del río.

Empezaron a caminar, chapoteando con sus botas en el agua poco profunda.

—Vamos —dijo Diana—. No tardarán en informar a Jason.

Se detuvieron al borde del asfalto. Los vehículos de Jason habían bloqueado la carretera, y Diana se preguntó si sus hombres habrían instalado un perímetro para detener el tráfico ordinario. Vio a unos hombres que se agrupaban alrededor de dos Humvees a la cabeza de la caravana. Tres camiones acorazados se agrupaban más cerca de su escondite, así como un tercer Humvee. Este era el que transportaba a Pinón. Diana lo distinguió por las gruesas cerraduras que habían añadido a las puertas posteriores, y sintió un gran alivio al no ver a la criatura. Con suerte, debía de estar bien encerrada, durmiendo tras el festín, en el interior del vehículo. El helicóptero había despegado y sobrevolaba el valle en amplios círculos.

Un grupo de soldados se amontonaba alrededor de uno de los camiones acorazados. Por las puertas abiertas de otro camión, Diana vio un pequeño arsenal de armas y lo que parecía un laboratorio móvil. Jason hablaba con un hombre sentado frente a una computadora, y en la mesa había unos tubos de ensayo llenos de sangre (su sangre) repartidos para que pudiera manejarlos. La humillación vomitiva de la traición se apoderó de ella. Le había mentido, se había ganado su confianza, y había succionado la vida de su cuerpo.

—¿Cómo puede parecer tan tranquilo? —dijo Theo. Bajo la ira del chico, Diana distinguió todo el daño y el desconcierto del momento en que Jason los había traicionado.

—Es todavía peor —dijo Nim, con una voz llena de asco—. Parece satisfecho.

Tenía razón. La tensión y la rigidez habían desaparecido de Jason. Se había puesto una camisa limpia y una chamarra de combate, y las lucía como si fueran ropajes de oro. Parecía un rey en el momento de su coronación.

Diana cerró el puño. No era ningún rey; era un ladrón. Ya les había robado suficiente.

—Theo —dijo—, si tuvieras acceso a una de esas computadoras, podrías encontrar el modo de, no sé…

—¿Infiltrarme en la red de Jason y diezmar los datos almacenados, corrompiendo cada pizca de información que haya reunido y haciendo inútil sus investigaciones?

—Mmm… Sí, eso es.

—Por supuesto.

—¿Tan fácil? —dijo Nim.

Theo se encogió de hombros.

—Fui yo quien ayudó a Jason a construir sus redes y cortafuegos.

Nim silbó.

—No me extraña que te quisiera muerto.

Jason bajó de un salto del camión y se dirigió a la cabeza de la caravana, deteniéndose junto al segundo Humvee.

—Alia debe de estar ahí —dijo Diana—. Ocuparán la segunda posición de la caravana por si hay una emboscada. Puedo llegar hasta ella.

—¿Estás segura? —dijo Theo—. Hay un montón de soldados borrachos de sangre de héroe.

—Puedo llegar hasta ella —repitió Diana, esperando que fuera cierto. Sólo tendría una oportunidad—. Pero antes tenemos que conseguir que entres en el camión del laboratorio. Jason dijo que había francotiradores apostados, y dudo que los haga abandonar sus puestos hasta que la caravana se ponga en movimiento.

Nim apuntó a un lugar cercano a la cresta del Menelaión, y luego a izquierda y derecha de las crestas inferiores.

—Deben de estar allí —dijo.

—¿Qué sabes tú de francotiradores? —preguntó Theo.

—Nada, pero sé mucho sobre líneas de visión. Esos son los tres puntos que ofrecen visión directa de la caravana y de cualquiera que se aproxime desde ambos lados de la carretera.

—Es muy notable —dijo Diana—. ¿Puedes elegir un camino que nos lleve hasta el camión del laboratorio sin que nos disparen?

Nim ladeó la cabeza.

—Puedo hacer que lleguemos hasta allí, pero no sin que nos vean los soldados del Humvee de Pinón.

—Entonces, esa será nuestra primera parada —dijo Diana—. Nim, ve tú delante. Vamos.

Se agacharon y se arrastraron por el margen de la carretera, siguiendo las indicaciones de Nim, ocultándose tras los arbustos y los árboles. Los zigzagueos de Nim a medida que se acercaban a los vehículos contradecían la intuición de Diana, pero debía reconocer que no tenía el don de Nim para los aspectos visuales. Salieron de la maleza, se metieron a rastras bajo uno de los camiones acorazados, y luego gatearon hasta el flanco opuesto. Desde allí se deslizaron hasta una amplia sombra junto a la puerta del conductor del Humvee.

—Todos juntos —dijo, y abrió de golpe la puerta del conductor.

Antes de que el soldado sorprendido pudiera decir nada, lo sacó del vehículo y lo estampó contra el lateral. El hombre se desplomó.

—¡Oigan! —dijo el soldado del asiento del copiloto, alcanzando el radio. Diana se subió al coche, lo agarró por el cuello de la camisa y le estampó la cabeza contra el tablero. Se desplomó hacia delante.

Diana miró a la parte de atrás. Había dos jaulas grandes. Pinón estaba tumbada de espaldas en una de ellas, roncando.

Diana tomó el radio de mano y salió del vehículo. Nim y Theo estaban empujando el cuerpo inconsciente del conductor debajo del coche.

—Nim —dijo Diana—. Llévanos al laboratorio.

En pocos pasos estuvieron allí. Diana abrió las puertas de golpe y subió de un brinco.

El hombre de las computadoras se hizo a un lado, buscando el arma que llevaba en la cadera.

Diana la sacó con facilidad de la cartuchera y la sostuvo fuera de su alcance.

El hombre levantó las manos.

—Por favor. Soy un científico.

—No voy a hacerte daño —vio que el hombre acercaba la mano a un interruptor de alarma amarillo, y le golpeó el cráneo con el mango de la pistola—. No demasiado.

Hizo una seña para que Theo y Nim entraran y cerró las puertas tras ellos.

—Vigílenlo —dijo—. Si alguien se da cuenta de que están aquí…

Nim arrancó un rifle semiautomático de la pared.

—Estaremos listos.

Theo ya estaba inclinado sobre la computadora, y los dedos volaban sobre el teclado.

Dentro del cubículo zumbaba una máquina, y una hilera tras otra de tubos de ensayo de vidrio se iban llenado de sangre roja y oscura, y luego se movía hacía la izquierda para dejar paso a la siguiente hilera.

—Demonios —dijo Nim—. ¿Esa es tu sangre?

Diana entrecerró los ojos. Inspeccionó el pequeño arsenal del camión y señaló una hilera de granadas incendiarias.

—Cuando Theo termine, quiero que salgan y se cubran, y luego hagan explotar este camión y el vehículo con Pinón dentro. ¿Pueden hacerlo?

—Sí —dijo Nim.

La respuesta había sido un poco demasiado rápida y confiada para el gusto de Diana.

—Sin que ustedes salgan volando también.

—Tal vez.

El radio crepitó.

—Estamos listos para salir. Collins, permanece en posición hasta que hayamos desalojado, cambio —se quedaron todos mirando a la caja negra. La voz volvió a sonar—. Collins, ¿me recibes?

Theo agarró el radio, la sostuvo torpemente, apretó un botón y dijo:

—Recibido… compañero.

—Nos vemos en la base, cambio y fuera.

Theo dejó el radio y siguió trabajando. Diana eligió de los estantes una espada corta y un escudo.

—No lo entiendo —dijo Nim—. Todo esto de las espadas. ¿Los soldados de Jason son tan duros como para enfrentarse así a las balas y las bombas?

—Va a desplegar EMPS —dijo Theo. Señaló a la pantalla, donde fue pasando una larga secuencia de texto. La confusión de Diana debió de notarse, porque el chico continuó—: un pulso electromagnético. No es muy diferente a un relámpago, pero es mucho más grande. Desactivará todos los principales sistemas armamentísticos. No habrá armas nucleares, ni misiles, ni acceso a las reservas.

—Una lucha justa —murmuró Diana. *Quería rehacer el mundo.*

—Claro —dijo Theo—. Siempre que te hayas tomado las vitaminas de sangre de héroe. La Fundación Keralis tiene sucursales por todo el mundo. Va a devolvernos a la Edad de Piedra.

—A la Edad de Bronce —lo corrigió Nim.

—¿No tuviste suficiente con morirte una vez? —dijo Theo.

Diana los tocó a ambos en el hombro, con la esperanza de que pudieran llevarse bien mientras llevaban a cabo la tarea definitiva.

—No hagan mucho ruido y con mucho cuidado —susurró, dirigiéndose a las puertas—. Y cierren cuando salga.

—Diana —dijo Nim—, dale una buena patada en el trasero a Jason.

Diana frunció el ceño, desconcertada.

—¿En el trasero, específicamente?

—Sí.

—¿Por qué?

Sin levantar la vista del teclado, Theo dijo:

—Es una tradición de Nueva York.

Diana asintió y abrió las puertas. Se asomó al exterior. Los últimos rayos de sol proyectaban largas sombras por toda la carretera. Hubiera querido acercarse disimuladamente al vehículo de Jason, pero no había tiempo para el sigilo. La caravana ya se había puesto en movimiento.

Diana se echó a correr. Al instante, oyó disparos. Levantó el escudo y oyó las balas que rebotaban contra el metal. Aceleró y se situó junto al último camión de la caravana, manteniéndose a la misma velocidad para utilizarlo como protección. Oyó voces que gritaban y vio que los coches de delante aceleraban mientras el camión que la protegía frenaba en seco.

No podía permitirse esperar a ver quién salía. Corrió hacia delante y se lanzó a la parte posterior del Humvee, agarrándose a la base de la defensa de metal, y utilizando una mano para mantener el escudo encima de su cabeza y la otra para levantar del suelo la parte posterior del vehículo.

Las ruedas delanteras del Humvee giraron al intentar arrancar de nuevo. Diana gruñó por el esfuerzo y plantó los pies. Una bala le impactó en el muslo izquierdo, otra le alcanzó la pantorrilla, y el dolor le llegaba en oleadas profundas que le recorrían el cuerpo. Miró atrás y vio a unos soldados que salían del otro camión y corrían hacia ella empuñando las armas. Estaban bastante lejos y no le hacían demasiado daño, pero no podía seguir manteniendo la posición.

Diana tomó aliento y les lanzó el escudo trazando un amplio arco. Soltó el vehículo, que salió disparado con gran estrépito. Tomó impulso, pegó un salto, se agarró a la parte trasera y se subió al techo. Estaba envuelta en un estallido de disparos, las balas llovían sobre su cuerpo como si fueran granizo. Las ignoró y se lanzó por encima del toldo, para aterrizar justo delante del vehículo.

Dio una marometa, se puso de pie, y apenas tuvo tiempo para plantar los pies y girar con las manos al frente. El Humvee se abalanzó sobre ella, y la impulsó hacia atrás, las sandalias se deslizaron sobre el pavimento. La fuerza del impacto le estremeció las palmas de las manos, pero ella apretó los dientes y tensó los hombros mientras el motor del Humvee rugía.

Oyó pasos, soldados que corrían hacia ella. ¿Cuántos? ¿Diez? ¿Veinte? ¿Más? ¿Cuán rápidos eran? ¿Cuán fuertes? ¿Podría vencerlos a todos?

Diana miró al oeste. El sol había adquirido un color rojo intenso y se acercaba cada vez más a las montañas. ¿Cuánto tiempo quedaba antes de que se pusiera del todo? ¿Cuánto faltaba hasta que la oscuridad lo cubriera todo y su última oportunidad se hubiera desvanecido?

CAPÍTULO 30

Cuando una voz habló por el radio para decir, "Señor, tenemos un elemento hostil", Jason no pareció preocuparse demasiado.

—¿Policía local o palabras mayores?

—Mmm… ninguna de las dos cosas, señor. Es la chica.

Alia se enderezó en el asiento, y los cierres de plástico que le sujetaban las muñecas se hundieron en su piel.

—¿La chica? —dijo Jason, alargando el cuello mientras los disparos arreciaban a sus espaldas.

Alia no se atrevía a mirar, le daba miedo albergar falsas esperanzas, pero se obligó a girar.

Diana, corriendo entre un torrente de balas, protegiéndose la cabeza con el escudo. Se lanzó hacia delante y se agarró a la defensa posterior del Humvee.

—No es posible —dijo Jason, con el ceño fruncido, como quien intenta resolver una ecuación especialmente difícil—. Pinón la desangró. Nadie puede sobrevivir a eso.

Los hombres se acercaban a Diana, y el estruendo del tiroteo iba en aumento. Ella les lanzó el escudo y se soltó del vehículo, pero al cabo de un instante Alia oyó pasos sobre el techo, y al segundo siguiente, Diana estaba plantada en la carretera cerrando el paso del vehículo.

—Atropéllala —dijo Jason.

El conductor aceleró y Alia gritó.

Arrollaron a Diana de manera frontal, y el impacto precipitó a Alia hacia delante, contra el cinturón de seguridad. Pero Diana no se había movido. Estaba plantada en medio de la carretera, tenía los labios ligeramente abiertos y las manos apoyadas contra la barra fija del coche.

—Dios mío —dijo Jason, mirando por el parabrisas, con admiración—. Mírala.

No parecía asustado. Alia quería que estuviera asustado.

—¿Señor? —dijo el conductor, dudando de sí mismo.

—Quiero la guardia especial. Espadas y escudos, sin armas de fuego. Ah, y diles que intenten mantenerla viva, si pueden.

¿Cómo podía hablar así? Como si todo fuera un juego (no, un experimento) y estuviera ansioso por anotar el resultado.

El soldado comunicó la orden por radio, y en cuestión de segundos Alia vio que una oleada de hombres flanqueaban a Diana mientras las ruedas del vehículo volvían a zumbar.

—Estos son mis mejores soldados —dijo Jason—. Tienen la bendición y la fuerza de los mayores héroes que han caminado por la tierra, pero nunca se han enfrentado a un desafío como Diana.

Alia lo miró con desprecio.

—Contra ella no tienen nada que hacer.

—Tal vez no —reconoció Jason—, pero la entretendrán mientras esperamos a que se ponga el sol.

Resurgió la furia. Tiró inútilmente de las manos esposadas. Diana estaba aquí, había regresado de entre los muertos, y Alia no podía hacer nada para ayudarla. Tenía ganas de gritar. Acarreaba un gran poder en su interior, un apocalipsis que esperaba para desencadenarse, pero no le servía de nada.

—Me gustaría quedarme a verla combatir —dijo Jason mientras la guardia avanzaba con las espadas, las lanzas y… las redes.

—¿Por qué llevan redes, Jason? —preguntó Alia, aunque no estaba segura de querer saberlo.

—Antes tuve poca visión —reconoció, encogiéndose de hombros de aquel modo tan penosamente propio de él—. Estaba demasiado ansioso. No debería haber dejado que Pinón la desangrara del todo. Viva, me proporcionará una provisión permanente de material genético con el cual trabajar.

Algo oscuro se desató en el interior de Alia. Tal vez Jason no estaba en lo cierto cuando hablaba de sus padres, pero tampoco se equivocaba del todo. Durante toda su vida, le habían dicho que tuviera cuidado, que no alzara la voz, que no llamara la atención de nadie que no conociera. Conserva la calma. No les des ninguna razón. Nunca les des una razón. Pero ya entonces había tenido derecho a estar enojada, y también lo tenía ahora. ¿Y qué había conseguido con tantas precauciones? Debía hacer justicia a Theo, a Nim, a todo el dolor que Jason había causado. Y con precaución no iba a conseguirlo. *Némesis. La diosa de la retribución.*

Oyó el batir de unas alas y retrocedió, pensando en Eris, pero esta vez el sonido salía de su interior, era el susurro de algo que llevaba demasiado tiempo dormido. *Haptandra. La mano de la guerra.* ¿Y si era ella quien podía acceder a ese poder?

Estoy harta de ir con cuidado. Estoy harta de callar. Que vean mi ira. Que me oigan gritar a pleno pulmón. El sujeto adormecido abrió las alas, era negro y reluciente, iluminado por un fuego oscuro. Se levantaba, con una daga en la mano.

Némesis. ¿Y si aquel poder no era sólo una maldición, sino un don, algo indomable y peligroso, que iba pasando de una diosa a su hija, y así sucesivamente, algo que ansiaba ser utilizado? ¿Y si era un arma, en manos de Alia?

Cerró los ojos y tendió la mano a aquella sombra oscura y alada. La agarró con fuerza, de tal modo que ya sólo era ira y nada más. Alia casi podía notar el movimiento de las alas entre ella y sus propios omoplatos, y no había en ello ningún miedo, sólo una seguridad emocionante. *Esto me pertenece. Estoy en mi derecho.* Dio un empujón al poder que llevaba dentro y notó que echaba a volar.

El soldado del asiento del copiloto levantó el radio de mano y lo estampó contra la cabeza del conductor. Jason se encogió al ver que el conductor se enfrentaba a su atacante y ambos se enzarzaban en una pelea en el asiento delantero.

—¡Scholes! —gritó Jason cuando el conductor quitó el pie del acelerador y el vehículo empezó a desacelerar—. ¡Chihara! ¿Qué diablos están haciendo?

Alia abrió los ojos, vio el anillo de soldados. Convocó el poder, y esta vez lo utilizó con todas sus fuerzas.

De pronto, los soldados empezaron a gritarse y a entrechocar las espadas entre sí.

—Maldita sea —dijo Jason—. Tal vez sea porque se acerca la puesta de sol.

—Sí —dijo Alia—. Tal vez sea eso.

—Pero… —empezó a decir Jason, pero enseguida dio un grito, porque el Humvee se inclinó hacia delante y la parte frontal impactó contra la carretera con un gran estruendo metálico—. ¡Pero qué…!

—Creo que estallaron las ruedas delanteras —la parte trasera del vehículo se hundió de pronto con un sonido sordo—. Y esas deben de ser las ruedas traseras.

—¿Dónde está Diana? —dijo él, girando en el asiento.

—Viene por ti —Alia miró por las ventanas y sonrió al ver el caos que había provocado—. Venimos por ti.

—No estés tan satisfecha, Alia —dijo Jason, y lo único que ella percibió en su mirada fue frustración, ni rastro de terror ni preocupación. Más bien parecía impaciente cuando sacó una larga espada del compartimento principal del vehículo—. La lucha apenas empieza.

Abrió la puerta de golpe, la hoja de la espada brillaba en su mano.

CAPÍTULO 31

Diana apartó la última rueda justo a tiempo para ver a Jason salir del interior de la caja que había sido un Humvee y saltar al suelo. Iba armado con una espada y apenas se detuvo a recoger un escudo del brazo inerte de uno de sus hombres caídos.

No tenía tiempo para inspeccionar el caos que la rodeaba, ni para comprobar si, en el camión del laboratorio, Theo y Nim habían sucumbido también al frenesí de la batalla.

El soldado que estaba más cerca de Diana había derribado a su compatriota y le estaba aplastando la cara con el escudo. Diana inmovilizó el escudo y propinó un único golpe sobre la cabeza del soldado. Este cayó hacia delante y quedó tumbado junto a su camarada.

Ahora estaba frente a frente con Jason. Estaban rodeados de hombres que luchaban entre sí. El otro camión había salido de la carretera.

Diana probó el peso de la espada que empuñaba. Era bastante corta, pero por su forma sería útil tanto para cortar como para dar una estocada. Aunque el acero no parecía de gran calidad, la hoja parecía bastante afilada.

—Tus hombres no van a rescatarte —dijo.

Jason se encogió de hombros.

—No necesito ningún rescate.

—Ya perdiste una vez contra mí, cuando subimos a la montaña.

—Digamos que dejé que creyeras lo que querías creer.

Diana sacudió la cabeza, comprendiendo que Jason había fingido la fatiga en aquel pico iluminado por las estrellas.

—Mientes tanto como respiras. Siempre te reprimiste. Muy bien —dijo ella—. Ahora veremos hasta dónde puedes llegar contra una amazona.

Trazaron un círculo lento. Pero Jason no necesitaba evaluar los puntos fuertes de Diana. Llevaba días haciéndolo. La envistió.

Las espadas se encontraron, y el sonido del acero contra el acero resonó por toda la ladera. Diana notó la fuerza del golpe en la parte superior del brazo. El chico era fuerte, y sabía utilizar esa fuerza.

Se separaron, las hojas echaban chispas. Él atacó y Diana lo esquivó, girando hacia la izquierda, manteniendo el escudo en alto mientras él probaba otra estocada a las costillas. *Fuerte*, pensó ella, *pero también acostumbrado a ser el más fuerte en el campo de batalla.* Chocó el escudo contra el de ella, esperando que cayera de espaldas. Pero ella lo empujó y el chico salió disparado.

Impactó contra el lateral de uno de los camiones, pero volvía a estar en pie en un abrir y cerrar de ojos. Se recompuso del dolor del golpe y sonrió.

—Qué soldados voy a crear a partir de tu sangre.

No si Theo puede evitarlo, pensó Diana mientras Jason se abalanzaba sobre ella, su espada era como el destello de un rayo entre las nubes. Atacaba en rápidas ráfagas de golpes y estocadas, y ella se vio obligada a retroceder. Cambiaba de posición y devolvía cada golpe. Era una situación sorprendente, extraña. ¿Cuántas horas había dedicado a prepararse para aquel momento? Y sin embargo, aquello no se parecía en nada a las rutinas o a los combates en las salas de entrenamiento de la armería. Porque ahora su contrincante estaba dispuesto a lanzar una estocada mortal.

—Eres rápido —comentó.

Jason sonrió, y en su rostro apareció el hoyuelo que con tanta facilidad la había cautivado.

—No luchas sólo contra mí —dijo, con la respiración acompasada—. Luchas contra los guerreros que derrotaron a las amazonas. Aquiles, que venció a Penthesilea. Telamón, que sometió a Melanippe. Hércules, que derrotó a Hipólita.

No soportaba oír los nombres de sus hermanas, el nombre de su madre, en labios de Jason.

Diana arqueó la ceja.

—Una guerrera sabia aprende de sus errores —ajustó la posición—. Y olvidas quién me enseñó a luchar.

Golpeó con un arco furioso. Jason levantó el escudo para bloquear el golpe, pero se tambaleó. Diana lanzó una patada con el pie derecho, hundiendo el talón en el plexo solar de él y dejándolo sin respiración.

Esta vez no se levantó tan deprisa. Ella se abalanzó sobre él con todo lo que había aprendido, con el eco de las enseñanzas de sus hermanas resonando en cada uno de sus movimientos, las lecciones que ellas habían aprendido y le habían transmitido.

Jason devolvía los golpes, pero sus movimientos eran más lentos. Todavía sentía el impacto de la patada, y no había recuperado aun el aliento. Ella dio una estocada y él giró a la derecha, evitándola, pero Diana no había tenido intención de tocarlo. Ajustó el ataque, cambió de dirección, y bajó la espada con violencia sobre el brazo donde él llevaba el escudo. El chico gritó y la sangre le manchó la piel. Ella aprovechó la ocasión y empujó rápidamente el escudo con el puño de su espada, arrancándoselo de la mano. Cayó al suelo con un chasquido sordo.

Diana se cambió la espada de mano y golpeó con fuerza contra la hoja de él, haciéndola volar por los aires.

Él retrocedió a rastras, con el brazo izquierdo goteando sangre. Parecía menos asustado que confundido, como si no pudiera comprender a dónde habían ido a parar sus armas.

—No —dijo—. No puede ser. Aquiles y Hércules vencieron. En todas las historias, superan a las amazonas. Siempre terminan victoriosos.

—Esas son las historias que cuentan tus poetas, no los míos. Ríndete, Jason Keralis.

Jason gruñó de frustración, y se arrastró en círculo hacia la izquierda.

—¿Acaso Menelao se rindió cuando Paris le robó la esposa? Sé que no estás dispuesta a matarme.

—No puedes vencer. Sólo mis hermanas pueden igualarme en un combate limpio.

Los ojos de Jason eran febriles.

—Entonces, suelta tus armas. Luchemos con las manos desnudas. Supérame y reclama tu victoria.

¿Sería ese el modo de terminar con todo? ¿Concederle la derrota en el combate honesto que él buscaba? Lo dudaba. Diana se encogió de hombros y tiró la espada y el escudo fuera del alcance de ambos.

Jason suspiró y sacudió la cabeza.

—Tan honesta, tan recta —curvó los labios, una sonrisa a medias, afilada como la hoja de una navaja—. Tan fácil de embaucar. ¿Sólo tus hermanas pueden igualarte? —sacó una jeringa del bolsillo—. Entonces sucumbirás al poder de las amazonas.

Diana recordó lo que había dicho a la orilla del Eurotas. *Empecé a crear un suero con tu ADN el día que nos conocimos.* Con sus células, con su fuerza.

—¡No! —gritó Diana.

Jason se clavó la aguja en el muslo y apretó el émbolo, para luego lanzar al suelo la jeringa vacía. Jason se enderezó y chasqueó el cuello. Su sonrisa se ensanchó. Diana dio un paso atrás.

—El sol se pone —dijo Jason, flexionando los dedos como si quisiera probar la sensación de su nueva fuerza—. Comienza una era que pertenece a los héroes. Y creo que te prometí una muerte bella.

El chico avanzó y Diana retrocedió, vigilándolo con precaución.

—Ahora no tienes escapatoria. Me pregunto —dijo él, cerrando los puños—, qué se sentirá al sucumbir a una fuerza nacida de tu propia sangre.

Golpeó hacia la izquierda. Diana esquivó el intento. A continuación lanzó una derecha durísima, un gancho que impactó contra el vientre de Diana con una fuerza tremenda. La chica gruñó al notar el puño. Jason gimió y se echó atrás, sorprendido.

Se quitó la sensación de encima y se lanzó hacia ella. Diana pivotó, con la intención de encajar ambos tobillos y utilizar el impulso para derribarlo. Pero ahora él era más rápido. Detuvo el movimiento, la agarró por los hombros y giró, tirándola al suelo.

Gruñó como si fuera él quien había caído de espaldas, y se dio la vuelta como si esperara encontrar a alguien detrás.

Diana tomó impulso y se puso en pie de un salto.

Jason se abalanzó sobre ella, soltando una serie frenética de puñetazos y codazos; ella se agachó a derecha e izquierda, le dio un puñetazo en el estómago. Él levantó la palma de la mano para golpearle la barbilla, el cuello de Diana crujió; el sabor fuerte y característico de la sangre le llenó la boca.

Jason retrocedió tambaleándose, se llevó la mano a la mandíbula como si lo hubieran golpeado. Se tocó la boca con los dedos, pero allí no había sangre. Tenía los ojos enloquecidos.

—¿Qué es esto?

Diana se lamió la sangre del labio. Ahora era ella la que sonreía.

—Esto es lo que significa ser una amazona. Mi dolor es el de ellas, y el suyo es mío. Cada herida que inflijas será una herida que sufrirás.

—Pero no es sólo… —Jason sacudió la cabeza, como si intentara entenderlo. Dio un paso hacia Diana, y luego se detuvo—. ¿Qué es ese ruido?

—Vamos, Jason, golpéame. Concédeme la muerte bella que me prometiste. Pero con cada golpe, sentirás la agonía de cada amazona caída en la batalla. En cada ataque, oirás el coro de sus gritos.

Jason se tapó los oídos.

—Detenlo.

—No puedo.

Se lanzó hacia delante, se puso de rodillas.

—¡Detenlo! —gritó—. ¿No lo oyes? ¿No lo notas?

—Por supuesto —dijo Diana—. Cada amazona carga con el sufrimiento de sus hermanas, convive con él, y aprende a soportarlo. Por eso valoramos tanto la compasión —era eso lo que las ayudaba a recordar que, a pesar de la superioridad de su fuerza, de su velocidad, su habilidad, la promesa de la gloria no era nada comparada con la angustia del prójimo. Diana se agachó y agarró a Jason por la barbilla, obligándolo a mirarla a los ojos.

—Lo hiciste a propósito —murmuró él—. Me engañaste.

Era verdad. Jason sabía que ella no sería capaz de matarlo, y ella sabía que él nunca se rendiría sin la muerte heroica que tanto ansiaba.

—Digamos que te hice creer lo que querías creer.

—¡Mátame! —gritó Jason—. ¡No puedes dejarme así!

—No te ganaste una muerte honorable, bella ni tranquila. Vive pues con la vergüenza, Jason Keralis, nadie te llorará ni te recordará.

—Te acordarás de mí —jadeó él, con el rostro empapado de sudor—. Yo te di el primer beso. Yo podría haber sido el primero en todo. Siempre lo sabrás.

Ella lo miró fijamente a los ojos.

—No fuiste el primero en nada, Jason. Yo soy inmortal, y tú eres un pie de página. Te borraré de mi historia, y tú desaparecerás, y el mundo no te recordará.

Jason emitió un aullido agudo y cortante, el cuerpo entero le temblaba. Se tumbó sobre el costado, se acurrucó como un niño y se rodeó la cabeza con los brazos, meciéndose adelante y atrás, hasta que los aullidos de rabia se convirtieron en sollozos.

Diana oyó una fuerte explosión y vio unas llamas que se alzaban desde el punto donde había dejado a Theo y a Nim en el camión del laboratorio. Al cabo de un segundo sonó una segunda explosión. La jaula de Pinón.

Diana pateó a Jason, como marcaba la tradición, y luego arrancó la puerta de un camión acorazado y la usó para enrollarla alrededor de su cuerpo. Eso lo retendría por lo menos un rato.

Miró hacia atrás, por encima del hombro. El sol estaba a punto de ponerse. Sólo les quedaban unos minutos, y el manantial estaba casi a quinientos metros de distancia.

Corrió hacia el Humvee y abrió la puerta del copiloto.

—¿Qué le hiciste? —preguntó Alia cuando oyó a su hermano llorar dentro de su caparazón de metal.

Diana rompió las correas de plástico que le ataban las muñecas.

—Nada —dijo—. Se lo hizo él —miró a Alia—. Y ahora, vámonos.

Esta vez no hubo discusión alguna. Diana la cargó de a caballito y corrió hacia el manantial.

CAPÍTULO 32

Alia se agarraba muy fuerte al cuello de Diana, asimilando el caos que había desencadenado, intentando olvidar el sonido de los gemidos de Jason, mientras avanzaban a toda prisa hacia el manantial. ¿Theo y Nim también habían sobrevivido? ¿Cuánto tiempo les quedaba?

Las ramas le golpearon las mejillas cuando bajaron en picada por la ladera hacia el río y corrieron por la orilla arenosa.

—¿Y si es demasiado tarde? —jadeó Alia, sin entender por qué era ella la que estaba sin aliento.

—No lo será.

—Pero, ¿y si lo es?

—No lo sé —dijo Diana, que había avistado el plátano y ya la descolgaba de su cuerpo—. Supongo que seguiremos luchando. Juntas.

Entraron al lecho del río, y el agua era cada vez más profunda a medida que se acercaban al manantial. A su alrededor, Alia escuchó el coro que cantaba de nuevo, las voces de las chicas que se multiplicaban mientras ella se hundía con el agua hasta la cintura, resbalando sobre las piedras, buscando con los tenis empapados un punto de apoyo en el fondo arenoso del río. Vio a Eris muy por encima de ellas, oyó su horrendo aullido, vio a los gemelos en sus carrozas corriendo a ambos lados de la orilla, ambos riendo, estridentes y victoriosos.

Demasiado tarde. Demasiado tarde.

Mientras el sol se hundía por el horizonte, Alia se lanzó a las aguas brillantes del manantial. Buceó bajo la superficie, y el mundo se volvió oscuro y silencioso. El agua era mucho más profunda de lo que había esperado, y el frío era como una mano que se cerraba alrededor de su cuerpo. Aleteó con los pies, pero no notó nada debajo. Ya no estaba segura de hacia dónde estaba encarada ni dónde se encontraba la superficie. Sólo había oscuridad a su alrededor.

En su interior, el ser alado se revolcaba de manera espasmódica, pero no podía distinguir si luchaba por permanecer dentro o por liberarse.

No vayas. La idea le apareció en la mente de modo espontáneo. Ella intentó rechazarla. Había luchado con todas sus fuerzas para librar al mundo de los horrores que la maldición comportaría. Pero una parte de ella deseaba conservar para sí misma una pizca de aquel poder. Lo había sabido utilizar, gracias a él había salvado a Diana. Por un breve instante, la ira justificada había ardido en su corazón, y le había pertenecido sólo a ella.

Tenía los pulmones tensos, sedientos de aire. ¿Había cumplido el manantial su cometido? No lo sabía, pero no quería ahogarse mientras lo descubría. Exhaló el aliento que le quedaba, vio las burbujas que subían y así supo la dirección que debía seguir. Salió disparada hacia arriba y se liberó de las garras del río, lanzándose de nuevo hacia las aguas poco profundas y tomando grandes bocanadas de aire.

—¿Y bien? —gritó Nim desde la orilla, con Theo a su lado, envueltos en la luz azulada del crepúsculo. Sintió un rayo de alegría. Estaban vivos. Pero…

—¿Qué pasó? —preguntó Diana, tendiendo la mano a Alia para ayudarla a levantarse.

—Nada.

Alia alzó la vista hacia la luna plateada que había surgido en el cielo del ocaso, y su corazón se llenó de desesperación.

Un ruido sordo inundó el aire. Alia miró hacia la carretera, preguntándose qué nuevo desastre les esperaba, pero el sonido no parecía proceder de allí.

—¿Qué es ese ruido? —dijo Theo.

Venía de todas partes. Alia empezó a distinguir los detalles del rugido: el estrépito siniestro del fuego de artillería, el tronar de los tanques, el chillido de los aviones de combate. Y gritos. Los gritos de los que agonizaban.

—Dios mío —dijo—. Ya empieza.

Diana parpadeó, en la luz decreciente sus ojos eran de un azul profundo. Tenía los hombros hundidos, como si una corona invisible se hubiera deslizado desde su cabeza.

—Fracasamos. Llegamos demasiado tarde.

¿Fue por mi culpa?, se preguntó Alia. ¿Los había condenado en aquel último instante? ¿Por el deseo egoísta de conservar una parte del poder misterioso para sí misma?

Permanecieron con el agua hasta las caderas mientras el ruido iba en aumento, haciendo temblar la tierra y las ramas de los plátanos. Se elevaba como una ola, se cernía sobre ellos, el advenimiento de un futuro lleno de penurias para los seres humanos.

Y entonces, como una ola, se rompió.

El sonido se esfumó de pronto, la marea retrocedió y desapareció.

Diana se había quedado sin aliento.

—Alia —dijo—. Mira.

Había tres figuras bajo el plátano, y sus cuerpos dorados brillaban en la oscuridad. Aunque no podía distinguir sus rasgos, Alia vio que una de ellas era una chica.

Helena. La chica dio un paso adelante, con pies ligeros, mayor que cuando había corrido libremente por la orilla del Eurotas. Colocó una corona brillante de flores de loto contra el tronco del árbol, y tocó el tronco gris una sola vez, con la punta de los dedos.

En el reflejo dorado que surgía de las aguas del manantial, Alia vio ejércitos en retirada, soldados que abandonaban las armas, multitudes airadas cerrándoles el paso. La luz se apagó, y Alia vio cómo Helena y sus hermanas se alejaban del río, hasta que ya no pudo distinguir sus figuras entre las sombras. Allá donde fueran, Alia esperaba que encontraran la paz.

Miró a Diana, y casi tuvo miedo de hablar.

—¿Se terminó?

Diana respiró, temblorosa.

—Me parece que sí —dijo con indecisión, porque casi no lo podía creer.

—Cambiamos el futuro. Evitamos una guerra.

Desde la carretera, Alia oyó el ruido de las sirenas y vio las luces intermitentes de los coches de policía y los camiones de bomberos que se acercaban.

Diana y ella caminaron hacia la orilla, y Nim abrazó con fuerza a Alia.

—Creía que habías muerto —dijo Alia, las lágrimas se le acumulaban en la garganta.

La risa de Nim era en parte un sollozo.

—En cierto modo, lo hice.

—Y yo también —dijo Theo—. Me morí muy bien.

—Y también destruyó el *firewall* de Jason —dijo Nim.

—Sí —dijo Theo, metiéndose las manos en los bolsillos de sus ridículos pantalones—. Pero les garantizo que los Laboratorios Keralis no sufrirán efectos colaterales.

Alia hizo una mueca de disgusto.

—Apuesto a que, después de todo lo que ha pasado, el Consejo no va a querer que ni Jason ni yo tengamos nada que ver con la empresa.

Theo encogió los hombros.

—¿Te molesta?

—No —dijo Alia—. Ya me las arreglaré. Haré algo por mi cuenta.

Unas voces airadas llegaban desde la carretera, gritando en griego.

—¿Subimos?

—No —dijo Alia—. Es mejor que no. Dejemos que Jason explique lo que estaba haciendo con una milicia armada hasta los dientes en medio de una carretera rural.

—¿Qué va a ser de él? —dijo Nim.

Se sentaron bajo las ramas colgantes de un sauce. En la oscuridad, nadie que mirara hacia abajo podría verlos, aunque si alguien bajaba a investigar, no le costaría localizarlos. Pero, ¿por qué iban a hacerlo? La batalla se había librado en la carretera. No había rastros de que se hubiera trasladado a la orilla del río, de que bajo las ramas de un viejo plátano, una era de derramamiento de sangre se hubiera evitado.

—No lo sé —dijo Alia—. Espero que haya algún modo de hablar con él, de ayudarlo. Todavía no puedo creer que mi hermano fuera capaz de todo esto.

—Y mi mejor amigo —dijo Theo.

—Sin ánimo de ofender —dijo Nim—. Ese espécimen despreciable intentó matarme. Espero que se pudra.

Theo asintió.

—Tienes razón.

Diana tomó a Alia del brazo.

—Alia, se pusieron de acuerdo.

—Oigan —dijo Nim—, es verdad. Y ya hace quince minutos que no tengo ganas de estrangularte, Theo.

—¿Y ahora?

—No.

—¿Y ahora?

—Theo...

—¿Y ahora?

Nim hizo una mueca.

—No te preocupes —dijo Alia—. Yo quiero estrangularlo.

La guadaña brillante de la luna de la cosecha colgaba sobre el valle, visible una vez más, y los cuatro permanecieron sentados, contemplando cómo aparecían las estrellas y las luces de la ciudad se multiplicaban en la lejanía. Al cabo de un rato, oyeron más coches que llegaban, y otros que se iban.

—Supongo que alguien está tomando decisiones —dijo Alia.

—¿Cómo estás? —preguntó Diana.

—Cansada —dijo Alia—. Triste. Adolorida.

—¿Pero te sientes distinta?

—No —dijo, con precaución—. Estoy totalmente moreteada y algo asustada porque no sé qué demonios voy a hacer con el hermano que tú has convertido en una gelatina, pero por lo demás estoy como siempre.

—Como siempre está muy bien —dijo Theo, y Alia notó que se sonrojaba.

—Como siempre, tengo bastante hambre —dijo, quitando importancia al momento.

Nim se dejó caer de espaldas.

—No tenemos dinero.

—¡Viviremos de la tierra! —dijo Theo.

Nim gruñó.

—A no ser que la tierra esté hecha de pizza, ni lo sueñes.

Alia hundió el codo en las costillas de Diana.

—Yo propongo que encontremos un lugar mejor que el hotel Good Night donde alojarnos, pero tampoco sé cómo vamos a pagarlo —como Diana no decía nada, Alia cambió de planteamiento—. Prometo que no robaremos. Ni pediremos prestado.

—No es eso —dijo Diana. Apoyó la barbilla en las rodillas—. No sé si estoy preparada para volver.

—¿En serio? —dijo Nim—. Ya tuve suficiente del sur de Grecia para toda la vida.

—No, me refiero a mi casa. A Themyscira.

Alia se quedó helada.

—Pero… no te tienes que ir, ¿verdad? Todavía no.

—Tengo que regresar. Necesito saber si la isla está bien, si mi amiga Maeve está bien. Yo… —respiró hondo, como si quisiera darse fuerzas—. Tengo que hablar con mi mamá.

—¿Tu mamá se parece a ti? —preguntó Theo.

Diana sonrió.

—Es más dura y más veloz, y muy buena tocando la lira.

Pero Alia no tenía ganas de bromear en aquel momento. Ya había perdido demasiado en una sola noche.

—¿Podrás volver alguna vez? —dijo.

—No lo sé. Tal vez me enfrente al exilio, al castigo.

—¡Entonces, no vayas! —dijo Nim—. Quédate con nosotros. Puedes acompañarme al baile de graduación de Bennett. Alicia Allen se va a morir de envidia.

—O podrías ser mi guardaespaldas —dijo Theo—. Parece que no soy un elemento demasiado intimidatorio.

—Te defendiste con una espada durante unos buenos diez segundos —dijo Diana, sonriendo.

—¡Quince, por lo menos! —dijo él—. Los estaba contando.

¿Por qué todos se comportan como si no pasara nada? Por mucho que Alia quería a Nim y a Theo, lo que deseaba era que se callaran de una vez.

—No te vayas —dijo a Diana—. Todavía no. Sé que te gustó Nueva York. Me di cuenta. Incluso las partes más lúgubres. ¿Qué sucederá si deciden aceptarte de nuevo en la secta de tu isla? ¿Es eso lo que deseas? ¿Pasar allí la eternidad?

Con lentitud, Diana negó con la cabeza.

—No —dijo, y por un instante, el corazón de Alia se llenó de esperanza—. Pero allí está mi familia. Mi gente. No puedo tomar la decisión más cobarde.

Alia suspiró. Por supuesto que no podía. Era Diana. Alia apoyó ligeramente la cabeza sobre el hombro de Diana.

—Prométeme que algún día volverás.

—Prometo que lo intentaré.

—Haz el juramento.

En aquellas palabras había magia. Ella la había sentido.

—Hermana en la batalla —murmuró Diana—. Soy escudo y espada.

—Y amiga.

—Y siempre tu amiga.

Tenía los ojos húmedos de tantas lágrimas no vertidas.

Tal vez el juramento no importaba, si la última parte era verdad.

—Nunca los olvidaré —dijo Diana. Miró a Nim, a Theo—. A ninguno, ni al modo con que se enfrentan al mundo, con valor, sentido del humor…

—¿Y un estilo impecable? —dijo Nim.

—Eso también.

Entonces entrelazaron los meñiques, Diana y Alia y Nim y Theo, como niños pequeños a punto de iniciar una aventura, aunque sabían que aquel era el final.

Diana se levantó.

—¿Ahora? —preguntó Alia, incorporándose.

—Antes de que pierda todo el valor.

Alia se hubiera reído. ¿Cuándo había visto que Diana no fuera valiente?

Contempló cómo su amiga se metía en las aguas del manantial y se sacaba la piedra del bolsillo, escondiéndola en la palma de la mano. El río empezó a agitarse, las aguas se volvieron blancas de espuma. La luz de las estrellas la iluminaba, brillante sobre las ondas negras de su pelo. Alia quiso llamarla, suplicarle que se quedara, pero las palabras se quedaron encalladas en su garganta. Diana tenía que seguir su camino, y había llegado la hora de que Alia también se las arreglara por su cuenta. Jason había sido su héroe, su protector, durante demasiado tiempo. Y Diana también. Una clase diferente de caballero, que había elegido proteger a la chica a la que el mundo quería destruir; nacida para matar dragones, pero tal vez también para hacerse amiga de ellos.

Diana alzó la mano, y su figura era poco más que una silueta en la oscuridad.

Alia también alzó su mano para despedirse, pero antes de que pudiera hacerlo, Diana ya se había zambullido en las aguas tumultuosas del manantial.

Al cabo de un instante, el río se calmó y la chica desapareció sin dejar siquiera una onda tras su estela.

Alia se limpió las lágrimas de las mejillas, mientras Nim y Theo le pasaban los brazos por el hombro.

—Deberías invitar a tus amigas a casa más a menudo —dijo Nim, en voz baja.

—Chicas —dijo Theo, por fin—. ¿Qué les parece si volvemos a la ciudad?

Nim encogió los hombros.

—Estoy bastante segura de que el Fiat sigue en el mismo sitio donde lo dejamos.

Se encaminaron hacia la carretera, ahora desierta, Alia iba ligeramente rezagada.

No había sido honesta del todo con Diana. Sí notaba un cierto cambio por lo del manantial. Alia tendió la mano a aquella cosa oscura y alada que llevaba dentro. Ahora tenía una forma distinta, la notaba más suya, y la daga que empuñaba estaba envainada. Le dio un empujoncito.

Nim dio un puñetazo a Theo en el brazo.

—¡Ay! —exclamó Theo, y le devolvió el empujón.

Alia tiró rápidamente de las riendas de su poder. Ya no era una Warbringer. El manantial había alterado el legado que llevaban en su interior, pero no se lo había llevado todo. Aquella fuerza todavía estaba presente, era suya si la quería, pero ahora era más bien un don que una maldición, algo que podía utilizar o ignorar. *Que no nos agarre la bruja*. Contaba con ello. Por las personas que lo merecieran. Ya había utilizado anteriormente su poder para hacer el bien. Tal vez encontraría el modo de volverlo a hacer.

Alia miró atrás una vez más para mirar el río y las aguas plateadas del manantial, pero los fantasmas que allí habían morado habían desaparecido.

—Hermana en la batalla —susurró por última vez, y ahora era menos un voto que una oración, para que, donde quiera que Diana estuviera, recordara estas palabras y mantuviera su promesa. Para que, algún día, Alia pudiera volver a ver a su amiga.

CAPÍTULO 33

Diana no podía respirar; el agua la tenía en su poder, la corriente la lanzaba hacia delante a una velocidad increíble. Mantenía los brazos enfrente del cuerpo, y el cuerpo tenso mientras nadaba como una flecha en la oscuridad, las ráfagas de agua la ensordecían. Una parte de ella sufría por los amigos que había dejado, temblaba por temor a lo que le podía esperar, pero se negó a distraerse. Esta vez no se podía equivocar.

Concentró toda su voluntad en la piedra en forma de estrella, con un único pensamiento en la mente: *A casa*. Las costas brillantes de Themyscira, la pequeña cueva oculta en la costa norte, los acantilados que se levantaban sobre ella, el paisaje de su corazón.

Tras los párpados cerrados, notó una luz, pero no podía abrir los ojos ante la fuerza del agua, y entonces, con una ráfaga tremenda y veloz, fue expulsada hasta la orilla. Se estampó contra la arena con tanta fuerza que los huesos crujieron y le rodó la cabeza. No, no era arena. Era piedra. Yacía en la hondonada azulada del templo del Oráculo, con las ropas empapadas y andrajosas, en el foso que corría paralelo a los muros enzarzados.

El Oráculo estaba sentado junto a un trípode de bronce, y un delgado rizo de humo se elevaba del brasero hacia el cielo de la noche.

Lentamente, Diana se apartó el pelo enmarañado de la cara y se incorporó. No sabía qué decir. Las otras veces ya había sido bastante difícil enfrentarse al Oráculo, pero ahora sabía que estaba en presencia de las mismas diosas que habían fundado Themyscira, que le habían dado una segunda oportunidad para salvarse, para salvar a Alia. ¿Qué podías decir a una diosa, cuando no tenías ningún tributo por ofrecer? Tal vez un simple "gracias".

Al cabo de un instante, oyó voces. Procedían del túnel por el que ella misma se había atrevido a adentrarse para visitar al Oráculo apenas unos días antes.

—Esto era inevitable —la voz de Tek—, hemos vivido de prestado desde que...

—No vuelvas a pronunciar el nombre de mi hija —dijo Hipólita, y el corazón de Diana se estremeció al oír la voz de su madre—. No en este lugar.

—Esperemos que el Oráculo acepte nuestros sacrificios —dijo otra voz, familiar pero menos conocida.

Diana se quedó helada, sin saber qué hacer. ¿Esconderse? ¿Enfrentarse a ellas allí mismo, en el santuario del Oráculo? El Oráculo extendió el brazo, apuntó con un dedo largo, y Diana oyó un susurro a sus espaldas. Las zarzas se abrieron. Dudó un momento, y luego enganchó las manos a las viñas grises y retorcidas y escaló el muro.

Las zarzas se cerraron tras ella, pero Diana sólo tuvo pánico durante una décima de segundo. Notaba algo amable en el movimiento de las ramas, y en el modo en que se mecían para que pudiera espiar por los huecos que dejaban entre ella y la cámara del Oráculo.

Diana vio que su madre y Tek salían del túnel con Biette, Sela, Arawelo, Margarita y Hongyu, todas ellas miembros del Consejo de amazonas. La voz que había oído era la Hongyu.

Las amazonas esperaron en respetuoso silencio al otro lado del foso.

El Oráculo se levantó. Tenía la capucha echada hacia atrás, y revelaba el rostro de una bruja anciana.

—¿Hermanas del arco y de la lanza, han venido a hacer su ofrenda?

—Así es —dijo Hipólita—. Te traemos regalos y rezamos para que los consideres dig…

—No aceptaré ofrenda alguna el día de hoy.

Las componentes del Consejo intercambiaron miradas afligidas. Hipólita cerró brevemente los ojos.

—Entonces hemos venido demasiado tarde. La enfermedad de la isla, los terremotos…

Sorprendida, Diana se dio cuenta de que su madre llevaba las mismas sedas de color púrpura y las mismas amatistas que lucía cuando ella había abandonado la isla. El Consejo se había reunido para decidir si era necesario consultar con el Oráculo, y esta debía de ser la delegación que habían enviado. Esto significaba que en Themyscira apenas habían pasado unas horas. Si este era el caso… Diana intentó atemperar sus esperanzas, pero no lo consiguió. Había estado segura de que debería enfrentarse al exilio y al castigo, pero, ¿y si nadie sabía que se había ido? Podía escabullirse hasta la ciudad y llegar al lecho de Maeve en menos de una hora.

—¿Por qué han esperado tanto en venir a visitarme? —preguntó el Oráculo.

Apareció una arruga entre las cejas de Hipólita.

—La reunión del Consejo ha sido inusualmente polémica. Por un momento, hemos temido llegar a una confrontación.

¿Podía ser por los poderes de Alia?, se preguntó Diana.

¿No hay ningún modo de salvar Themyscira? —preguntó Tek, de modo impulsivo—. ¿No podemos…?

Los rayos relampaguearon y los truenos resonaron por todo el templo.

—No he aceptado ninguna ofrenda, ¿y sin embargo te atreves a hablar en estos términos?

Tek agachó la cabeza, con los puños cerrados. La humildad no era su mayor virtud.

—Suplico tu perdón. Sólo busco proteger a mi pueblo.

Los truenos cesaron, y la voz del Oráculo su calmó.

—No debes temer por tu pueblo, Tekmesa —Tek levantó bruscamente la cabeza—. Ni por la isla. El tiempo de las dificultades ha pasado.

Aunque se abstuvieron de decir nada, el Consejo intercambió miradas de preocupación, y Diana notó su confusión.

El Oráculo produjo un extraño zumbido.

—Y aun así esperan que dé explicaciones —movió la mano nudosa—. La isla se ha visto desestabilizada por unas perturbaciones en el Mundo del Hombre, pero la agitación ha cesado.

Una lenta sonrisa apareció en el rostro de Hongyu, y un suspiro de alivio recorrió a los otros miembros del Consejo. El suspiro ruidoso de Hipólita era impropio de una reina, y Tek sonrió, echándose el brazo sobre los hombros. Hipólita tendió la mano a Tek y entrelazó los dedos con los de ella.

—Estaba convencida de que se trataba de algo peor —murmuró—. Nunca había sucedido nada semejante.

—Alégrate de que haya terminado —dijo Tek—. ¿Serás capaz de hacerlo?

Hipólita le devolvió la sonrisa.

Pero el Oráculo volvió a hablar.

—No piensen en descansar, Hijas de Themyscira. He consultado las aguas y he visto que se libra una batalla en el Mundo del Hombre. Una de las suyas participará en un combate mortal para enfrentarse al caos, una hazaña que la pondrá a prueba y decidirá el destino de esta isla y de todas nosotras.

Tek cuadró los hombros, Hongyu levantó la barbilla. Incluso en los ojos de su madre, Diana vio arder el brillo de la batalla. Diana se preguntó cuál de las grandes guerreras del Consejo se enfrentaría al desafío que el Oráculo había descrito.

—Y ahora márchense —dijo el Oráculo—. Reconstruyan sus muros, rehagan sus ciudades, y no me molesten más.

Las amazonas hicieron las reverencias correspondientes y partieron en silencio por el túnel de zarzas. Diana tuvo miedo de ver partir a su madre. Quiso correr tras ellas, dar algún tipo de explicación estúpida, abrazar a su madre. Quiso incluso abrazar a Tek. En vez de esto, se obligó a esperar.

Cuando los pasos se desvanecieron, el Oráculo volteó a ver a Diana y las viñas se separaron, permitiendo que pasara desde el muro.

—Ya lo ves, Hija de la Tierra, he guardado tu secreto.

Diana anhelaba preguntar por qué, pero sabía que cualquier pregunta al Oráculo tendría un precio.

—Ahora eres una de ellas —dijo el Oráculo—. Te has puesto a prueba en la batalla. Aunque ellas no lo sepan, lo eres.

Por fin, nacida para la batalla. Nunca sabrían lo que había hecho, la misión que había completado. No se cantarían canciones sobre la hazaña, no se compartirían historias gloriosas. No importaba. Ella sabía quién era y los sufrimientos que había soportado. Era una amazona. Esta certeza ardía como una llama secreta en su interior, una luz que nadie podría extinguir, por muchos apodos que le pusieran. Diana sabía que merecía un lugar en la isla, y sabía que había otras cosas aparte de aquella vida y de aquella isla.

—Gracias —susurró Diana.

—Aprovechaste la ocasión, como esperábamos que lo hicieras —dijo el Oráculo—. Nosotros no hicimos nada.

Pero esto no era del todo cierto.

—Cuando vine a preguntar por Alia, me dijiste que no era una verdadera amazona.

—¿De veras?

Bueno, no exactamente, pero el significado estaba claro.

—Me dijiste que fracasaría.

—No podíamos saber si tendrías éxito.

Diana cayó en la cuenta y el comprenderlo la impactó con la fuerza de una ola inesperada.

—Querías que fuera. Por eso dijiste aquellas cosas.

—Es mejor elegir una misión con la sensación de que tienes algo que demostrar, que tomársela como una carga. Necesitábamos una defensora, y tú necesitabas una oportunidad para demostrar de qué eras capaz.

—¡Pero estuve a punto de fracasar! —dijo Diana, y la cabeza le daba vueltas—. ¡El mundo estuvo a punto de sumirse en una era bélica! ¿Y si hubiera perdido?

—Pero no lo hiciste.

—¿Y si hubiera elegido volver a Themyscira cuando me diste ocasión, en vez de enfrentarme a Jason?

—Entonces hubiéramos sabido que no eres la heroína que esperábamos que fueras.

—Pero…

El aire rugió con el sonido de un trueno lejano. Diana apretó los dientes, llena de frustración. Tal vez el Oráculo tenía razón. Tal vez había necesitado elegir el camino por sí misma. Tal vez había luchado con mayor fuerza al saber que nadie más creía en ella. Entonces recordó a Nim la noche de la gala, cuando le dijo: *Vaya, ¿tienes una de esas familias duras de pelar? No lo entiendo*.

—Nim tenía razón —murmuró.

—Lo que tú digas —dijo el Oráculo—. Acércate, Hija, y no digas nunca que no somos generosas con nuestros obsequios.

Las aguas del foso brillaron, y Diana vio en ellas una gran franja verde colocada como una esmeralda en las agujas grises de una ciudad. *El parque*, comprendió Alia. La vista que había contemplado desde la habitación de Alia en la ciudad. La imagen cambió, y vio una terraza de piedra enmarcada por unos arcos, una fuente circular con una mujer alada en el centro. Dos figuras estaban sentadas al borde de la fuente, con las caras hacia el sol.

—Alia —susurró. Alia sujetaba la mano de Theo. Parecían algo mayores, y Diana se preguntó a qué momento temporal estaba accediendo, cuánto había pasado desde el combate en el manantial, si habrían olvidado ya todos aquellos recuerdos.

Apareció otra figura. Nim pasaba como un rayo sobre patines, con una venda de color rosa cubriéndole la rodilla y sus hoyuelos.

Trazó unos círculos ante ellos, ondeando la falda floreada. Estaba diciendo algo, pero Diana no distinguió las palabras.

Otra chica pasó zumbando en patines. Era alta y rubia, con una cara bonita, si bien algo pícara. Agarró la mano de Nim y se alejaron rodando, entre carcajadas.

Theo y Alia se levantaron, dispuestos a participar en cualquier aventura que Nim hubiera propuesto, y cuando Theo levantó un poco la mano de Alia para darle un beso en los nudillos, Diana vio que ella llevaba algo en la muñeca, un tatuaje rojo en forma de estrella. La piedra. *Prométeme que algún día volverás.*

Diana alargó la mano para tocar el agua, y la imagen desapareció.

¿Podría cumplir aquella promesa? Parecía imposible, pero también había creído que otras cosas eran imposibles, y una y otra vez se había demostrado que no tenía razón.

—Los extraño —dijo. Su voz sonaba insignificante, bajo las estrellas del cielo del Oráculo—. Vale la pena luchar por ellos.

—Princesa —dijo el Oráculo. Por un instante, adquirió una nueva forma que Diana no había visto antes, una guerrera, con la espada y el escudo en la mano. Llevaba una armadura, y un lazo atado a la cadera. Los ojos azules centellearon, un viento lejano le alborotó el pelo negro. Sus rasgos le resultaban familiares—. Tendrás ocasión de volver a luchar por ellos.

La guerrera desapareció, reemplazada a su vez por la bruja de antes.

—Vete a casa, Diana —dijo el Oráculo—. Maeve te espera —unas lágrimas de gratitud aparecieron en los ojos de Diana; su amiga estaba bien. El Oráculo hizo un gesto hacia los brazaletes de Diana—. Pero no olvides pasar antes por la armería.

Diana sonrió. Dio las gracias al Oráculo y se introdujo en el túnel, a pasos veloces, con el corazón lleno de felicidad. Ignoraba lo que le depararía el futuro, pero sabía que el mundo (lleno de peligros, desafíos y maravillas) estaba esperando para ser descubierto.

Corrió hacia su destino.

NOTA DE LA AUTORA

No intenten hacer aterrizar un Learjet en la gran explanada de Central Park. Sería más bien una colisión que un aterrizaje, y nunca volverían a despegar. La cascada que Diana y sus amigos visitan no existe pero está inspirada en las cataratas de Polilimnio y Platania, donde se pueden encontrar la cueva de un ermitaño y una pequeña iglesia construida dentro de la roca. La nemesea se celebraba habitualmente el decimonoveno día del hecatombeón. Por otra parte, si bien ha habido muchos debates sobre la ubicación del Platanistas (el santuario dedicado a Helena de los Plátanos), en un principio se creía que se encontraba no lejos del Menelaión, cerca del Eurotas, tal como se describe en estas páginas. Teorías más recientes lo sitúan al norte del emplazamiento de la antigua Esparta, más cerca del río Magoula. En nuestro cielo, la estrella de Sirio brilla de color azul, no rojo. La estrella conocida como el Cuerno o Azimech se conoce de manera más común como Espica. En cuanto al emplazamiento de Themyscira, recomiendo consultar a una amazona de confianza.

AGRADECIMIENTOS

Ha sido un honor y un placer escribir un capítulo de la historia de Diana, pero no podría haberlo hecho sola. Por suerte, conozco a muchos héroes y les debo a todos ellos un enorme agradecimiento.

Chelsea Eberly me guio a través de este proyecto con paciencia e inteligencia. Gracias por ser una editora tan brillante y una campeona de la diplomacia. Muchas gracias también a todo el equipo de RHCB, especialmente a Michelle Nagler, Nicole de las Heras, Dominique Cimina, Aisha Cloud, Kerri Benvenuto, John Adamo, Adrienne Waintraub, Lauren Adams, Joseph Scalora, Kate Keating, Hanna Lee y Jocelyn Lange. Gracias también a Ben Harper, Melanie Swartz y Thomas Zellers.

Todo mi amor para Joana Volpe, Jackie Lindert, Hilary Pechone y el resto de mi familia en New Leaf Literary, también conocida como la Liga de las Fantásticas, por su apoyo constante en este proyecto. (Y un saludo especial a Pouya y Mel Shahbazian por la asistencia idiomática de última hora.)

Angela DePace, Kelly Biette y Clarissa Scholes me ayudaron en los aspectos científicos de la historia y prestaron sus cerebros privilegiados a los intereses de Alia y los Laboratorios Keralis. Me alegro de que usen sus poderes para hacer el bien. La doctora Katherine Rask me guio generosamente por el mundo de las religiones antiguas y la arqueogenética y me introdujo en el personaje de Helena de los Plátanos. Es una defensora incondicional de la literatura juvenil, y su experiencia y creatividad fueron indispensables a la hora de escribir esta novela. Andrew Becker y Dan Leon tuvieron la amabilidad de ayudarme a tomar mis elecciones en el campo de la antigua Grecia. David Peterson aportó su genialidad a la hora de crear idiomas artificiales para construir los diversos nombres de la Warbringer y me ayudó a encontrar un alma cándida que me asistió con el búlgaro. Thomas Cucchi me instruyó sobre protocolos de vuelo y jets privados. Poornima Paidipaty fue una profesora excelente sobre el tema de las diosas, y Sarah Jae Jones me aconsejó sobre paracaidismo, una actividad que debo reconocer que no me gustaría probar jamás. También quiero dar las gracias especialmente a Aman Chaudhary, que me dejó debatir con él el punto de partida de esta historia durante nuestro trayecto a la convención de cómics de San Diego.

Kelly Link, Holly Black, Sarah Rees Brennan y Robin Wasserman leyeron las primeras páginas de este libro cuando yo todavía pensaba que Diana debía tener un leopardo como mascota. Daniel José Older (que respondió a largas llamadas telefónicas), Robyn Kali Bacon (que aguantó mensajes a altas horas de la noche), Rachael Martin (que hizo ambas cosas), Gamynne Guillote (*prota adelfis*) y Morgan Fahey (lector de confianza número uno) me ayudaron a poner los cimientos de los personajes de Alia y Jason, y me ayudaron a recorrer la historia en su conjunto.

Gracias también a Marie "Gotham Me Necesita" Lu, Amie Kaufman, Kayte Ghaffar, Susan Dennard, Gwenda Bond, el superhumanamente adorable Flash Martin y, por supuesto, a mi madre, que ha aguantado mi obsesión con la Mujer Maravilla durante tantos años. Por cierto, doy las gracias a los Superfriends por presentarme a Diana mientras tomaba mis cereales pastosos a la hora del desayuno, y a Lynda Carter por cimentar para siempre mi amor por "Wondy".

Muchos libros, artículos y ensayos han influido en la creación del mundo de la Warbringer, entre ellos *The Amazons: Lives and*

Legends of Warrior Women Across the Ancient World, de Adrienne Mayor; *Choruses of Young Women in Ancient Greece: Their Morphology, Religious Role and Social Functions*, de Claude Calame; *On the Origins of War; And the Preservation of Peace*, de Donald Kagan; "Platanistas, the Course and Carneus: Their Places in the Topograpy of Sparta", de G. D. R. Sanders; *The Secret History of Wonder Woman*, de Jill Lepore; *A Golden Thread: An Unofficial, Critical History of Wonder Woman*, de Philip Sandifer; *Wonder Woman Unbound: The Curious History of the World's Most Famous Heroine*, de Tim Hanley; y, por supuesto, la obra de la inimitable Gail Simone.

Y finalmente, a todas las amazonas del mundo, a cada mujer o chica que lucha por el bien de la paz y del prójimo, gracias por su inspiración.

SOBRE LA AUTORA

LEIGH BARDUGO es la escritora bestseller número uno del *New York Times* y *USA Today*, autora de *Six of Crows, Crooked Kingdom* y la trilogía de *Shadow and Bone*. Nació en Jerusalén, se crió en Los Ángeles y se graduó de la Universidad de Yale. Cayó muy pronto bajo el hechizo de la Mujer Maravilla y pasó gran parte de su infancia fabricando brazaletes de cartulina y girando hasta marearse en la puerta de su casa. Actualmente vive y escribe en Hollywood, donde de vez en cuando se le puede escuchar cantando con su banda.

leighbardugo.com
@LBardugo

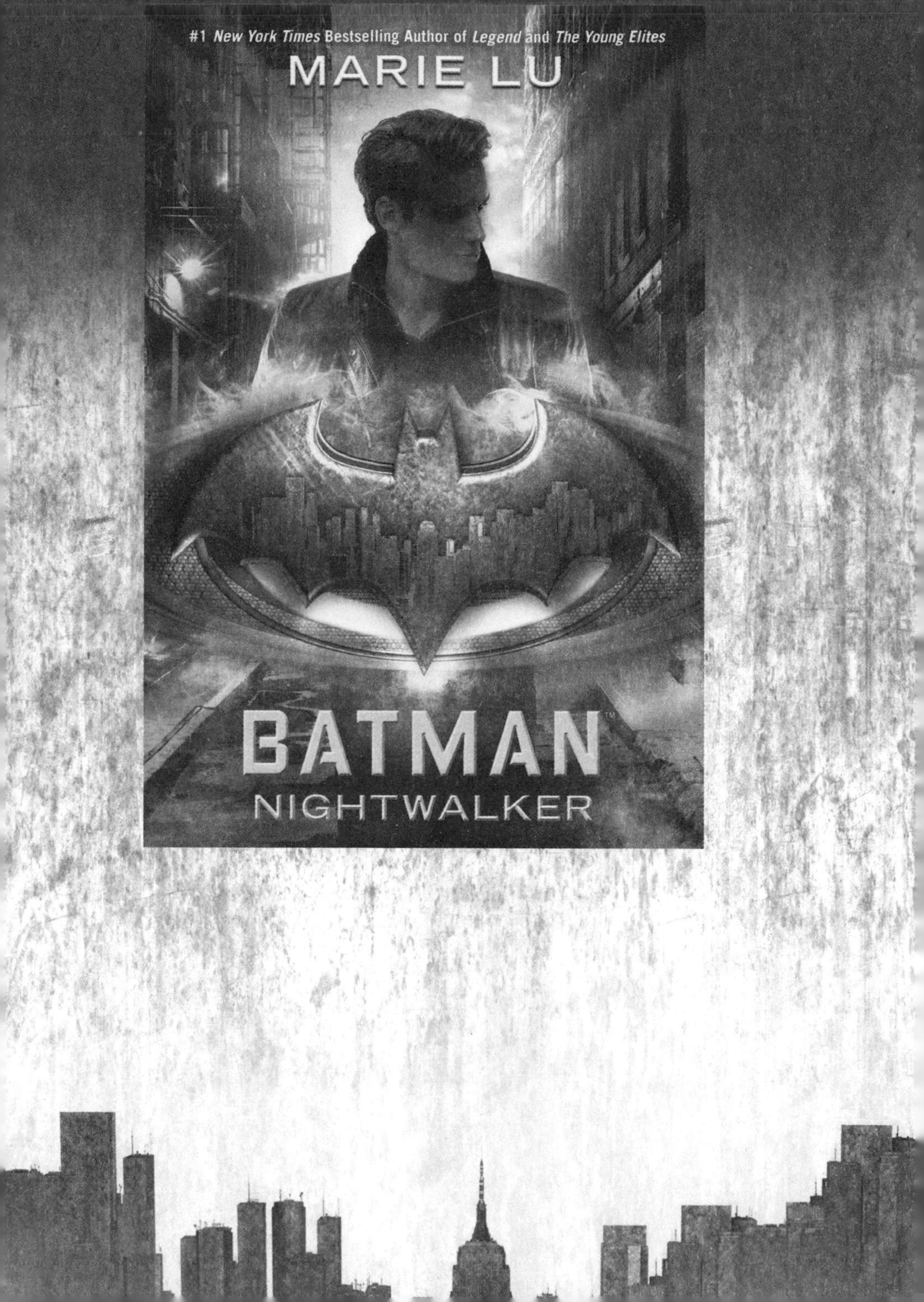
#1 New York Times Bestselling Author of Legend and The Young Elites
MARIE LU
BATMAN
NIGHTWALKER